文春文庫

ウチの娘は、彼氏が出来ない!!

北川悦吏子

ウチの娘は、彼氏が出来ない!!

脚本：北川悦吏子
ノベライズ：前川奈緒

1

昼下がりの人通りの少ない道を二人の男がうろうろと歩いていた。

麻布十番駅前の活気あふれる商店街から少しだけ歩いた場所にあるそこは、タワーマンションが立ち並ぶエリアだ。商店街とタワーマンションがぎゅっと近くに存在している様は、まるで多様な植物を睡蓮《すいれん》鉢にぎゅっと詰め込んだビオトープのようだった。

「どこだ？」

上司らしい男が落ち着きなくあたりを見回す横で、重たげな紙袋を下げた若い男がスマートフォンを操作して、地図を見ている。

若い男がちらりと近くのビルを見上げた。

ビルの隙間から水色の象が見えた。魔法瓶や炊飯器で有名な企業のロゴマークだ。

朗《ほが》らかにほほ笑む水色の象からスマートフォンに目を戻した次の瞬間、ガラガラとキャリーバッグを引く音が聞こえてきた。

パンパンに膨れ上がったキャリーバッグを引いているのは、若い女性だった。流行りや人の目など気にする素振りも感じられない真っ黒な服で全身を覆《おお》い、顔を隠すような黒縁眼鏡をかけている。

若い男は一目見て彼女がオタクであることを見抜いた。それだけ彼女からは、好きなものと生きていくので、お構いなく、といった雰囲気が、はっきりとにじみ出ていた。

よくよく見れば、はっと人目を引くような整った容姿をしているのだが、信号待ちの間、手にした同人誌の表紙を見ながら、にまにまと不気味に笑う彼女はまるで毒林檎《りんご》を手にした悪い魔女のようだった。

「あの、すいません」

上司が躊躇《ちゅうちょ》なく声をかける。自分の世界に入り込んでいた彼女は肩をびくりとさせた。

「いやいや、怪しいもんじゃなくて、ちょっと聞きたいんだけど」

「はい」

彼女の顔から笑みはさっと消え、クールと言えるほどの表情に変わった。

「この辺に、エンゼルフォレストタワーってマンション、知らない？」

「知ってます。ここ、渡って右に行って……」

「あ、やっぱり有名なんだ」

感心したように呟く上司に、彼女は「私、住んでるんで」と淡々と告げた。

「あ、なるほど」

信号が変わって彼女がまたキャリーバッグを引いて歩き出した。男たちは慌ててついていく。

「知らない？　水無瀬碧《みなせあおい》、恋愛小説の女王」

唐突《とうとつ》に出された作家の名前に、彼女は小さく首を傾《かし》げた。上司は「若い子知らないか～」と嘆いてみせた。

「『夢の音が聞こえる』とか『明日、君に会える』とか、昔は一世を風靡《ふうび》したんだけどね」

「はあ。今は？」

「どうかなあ……」

上司が微妙かなあというニュアンスを語尾に匂わせると、彼女は「オワコン？」とずばりと切り込んだ。上司は愉快そうに声を上げて笑う。

「君、はっきり言うねえ」

上司と若い女性の会話を黙って聞いていた男が、突然立ち止まった。

「あれ、ここ右って」

彼女が行こうとしている方向は、さっき彼女が教えてくれた方向の真逆だ。

「あ、私、コンビニ寄るんで」

しれっと男たちに告げると、彼女は小さく頭を下げ、キャリーバッグを引きずりながらコンビニへと消えていった。

小指をぴんと立てた気取った仕草で紅茶を一口飲むと、水無瀬碧はお気に入りのマリアテレジアのティーカップを静かに置いた。

「もう、ほんとっ。全く。気配すらない。今の子って恋愛しないじゃないですか？ウチの子も、全然。その気がまるでない。彼氏いない歴、生まれて生きた年数と同じ！」

話すにつれて碧の声にはついつい熱が籠《こも》る。テーブルの上に置かれたボイスレコーダーの表示は、碧の声に反応して波形を跳ね上げた。

碧は自宅のリビングで取材を受けていた。女性誌の恋愛特集の取材だ。熱心に相槌《あいづち》を打ちながら、メモを取っていたライターの女性が「えーっ」と驚きの声を上げた。

「先生の娘さんでもそうなんですか？　きっとお綺麗《きれい》で可愛いに違いない」

お世辞とは思えない、ライターの言葉の響きに、碧は気を良くする。44歳になる碧だが、若い頃からもてはやされ続けてきた容姿はまったく衰えてはいなかった。いろんなものを見てきたというのに、未だに世界に対する好奇心がみなぎっているかのような目の輝きは、彼女に少女のような無邪気な雰囲気さえ与えていた。

「いえいえ、私ほどでは」

謙遜《けんそん》のようで、まったく真逆の言葉に、ライターの脳がエラーを起こし、「ん？」と一瞬動きを止める。碧の横に静かに控えていた女性編集者・松山《まつやま》は「今のカットで」とそつなく口をはさんだ。

取材のカメラマンを意識しながら、碧はまた小指を立てて紅茶を一口飲む。そして、熱っぽく話し続けた。

「私、あの子を早くに生みました。もう二十歳《はたち》です。私、娘に恋愛して欲しいんです。恋をすることでしか、成長できない部分があると思うんです。なにより、あの恋い焦がれる気持を知らないなんて、この世に生まれて来て不幸じゃないですか？　やっぱりね。恋をしないと、人間たくましくなれない、と思うんですよ。あんなに人と人が心も身体も近づくことってあります？　心がやわらかくセンシティブになって、でも、それでも相手を求め続けて、傷ついて、傷つけて、人間を知っていく。そこを、抜けてない人は弱い……」

我ながらなかなかいいことを言った。見出しになるような言葉を連発してしまったんじゃないか。碧は陶酔《とうすい》気味に思う。ライターも首を痛めるんじゃないかと思うほど、熱心に頷いている。どうだとばかりに、ちらりと松山の様子を見ると、退屈そうに欠伸《あくび》を噛み殺していた。

「松山さん、聞いてる？」

松山はさっと表情を取り繕い、もちろんとばかりに頷いてみせる。

散英社《さんえい》の編集者である松山は碧の20年来の担当だ。しかし、この不況のおり、散英社も早期退職者を募り、彼女はそれに手をあげた。今日でさよならというわけなのだが、どうやら彼女には特別な感慨はないようだ。

「あ、ごめんなさい。煽《あお》りはやめて。出来れば、斜め右上から」

左から聞こえたシャッター音に、碧はすかさず反応し、注文を付けた。カメラマンがベストな角度から自分を狙っていることを確認し、碧は飛び切りの憂《うれ》い顔をつくる。

「私、自分がこんな風な心配するって思ってませんでした。娘が小さい時から、悪い虫がついたらどうしよう、変な男にひっかかったらどうしよう。それが、虫いっぴき、人っこひとり、娘に寄ってこない。逆の心配を今しています。このまま、あの子が……彼氏も出来ず……」

碧はまるで孤独に生きる娘の未来がありありと見えているかのように、声を詰まらせる。ライターは碧に吸い寄せられるように、いつしか前のめりになって話を聞いていた。

「お母様、恋愛のプロなのに」

「え、私、プロ?」

「だって、あれだけの恋愛小説たくさん書かれて、それはそれは、恋多き、そしてモテてこられたのだと」

「やだ、そんな……」

碧は満更《まんざら》でもない様子で、はにかんでみせる。横で、松山がまた大きな欠伸をした。碧がじとっとした目を向けると、今度こそ誤魔化しようもなく松山はうっとなる。

その時、インターフォンの音が鳴った。松山は救いの神とばかりに、さっと腰を浮かす。

「はーい、はいはい。私、出ますね」

しばらくして、リビングに姿を現したのは、二人の男たちだった。へらへらとした笑顔を見せる年上の男は松山以上に碧と長い付き合いである編集長の小西《こにし》。もう一人は見たことのない若い男だった。

「あ〜。編集長。お久しぶりです」

「いやいや、ご無沙汰して申し訳ない。大先生！　さすが、恋愛小説の女王、おサレなお住まいで」

小西は白で統一された、まるでモデルルームのような部屋を見回しながら、すかさず碧を持ち上げる。太鼓持ちが身に沁みついた男の言葉を右から左に受け流しながら、碧の目は若い男が手にする紙袋に釘付けになっていた。

「ん？」

「ん？　とは、ん？」

「その手にしているのは、たつやの羊羹《ようかん》では？」

「おや、お好きでなかった？」

小西の言葉に、碧は首を横に振る。

「好きだけど、たつやの羊羹って、何かのお詫びだよね？」

碧の鋭い指摘に、小西はわざとらしい咳ばらいをした。

「目ざとい。それはさておき、どうぞ、取材の続きを。話はあとで」

小西に促され、ライターは取材を再開させた。

「でも、先生。そんなこと言ってて、娘さんに彼氏が出来たら、淋しいんじゃないですか？」

「いえいえ、それよりあの子が、このままこの家に居続けて、子供部屋オバサンになることの方がこわいですよ。子供部屋オバサン知ってます？」

「はいはい。結婚しないでそのままウチにいる……」

「そう、あの子が、30になっても40になっても50になっても、ここにいたらどうします？　彼氏も作らず、結婚もせず、まるでホラー」

碧の言葉に、小西が声を上げて笑った。

「あっははは。自分だって結婚、失敗したくせに」

「なにー？」

碧は小西を睨《にら》みつけるが、小西はへらへらとまだ笑っている。

その時、玄関から鍵が開く音が聞こえた。「ただいま〜」という若い女性の声に碧は人差し指を口元にあて、皆に向かって目配せをする。

ゴロゴロという音と共に、キャリーバッグを引いた、若い女性が姿を現した。娘の空《そら》だ。とりあえず黒を着ておけば問題はないだろうとばかりに、全身黒で覆われたそのファッションは、白いリビングから浮き上がって見える。

「お帰り〜。みなさんにご挨拶は？」

「いらっしゃいませ。デニーズへようこそ。あ、ウソウソウソウソウソコツメカワウソ」

空は無表情のまま、異常な早口で一息に言った。

ウソウソウソウソウソコツメカワウソというのは、空が最近ドハマりしている漫画「幸せカナコの殺し屋生活」の定番ギャグのようなものだ。ブラック企業勤めの主人公が殺し屋に転職するというぶっ飛んだ内容の4コマ漫画なのだが、主人公が頻繁《ひんぱん》に動物の名前を使ったダジャレを口にするのだ。

当たり前のように空が常用するので、碧はもうすっかり慣れてしまっていたが、初めて聞いた小西たちは皆ぽかんとしている。

「あ、君、さっきの」

小西が素《す》っ頓狂《とんきょう》な声を上げた。一方の空は小西を見ても少しも驚かない。小西が水無瀬碧の名前を出した時から、この部屋が目的地であることはわかっていた。

「この人、ハハのこと、オワコンって言ったよ」

空の言葉に小西はぎょっと目をむいた。お前が言ったんじゃねーかよと言いかけて、ぴくりと反応した碧の形相に言葉を飲み込む。

「君、今日、どこ行ってきたの?」

「あなたの娘さんは、ビッグサイトでエロい漫画を買ってきました」

碧の質問に、空は清々しいほどにきっぱりとそう答えると、ぱんぱんに膨れ上がったキャリーバッグを軽く叩いた。

「やまほど」

満足げににやりと笑う娘に、碧はあははと力なく笑ってみせる。

ライターはそんな親子の様子を興味深そうに眺めると、何やら腑《ふ》に落ちたかのように、何度か小さく頷いた。

取材を終えたライターとカメラマンを見送った後、碧は小西がすぐにでも話を始めようとするのを遮り、お茶の用意を始めた。たつやの羊羹が暗示していることに立ち向かう心の準備がまだできていなかった。

碧は買い置いていた菓子を温める。サンマの形をした、鯛焼きならぬ、サンマ焼きだ。老舗《しにせ》鯛焼き屋おだやの新製品だった。

マンションからもほど近いすずらん商店街は、江戸時代から門前町として三百年以上栄えてきた歴史ある商店街だ。このすずらん商店街の中間地点に、すずらん温泉という銭湯があり、その隣に老舗鯛焼き屋おだやはあった。その4代目であるゴンちゃんこと小田欣次《おだごんじ》は碧の幼馴染《おさななじみ》であり、おだやは空のバイト先でもある。

老舗として地元で愛され、根強いファンも多いおだやだが、近年のタピオカブームに押されたことから、新商品の開発に乗り出したのだった。

「おおっ、これがサンマ焼き」

小西がオシャレな皿に乗ったサンマ焼きを手に取る。空はバイト先できっちり仕込まれた通りに、丁寧にお茶をいれる。

「私、あんこ多いのダメで。老舗おだやが私のために、開発してくれたの」

自らもサンマ焼きを手にしながら、碧が語尾にハートが見えるような口調で言う。空は「ウソです」と冷静な口調で即座に否定した。

実際はおだやで鯛焼きを食べていた女子高生が、にゅろーとあんこをお皿の脇に出して残していたのがきっかけだった。

あんこが多すぎると感じる人がいる。それは、あんこがシッポまで入っているということが、この世の善と信じて疑わなかったゴンちゃんにとって衝撃だった。そうして、発案されたのがあんこの少ないサンマ焼きなのだった。

以来、ゴンちゃんは父親で先代の俊一郎《しゅんいちろう》と共に、試作を繰り返している。

「でも、こうして、ほら。ちょっとあんこが入ってると、サンマのワタみたいで気持わるいでしょ」

碧の言葉に、小西は思わずぶほっと息を吐きだした。

「だから、今、白あんでも試作してる最中。ね？　空」

「御意《ぎょい》」

「それ、使い方違う」

「使ってみたかった」

使ってみたかったならしょうがないか、と碧は妙に納得する。確かに現代日本において「御意」を使う好機はほとんどない。

「私も食べていい？」

「御意」

碧は空を真似て応える。空はにやりと笑いながら、サンマ焼きを手に取った。

すっかりいい気分でサンマ焼きを食べていた碧の前に、すすっとたつやの羊羹が押し出されてきた。

「あんこあんこでなんですが……」

小西が珍しく神妙な顔をしている。途端にサンマ焼きの生地がぐうっとのどに詰まり、碧は必死で飲み下した。

「えっ、空いるのに始まるの？　お詫びの気持ちを練り込むたつやの羊羹。その羊羹の重みが、罪の深さと比例。お詫びの気持ちと共にぐつぐつ煮込まれた小豆……」

「かーちゃん、何言ってる……」

「こわい。何を謝られるのか、こわい」

碧は宙を見ながら、うわごとの様に呟く。小西は唸《うな》るような咳ばらいをすると、「誠に申し上げにくいのですが」と切り出した。

「だったら、いっそ申し上げないで！」

碧の言葉に小西は眉根をぐっと寄せて、神妙そうな顔になる。そして、大きく息を吸った次の瞬間、携帯の着信音が鳴った。小西はすぐにポケットを探り、「あ、ちと」とだけ雑に断ると、電話に出る。

相手の声を聞いた途端、小西の顔がみるみる輝いた。

「あっ、ああ〜、今、西麻布？　え〜、もう飲んでんの？　え、店開けてもらってねえ、うん、うん、さすがビップは違うねえ、あはは」

聞いていて背筋がぞわぞわするほどの猫なで声だった。小西はにこにこしながら、碧の方にちょっとだけ、ごめんごめんと手刀《てがたな》を切る。電話はなかなか終わらなかった。

さっきまで小西の話を聞きたくなかったというのに、こうしてお預けを食らうと、すぐにでも話してくれたらいいのにと思う。

そわそわしながら、電話が終わるのを待っていた碧は、小西と一緒にやってきた若い男にふと目を止めた。

「そういえば、あなたどなた？」

「あ……さっきから嵐ん中いるみたいで、自己紹介のタイミングがなく……」

名刺を取り出そうとした男を松山が「あ、まだだから。タイミング、まだ」と慌てて制する。男が誰かもわからないまま、気まずい沈黙の中、碧はじりじりと小西を待った。

「あ、うんうん。すぐ行きや〜す。こっち片づけたら」

上機嫌な小西が口走った言葉に、碧はびくりと肩を揺らす。これから自分は片づけられるのかと思った。

「いやー、悪い悪いめんごめんごなんつって。いつ時代の業界人だっていう」

ようやく電話を切った小西が自分の言葉に自分でツッコみながら、席に戻る。そして、碧をまっすぐに見つめ、すーっと大きく息を吸うと、がばっとテーブルに額《ひたい》がつくほどに深々と頭を下げた。

「碧さん。この度は、申し訳ない」

「待って待って待って。言わないで。空いるし。あんたバイトは？」

あわあわと手を動かして小西を制止しようとしながら、空に尋ねる。空は急ぐ様子もなく、「これ食べたら」とサンマ焼きを丁寧に食べ続けている。碧の制止も空しく、顔を上げた小西は容赦《ようしゃ》なく言った。

「ラファエロの連載ですが、来月をもっておしまいです！　打ち切り」

「ガーン……」

碧は思わず死語を口にする。

「ガーンとか言ってる昭和の私には、もう仕事はないわけね……え、ラファエロの連載って『アンビリカルコード』だよね⁉　それ、シリーズ化して、映画化しようって……」

碧はふらーっと立ち上がると、碧の本がずらっと並ぶ背後の本棚に手を伸ばした。

『アンビリカルコード』を抜き取ると、印籠《いんろう》のように小西の前に突きつける。

「ちゃんと、ここにシーズン１って」

碧は表紙の「シーズン１」という文字を指で示す。小西はわかりやすく目を泳がせた。

「ま、シーズン１で終了ってことで」

「はあ？」

「や……その本」

小西はじっとその表紙を見詰め、しみじみとした口調で言った。

「この本、売れなかった。思いの外、売れなかった。全く、売れなかった」

「くるんで……」

小西の言葉に致命傷を負いながら、碧はあえぐように言う。

「くるんでくるんで。オブラートにくるんで。言い方言い方」

「や、良薬口に苦し、と言いますか、ここはくるまず。やはり、水無瀬碧は、恋愛小説の水無瀬碧。ミステリーは向かなかった」

完全に開き直った小西は、ずけずけと碧が一番言われたくないことを口にする。

「えっ、ない頭使って一生懸命書いたのに」

「しかし、シーズン1が全く売れなかったので、映画会社も二の足を踏み、役者もつかまらず、監督もつかまらず、ネズミ一匹つかまらない」

ここまで苦い現実を無理やり押し込まれると、碧としては途方に暮れるしかない。碧は焦点のあっていない目でぼうっと小西を見た。

「……誰がやるの？」

「ん？」

「私のあとのラファエロの連載」

小西は思わずという風にうふふと笑みを漏らす。

「ちょっと、凄い人がつかまって」

「Ｗｈｏ？」

ショックより怒りが上回り、碧は鬼の形相で詰め寄る。小西は嬉しそうな笑みを浮かべたまま、自慢げな口調でしれっと言った。

「イケメンタレントの中川トモロウ。知ってるよね？　空ちゃんも」

「いえ」

空がそっけなく答える。怪訝そうな小西に碧は仕方なしに説明した。

「この子、漫画オタクなんで。二次元しか興味ないんで。嵐が何人かも言えないんで」

「５人」

当てずっぽうで口にした空に、碧は「惜しい、６人」と返す。思わず脱力した松山が
「碧さん、５人です」と訂正した。

「ふふ、その嵐に次ぐ勢いの中川トモロウ。今の電話も、ヤツからで」

そう言いながら、小西は腰を浮かしかける。

「待って」

「何か新連載の構想が浮かんだと西麻布の『バーおしのび』で言ってますんで……や、若いと勢いあるなあ」

もう完全に西麻布に心を飛ばしている小西は、碧の声など耳にも入っていないようだった。

「ちょっと待って。ちょ待てよ。あ、キムタクになっちゃった。ちょっと待って。役者

でしょ？　役者だよね？　中川なんとか」

「あ、はい。朝ドラ、『カンカン照り』でブレイクした」

「役者は役者じゃん！　顔いいだけじゃん！　文章書けるとか書けないとか、違う話でしょ？」

「碧さん、碧さん」

松山が碧の暴言を窘《たしな》める。乱暴で嫌な決めつけをしたという自覚がある碧はぐっと黙る。でも、言わずにはいられなかった。自分の場所のことなのだ。自分がその筆でずっと守ってきた大事な場所のことなのだ。

「これがまた、けっこう書けるんですよ。あとは……」

小西は頭の中で算盤《そろばん》を弾きながら、ぐふふと笑った。

「ファンがついてるだけあって部数が見込めるし」

碧は『アンビリカルコード』の表紙を見ながら、部数かと思った。部数は正義だ。商売なのだから、小西は正しい。でも、納得なんて、一つも出来なかった。

「あっ、では、これにて失礼」

小西は軽薄《けいはく》なほどの軽さで、腰を上げる。そのまま西麻布に駆け出しそうに見えた小西は、まだ自己紹介も許されていない若い男を目にし、「あ、忘れておりました」と気の抜けた声を上げた。

「あまりの存在感の薄さに忘れておりました。こちら、松山が早期退職しますので、その後の、水無瀬先生の担当となる男です」

若い男は改めて名刺を取り出し、碧に差し出す。

「橘《たちばな》です」

男は短くクールに告げた。碧はぼんやりと名刺を受け取り、そこに書かれた名前を思わず二度見した。

「橘漱石《そうせき》……名前、漱石って言うの？」

「はい、兄は鷗外《おうがい》といいます」

漱石はクールな表情を崩すことなく答えた。真顔でボケるタイプなのか。碧は松山に「ふざけてる～」と訴えた。松山は「いえ、ホントです」と首を振る。

「お父様が文学好きで。ま、お父様はただの高校の先生らしいですが」

「ただの、は余計かと。いろいろとコンプライアンス的な意味でも」

漱石の指摘に松山は軽く肩をすくめた。

「え、君がこれから私の担当」

突然のことにうまく飲み込めず、碧は助けを求めるように、慣れ親しんだ松山の顔を見つめる。

「はい、私は、働いても働いても女はえらくなれないということがわかったので、そしてアホな、歳も下の男にこき使われるということがわかったので、早期退職しまして、転職し自宅近くのイケアで店長をやることになりました」

「情報が多すぎて、処理出来ない」

松山にさばさばとした口調で告げられ、碧は頭を抱える。

「そう申しましても水無瀬先生。当社、最大限に気をつかいまして、新担当には我が社きってのイケメンを」

小西が漱石の肩に手を置いて、胸を張る。碧は文豪の名を与えられた男を見詰める。漱石の顔は重たげな前髪に隠れてよく見えなかった。雰囲気はあるけれど、と碧は思う。なんだか小西の言葉に素直に頷けなかった。漱石がイケメンだと認めたら、打ち切りだとか、人気俳優に文才があるだとか、そういった全部も認めることになる気がして、碧はむきになって言い募った。

「イケメン？　髪が目に刺さってるだけじゃないの？　そもそもさあ、今、若いイケメンって、みんな目に髪が刺さってるけど、ホントにイケメンなの、ほら、なんとかっていう有名な……」

ホイッスルを吹く真似をしながら、ぴっぴーと空が声を出す。

「レッドカード。かーちゃんやめとけ」

一発退場。碧は口をとがらせて、しぶしぶ黙った。

「橘くん、イケメンですよ。並んで立てばわかる。ほら」

小西は漱石を促して立たせると、横に並んだ。

「ね、こちら8頭身。こっち4頭身」

小西の言うとおりだった。頭身が全然違う。長い手足に、すらりとした長身。顔はやっぱりよく見えないけれど、漱石は確かに美しい生き物だった。静かに俯《うつむ》く漱石は編集者というより、作家に見えた。自分の世界を持っていて、それを表現する人に見えた。

この人が新しい担当。そのことがまだうまく飲み込めなかった。

でも、8頭身だからってイケメンではないのでは。なおも反論したい気持ちはあったけれど、レッドカードを食らっている身として、碧は賢明にも反論を慎《つつし》む。代わりに小西の腹に無遠慮な視線を注ぎながら、「小西くん、腹出たね」と指摘してやった。

慌ただしく小西が立ち去ったタイミングで、空は自分の部屋に戻った。これからおだやのバイトに行くのだ。

空はキャリーバッグを開けて、戦利品である同人誌を取り出すと、恭《うやうや》しく本棚に並べた。コミックマーケットの会場で着たコスプレ衣装も取り出し、クローゼットに吊るす。

小西くんか、と思った。碧が編集長を小西くんと呼ぶのは、昔からの知り合いだからと聞いたことがある。碧を見いだした人が小西編集長なのだと。碧は今日、自分を見出した人から打ち切りを告げられたということになる。

それがどれほどの痛みや混乱を与えるものなのか、空は想像することしかできない。

キャリーバッグを片付けると、空は窓の外を眺めた。空の部屋の窓からは、象印がよく見える。

ほほ笑む水色の象を見詰めているうちに、こわばっていた空の顔にもゆっくりとほほ笑みが浮かんだ。

自転車のカギを手にすると、空は母に短く声をかけ、バイトに向かう。

おだやまではいつも自転車で通っていた。

ビビッドカラーの自転車のペダルを力強く漕ぎながら、すずらん商店街の上に広がる空を見上げる。

高いビルのない商店街の上の空はどこまでも広い。

かーちゃんの仕事が切られても空は広がっている。

象印の下を突っ切りながら、そんなことを思った。

おだやに着いて制服に着替えると、空はすぐにゴンちゃんの横で一緒に鯛焼きを焼き始める。バイトとはいえ空は熟練の手さばきで、次々と焼き上げていく。

「俺、間違ったかな。サンマ焼き、売れねー。ビジュアルがな、なんともな。焼型、10個もつくっちゃったよ」

サンマ焼きを焼き上げたゴンちゃんがため息と共に弱音を吐く。空は「これからですよ」と励ました。

空の下手な励ましにも、単純なゴンちゃんは「あそ？　そうかな？」とわかりやすくやる気を取り戻した。

「お客さん、引いて来たし、それ終わったら、ちょっと休むか？」

すでに十分なストックがあるにもかかわらず、サンマ焼きの更なる増産を始めかけたゴンちゃんに、俊一郎がおっとりと声をかけた。

ゴンちゃんは素直に手を止め、休憩に入る。空は三人分のお茶をいれながら、代替わりしたとはいえこの店は俊一郎あってのものだなあとしみじみと思う。

三人はお茶をすすりながら、まだヒットの兆《きざ》しの見えない不憫《ふびん》なサンマ焼きをおやつにいただく。空はゆっくりと齧《かじ》りながら、ゴンちゃんと俊一郎に碧の連載が打ち切りになったことを話した。

「家を引っ越すべきだと思う」

落ち着いた口調で、空は二人に告げる。打ち切りと聞いてすぐ、反射的に思ったことだった。

「もう、ローンが払えないと思う」

「そんなあれか？　かーちゃん、仕事ないか？」

少し間をおいてゴンちゃんが尋ねた。残りのあんこの量を聞く時のような、日常の延長のような聞き方に、知らずに入っていた肩の力がスーッと抜ける。

「そのうち、ここで働くって言い出すかも」

「いや、碧ちゃん、使えないよ。ダメだよ。なんもできないもん」

幼い頃から碧を見てきた俊一郎の言葉は容赦がない。ゴンちゃんも大きく頷いた。

「皿割りまくるよ、あいつは。そそっかしいからよ」

目に浮かぶようだ。家ではもうお高い食器は空が扱うことになっている。なんにもできない碧が、誰よりもできることが、書くことだったのだ。

今頃、碧は家で新しい担当と初めての打ち合わせをしているはずだった。うまくいってるといいけど。

空は残っていたサンマ焼きの尻尾をぽんと口に放った。


「えっ、ラブストーリー？」

碧は思わず声を上げた。松山はさばさばと別れの挨拶をすると、次のキャリアを始めるのが待ちきれないとばかりに、早々に帰ってしまった。碧は自宅のリビングで残された漱石と向かい合って座っている。一応、新しくお茶は出したが、大雑把《おおざっぱ》な碧は空ほど上手にいれられない。一口飲んだ漱石がそれ以上手を付けないことを気にしていたら、突然、ラブストーリーを書きましょうと切り出されたのだった。

碧の言葉に否定的なニュアンスを感じ取ったのか、漱石は少しだけ躊躇《ためら》って「……はい」と答えた。

「私、またラブストーリー書くの？」

「はい。恋愛小説の女王、水無瀬碧、ですから」

「いや、それがもうちょっとあれだからって、ミステリー」

漱石が黙って碧を見つめる。碧はさっと目を逸《そ》らして、はあとため息をついた。

「書いたら、もっとダメだったんだよね。恋愛ものだったら、書き下ろしでホン出してくれるってこと?」

「はい。散英社が責任を持って。水無瀬碧の恋愛小説を待っているファンは多いと思います」

「でも、もう……無理よ。恋愛とか、遠い」

こんなことまで言うつもりはなかったのに、つるりと言葉が出た。ミステリーがダメなのとは別の意味で、恋愛小説もダメなのだ。あんなに自分の中にあった恋愛が、遠くなってしまったことが、本当は誰より苦しくて、悲しい。

漱石は何かを考えるように黙っていた。碧はひどく個人的な心の一部を不用意に見せてしまったような気持ちになって、「そんな相手もいないし」と少し乱暴に付け加えた。

突然、漱石がばっと立ち上がった。急に立ち上がるとひどく大きく見える。

何を思ったか漱石は、碧に向かって大きく両手を広げて見せた。

戸惑う碧に、漱石がクールなままの表情で呼びかける。

「おいで」

碧は立ち上がると、恋人を待つというよりは、まるで野生動物を懐かせようとするかのような雰囲気の漱石に近づく。

そして、自分から仕掛けておきながら戸惑った顔をしている漱石の腹にボディブローを叩き込んだ。

まったく何の備えもしていなかった漱石はうううと呻《うめ》きながら、力石徹《りきいしとおる》のように床に沈んでいく。

「急所は外してあるんで」

碧は漱石を見下ろしながら、クールに告げるが、漱石の苦悶の表情は明らかに急所に入ってしまった人のそれだった。


磯辺焼きの山がみるみる消えていく。

勝手知ったるおだやの奥に上がり込んだ碧は、居間のこたつに入って、俊一郎が焼いてくれた磯辺焼きを一心不乱に食べ続けていた。

「碧ちゃん。そんな勢いで食べると、喉につまるぞ」

碧はお茶で餅を流し込むと、思い詰めた表情で「俊一郎さん！　私、雇ってくれない？」と訴えた。「時給5千円で！」と付け加えるところが図々しい。

俊一郎はやれやれとため息をつき、ぴしゃりと言った。

「……50円でも雇わん」

碧はくぐもった声で呻く。そして、こたつの布団をかぶり、すっぽりと中に入ってしまった。

「オヤジ、今度、通り渡った長生きホームでさ、おやつに鯛焼き入れたいって、40？」

居間にずかずかと入ってきたゴンちゃんの足が、こたつ布団の下の碧を踏む。

「いたーい、イタイタイタイ！」

布団をはねのけて姿を現した碧は目をおさえて、叫んだ。

「おっ。なんだよ、いたのかよ」

ゴンちゃんは目を丸くしている。碧は大げさに床をゴロゴロと転げまわった。

「目踏んだ、目踏んだ、目踏んだ、失明する」

「おお〜。イケメンの俺が見えなくなるな」

ゴンちゃんは大騒ぎする碧に取り合うことなく、ニヤッと笑って言う。ぱちっと目を開けた碧は、びしっとゴンちゃんの腕を叩いた。

「私、はなカフェに配達行ってきまーす。鯛焼き10個」

店の方から、空がひょいと顔を出し、声をかける。

「おっ、ごくろうさん、ごくろうさん」

ゴンちゃんに続いて、碧も偉そうに声をかけると、空に向かって右手を上げた。

碧の存在に気付いた空が、嬉しそうにニコッと笑う。

「イテ、イテテ」

突然、碧は顔を歪《ゆが》めて、右手をおろした。

「なんだ、お前」

「最近、右手上がんない」

ゴンちゃんは手を叩いて笑った。そんな顔は悪ガキのままだ。

「あはは、お前、それ、四十肩だ四十肩。歳だね〜」

「空ちゃん、はなカフェ配達終わったら、もう上がっていいよ〜」

俊一郎に言われ、空は「はーい」と返事する。

「あ、でも、自転車。あ、そか、かーちゃん乗って帰って」

「あいよっ」

碧は威勢よく引き受けた。

「かーちゃん、今夜何食べたい？」

「焼き肉！」

「えっ、はまだ？」

「はまだ、いいね！」

二人の心ははまだの焼き肉で一つになる。はまだは高いが、美味い。

「あ、でも昨日の残りのカレーが」

「冷凍！　かーちゃん、一回戻って冷凍しとく」

「あいよっ。じゃがいも、のけてね〜」

じゃがいもを冷凍して、スカスカにしてしまった前科のある碧に、空はしっかりと釘をさし、配達に出かけて行った。

「……あの子の自転車サドルの位置が高いんだよね。サドル下げないと。めんどくさ」

のそのそと起き上がりながら、碧がこぼす。「足みじけー」と笑ったゴンちゃんをじろっと睨みつけると、碧はサドルを下げるように頼んだ。ゴンちゃんは「はあ？」と呆れたように言いながらも、碧より先に立ち上がり、自転車置き場に向かった。

「お前、これ錆《さ》びてるぞ。手入れしろよ」

ゴンちゃんが錆びて固くなったサドルを苦労してずらしながら言う。碧は「はい」と珍しく素直に頷いた。

碧とゴンちゃんはこの同じすずらん商店街で育った幼馴染だ。ゴンちゃんの方が歳はちょっと上だけど、同じお習字教室に通っていたのだ。

ゴンちゃんは習字がとにかくうまかった。彼が書いた「希望の春」という字を碧は未だに覚えている。あれは、渾身《こんしん》の力作だった。

きっと先生も絶賛したことだろう。しかし、先生がその習字を見る直前、前の席に座っていた碧がくるりと振り向いて、ぼとんと墨を垂らしたのだった。

「絶望の春」と化したその作品を見ながら、ゴンちゃんはわなわなと震えた。

「おっまえ、何する⁉」

そして、にやりと笑う碧の顔に向かって、傍らにあった墨汁をばしゃっと勢いよくぶちまけたのだった。口の中まで真っ黒になった碧をゴンちゃんは声を上げて笑った。

むむむとなった碧はすぐさまやり返そうと、墨の入った硯を持ち上げた。

しかし、墨まみれだった手はつるりと滑り、墨汁だけでなく、硯もまたゴンちゃんの顔めがけて飛んで行った。

硯が顎《あご》を直撃した時のゴンちゃんの絶叫もまた、碧はよく覚えている。

ゴンちゃんの顎の下には、今も硯の痕《あと》が残っていた。サドルを横からのぞくようにして顔を傾けていると、その傷がよく見える。薄くはなっても、決して消えない傷。

「よしっ」

ゴンちゃんはサドルをぎゅっと締めて立ち上がる。ちょうどいい高さだ。

碧は「サンキュ」と軽く告げた。

近所に用事があるというゴンちゃんと、碧は並んで歩き出した。夕方の商店街に、引いている自転車のからからという音が妙に響く。

「お前、仕事、切られたって？」

ゴンちゃんが尋ねた。碧はいとけなく見えるほど素直に頷く。

「んー。最近よくない。電化製品と一緒で、ひとつ悪くなるとガタガタといろんなものが。水無瀬碧も、もう終わりかなあ……」

「ウチ、嫁に来るか？」

ゴンちゃんがからかう様に言った。ゴンちゃんはハンサムという言葉が似あう、少し古風で男臭い顔立ちだが、そこがいいと商店街のおばさまたちから絶大な支持を集めている。そして、碧もまた可愛い可愛いと近寄ってくる男たちに事欠かなかった。だというのに、いろいろわけあって、今はふたりとも独り身だ。

「えっ、ホント、もらってくれるの？」

碧はぱっと顔を輝かせて、ゴンちゃんを見上げた。思った反応とは違ったようで、ゴンちゃんは顔をしかめて頭をかく。

「マジですか？　大先生。そんな困ってんの？　俺んとこ嫁に来るほど」

「セックスとかしなくていいんだよね？　もう歳だし」

「やめろ」

ゴンちゃんは低い本気のトーンで制止する。人が近くを行き過ぎたのを見て、碧はあと思った。ゴンちゃんは意外と古風なところがある。

「だったら、はまだなんか行かないで、昨日のカレー食えよ。あそこ、タン塩１８００円もするぞ。ま、うまいけどな」

ゴンちゃんの指摘はもっともだ。

「ローンがきつい」

「引っ越せば？」

ゴンちゃんはもっともなことしか言ってこない。碧はぎゅっと唇を噛んだ。

「……ちょっと、それは出来ない」

「なんだよ」

ゴンちゃんは笑った。ぶっきら棒な気遣いが滲《にじ》む笑いだった。

「空ちゃんか？」

沈黙の中にからからと響く自転車を引く音が、碧の答えだった。

はなカフェの店内は、いつもながらオシャレな女子たちで賑わっていた。

空は店長に鯛焼きを配達する。従業員のおやつにするらしい。店長は礼を言って、空に新製品のソイペチーノをサービスしてくれた。

商店街をゆっくりと歩きながら、空はソイペチーノの上のソフトクリームを小さなプラスチックのスプーンでちびちびと食べる。

はなカフェの隣はハチミツ屋だ。そこは昔、二つ合わせて、水無瀬だった。空の祖父母はそこで水無瀬写真館という写真館をやっていた。古くは皇室の写真も撮ったことがあるという老舗だと何度か聞かされたことがある。

しかし20年ほど前、祖父母は地上げにあい、写真館を売ったのだった。あっさりと。碧に写真館を継ぐ気はまったくなかったこともあり、迷う理由もなかった。この辺りは都心の一等地だから、結構なお金がもらえて、祖父母は念願のスイスに引っ越した。そこで山の写真を撮って暮らしている。

そのとき、まだ駆け出しの小説家だった碧は、家をほっぽり出される形になったわけだが、なんと、一発あてた。そして、成功の象徴ともいえるタワマンを買った。

その一発あてた小説のタイトルは、『空の匂いをかぐ』。

(素敵じゃないか？　ちょっと)

空という名前はここから取ったのかもしれないとも思うが、碧に聞いたことはない。

(空の匂いってどんな匂い?)

空は首を伸ばして、そっと匂いをかぐ。

次の瞬間、疎《おろそ》かにしていた足が何かにつまずき、空は派手に転んだ。

前につんのめり、舗装された道が両膝を激しく削る。

こんなに見事に転んだのはどれぐらいぶりだろう。節々が痛いだけでなく、精神的なダメージも甚大《じんだい》で、空は立ち上がれないでいた。

自分がみっともなく転ぶ様を、一体どれぐらいの人が見ていたのだろう。

「あの」

そうっとかけられた声に、空はおずおずと顔を上げる。声をかけたのは若い男性だった。きりっとした顔立ちをしているのに、全体にまとっている空気が柔らかい。

突然、空の脳裏に「運命の出逢い」という言葉が過《よぎ》る。いつもの自分であれば、逆さに振っても出てこないようなワードだ。どうした自分といぶかりながら、空は情けなく道に這《は》いつくばったまま、男を見上げる。

「大丈夫ですか? ああ、全部零れちゃったね」

男に言われ、空は初めて自分が持っていたソイペチーノも無惨な姿を路上にさらしていることに気付く。

「よければ、これ。ソイラテだけど」

男は買ったばかりと思《おぼ》しき、はなカフェの袋を少し掲げた。

「え、そこ……?」

空は思わず小声で言う。男は空の言葉に遅ればせながら、「あ、ケガ大丈夫?」と声をかけた。

空は気力を振り絞って、ようやく立ち上がった。乱暴に服の汚れを払った空は、膝に手が触れた途端「イタ……」と思わず声を漏らす。

「あ、ちと擦《す》り剝《む》いてる……」

男に言われて見れば、両膝とも擦り剝けている。男に膝を見られているというのが、なんだか妙に気恥ずかしく、空は顔を赤らめながら、慌てて手を振った。

「あ、大丈夫です。家、そこなんで。歩いてすぐ」

「そ」

男の答えは素っ気ない。自分はいったい何を期待していたのか、空は内心しょんぼりと頭を下げた。

「あ、じゃ。どうも」

「あ、待って。眼鏡」

男に呼び止められ、小さく心臓が跳ねる。

「え?」

「眼鏡、歪んでる」

男に言われて、空はゆっくりと眼鏡をはずす。よくよく見れば確かに歪んでいた。男が差し出した手に、空は眼鏡を託す。

そうするのが自然な気がしたのだ。

「今ので、歪んだんでしょうか？」

「んー、前からかな」

そう言いながら、男は微妙な力加減で眼鏡を整えていく。大きな手が繊細に動くのを、空は思わずじっと見つめる。

「はい、かけてみて」

渡された眼鏡を、空はそっとかける。「あっ」と思わず声が出た。それぐらい、世界が違って見えた。

「見やすいでしょ？」

「眼鏡屋……さん？」

空の言葉に、男はちょっと笑った。感じのいい笑顔だった。

「ちょっと、違うけど」

そう言うと、男は先ほどの言葉通り、自分のソイラテを空に渡し、去っていった。

結局何屋さんだったんだろう。まだ温かいソイラテを両手で包み込みながら空は思う。

名前さえも聞いていないと気づいたのは、ソイラテが空になった頃のことだった。

おだやを閉めた後、俊一郎と一緒にすずらん温泉で汗を流すのが、ゴンちゃんの日課だった。風呂に浸かると湯がざぶざぶとこぼれる。その光景を見ると何とも贅沢《ぜいたく》な気持ちになった。

「ああ〜、極楽極楽」

顔を赤くした俊一郎が心の底からの声を出す。ゴンちゃんもとろけた顔で同意した。

「極楽。湯上がりのビールがね」

「楽しみ」

湯につかっているだけでも極楽なのに、汗を絞り出すほどに、ビールがうまくなる。こんなに素晴らしいことがあるだろうか。

二人はビールのために粘りに粘った末、浴槽を飛び出した。

体から水滴をざざっと拭うと、まっすぐに休み場に向かう。それぞれに中ジョッキのビールを注文すると、無言で乾杯をした。カンという音が響く。

二人はビールを呷《あお》ると、声にならない声を上げながら、身をよじった。

休み場には客はまばらだった。

他の客と離れているのをしっかりと確認して、俊一郎は口を開く。

「ゴン。お前、嫁はもらわないのか？」

「は、今さら」

ゴンちゃんは父親の言葉を笑い飛ばす。

「碧ちゃんとは、ないか？」

「ないんだな、これが。ないな〜。未来永劫《えいごう》、ないだろうな〜」

「フォーエバーアンドエバーないか」

「ロングロングアゴーもなかったなあ」

何回かかするような瞬間はあったような気もするが、それだけだ。

「昔々も未来永劫も。長い人生で、一時もないか。切ないな」

「ま、碧だからな」

そう言って、ゴンちゃんはビールをぐっと飲む。やけにビールの減りが早い。ゴンちゃんは手を上げて、カウンターに合図すると、早めに2杯目を注文した。

リビングのソファにだらしなく座りながら、碧はくっちゃくっちゃとガムを噛んでいた。焼肉屋のレジでもらえる、よく知らないメーカーのガムだ。

碧は肉の誘惑に打ち勝てず、結局、空と共にはまだに行ったのだった。

「なんで、焼き肉って食べすぎるんだろうね。いくらだって食べられるよね」

空は眼鏡をいじっている。何度か掛けなおしながら、部屋の方々を見て、どこもかしこもぱきっとクリアに見えることを確認していた。

「まさか、ロースからカルビいってミノいって、またタン塩に戻るとは思わなかったよ、わたしゃ」

「わたしゃって誰？」

「いや、ノリ。ちびまる子」

「あー、ビビンバか冷麺まで行けばよかった。悔やまれる」

まだ食べる気だったらしい。碧に付き合いパンパンに肉を詰め込んだ腹を撫《な》でさすりながら、空は「かーちゃん、まずい！」と声を上げた。

「えっ、不味《まず》かった？　今日の焼き肉」

「いや、はまだは、いくらだって美味い。いつまでだって美味い。このすずらん商店街で、一番うまい！」

「まーな」

「違う。まずいのは、焼き肉じゃなくて、ウチの家計です。お母さん！」

碧は急にまずい物でも口に入れられたような顔になって、ガムを嚙むのを止め、そっとティッシュに包んで捨てた。

「こんな飲み食いしてる場合じゃない。かーちゃんは、原稿が書けなくて苦しくなるとすぐ食に走る。はまだ行ってアロマフレスカ行ってオー・ミラドー行ってカランク行ってよもぎ行って、心行って、どんだけ〜」

「君も行ったじゃん」

「かーちゃん、よく聞け。食費が収入を越えつつある！　ここにかかってる服だって、プラダでしょ？　また通販で買ったね⁉」

ね？」

「君だって、そのセーター、トーガだよね？　永野芽郁《ながのめい》が紅白で着てたトーガだよ

「どっちも高くね？」

「え、違うよ。グッチ」

空は視線を宙に泳がせると、ぽんと手を打った。

「はっ、思い出した」

「何を？　……都合よく」

小声で嫌味を言うが、空は聞き流し、ひどい棒読みでつづける。

「コミケの帰りにコンビニでミルク＆バイオレットのアイス買って来たんだった」

「えっ、ミルバ！　何味？」

碧があっさりと食いつく。

「期間限定あまおういちごとマスカルポーネ、その名もアママス。もう一個は抹茶」

「期間限定取った！」

碧はだらしない格好から、勢いよく立ち上がると、冷蔵庫に向かってダッシュする。

「えっダメ！　期間限定私！　アママスは私」

二人は本気の引っ張り合いをしながら、冷蔵庫に向かう。

一足先に冷凍庫の扉を開け、アママスに手を伸ばした碧に、横から空がつかみかかる。

「えっ、何、ちょっと君、本気？」

「私が買ってきたんだ。３軒回った」

「えっ、希少価値じゃん！　より食べたい」

「だめえええええっ」

激しい戦いは、結局じゃんけんで決着した。

二人は各々ソファに座って、ミルバを味わっている。

碧は未練がましく、空が食べている期間限定をちらりと見た。

「ちょっと、くれない？」

「嫌」

「……おいしい？」

「とても」

「……意地悪」

「あなたの母性を育てている。親は子に譲るものです」

碧が抹茶を食べ終えてしばらくして、空もきれいにアイスを食べきった。そして、改めて碧に向き直った。

「お母さん、もう一度言います」

「あ、ここんとこアイスついてるよ」

空は咳ばらいをし、指摘された場所をざっとティッシュで拭うと、まっすぐな目で碧を見た。相当な覚悟を感じる目だ。

「ウチの家計はやばい」

そう言って、空はソファの後ろから、ぬんめりと通帳と家計簿を取り出した。水無瀬家の通帳を管理しているのも、家計簿をつけているのも空だった。

「え、なんでそこに」

「今日こそ、話をしようと思っていた。いい？　ここ見て、今月の入金と出金」

碧はぷいっと顔を背ける。空は碧の顔をつかむと、強引に家計簿を突き付けた。

碧は仕方なしに家計簿を直視する。そこには目を逸らしてきた現実が、誤魔化しようのない生々しい数字で表されていた。

「いいか、かーちゃん。聞いてくれ。ここのローンは厳しくないか？　一銭も払ってない私が言うのもなんだが」

「いや、大学生だから当たり前。あ、君、いっそ、大学やめて働く？」

空は啞然《あぜん》とした顔で、碧を見る。碧は慌てて「冗談よ」ときっぱり言った。大学をやめさせるなんて考えたこともない。

（ウチは、母ひとり子ひとりだ）

家計簿と通帳にひとしきり目を通した後、碧はリビングに飾られた、赤ん坊だったころの空との写真をじっと見つめる。リビングには、二人で撮り続けてきた無数の写真が飾られている。空には「自分のうつりのいい写真ばっか飾ってる」と言われるけれど、どの写真の空もとろけるほどにかわいいと、碧は本気で思っている。

（小さくふわふわだった赤ちゃんの、この子をちゃんと育てなければ、と思った。私なりに。こんな私なりに。この子はスクスクと育ち、いつのまにか私の片腕となった。仕事で忙しい私のかわりに、この家のこと、いつの間にかお金の管理までしてくれるようになった。たまにちょろまかすけど。母ひとり子ひとり……私たちは世界を生き抜く相棒だ）

碧は大きく息を吸って、また改めて通帳をじっくりと見た。振込の額が少なくなっているだけでなく、振込元もまた少しずつ減っている。

「ふーん。講談社と丸川書店と、中学館、切られたの痛かったなあ〜」

『アンビリカルコード』の連載が切られたのはショックだが、その前から徐々に仕事は減っていた。少しずつお風呂のお湯が冷めていくようなものだ。少しぬるいかなと思ってじっとしているうちに、お湯だったものは、震えるほどの冷たい水になっていた。

「いや、引っ越そう。かーちゃん、引っ越そう」

切実な口調で空が言う。空にとってもそれは簡単なことではないのは、固く握られた拳からも分かった。それでも、空は、碧のために、二人のために、そう言ってくれたのだ。しかし、碧は「待て」と重々しく告げた。

「まあ、待て。かーちゃんには考えがある」

「どんな？」

「『アンビリカルコード』を売る。続きを連載させてくれる出版社を探す！　そして、ベストセラーにする！　ハリー・ポッターのように！　そして、私を切った散英社を、小西を見返してやるんだ！」

碧は立ち上がり力強く宣言する。空は家計簿を抱えながら、「おっ、おお」と気圧《けお》されたように、のけぞった。

2

立青《りっせい》学院大学の広々としたキャンパスの中庭の真ん中に突っ立って、空はタブレットで漫画を読んでいた。

真島《ましま》ヒロ先生の「エデンズゼロ」だ。

ちょっとだけチェックするはずが、読みだしたら止まらなくなったのだ。ベンチに移動する時間も惜しくて、読み続ける。

漫画に集中していた空は、遠くにシャッターの音を聞いた。意識に引っかかるような音に、現実世界に引き戻された空は、シャッター音が聞こえてくる方をちらりと見た。

空だけでなく、学生たちがちらちらと視線を注ぐ先には、ひとりの学生がいた。プロのカメラマンにレンズを向けられながら、気負う様子もなく、壁に背中を預けている男。同じゼミの入野光《いりのひかる》だった。

「ごめんなさい、もうちょっとこっち向いてもらって」

女性カメラマンが指示を出す。よくある大学で見かけたイケメンスナップの撮影のようだが、それにしてはカメラマンの撮影は熱心だった。

「もういいっすか？」

シャッター音が途切れたタイミングで、光がさらっと言った。感じがいいぐらいの言い方だったが、その感情の入らない軽さはどこか人を突き放すような響きもあり、カメラマンはぴたりとその手を止めた。

「この人、メンノンの専属なんで」

カメラマンの後ろで撮影を見ていた友人のナオキが、マネージャー面して口をはさむ。

「お前な〜」

光はナオキにうんざりした顔を向けると、「ウソっすよ」と軽く告げた。

「あなただったら、どこでだってモデルやれそう。もう一枚だけいいですか？」

カメラマンが手を合わせて懇願《こんがん》する。光はうーっと少し唸ってから、はいとキレのいい返事を返した。

「俺、美人にはやさしいっす」

「やだ、照れるな。マジで照れるな」

カメラマンはしきりに照れながら、またシャッターを切り始めた。一枚だけと言っていたのに、また手が止まらなくなっている。

空は目の前の光景に興味を失い、タブレットの中に広がる世界に意識を戻す。そして、たちまち、現実の音は遠くなっていった。もうシャッター音も聞こえない。

その時、中庭に三人の女の子が姿を現した。男子受け狙いを隠す気もない、隙のない完璧なフェミニンコーデは、貫禄さえ感じる堂々たるものだ。

「あれ、入野じゃない」

三人の中でも、ひときわ目を引く女の子が声を上げた。同じゼミの愛梨《あいり》だ。

「入野だ！　また、写真撮られてる。何の雑誌かな」

「行こ！　入野くーん」

愛梨たちは興奮気味に話すと、光がいる方に向かって勢いよく走りだした。女の子の肩が、ぼうっと突っ立っていた空に当たり、空の手からタブレットが弾き飛ぶ。落ちる寸前でなんとか摑み、空はふうと息を吐いた。

「すみませーん」

愛梨たちは悪気のないからりとした声で謝ると、足も止めず、駆けていった。

「ねえ、入野くん、今日の、ゼミの飲み会行くよね？」

撮影を終えた光に、女の子たちが明らかに媚《こび》をにじませながら話しかける。カメラマンと挨拶を済ませた光は、「あれ、今日だっけ？」とやはり熱のない口調で首を傾げる。

「行くよ、行きますよ。だって、君たち行くんでしょ？」

光の熱のなさを補うほどの暑苦しさで、ナオキが強引に割って入ると、愛梨は「入野に聞いてる」と冷たく突き放した。

「なんだよ、それ」

食ってかかるナオキの横で、光は俯きながら、長い息を吐いた。

「おれ、なんかだりーな」

「おっと、出ました。言いつつ、絶対行くもんね、こいつ」

ナオキがまぜっかえすと、光は顔を上げて、にやりと笑った。

「まーねー。カッコつけただけ」

その言葉に、女の子たちは歓声を上げ、ワンピースをひらひらさせながら、はしゃいでいる。

(陽キャめ)

その光景を横目で見ながら、空は眼鏡を指で押し上げる。

(光の属性。私は、ウェイ系のこの大学ではトップオブザトップの陰キャ。あれらは、私とは違う生き物。違う生き物。違う生き物。三回唱えたら、それは念仏。祈り。涅槃《ねはん》がやってくる)

違う生き物だし、生きてる世界だって違う。自分の世界に再びダイブすべく、空はタブレットの中の漫画に集中する。

ゆっくりと現実が遠くなっていった次の瞬間、いきなりトントンと肩を叩かれた。

空は体をびくりとさせ、タブレットから顔を上げ、振り返る。

背後には、いつの間に回り込んだのか、にこにこと笑うナオキが立っていた。

「君も、行くよね？　ケインズゼミの飲み会」

「や、私は」

間髪いれず断りを入れようとした空に、ナオキが重々しく告げる。

「先生が全員出席じゃないと、単位やらないって」

「そういうの、なんとかハラスメントって言うんじゃないですか？」

真顔で抗議する空に、ナオキはぷっと小さく噴き出した。ご機嫌な柴犬のようなその顔は、なんとなく憎めない愛嬌があった。

「冗談だよ。ホントマジメですね。でも、全員参加だから。僕、幹事なんで、よろしく！　7時に、一休で」

ナオキは一方的にそれだけ告げると、光たちの方へ戻っていく。

どっと全身に重みを感じた。重力が急に増えたとしか思えないほどだ。

飲み会なんて光の属性の象徴みたいな場だ。陽キャのホームグラウンドだ。

なんとかして、今からでも断れないものか。はしゃぐ女の子たちを見ながら、空は往生際悪く知恵をふりしぼろうとする。しかし、ナオキのコミュ力を前に、どんな言い訳も粉砕されてしまう気がした。

空はタブレットを未練がましく見ながら、カバンにしまう。

まっすぐ帰って、漫画を読むことができたら、どんなにいいだろうと思いながら。

新刊本の部数を決める部決会議が終った後の会議室で、小西が新人編集者を捕まえて、得意げな顔で蘊蓄《うんちく》を披露していた。漱石はもう小西から何十回と同じ蘊蓄を聞かされている。新人もすでに聞いたことがあるのか、心ここにあらずで相槌を打っている。

「小西さん」

「お、おお」

「ウンチク語られてる時にすみません。水無瀬さんのことなんですが」

漱石が小西に話しかけると、新人は助かったという顔を浮かべて、逃げるように会議室を出て行った。

「おおっ、連絡あったか？　恋愛小説のネタ、なにか浮かんだか？」

「いえ、それが全く……逃げる気ですかね？」

漱石はポツリと言った。

「我が社から。散英社から」

「なんのために、お前がイケメンなんだよ。逃がすんじゃないよっ」

小西が乱暴に漱石の背中を叩く。よろけた拍子に、会議室のお茶を片付けている女の子と目が合った。

甘くとろけるような視線。そして、見方によってはねっとりと絡みつくような視線。

彼女は手を動かしながら、そんな視線をじいっとひたすらに漱石に向け続けていた。

その視線にようやく気づいた漱石は、ぎょっとして、小さな叫び声を飲み込んだ。

そして、小西が会議室を出て、その姿が見えなくなったことを何度も確認すると、漱石は女の子の手首をつかみ、引きずるようにして足早に歩き出した。女の子は足をもつれさせながらついてくる。

漱石は普段あまり使われることのない資料室の扉を開き、彼女を強引に引っ張り入れた。彼女はその強引な仕草にさえ少し顔をほころばせながら、大人しく漱石を見上げている。

漱石が扉をしめると、彼女は「やらし」とおかしそうに笑った。思わせぶりな視線を向けられ、漱石は髪をかきむしりたい衝動に駆られる。

「いやいやいや、そういうこっちゃなくて、なんでいるの？　なんでいるの？」

「バイト。採用された」

彼女はあっけらかんと答える。言葉を失う漱石に、彼女は自分の顔を指差して、にっこりと笑った。

「きっと顔採用。ほら、私可愛いし」

「可愛いけど」

漱石はむすっと認めた。かわいい。確かにかわいい。

「ずっと、漱石のそばにいたいもん」

女の子——恋人である沙織《さおり》に上目づかいに見上げられ、漱石は頭を抱えてうずくまる。

「もんじゃねーし」

おのずとため息が洩れる。そのため息には、どこか老成した響きがあった。

そんな漱石の姿を、沙織はただただ嬉しそうにうっとりと見つめていた。

恋愛小説の印税でマンションを購入した時、碧が特にこだわった部屋のひとつが仕事部屋だった。

何より、成功した作家の部屋のイメージを形にしたかったのだ。そんな仕事部屋でなら、思い描いたような作家になれる気がした。

しかし、今、そんなお気に入りの部屋で、碧はままならない現実に直面していた。

「はいー。はい、難しい？　そこをなんとか。『アンビリカルコード』。もう、続きの構想も練ってあるんですよ」

碧は受話器を首で挟みながら、手にしたノートをぱらぱらとめくる。電話の相手は秋川書林の編集者だった。一応、担当編集者となっているが、もう何年も会っていない。

「これがけっこう面白いんですよ、秋から冬になるじゃないですか、そうすると……あ……これから会議……そう、ごくろうさま」

開いたノートに目を落とす。そこには講談社、丸川書店、中学館、文芸春夏など出版社の名前がずらりとリストアップされている。今、まさに電話を切られそうになっている秋川書林以外の全ての名前に大きくバッテンが付けられていた。

渋々と秋川書林にもバツをつけようとした、その瞬間、碧の脳裏にいかにも好々爺《こうこうや》といった雰囲気の元編集長の顔が浮かんだ。

「あっ、源《げん》さん、編集長だった源さん、昔、お世話になった……いまどこの部署……あ、退職。定年……あ、じゃ、いいです、はい」

勢いよく切り出した言葉が、しまいには吐息のような弱々しい声になる。電話を切った碧は、秋川書林にも大きくバツを書いた。

その時、チョピーンという機械音が聞こえた。パソコンのメールの着信を告げる音だ。

「岩屋書店……」

碧はハッと表情を明るくして、いそいそとメールを開く。しかし、途中まで目を通し、碧は、無言でパソコンをシャットダウンした。

碧は長々としたため息を吐き出すと、ふらりと立ち上がり、おぼつかない足取りで「寝る部屋」とプレートが下がっている寝室へと向かう。そして、キングサイズの大きなベッドに顔からドスンと倒れ込んだ。

しばらく、うつぶせのままゼロだった気力が数パーセント回復するのを待って、碧は仰向けになり、常に持ち歩いているノートを取り出す。

出版社のリストが書き込まれていたノートだ。それは碧のアイデアノートだった。出版社リストの前のページには、手書きでびっしりと『アンビリカルコード』の構想が書き込まれている。

「シーズン10くらいいけそうなほどに考えたのに……打ち切り……」

右目にひやりと冷たいものを感じ、碧は「えっ」と驚きながら拭う。

「私、泣いてる？」

そう口にした途端、ぼろぼろと涙が溢れてきた。涙に自分の気持ちを教えられたようで、碧はしゃくり上げながら泣き続ける。

その時、電話が鳴り、碧はびくりと体をすくませた。小さい子供のように乱暴に手の平でぐいっと涙を拭うと、息を整えて、電話を取る。

「はい、もしもし」

「あ、お疲れさまです。散英社の橘です」

「ああ……鷗外か。名前負けしてる」

もしかしたら、バツを付けた出版社のどこかが思い直してかけてきたのかも。そんなことをちらりと期待した碧の余所《よそ》行きの声は、あからさまに低くなった。

「漱石です。鷗外は兄」

「兄弟ダブルで名前負け」

「兄は、ノーベル賞学者です」

碧は思わずがばっとベッドから身を起こした。

「ウソっ村上春樹《むらかみはるき》？」

「ウソですよ。村上春樹も取ってないですよ、ノーベル賞」

真顔なのだろうと容易に想像がつく、淡々としたいい声でしれっと口にされる漱石の冗談は、わかりにくい。

「大丈夫ですか？　何かありました？」

「別に何もないです」

「鼻声ですが」

「もともとです。加えて鼻炎が」

わざとらしく鼻をティッシュで押さえる。漱石は少し間をおいて「そうですか」と受け入れた。

「それはそうと、恋愛小説ネタ、何か浮かびましたか？」

「考え中です」

碧は何の思いもなく言った。当てられたくない時に限って、先生に当てられた、あの感じを思い出す。あの時の惨めな思いも。漱石はまた「そうですか」と言った。まるで漱石にはすべてを見抜かれているかのようで、碧は落ち着きなく身じろぎする。

「……あの、『アンビリカルコード』なんですが」

「はい？」

「ラファエロの連載は、あと2回です。2回で終わらせてくださいと小西が」

あと2回。自分の子供のような作品の、それは余命宣告だった。碧はしばらく黙った。

漱石も何も言わなかった。

「あと、40回は続けられそうです。プロット書いちゃってました。バカですね」

やっと出した声は少しひしゃげていた。碧は無理に笑ってみせる。アイデアノートの自分の文字を見たら、ぐわっとこみあげてきたものを、必死に飲み下そうとする。

「水無瀬さん、真面目なので」

その漱石の声は、すぐ横で言われているように響いた。電話の声というよりも、もっと人の声の温度を感じた。

「え?」

「小説読む度に思ってました。仕事に真摯《しんし》な方です」

じんと小さく、しかし確かに胸の奥が震えた。その震えは電気のように、さあっと指先を走り抜けていく。

碧はあえて仕事用の声をつくり、「わかりました」とはっきり答えた。

「2回ですね。終わらせます」

電話を切って、碧はすぐに仕事部屋に戻り、パソコンの電源を入れた。もともと真面目な質《たち》なのだ。期待してくれる人がいるならば、応えたい質でもある。

しかし、仕事は遅々《ちち》として進まなかった。

何せ、40回は続く物語を2回で終わらせなければいけないのだ。書いては消し、書いては消しという、賽《さい》の河原《かわら》の石積みのようなことを続けているうちに、もう日が暮れかけていた。

「うっ……気持ち悪」

碧はゆらりと立ち上がり、また仕事場を抜け出す。向かったのはキッチンだった。窓を開けて、大きく深呼吸をする。痛いくらい冷たい空気が肺にどっと満ちるのが、心地よかった。

キッチンの窓からは、某企業の象印が見える。水色の象の微笑みを、碧はしばらく見つめながら、ゆっくりと呼吸した。

そして、冷たい空気にぶるりと身震いすると、窓を閉じて、仕事場に戻る。

ふうっと一つため息をつくと、碧はまたパソコンに向かった。

「水無瀬さんも呼んだから」

居酒屋一休の入り口で、ナオキは唐突に告げた。同じゼミの田中《たなか》が「水無瀬、誰?」と首を傾げ、「あ」と思い当たった顔をした。

「あの陰キャまるだしな? あの人、なじんでないよね〜」

「いやいや、田中くん。よーく見てみ。あれ、けっこう、美形、な」

下駄箱に靴を入れながら、ナオキは光に同意を求める。

「えっ、でも、オタクっしょ」

光は間髪いれずに、切り捨てるように言った。田中も「フジョシ……とか?」とどこか異世界の言葉を口にするように言うと、にやにやと笑う。

その時、光が小さく「あっ」と声を漏らした。

光の視線の先には、いつの間にいたのか、魔女のような真っ黒な服を着た空が、気配もなく立っていた。

ナオキと田中もあっと声を出して固まる。

三人の男たちが立ち尽くす中、空は表情一つ変えることなく、自分の靴を下駄箱に入れ、居酒屋の中に入って行く。

空の姿が見えなくなったことを確認して、男たちは知らず知らずのうちに詰めていた息を吐いた。

「聞かれた？」

ナオキが恐る恐る尋ねる。光は曖昧《あいまい》に首を振ることしかできなかった。


ゼミの飲み会は、空が思い描いていたとおりのものだった。いや、思っていたよりもなおひどいかもしれない。

参加者たちはもうすっかり気心知れた間柄になっているようで、会が始まってすぐ、どっと響く笑い声や耳にまとわりつくような嬌声《きようせい》で部屋はうるさいほどになった。

空は隅っこの席でちびりちびりとジョッキのビールを飲みながら、そっと様子をうかがっていた。誰も空に話しかけず、空から積極的に話しかけることもない。泡も消え、ぬるくなったビールを飲むことと観察すること以外、することがなかった。

飲み会の中心になっているのは、明らかに光のグループだった。彼を取り巻く女たちは何がおかしいのか、光が何かを口にするたびに、しきりに笑い声を上げ、光の体を軽く叩いたり、触れたりしている。

光の横の席をずっとキープしているのは、ひらひらとしたミニワンピを着た愛梨だ。愛梨は光のグラスを手に取るとぐいっと飲んで、顔を可愛らしくしかめる。

「これ、どんな味？」

空は白けた思いでそのやり取りを見ていた。愛梨は別に光が飲んでいる酒の味を知りたかったわけではない。それは、自分が断りなく光のグラスに口をつけられる関係だと、光に強引に認めさせ、周囲の女子に見せつけるための行為だった。それぐらい、恋愛経験皆無の空にもわかる。

ああ、もうやってらんない。

どうして、貴重なお金と時間を費やして、恋愛漫画のモブのようなポジションに置かれなければならないのか。半ば自分から選んだ役割ながら、空の心はとげとげと尖っていく一方で、ぬるいビールなどでは少しも慰められない。

空は時間を少しでも潰すために、枝豆を手にする。にゅっと口元に押し出そうとするが、豆は思いがけず勢いよく飛び出した。豆は空の顔にあたり、ぽとりと床に落ちる。大きな目をさらに大きく見開いた空は、偶然にもその決定的な瞬間を目撃していた男と目が合った。光だった。

よりによってと思うと同時に、光がふっと笑う。

ぐわあっと体中の血が駆け上る音が、聞こえたような気がした。

空は無言で手にしていた枝豆の皮を光に向かって、投げつけた。

枝豆の皮は光の顔にあたり、ぱたりと力なく床に落ちた。

「え、何すンの？」

光はあっけに取られたように空を見ている。

気づけば、騒がしかった部屋はしんと静まり返っている。皆が光と空に注目していた。

「バカにしないでください」

「や、今のかわいいな、とか思って」

激しい感情に震える空の言葉に、光は真面目な顔で言った。冷やかしている感じは少しもなかった。しかし、「かわいい」という言葉は、空の中の何かを確実に逆撫でした。

「は？　何言ってんの」

愛梨が咎《とが》めるように、光の腕をつかむ。

空はさっと財布から会費を取り出して、テーブルの上に置く。

「お先に、失礼します。見たいアニメあるんで」

わざとアニメを強調するように言って、光とナオキと田中の顔をそれぞれじっと見つめると、ナオキと田中は顔を見合わせ、あからさまにやべえという顔をした。

光だけは真面目な表情のまま、空を見ている。

空はバッグを乱暴につかむと、人いきれでむっとする部屋を飛び出した。

とぼとぼと歩く空は、廊下の途中でふと足を止め、飛び出してきた部屋の扉をちらりと見やる。しかし、扉は空が閉じたまま、開く様子もない。

「ま、誰も追って来ないっていう……」

空は自嘲《じちょう》的に呟いて、また歩き出した。

別に誰かが追ってきてくれると具体的に期待していたわけではない。

ただ、漫画だったら、追いかけて来てくれるところだよなあ、とそう思っただけだ。

本当にそれだけなのに、ちょっと傷ついているらしい自分に呆れる。

しかし、靴を取り出し、居酒屋の外に出る頃には、もうすっかりせいせいした気持ちで、実際、追いかけてこられても迷惑だったよなあ、としみじみと思った。


未羽《みわ》さんの部屋はいつもいい匂いがする。

ほろ酔いの火照った体をベッドにもたせかけ、水を飲みながら、光はぼうっと思う。

ゼミの飲み会がお開きになった後、もう一軒行こうという愛梨たちの誘いを振り切って、光は未羽の瀟洒《しょうしゃ》なマンションを訪れていた。約束も何もしていなかったというのに、未羽は嫌な顔一つせず、光を招き入れ、冷たい水をグラスに注いでくれた。

未羽は20代後半の女性だ。モデルのような隙の無い容姿をしているのに、気取ったところのない彼女の部屋にくると、光はいつも力が抜けるのを感じた。

王子様のように扱うゼミの女の子たちに向ける顔とはまったく違う、弟のような少し甘えた顔で、光は「今日さあ」と未羽に話しだした。

「枝豆投げつけられた」

ペディキュアを塗る未羽は、真剣な目を足の爪に注ぎながら、ふっと笑った。

「何それ？　誰に？」

「同級生」

「女子？」

「女子」

「ふふっ。青春だね。キミ、何したの？」

「や、何も」

「何もしないのに……枝豆、投げつける……愛の告白、かな？」

「なんでだよ」

予想外の論理の飛躍に、光は思わず笑った。未羽は訳知り顔でほほ笑んでいる。その綺麗な横顔をぼうっと眺めながら、大人の女性だなあと光は思う。会話していても何かを突きつけられるような感じがない。

「泊まってく？　今日」

ペディキュアを塗り終え、ボトルのふたをしめながら、未羽がさらりと言った。

未羽はやっと光に視線を向けると、誘いかけるように手を差し出した。ペディキュアと同じ色に塗られた爪が細く長い指を引き立てている。

光は体を起こし、ゆっくりとその手を取った。

もう何日も、碧は一文字も書けないでいた。

とりあえず書いてみて、あとで直せばいいと自分に言い聞かせてもダメだった。日に日に憔悴《しょうすい》し、家のことを見る余裕もなくなってくる。料理も掃除もどっぷりと空に頼りっぱなしで、悪いとは思うものの、どうしようもなかった。二人の生活のためにも、まずは目の前の原稿を完成させなければならないのだ。

空から話があると、リビングに呼び出されても、頭の中を占めているのは小説のことだった。このまま書けなかったらどうしよう。

うなだれる碧の前に、空はすっとチラシを差し出した。マンションの物件情報が書かれた不動産屋のチラシだった。

「え？」

碧は顔を上げて、空を見る。久しぶりにちゃんと空の顔を見た気がした。

「学校帰りに見つけたんだけど……。悪くないと思う」

チラシに掲載されているのは、南十条の物件だった。麻布十番の物件と比べると、大分庶民的な値段だ。

「南十条、南十条に都落ちしろと？」

「都心にだって出やすいし、ウチの大学にも南北線で一本だし」

「勝手にこんなもの見つけてくるなんて」

「見つけてって、ただ、もらって来ただけだよ」

「ママを信じてないの？」

なんとなく形勢不利なのを感じとり、碧は感情に訴えかける。しかし、空は心動かされた様子もなく、冷静な口調で尋ねた。

「『アンビリカルコード』はどっか他の出版社に売れたの？」

「売れないけど……」

「じゃ、いいじゃん。きっとタマネギもじゃがいもも安いよ」

「おだや、ないじゃん」

すねたように碧は唇を尖らせる。確かに、おだやがないのは空にとっても大問題だ。バイト先というだけでなく、おだやは空にとって、もう一つの家のような場所でもある。

しかし、空は心を鬼にして、チラシを碧に突きつけた。

「そんなこと言ってたら、どんどんお金なくなっちゃうよ」

碧は俯いて、黙り込む。

「港区に住みたいのは、かーちゃんの見栄だ。プラダもヴィトンもかーちゃんの見栄だ。この家は、かーちゃんの見栄に食いつくされる」

「だって、プラダ着てないと、ヴィトン着てないと、どんどん自分が終わってく気がするんだよ。水無瀬碧が終わってく気がするんだよ」

絞り出したその言葉は碧の本音だった。ブランドも贅沢も好きだ。でも、それは水無瀬碧として戦うための大事な鎧《よろい》でもあるのだ。それを剝がされたら、本当にこのまま一文字も書けないで終わっていく気がする。

「書くことしかできない私が、どうやってあんた育てんの？　誰のためにこんな苦しい思いしてるのよ」

ぐっと睨みつけると、「はあ？」と空は眉をはね上げた。

「自分が書けないの人のせいにすんなよ」

ぐうの音も出ないほどの正論。だからこそ、その言葉に碧は思わず声を荒げた。

「なに、その口のきき方。それが親に向かっていう言葉？　あんたが国立行ってくれてたら、家計だってもっと楽だったわよ」

「悪かったですね！　かーちゃんみたいに有能じゃなくて。国立落ちても、私立、早稲田くらい入れればよかったよね？　そう思ってんでしょ？」

「なんだ、それ!?　思ってないよ」

「思ってるよ、自分が行ってた大学だから、行って欲しいって言ってたじゃん」

「いい大学だよって、薦めただけだ！」

「とにかく私は、かーちゃんに私のために書いてくれ、なんて頼んだ覚えはないっ。勝手に書いて勝手に有名になっただけだ」

売り言葉に買い言葉だと頭のどこかではわかっていた。それでも、母親としての自分の全部を否定するようにも聞こえる言葉は胸に深く突き刺さり、碧は怒りに震えた。

「なに言ってんの？　誰がここまで育てた⁉」

「うっわー、出ました！　お決まりのセリフ。だっさい。だっさいだっさいだっさい！」

いつもは感情的な碧を窘める空も、珍しく声を上ずらせて、激しく言葉をぶつける。

「文句あるなら出ってってよ。ここは私の家だ！　私が、私が買った家だ！　出てけっ」

「言われなくても出てくよ！　それが親に向かって言う言葉、とか言うなら、もうちょっと母親らしくしろよ！」

空は捨て台詞を吐いて、部屋を飛びだしていく。碧は振り返らない空の背中をしつこく玄関まで追いかけ、靴を履く彼女に向かって問いただした。

「もうちょっと母親らしくってどういうことよ？」

「かーちゃん、私の担任の名前、何人言える？」

「はあ？」

「小学校から高校卒業までの、担任の先生何人言える？」

靴を履き終えた空が、まっすぐに碧を見て言う。碧は言葉をなくした。何も思い浮かばなかった。これはさすがにまずいと、必死に記憶をたどる中で、碧の脳裏に爽やかな若い男性の顔が浮かんだ。

「あ……平野《ひらの》先生。中学校ん時の平野先生」

空はぐっと唇をかみしめ、何かを堪《こら》えるような顔をしている。

「……やってらんないよ！」

言葉を投げ捨てて、空は出て行った。

碧は玄関のドアを睨みつける。怒りはまだ碧の中で荒れ狂っていた。

リビングに戻り、空が残していった言葉がゆっくりと沁み込むにつれて、一瞬、何かをぐっと堪えるような、少し泣きそうな表情が浮かぶ。

しかし、空の言葉を反芻《はんすう》するうちに、今度はまた怒りがぐわっとせりあがってきて、碧はまた目をいからせた。

夜も7時を過ぎると、すずらん商店街の多くの店はシャッターを下ろす。それでも、商店街は楽しそうに行きかう人々で賑わっていた。

窓に明かりを灯したタワーマンションを背景にした、昔ながらの商店街の風景は、どこか合成写真のようにも見える。しかし、商店街で暮らす人々にとってはそれが今では当たり前の光景なのだった。

「オヤッさん。サンマ焼きだけどさあ、ケンちゃんが、中にカスタードクリーム入れてみたらどうだって……」

店じまいを終え、どかどかと居間に入ってきたゴンちゃんの足が、こたつ布団の中の柔らかいものを踏んだ。

デジャヴを感じながら、ゴンちゃんが「うなっ」と奇声を上げ、慌てて足を上げる。

こたつ布団に潜り込んでいた空は「イタ、イタタタタ」と踏まれた足をさすりながら、這い出してきた。

「ごめんごめんごめんごめんごめん。でも、わかんないよ。猫みたいに潜りこむなよ」

空はティッシュでぐいっと鼻を拭った。ゴンちゃんは空の目が赤いことに遅れて気づき、声を上げる。

「えっ、泣いてんの？」

俊一郎が慌てて、しっと人差し指を口元に当てた。


スタンドだけつけた薄暗い仕事部屋で、碧はパソコンに向かっていた。

表示されている画面は相変わらず真っ白なままだ。

ここ数日、書けないながらも、パソコンに向かっている間、碧は必死に小説のことを考え続けていたが、今、頭にあるのは、空のことだった。

小説のことを考えようとしても、いつの間にか空のことを考えている。思っている。

夜に家を出たことは、そんなに心配してはいなかった。こんな時、空が行くような場所は決まっている。

「書かないと……」

碧は呟いて、ポツンポツンとキーを叩き始める。しかし、キーを叩く音はどんどん間遠になり、ついには止まってしまった。

空のためだと気持ちを奮い立たせても一文字も書けないなんて、もう、いよいよダメなのかもしれない……。

碧はため息をついて、立ち上がった。

コーヒーでも淹れよう。

仕事場を出て、キッチンに向かう途中、空の部屋から薄く光が洩れているのに気付いた。碧は空の部屋のドアを開ける。電気がつけっぱなしになっていた。

空のいない空の部屋。

漫画やアニメのDVD、グッズやコスプレ衣装など、空の部屋は空の好きなものであふれていたが、主のいない空間はひどくガランとして見えた。

碧は脱ぎっぱなしになっていた洋服などを、軽く畳んでベッドの上に置く。

窓の向こうに、ライトアップされた象印が見えた。

碧はふっとため息をつき、パチンとスイッチを押して、灯りを消す。

振り返ると、暗闇に浮かび上がる象印がより美しく光って見えた。

「ほいよ」という声と共に、空の前にお汁粉が置かれた。

俯いていた空は、その甘い香りにそろりそろりと顔を上げる。ゴンちゃんに勧められるままに、空は箸を取り、お汁粉を一口食べた。

「あったかい」

思わず言葉が洩れた。ふわっと心がほどけるような、あたたかい味だった。

「おおっ。お前のかーちゃんと一緒だ」

「ゴンちゃん、クサいこと言う」

「言うぞ。俺は、クサいこと言う」

あまりにゴンちゃんが堂々というので、空はプッとふきだしてしまった。

「ゴンちゃん、かーちゃんが覚えてた唯一の担任、平野先生ってイケメンの先生だ」

碧に平野先生の名前を告げられた時、空が堪えていたのは実は怒りでも悲しみでもなく、笑いだった。怒りに震えながらも、あんまりにも碧が碧らしいことを言うので思わず笑ってしまいそうになったのだ。ゴンちゃんは声を上げて笑った。

「あいつはイケメン好きだから」

お汁粉を食べて、ゴンちゃんと声をあわせて笑ったら、こんがらがって、固結びのようになっていた気持ちがするりとほどけたような気がした。

柔らかくなった空の顔を確認して、ゴンちゃんが「な」と呼びかける。

「ん？」

「かーちゃんが、あの家売らないのは、空のためだ」

「えっ、私の？」

空は箸を止めて、目を丸くする。

「空の部屋から、ベランダから象印が見えるだろ？」

「あ、うん。あの、かわいい象。あれは、デザインとしてよく出来ている」

「小さい時さ、泣いてる空を、かーちゃんはだっこして、それ見せてたんだ。そしたら泣き止む」

「うん……何度も聞いた。象印、お父さんいないから、そのかわり。私たちの守護神だ……って」

「好きだろ、象印」

空は大きく頷くと、ぱっとスマートフォンの画面をゴンちゃんに向けた。

「待ち受けにするほどに」

「マジか？」

「実は、今もあれを見るとホッとする。高校の時、吹奏楽部の一軍に入れなかった時も、大学受験、国立落ちた時も、あの象を見ていた。少し、気持ちがやすらぐ。カッコ悪くて秘密にしてたのにな……」

「ははっ、かーちゃんにはバレてたな。三つ子の魂百までだ」

「なんかやすらぐ」

「空の守護神だもんな」

今も変わらずあの象が自分にとっての守護神だと、碧に話したことはなかった。でも、碧はわかっていたのだ。わかっていて、無理をしてでも、麻布十番に、今の部屋にこだわった。まあもちろん、見栄もあるのだとは思うけれど。

「空の大事なものは、かーちゃんにとっては、もっともっと大事なものだ」

ゴンちゃんの言葉に鼻の奥がツンとして、空は不貞腐《ふてくさ》れたように言った。

「……言えばいいのに」

「お前、そりゃ、碧だって言えないことはあるぞ？　あいつが思ったこと何でも言ってると思ってるだろうが。ま、たいていのことは言うけどな」

「肝心なことは言わない」

「かーちゃんは、いつも空を応援してる」

あまりにゴンちゃんがクサいことばかり言うので、それが当たり前みたいに思えてきた。ゴンちゃんも思ったことしか言わない。

空は一口お汁粉をすすった。

「ゴンちゃん、かーちゃんの分もお汁粉あるか⁉」

きりっとした顔で空が尋ねると、ゴンちゃんはゆっくりと満面の笑顔になって、「おおっ！」と大きく頷いた。

間接照明に照らされた仄暗《ほのぐら》いリビングはひっそりとしていた。

空はゴンちゃんに用意してもらったお汁粉を手に、ゆっくりと足を踏み入れ、うずくまっている碧を発見する。

「かーちゃん、どうした⁉」

慌てて駆け寄った空に、碧は呑気な顔で「ん？」とほほ笑んだ。どうやら倒れていたわけではないらしい。

「これ見てた」

ほほ笑む碧が見つめていたのは、壁の下の方に描かれた落書きだった。

「かーちゃんと、空、と、象さん。年中さん時だったかなあ、あんたが描いた」

大きな人間と小さな人間と、水色のクレヨンで描かれた象。もうとっくに消されたと思っていた。

空はそうっと碧の背中に抱き付いた。碧は「なによお」と言いながら、笑っている。

空は顔を背中に押し当て、ぎゅうぎゅうと抱きしめる。

「なんだよお」

碧は幼子をあやすように、体を揺らす。空はじんわりと伝わる碧の体温を感じながら、体を預ける。重いだろうに、碧は何も言わなかった。

「ここには、この家には、3つのあんたも、9つのあんたも、みんないるから……」

カショカショと軽いシャッター音が聞こえた。空は思わず碧の手元を覗き込む。碧は何度も何度も角度を変えながら、その落書きをスマホのカメラに収めていた。

「かーちゃん、何をやっている？」

「ん？　だって南十条越すんでしょ？　記念に」

空は慌てて碧の前に回り込むと、その両肩をがしっとつかんだ。

「ダメだかーちゃん」

「え？」

「水無瀬碧が、南十条なんか住んじゃダメだ！　終わるぞ。終わってしまう。プラダもヴィトンもマルニも着なくなって、ユニシロに走って、ユニシロは4XLまであるからな。どんどんウエストなんかなくなるぞ？　今だってなくなりがちなのに」

「だって、『アンビリカルコード』、あと2回でお終いだし……それすら書けないし……。もう、筆を折るかと」

　碧はどんよりとした顔でうじうじと言う。

「ちょっと目を離した隙に、すごい勢いで自信を失くしている。かーちゃん、南十条で何やるつもりだ？」

「スーパーのレジとか」

「かーちゃん。878円のものを買います。お客さんは、1003円差し出しました。お釣りはいくら？」

　碧は少し考え、指を折りながらまた少し考え、力なく首を横に振った。

「な、かーちゃんは、書くしかないんだよ。書くために生まれて来た。かーちゃんの小説をたくさんの人が待っている」

「……だけど、『アンビリカルコード』2回で終わらせて、そのあと、恋愛小説書かないと、私に道はない」

「えっ、恋愛小説？」

「そう、あんたに言ってなかったっけ？　恋愛小説だったら本を出してくれるって。でも、書けないよ。恋とかもうよくわかんない」

投げやりな口調で言う碧の両肩に、空はぐっと指を食い込ませ、力強く揺さぶった。

「え、協力って……」

「私が協力する」

「私が恋をする」

空は躊躇《ちゅうちょ》なく言いきった。恋愛小説を書かないと道がないのなら、書けばいいのだ。そうすれば、道はできる。そのためなら、なんでも、それこそ、恋をすることだって、できると思った。

「はっ？」

「私が恋をするから、それをネタに書けばいいっ」

「えっ、あんたが⁉　あんたが！　オタクで腐女子のあんたが⁉」

「オタクの腐女子が恋をしたら面白くないか？」

「確かに……面白いかもしれない。そして、あんたがその気になってくれたのが何より嬉しい！」

空は碧の目が久しぶりにきらりと輝いたのが、何よりうれしかった。

オタクだって、腐女子だって、それぞれで、様々だ。恋愛を愉しんでいるオタクだって、三次元からの逃避でもなんでもなく、純粋に二次元をエンジョイしている人だってたくさんいる。でも、オタクや腐女子の中には、空のようにリアルな恋愛を遠い国の風習の様に思っている人だって少なからずいるはずなのだ。

そして、それはオタクや腐女子に限った話ではないと空は思う。

だとすれば、自分が重い重い腰を上げて、恋愛にぶつかっていく様は、誰かしらの、何かしらの共感を呼ぶのではないか。

結構な漫画の読み手であると自負する空は、コンテンツとしての自分の価値を、冷静に分析する。

しかし、肝心の碧はといえば、どちらかというと母親の顔で、感無量とばかりに、じいっと空を見詰めていた。

「私は、このままずーっとあんたが彼氏も出来ないで、血みどろの漫画とか、男同士がいちゃいちゃする漫画読んで、終わってくと思ってた!」

「BLな」

「かーちゃんは、ずっと心配していた」

碧はやけにしみじみと言った。

「そんなにか」

「恋愛小説を書く。書こう。やった、あんたが恋をする! 万歳」

碧は当確の政治家もかくやというほど、勢いよく両手をあげ、すぐさま「イタ、イタタタタ」と右手をおさえた。

「どした？」

「右手、最近、あがんない。四十肩だ」

碧は右手をおさえたまま、情けなさそうに笑った。


作家という仕事柄、碧は長年、肩こりや腰痛に悩まされてきた。定期的に軽いストレッチでもするべきなのはわかっているのだが、長時間集中して書き続け、ふと我に返ると、体中がばきばきになっている。

仕事が一段落するたびに、整体院に通って体のメンテナンスをしてもらうというのは、もう長年の習慣になっていた。

碧が通っているのは、すずらん商店街にある太葉堂《たいようどう》という整体院だ。

ベッドにうつ伏せになって、碧は年配女性の整体師から施術を受けていた。

「でも、よく考えてみたら、オタクがヒロインだとラノベになっちゃうんですよね」

年配の整体師が「ラノベ？」と聞きなれない言葉に首を傾げたのが気配でわかった。

「ライトノベル、若い子の読むやつ。私の書くものとは違う」

「ああ、そういうのがあるの」

話しながらも年配の整体師は手を止めない。碧の体の癖もよく知る彼女は、的確に碧の体の歪みを整え、筋肉の緊張をゆるめていく。

「やっぱり、自分が恋しないとダメだよねえ。あのときめく気持をもう一度思い出せば、書ける！」

空の提案を受けた時には、それもいいかと思った。でも、一晩経って、自分で恋愛してこそだと、碧は思い直していた。そうでなければ、言葉は湧いてこない気がする。

とはいえ、空が碧のためであっても、恋愛をする気になったのであれば、なによりだ。碧は空に余計なことを言わず、成り行きを見守るつもりでいた。

「ときめく気持はいいけど、あんた、これ、ひどいわ。この肩。四十肩。私じゃ無理だ。仕上げ、院長先生にやってもらおう」

碧の四十肩はベテラン整体師の手にも負えないらしい。

「院長先生？」

「院長先生、この前引退したの。新しい先生来てね～」

「へえ……イタタ」

うつ伏せのまま、碧は呻く。

年配の整体師が新しい院長先生を呼びに姿を消す。すぐさま「失礼します」と若い男性の声がかかった。

(若い……？)

碧は思わず心の中で呟く。肩書から想像していたよりもずっと若い声だった。

「ここ、肩甲骨と上腕骨がくっついちゃってますね」

「あ、は、はい。ケンコーコツとジョウワンコツ」

碧は呪文のように棒読みで言われたことを繰り返す。

「ちょっと、ごめんなさい」

男は碧の肩のある一点をぐうっと押した。そして、大きく羽ばたかせるように、何度か腕を動かす。何かくっついていたものが剝がれるような感覚が確かにあった。

「はい、ちょっと、起き上がってみてください」

声を掛けられ、碧はそろりと体を起こす。

初めて見た院長先生は、声の通り若かった。背は碧が見上げると首が痛くなるほどに高い。30代だろうか。清潔感のある、すっきりとした顔立ちをしていた。

じいっと彼の顔を見つめていた自分に気付いた碧は、慌てて目を逸らす。

「右手、あげてみてください」

「あ、はい。あ、あがる、あがる。さっきよりあがる！　凄い」

碧は興奮気味に声を上げた。右手は何の抵抗もなく、すうっと上がる。嘘のようだった。思ったより若くてイケメンという評価に、神業の持ち主という評価が加わった。

途端に、不思議なもので、さっきよりもイケメンに見えてくる。

「ちょっと、こう……」

よりスムーズに動かすため、補助的に右腕に添えられた院長の手に碧は思わずどきっとした。

「もし、お時間があれば、また来てください。まだ、完全じゃないです」

施術を終え、会計を済ませる碧に、院長が背後から声をかけた。

「あ、はい」

俯いて、小さく答えた碧は、続く彼の言葉にぱっと顔を上げた。

「お仕事お忙しいと思いますが」

「え？」

「ラファエロの連載、読んでますよ。『アンビリカルコード』」

本を読んでいると直接言われたことはこれまでだってある。でも、今、彼に言われたことが、しかも、それが『アンビリカルコード』だったことが、最近のあれやこれやが全部きれいに帳消しになるぐらい、うれしかった。

「ファンです」

そう言って、彼は照れたように笑った。

「本、みんな持ってます。じゃ」

彼はくるりと踵《きびす》を返そうとして、ぐらりとバランスを崩した。なんとか、たたらを踏んで踏みとどまったものの、天井に付きそうな長身は受付横の雑誌を派手になぎ倒す。

彼は慌てて雑誌を元の場所に戻すと、バツが悪そうな顔で、碧をちらりと見た。

「あ、なんか緊張しちゃって……カッコわり」

そう言って頭をかくと、もう一度、碧にぺこりと頭を下げ、奥へと戻っていった。

（か……かわいい）

碧は心の中で叫ぶ。

魔法のような腕を持った仕事の顔と、思いがけずそそっかしくて、少年ぽい顔。これがギャップ萌えというやつかと、さっきの彼の言動を振り返る。

また、来よう。まだ完全じゃないんだから、治るまで、いや、治っても来よう。

碧は固くこぶしを握る。

この時、碧は想像だにしなかった。

この男が、彼女より前に空と出会っていたことを。

転んだ空にソイラテを差し出し、眼鏡を直してくれた男の職業は眼鏡屋ではなく、整体師だった。

そう、それぞれ恋に意気込む母と娘は知らず知らずのうちに、同じ男性と出会っていたのだった。

3

太葉堂の施術室で、院長の渉周一《わたるしゅういち》は突然、はっと治療の手を止めた。

「何か……何かが、来る気がする」

渉は不吉な予感に表情を曇らせながら、治療を再開させる。治療を受けているのは、神林《かんばやし》という常連のおばさんだ。彼女はのんびりと尋ねた。

「んー？　なに？　嵐？　台風？　真冬だよ。大雪でも来るかい？」

「や、もっとこう、圧迫感のある……」

渉は言葉を切ると、大きくぶるりと身震いした。


ちょうどその頃、水無瀬邸では、ドレッサーの前に座った碧が、化粧に没頭していた。マスカラを重ね塗りしたばさばさのまつ毛に、顔を立体的に見せるノーズシャドウやハイライト。ファンデーションで塗り固めた顔は、特殊メイクの域に片足を踏み入れかけていたが、碧の手は止まらない。口紅も一度だけでは物足りなくて、何度も何度も重ねて塗る。

「うん、よし」

鏡の中の自分に、碧は満足げに大きく頷いた。


空は大学の休講掲示板を見上げ、内心チッと舌打ちした。経済学の里中《さとなか》先生の名前が見当たらなかったのだ。またあの退屈な時間が待っているのかとため息をつきながら、未練がましく掲示板を見詰める。

その時、ふと気配を感じ、空はちらりと横を見た。少し離れたところに男が立っていた。掲示板を見上げる横顔がやたらと綺麗な男だった。

その男が光だと気づいた瞬間、光もまたふっと空を見た。視線が絡みかけ、二人は視線をさっと掲示板に戻す。

ポケットの中のスマホが震え、空は画面を確認した。LINEのメッセージは碧からだった。

無造作に開いて、空は思わずギョッとする。

バキバキに化粧をほどこした碧の写真に、「どう、かーちゃん、綺麗?」というメッセージが添えられていた。写真の母は綺麗だった。確かに綺麗なのだが、もともと整った顔立ちの碧が本気で化粧を施したその顔は、まるで化粧品のグラビア写真のようで、娘の空でも少し腰が引けてしまう迫力があった。

(かーちゃん、化粧濃くないか?〈ヘアメイクの新井《あらい》さんにやってもらう時より濃いぞ? 取材か? テレビか? サイン会?〉)

空は慌ててメッセージを送る。返事はすぐに戻ってきた。

(整体)

(整体?)

(そう、かーちゃん、四十肩じゃん)

四十肩で整体はわかるけど、それでメイク? 空は気合の入りまくった碧の写真を見ながら首を傾げる。

母のことで頭をいっぱいにした空は、隣の男の存在も忘れ、ぶつぶつと呟きながら、授業へと向かった。

「ホントはもう治ってるんだけどねー」

空にメッセージを送った後、碧はぐるりと肩を回した。思うように上がらなかった肩は、二日続けて渉の施術を受けたことで、劇的に改善した。多分、施術をしている渉には十分に治ったとわかってしまっているだろう。それでも、「痛くなる前に来てくださいね」という渉の言葉をいいことに、碧は三日続けて太葉堂に足を運ぼうとしていた。

もう一度鏡を見て、碧は完璧な仕上がりににんまりと笑う。しばらく着ていなかったブランド物のワンピースのゴージャス感にまったく負けていない。整体院に着いたら、すぐに施術着に着替えなければならず、ほとんど渉に見てもらえないのが残念だが、一瞬でも渉がファンだと言ってくれた、作家・水無瀬碧らしい姿を彼に見せたかった。

完全武装を施した碧は太葉堂へと自信満々な足取りで向かう。

バッグの中のスマホが鳴った。画面に表示された発信者に、碧は少し顔をしかめる。

「散英社の橘です」

「漱石か」

編集部からかけているのだろう。漱石の背後は少し騒がしかった。

「名前覚えていただいて光栄です」

漱石の声は低いのによく通る。編集部の喧騒の中でも、その声ははやはりまるですぐ隣にいるようにクリアに届いた。

「この名前、忘れられる人いないと思うよ」

「『春を先取る１００冊フェア』、水無瀬さんの『パーフェクトなデート』を入れさせていただくことに、正式に決定しました」

「それはども」

漱石の報告に、碧はそっけなく返事をする。

「ちょっと前までは、水無瀬碧の１００冊フェアだったのになあ」

「あ……すいません」

「ツッコんでよ。百冊も本出してないよ」

碧は自らツッコミを入れる。そんな風に謝られると、パワハラしてるみたいじゃない
かと、勝手に腹が立った。新しく担当になった漱石との接し方がいまだに摑めない。

「……ところで、水無瀬さん、あたらしい小説のネ――」

「そこまで！　私、浮かびました」

おずおずと切り出した漱石の言葉を遮って、碧は力強く断言した。

「私、これから恋をしに行きます」

「……タイトル？」

「違います。40代の女性が整体師に恋をするんです。40代っていっても、とても40代に
は見えないんですけどね。まあ、見えて30くらいか……」

「整体師に恋……それはあれですか、体を触られてドキッとした的な」

碧は一瞬ぐっと詰まった。そんな風にまとめられると、ずいぶんと陳腐《ちんぷ》に感じる。

「ま、とにかく、それで企画通して。小西に言っといて！」

特別に感じたやりとりを、瞬間を、それ以上ありふれたもののように感じさせられるのが嫌で、碧は慌てて電話を切る。

そう、自分はこれから恋をしに行くのだ。

碧はべっとりと口紅の塗られた唇をきゅっと引き結び、決意も新たに、太葉堂をまっすぐに目指した。


教室に里中先生の声が響く。声は聞こえているのに、言葉が頭の中で形にならない。まるで、呪文のようだった。眠気を誘う呪文。眠気に負けないように、空はせっせと手を動かす。別にノートを取っているわけではない。配られたプリントの裏に、空が描いているのは、イラストだった。

里中先生は経済学者のケインズを研究するゼミの教授だ。贅沢をする一方で、お金そのものにあまり関心のない碧に代わって、少しでもお金に関する知識をつけようと、経済学を専攻したのが間違いだった。ケインズの言っていることはちっとも理解できない上に、今のところ水無瀬家の家計にメリットをもたらしてくれそうにもない。

「人々が月を欲するために失業が発生する、ケインズはそう言った。欲求の対象が生産することのできないものであって、それに対する需要も簡単には抑制することができない場合には人々を雇用することはできないのである」

里中先生の言葉は切れ間なく続く。

(ケインズ。君は何を言ってるんだ、まるでわからないぞ)

空はケインズに心の中でクレームをつけながら、手を動かし続けた。プリントには月に手を伸ばす人々が描かれていた。必死に月を求める人々の表情はひどくリアルだ。必死で、醜くて、人間臭い、そんな顔を、空は描いていく。空が手を動かす度に人が増えていく。手を伸ばす人間の数は、紙いっぱいになり、いつしか「蜘蛛の糸」に登場する細い一本の糸に群がる人々のような、迫力のある絵が完成しつつあった。

月を求める民たちの描写に余念がない空は、もはや里中先生の声のボリュームが上がっていることにも気づかなかった。

「あっ」

手元からさっと紙が引き抜かれ、空は思わず声を上げる。気付けばすぐ横に里中先生が立っていた。

「君は何をやっている？　私のありがたい話も聞かず。何を描いてたんだ？」

「月を欲する民です……」

空は俯いて答える。里中先生はプリントに描かれた絵をひらひらと掲げ、みんなに見せた。みなはその絵の異様なほどの迫力と、「月を欲する民」を絵にしたということに意表をつかれ、思わずくすくすと笑う。

「これは、没収しておく」

　里中先生はそう告げると、紙をくしゃっと握りつぶそうとする。その時だった。

「先生、ダメです」

　里中先生の手を止めさせるほど、切羽詰まった声が上がった。

「捨てちゃダメです！」

　里中先生と一緒に、空は声の主を振り返る。声を上げたのは、光だった。

「え、これ、捨てちゃダメ？」

　里中先生は茶目っ気をのぞかせながら、空と光に向かって尋ねる。空は俯いて蚊の鳴くような声で言った。

「あ、いいです。どうぞ。どうせ落書きなんで」

「だったら、僕にください」

　思いもよらぬ言葉に、空は思わず光を見る。いつ見ても、陽キャという言葉を具現化したような姿だ。光の姿を見た途端、枝豆を投げつけた瞬間のことがたちまち思い出されて、空はぱっと目を逸らす。

　なんであんなことをしたんだろうと、空は今更ながら後悔のため息を漏らす。闇の者らしく、ひっそりと平和に暮らしていたというのに。これまでオタクだとからかわれても、オタクですが何かと思うだけで、別に腹など立たなかった。大抵のことは、仕方がない、どうでもいいと受け流してきた。

でも、あの時、光に笑われた時だけは、腹が立って仕方がなかったのだ。枝豆をぶつけてやりたいと思うぐらい。

「はい、終わりましたよ」

涉の手が背中から離れ、穏やかな声がかかる。涉の手の体温を失った切なさを、碧はうっとりと噛み締めながら、「あ……どうも」としずしずとした声で答える。

急いで体を起こし、ベッドに座るが、もう涉は次のお客さんのもとに向かっていくところだった。

初めて会った時に、ファンだと言った割に、涉の言動は素っ気ない。あの時のような動揺はもう見られず、治療も会話も淡々としている。今日のメイクを見ても、涉は何の反応も示さなかった。碧はがっくりとしながらも、プロ意識がある男性の方が素敵じゃないかと自分をなんとか鼓舞する。

施術着から着替える前に、何気なく壁にかけられた鏡をのぞき、碧は「うわっ」と声を上げた。アイライナーが下まぶたに移り、パンダ目になっている。

なんとか化粧を直し、会計をしている最中に、また涉が挨拶に姿を現した。

「五十肩は、無理に動かすと肩の腱板の損傷がひどくなるので、痛みがある場合は無理に動かさないでください」

涉がにこやかに告げた言葉に、碧は「五十肩……」と絶句した。

「ええ、五十肩は、血液の流れが悪いとよろしくないので、肩を冷やさないようにしてくださいね。あったかいお風呂とかいいですね」

碧は言葉に殴りつけられたように、しばらくショックで固まっていたが、きっと顔を上げ、渉をまっすぐに見上げた。

「先生、私、四十肩だと思うんです」

「ん？　あ」

「五十肩じゃなくて、四十肩」

「ああ、それは」

碧が強調しても、渉の反応は鈍い。いや、恋に年齢は関係ないとは碧も思う。でも、40代か50代か、どれぐらい相手と離れているかは、正直気になるところじゃないか。渉は気にならないのだろうか。

碧は意を決して、ずっと気になっていた渉の年齢を尋ねる。

「先生、いくつですか？」

「25です」

碧は膝から崩れそうなところを、すんでのところで堪えた。落ち着いているし30代だと思っていた。イケる年齢差だと。

渉は憎たらしいほど爽やかな笑顔を浮かべている。

25という年齢に戦意喪失した碧は、逃げるような足取りで、太葉堂を後にした。

ショックは次第に怒りに変わっていった。

碧はぷりぷりと腹を立てながら、おだやかに向かう。何かあるとおだやかに足が向くのは、碧も空と同じだった。

「ひどいと思わない？　私、50に見える？」

碧は注文したヤキソバを食べながら、お茶を運んでくれたゴンちゃんにまくしたてる。

ゴンちゃんはおかしそうに笑った。

「25からしたら、40も50も同じだよ。オバサンだ」

ゴンちゃんが笑うと、目じりに深い皺が現れる。習字教室で出会った頃にはなかった皺。オジサンだなあとしみじみと思う。

そりゃ、自分もオバサンになるはずだ。でも、それでもやっぱり、五十肩はひどいと思う。怒りを蘇らせながら、碧はヤキソバを口いっぱいに頬張る。

「へい、お待ち。サンマ焼きとみつまめ！」

バイトのケンタがテーブルに器を並べ、伝票に書きつける。

「そんなに食べて、お腹こわすぞ」

厨房から顔を覗かせた俊一郎が、気遣うように言う。ゴンちゃんは面白がって、「ヤケ食いだヤケ食い」と囃し立てた。

こんなところは小学校の頃からまるで変っていない。

碧はゴンちゃんを無視して、ぼんやりと宙を見詰めながら、長い息を吐いた。

「ああ〜。短かった。たった三日の恋だった」

「そんなもんが、恋ですか！」

ゴンちゃんは偉そうな口調で、呆れたように首を振る。そんなもんと言われても、久しぶりだったのだ。その人のことを考えると、心がふわっとしてそわそわとして、嬉しいような泣きたいようなそんな気持ちになることが。

「あ、そうだ、俺、また新商品開発したの。鯛焼き、ゴルゴンゾーラ味、食べる？」

「いらない」

碧はにべもなく断ると、サンマ焼きを手にし、頭から豪快にパクリとかぶりついた。

ケインズゼミを終え、空は誰よりも先に教室を出た。競歩のような早足で、中庭を横切り、キャンパスの外へと出る。

途中から、自分を呼ぶ声が聞こえていたけれど、聞こえなかったふりをする。

「ね、待ってよ待って」

光が息も切らせず、空に並んで声をかける。さすがに無視できず、空は「急いでますんで」とそっけなく返した。

「地下鉄までだよね、じゃ、俺も急ぐ」

光は屈託なく言って、空の早足にぴたりとついてくる。

その時、ひらひらとした服を着た女の子たちの集団が姿を現した。愛梨たちのグループだ。愛梨は光の姿を認めると、ぱっと顔を輝かせた。

「入野、カラオケ来るよね？」

「あ、あとから行くから」

「じゃ、いつも行くとこ、カラオケ三昧、先行ってるね」

愛梨は空をいないものとして扱ったが、最後にちらりと訝《いぶか》し気な視線を注いだ。空はそんな愛梨の視線を敏感に感じ取りながら、今がチャンスと足を速める。しかし、光はまたあっという間に追いついた。

「俺、インハイで4百メートル、全国7位の記録持ってんだよね。逃げきれないよ」

こっちは早足で息が上がりかけているというのに、涼しい顔で言うのが腹立たしい。

空はぴたっと足を止めた。

「あなたのような光の属性の方が、私のような闇の属性、陰キャに声かけてくるなんてキャンパス中が笑ってるからやめて」

今この瞬間も、行き過ぎる学生たちが皆、自分と光を見ているような気がする。

「何かの罰ゲーム？」

そうとしか思えず、問い詰めるように言うと、光は苦笑した。

「うわあ。病んでる」

病んでるというワードにカチンときて、空は光をむっとにらみつける。

「その塩対応。なんか、俺、君に嫌われるようなことしたっけ？　あ、これ、授業中に描いてたイラスト。これだったら、返すよ」

光はノートに挟んでいたイラストを恭しいといえるほど丁寧な手つきで差し出した。

空はさっと受け取り、すぐさまクシュッと丸めて、傍らのゴミ箱に放り投げる。丸めた紙は綺麗な放物線を描いて、ゴミ箱に吸い込まれていった。

「なんてことすんの⁉　この前、枝豆投げたし、なんでも投げるな……」

光はわなわなと震えたかと思うと、ゴミ箱に向かって突進した。大きなゴミ箱に半身を突っ込む勢いで探している。

空はさっさと歩きだした。

「待ってよ！　待って。話あるんだ！　大事な話」

光はゴミ箱に体を突っ込んだまま、慌てて呼び止める。その拍子に大きくバランスを崩し、ゴミ箱ごと無様に転がった。ゴミだらけになりながら、光は空のイラストが描かれた紙のしわをそうっと伸ばす。

「……なんなの？　あいつ」

呆気にとられながら、空はその様子を見つめる。気付けば足は止まっていた。

小西はずずーっと音を立てて茶をすすり、渋い顔をした。そうして、渋い顔のまま

「40代の主婦が整体師と恋に落ちる」と呟く。

碧との電話の後、漱石は小西に時間をもらい、打ち合わせスペースで、報告をしていた。

「や、主婦とは言ってなかったような」

「いずれにしろ、40代と整体師」

「はい」

「どーなの？　それ」

小西は尻上がりのイントネーションで、疑わし気に言う。

「和製ハーレクインロマンスみたいな」

「はい、私もベタだとは思いましたが、『それで企画通して！』と」

漱石は碧の少々高飛車にも聞こえる、ぴしゃりとした言い方を真似て言う。小西は顎に手を当て、ふむっと小さなため息を漏らした。

「……迷走してるのかな。水無瀬碧も」

その言い方に意外なほどの情を感じて、漱石は黙って小西の顔を見詰めた。

「水無瀬碧は俺が見いだした。デビューは大学在学中。そして、『空の匂いをかぐ』でブレイクしたのが、23歳だ。あ、ちなみに、かぐ、を開いたのは俺」

開くというのは、平仮名にすることを指す編集用語だ。逆に漢字にすることは、閉じるという。

「閉じると、リセッシュみたいだろ?」

「あ、シュッシュッするやつ。消臭剤。言われてみれば、閉じると……」

確かに全然イメージが違う。小西のドヤ顔は少々鼻につくが、言葉に対する繊細な感覚に、漱石は素直に感心する。こう見えて、多くのヒット作を手掛けてきた男なのだ。

「……早くに売れたものたちは、大変だ。長く売れ続けなくてはならなくなる。水無瀬は二十歳そこそこで売れてしまった」

小西の言葉は少々芝居がかってはいたが、言っていることはよくわかった。若くしてデビューし、思うように書けずに苦しむ人の姿を漱石も随分と見てきた。

「勝ち馬の目を抜く、この世界で、ずっと書き続けることは、宝くじが当たるような確率だ」

「……お言葉ですが、小西さん。生き馬です」

心の中で、「言葉に対する繊細な感覚」に二重取り消し線を引きながら、漱石は訂正する。小西はバンバンと漱石の肩を叩き「わざとじゃん」と笑った。

「漱石、お前もガンバレよ。訳あり物件拾ってやったんだから。ここでがんばんないと、社史編纂室だぞ」

社史編纂室への異動を左遷扱いするのはどうかと思うが、残りたいというのが漱石の本音だ。作家と一緒に新しいものを作り出すこの仕事が好きだった。

「承知してます」

漱石は俯きながら、低い声で告げた。

光に連れられ、初めて入った喫茶店は、少しレトロな雰囲気のする店だった。年季の入ったソファやテーブルなどは居心地がよさそうだ。たまり場になっているのか、思い思いにくつろぐ学生たちの姿がぽつりぽつりとあった。

席はゆったりしていて、隣の席の声もほとんど届かない。空は少し力を抜いた。光と話しているところを、同じ大学の人たちにあまり見られたくなかったのだ。

「なんでも好きなの頼んでいいよ。バイト代出たばっかかなんだ」

光はメニューを開いて、空に渡し、軽く言った。空は注文を取りに来た店員に、「あ、じゃ、こっからここまで全部」と飲み物のページを上から下まで指でなぞる。

「おいっ」

焦った様子の光に少し胸がすく思いがして、空は澄ました顔で「ホットココアで」と注文した。光は少し浮かしていた腰を下ろし、メニューも見ずにコーヒーを注文する。

店員が厨房に戻ると、光は席のすぐ横にあるマガジンラックに手を伸ばした。ラックには、スポーツ新聞や女性向けの情報誌の他に、何種類かの漫画雑誌が差してある。光は漫画雑誌を手に取ると、ぱらぱらとめくった。

「なんだ、ジャンプないのか。『チェンソーマン』読みたかったたな」

光が口にした漫画のタイトルに、空はピクリと反応する。それは今、彼女が最も推している作品のひとつだった。

『鬼滅』もいいんだけどさ、『チェンソーマン』、ぐっとくんだよね。俺的には。最初はイマイチかと思ったら……」

「何言ってんの!? 第1話から期待感しかなかったよ！ 『ファイアパンチ』読んでない？ 作者の前の作品。あれ読まないと。ジャンプラでやってた。もしかして、紙ジャン派？ 『チェンソーマン』たまんない！ 読んでて脳がこわれそうになるあの感じ……」

あの感じを思い出し、空はうっとりと陶酔した目で宙を見る。気付けば、光がじっとこっちを見ていた。空はしまったと思いながら、水を飲む。オタクであることを隠そうとは思わないが、陽キャに向かって、積極的に披露したいとも思わない。

光は少し身を乗り出して、改まった口調で告げた。

「俺さ、君と会ったことあるんだ」

何を言っているのだろうと、空は内心首を傾げる。

「ケインズゼミで、毎週ご一緒してますが……。ま、私は黒子のような存在なので、いてもいなくても一緒だろうけど」

卑下する空の言葉を、光は「いや、別の場所で」と即座に一蹴した。

「ま、この前、居酒屋で枝豆も投げつけられたけど、もっと別の場所で」

空は「もっと別の場所……？」と記憶を探る。まったく思い当たらない。

「どこ？」

何やら楽しんでいる様子の光に、思わず低い声が出た。光はそれ以上もったいぶることなくあっさりと「コミケで」と言った。

光は優雅に水を飲んでいる。今度は空が前のめりになった。

「ちょっと待って。私がコミケ行くのは、ラクダが砂漠のオアシスで水飲むようなもんだけど」

「えっ、今のどんな意味？」

「当たり前ってこと」

「ああ」

「だけど、なんで君が……」

そこまで言って、閃《ひらめ》くものがあり、空は「あっ」と言葉を切った。

「もしかして、隠れオタク」

「ビンゴ」

光はにやりと笑い、しっと人差し指を口に当てた。

「変装して行ってる。帽子とカツラと、チェックのネルシャツとポケットが大量についたベストで行ってる。会ってもわからない。君は、『エデンズゼロ』のシキのコスプレで、でっかいコロコロ引いてた」

確かに、空はシキのコスプレをしていた。あの時、光もそこにいたとは。しかも、チエックのネルシャツにベストとは、変装というより、まるでひと昔前の典型的なオタクのコスプレだ。

「見てたの？」

「見たよ」

「コロコロには、何が入ってるか、知ってる？」

空が試すように尋ねる。光は「大丈夫」と手を大きく広げた。

「俺、バリアフリー。BLもノーマルもユリもオッケー。ことさらに好きってのは、俺の中にはないけど。フツーに読む」

「わりと、全方位型……」

全部いけるとは、なかなかのツワモノだ。

「内緒にしてくれ」

「お、おお。でも、なんで？」

「明るく爽やかでイケメンな入野光が、俺のパブリックイメージだ。俺は大学に来て自分のブランディングに成功した。それを捨てる気はない」

光はカッコ悪いことを、これ以上ないほどの爽やかな顔できっぱりと言い切った。

「なんで？　あ〜かわい子ちゃんとそういうことするため？」

「わかってんじゃん」

「サイテー。早くカラオケいけば？　さっき誘われてた」

「カラオケは行かない。ヒゲダンしばりとかつれー。俺はアニソンしばりでいきてぇ」

「オタクめ」

思わずそう言って、空は少し笑ってしまった。オタクとして、その状況はさぞかしつらかろうとつい共感して。

「お待たせしました」と店員が二人の前にコーヒーとココアを静かに置いた。

二人の間に沈黙が落ちる。カップからゆっくりと湯気が立ち上るのを、二人は黙って見つめた。

光がひゅっと鋭く息を吸う。じっと空の目を見詰める光の顔は真剣だった。

「そいでだ。この絵。素晴らしい」

光はゴミ箱から救い出した空のイラストをテーブルの上に置いた。

「落書きだよ」

「いや、アイレベルもしっかりしてて、この点描もすっげーカッケーし、パースも取れてる」

光は熱っぽく空のイラストを絶賛する。ココアのカップを両手で包みながら、空は落ち着きなく身じろぎした。

光はごくりとつばを飲み込んだ。緊張している様子に、空も思わず息を止める。

「いっしょに漫画描かないか？」

光は一息に言った。空は目を丸くして、「え？」と固まる。

「俺が、ストーリーで、そっちが作画。ふたりでジャンプのテッペン取るんだ！」

「はあ？」と思った。本当にこいつはオタクなのだろうか。ジャンプの層の厚さを知らないのだろうか。そもそも、一緒に漫画ってなんだ。私が漫画を描くというのか。この私が？　こいつと？

言葉を失う空の前で、光は少年の様に目を輝かせ、自分の思いを熱く語り続けた。

返事はまた今度聞かせてほしいと言う光と別れ、空はとぼとぼと帰宅した。

ストレートすぎる光の言葉を浴びたことで、空は自分がひどく年を取ったような気持ちになる。しかし、考えてみれば、自分が彼の様に夢を持ったことは一度でもあっただろうか。あったのかもしれないが、もううまく思い出せなかった。

リビングに入ると、碧はもう帰宅していた。送られてきた写真のメイクはすっかり落とされている。そのメイクのことが気になりつつも、空は混乱した気持ちのままに、光に言われたことをすっかり碧に話した。

「あり得ないでしょ？　頭ンなかお花畑。『バクマン。』かっつーの」

話しているうちに感情が高ぶってきて、空はいつになく高いテンションでまくし立てる。黙って耳を傾けていた碧は、静かに尋ねた。

「で、やるの？」

「やるわけないよ」

空は碧の言葉を払い落とすような勢いで、答える。

「ジャンプのテッペンなんて取れるわけないし、そのあと、ユーフォーでアニメ化とか。ジャンプに連載なんて絶対無理だし、てか、ホントに漫画なんか描けるのかって話じゃない？」

「でも、あんた絵、うまいよ。昔から」

「それとこれとは別の話。絵がうまい子供が、みんなジャンプで連載持てるなら、ジャンプこーんな、こーんな分厚くなっちゃうよ。昔あった電話帳くらいに。もっとか……」

「挑戦してみればいい」

「何？」

空は碧に向かって気色《けしき》ばむ。やれるわけもないのに、そんな風に自分に選択権があるかのように言う碧を、少し残酷だと思った。

「や、あんたはさ。昔っから、なんでもやる前に、あきらめちゃうようなとこあって。ママが、あんた絵うまいんだから、美大いけば？　そっちもあるんじゃない、って言っても、そんなとこ行っても食べれるかどうかわからない、食べていける人なんて一握りって、フツーの大学行くし」

「なんか、悪い？　それ？」

「悪くないけど、絵、うまいのに、もったいないなーって」

碧の言葉が、自分の中の、自分でもまだあるとも思っていなかった地雷を踏みぬいたのが分かった。空はくっと唇を歪めて笑う。

「……誰もがさ、かーちゃんみたいに、成功するわけじゃないよ」

「そんなこと……言ってないじゃん」

「言ってるよ。てか、かーちゃんは、うまく行った人だから、臆病に生きてる人の気持ちがわかんないんだよ」

「え、ちょっと待って。そこまで言われなきゃいけない？」

それまで穏やかに、冷静に話していた碧が、いつものようにむっと食ってかかる。

「私だって、まだちょっと美大に未練あるんだよ。なぜ、そこ掘り返す」

「え、そうなの？　だったら、これから入り直せば……」

「ああっ、もう！」

空は碧の言葉を乱暴に遮った。

「絶対そう言うと思った。世の中は、かーちゃんが思うほど、簡単じゃないんだってば。みんな、かーちゃんほど、軽やかに生きられないんだよっ」

空の視界が歪む。空は涙がこぼれないように、ぐっと目に力を入れた。

「ちょっと、出て来る」

碧の顔をちょっとでも見たら、みっともなく泣いてしまいそうで、空はマンションを飛び出していった。

空は白い息を吐きながら、夜の街をずんずんと歩く。

行く当てはなかった。一瞬、おだやかに行こうかと考えて、すぐに打ち消した。

闇雲に歩くにつれ、手足がじんと冷たくなってくる。それと共に、頭もゆっくりと冷えていった。

挑戦してみればいい。

碧の言ったことを思い出すと、今も、腹の底がかっと熱くなる。でも、そんな風に言うのが碧だと、空は知っていたはずだった。

碧はいつもと変わらない、いつもの碧だ。違っていたのは、空の方だった。

空はふっと立ち止まり、コートのポケットからスマートフォンを取り出す。そして、ゆっくりと操作し、かーちゃんと書かれた番号を表示させた。

空はその番号をじっと見つめる。

挑戦してみればいい。

あっけらかんとした碧の声が、耳元に蘇り、空はぎゅっと眉根を寄せる。そして、さっと指を動かし、画面を閉じると、マンションを背に、また歩き出した。

その頃マンションでは、リビングに残された碧が、スマホに手を伸ばしていた。

しかし、手に取ってすぐにテーブルに戻す。そして、ふうっとため息をついた。

空に、何を言えばいいのか、言葉が見つからなかった。言葉を仕事にしているはずなのに、こういう時に限って語彙《ごい》力が行方不明になる。

碧は立ち上がり、キッチンで水割りを作る。

静かな夜だった。

碧はゆっくりとグラスを傾けながら、窓の外の象印を見る。水無瀬家の守り神は、心なしか気づかわしげに見える。

リビングの壁に幼い空が描いた絵を碧は思い出す。象と空と碧を描いた絵。あの頃から、空は本当に絵がうまかった、と碧は思う。何より絵が好きだった。それは近くで見ていてもよくわかった。

碧はグラスを手に、リビングに戻り、部屋中に飾られた空の写真を小さい頃から順番に、一枚一枚見ていった。ゆっくりと花が開くように、写真の中の空は、美しく成長していく。成長してからは、ひらひらとしたワンピース姿など一枚もない。ほとんどが喪服のような地味な黒い服ばかりだ。それでも、どの写真の空も花のようだった。

抱きかかえた小さな空が、ボタンのような真ん丸な目で、窓から水色の象を見詰めていたのが、まるで昨日のことのようだ。

碧はソファにすとんと座り、またため息をつく。

いくら見つめても、スマホは鳴らなかった。

商店街を闇雲に歩き続けた空は、書店を見かけた途端、吸い込まれるように足を踏み入れていた。

もともと書店での新刊パトロールは日課のようなものだ。

少年誌のコーナーを、空は、丁寧に見て回る。

空はそのまま文庫本のコーナーへと足を進めた。

あいうえお順に著者ごとに並べられた書棚を、ゆっくりと見ていく。そして、水無瀬碧という札のある棚で足を止めた。札の横には、何冊か文庫本が並んでいる。

空はその文庫本の背にある母の名前に人差し指で触れた。そっと撫でるように。

屈託と憧れ。

本に刻まれた母の名前を見るたびに、空はひどく混乱した気持ちになる。

「あ……」

空は思わず声を上げた。若い女性が、平積みになっていた水無瀬碧の文庫本を手に取ったのだ。怪訝そうな目を向けた女性に、空は「あ、いえ」と慌てて手を振った。

女性は怪訝そうな顔のまま、水無瀬碧の文庫本をもって、レジへと向かった。その姿を目で追いながら、空は少し微笑んだ。今はまだ声も聴きたくないぐらい、碧のことを憎たらしいと思っているのに、口角が勝手に持ち上がるのを止められなかった。

大きな鍋の中で、くつくつとあんこが煮えている。

のれんを下ろした後のおだやでは、次の日のあんこの仕込みが行われていた。

「こうやってなあ〜。じーっと、小豆の声を聞くんだ」

ゴンちゃんはケンタに真面目くさった顔で告げる。ケンタは「ホントですか?」と笑った。

「ホントだよ。そうするとな、クツクツと。まあだだよ、まあだだよ、って聞こえる」

「へえ〜」

ケンタは素直な声を上げ、そっと耳を澄ませる。ゴンちゃんもまあだだよが、もういいよに変わる瞬間を聞き逃すことがないよう、神経を研ぎ澄ます。

二人がじっと小豆の声に耳を澄ませている頃、一足先に仕事を上がった俊一郎は奥の自室にいた。

彼が大切そうに棚から取り出したのは、一枚の古いレコードだ。

ターンテーブルに乗せ、そっと針を落とすと、少しの静寂の後、『ウィル・ユー・ダンス』が流れ始めた。ジャニス・イアンのベルベットのような滑らかな歌声にじっと耳を傾けていた俊一郎は、ゆっくりと曲に合わせて踊り始めた。

その腕は、誰か大切な人をホールドしているように、宙に添えられている。

何かを思い出すように、目を閉じながら、俊一郎は曲に合わせて体を揺らした。

どれぐらい踊り続けていたのか。

気づけば、障子を開けたゴンちゃんが、覗き込んでいた。

「メシの時間だよ。何踊ってんの？」

「お前も踊れ」

「なんでだよ」

のそっと部屋に入ってきたゴンちゃんは低く笑うと、胡坐《あぐら》をかいて座った。

俊一郎も踊るのをやめて、胡坐をかく。

二人はしばらく黙って曲に聞き入った。

「お母さんとふたりで聞きに行った。ジャニス・イアン」

「ん……そうだな。何度も聞いた。武道館だっけ？」

「ん……。あれは、いいコンサートだった」

どこか死の影を感じさせる歌詞だった。しかし、柔らかく優しい歌声は最後に、踊りましょう、踊りましょうと語り掛ける。ロマンスや大きなサプライズを手に入れるチャンスをつかむのと。

曲が終わり、無言のままゆっくりと回るレコードを見て、ゴンちゃんは「骨董品《こっとう》だな、もはや」と唸る。

「いいのよ。針、そーっと落とす感じとか」

「……オヤジは、おふくろがほんと、好きだよな。今も」

「この曲聞くと、蘇る。昨日のことのように」

俊一郎は目を細めた。

「おふくろは、息子には恵まれなかったけど、ダンナには恵まれたな」

「こんなもんだろ。悪くないぞ、息子も」

俊一郎の言葉に、ゴンちゃんはふっと苦笑する。本当は自分が愛する伴侶と出会ったように、ゴンちゃんにも誰か一緒に生きる人を見つけてほしいと願っているのだろう。

俊一郎はそっと針を戻す。そして、丁寧にレコードをもとの場所に戻した。


書店を出た後、結局、空が腰を落ち着けたのは、はなカフェだった。

酒を飲みたい気分でもない空がこの時間に行ける場所は限られていた。

ソイペチーノを注文し、L字型のカウンター席に着いた空はカバンからノートと鉛筆を取り出し、絵を描き始めた。

空はソイペチーノが溶けるのにも気づかず、絵に没頭していく。

それは空と碧を描いた絵だった。二人は感情的に言い争っている。二人の周囲に描かれた「ワーワー」とか「ムカムカ」といった白抜きのオノマトペが、二人の表情、仕草と一緒になって、喧嘩の空気を伝えている。

見た人がまるで喧嘩の当事者のように、胸がぎゅっと痛くなるような絵だった。

手を動かしながら、空は喧嘩した瞬間をまるで追体験しているような気持ちでいた。夜の街を歩いている間に少しずつ落ち着いていた心が、今はまた生々しく痛い。悲しいような、悔しいような気持ちで、空は手を動かし続けた。

絵を描き上げ、空はふうっと息をついた。

すっかりドロドロになってしまったソイペチーノを一口飲んで、はっとする。

カウンターの奥の席に、一人で本を読む渉の姿を見つけたのだった。

(この間の人だ……)

空はたちまち彼のことを思い出した。無様に転んだ自分に手を差し伸べてくれた人。そして、魔法の様に眼鏡を直し、歪んでいた世界を正しく戻してくれた人。

渉の姿を見た途端、悲しいのも悔しいのもすっ飛んで、心臓が早鐘を打つのを感じながら、空は渉の姿をそっと盗み見た。

(また会えた……!)

込み上げるように思って、会いたかったんだと、発見したような気持ちになった。

あんまり何度も見ちゃ駄目だと思っても、視線が向くのが止められない。無理やり引きはがした視線を、またちらりと向けた瞬間、ページをめくった渉が、空の視線に気づいたように顔を上げた。

空は慌てて視線を逸らす。

しかし、またそろーっとうかがうと、彼は空のソイペチーノを指さしていた。

その意味を理解した途端、空はぱっと花のような笑みを浮かべた。

ソイペチーノは転んだ時に自分が手にしていた飲み物だ。

覚えているのだ。彼は空を覚えていた。

それだけのことで、突き抜けるような喜びを感じた。

「コノアイダハ」

空と渉の間には7人ほどのお客さんが座っている。空は声には出さず、口の形だけで伝えると、ぺこりと頭を下げた。

眼鏡のこともありがとうございましたと、かけている眼鏡の縁を触る。

なんとか伝わったようで、渉はいやいやと笑顔で首を振った。そして、「チャント」と声に出さず口を動かし、人差し指で自分の目を示す。

ちゃんと見えてる？　渉のメッセージは、間に人がいることもあり、うまく伝わらず、空は首を傾げる。渉の隣の人が、なんだなんだと訝しげな視線を向けたのをきっかけに、渉はおもむろに立ち上がり、空の方に向かって歩き出した。

どんどん近づいてくる渉の姿に、空が小さく息を飲んだ次の瞬間、渉がスツールに足をひっかけ大きくバランスを崩した。

「あっ」

空は思わず声を上げたが、渉はなんとか体勢を立て直した。ギリギリ転倒を回避した渉は、空を見て照れたようににこっと笑う。

途端に逃げ出したいようなそわそわとした気持ちに襲われながら、空は自分の横に立つ渉を見上げた。

それから二人はそれぞれの飲み物をもって、テーブル席に移動した。

向かい合い、二人は軽く互いの自己紹介をする。そこで初めて、空は彼の名前を知った。眼鏡屋さんではなく、整体院の院長だということも。

「無駄にデカイから、いろいろ当たる」

渉はテーブルの下に窮屈そうに押し込まれた長い足を少し伸ばして見せて、照れたように笑う。座っていても、明らかに渉は大柄だった。小柄な空からすると、向き合って座っているだけでも、見上げるようだ。空はふふっと笑って尋ねた。

「何センチですか？　身長」

「聞かれるとサバ読んで１８７とか言ってるけど、ホントは１９０。なんかデカすぎて、気持ち悪くない？」

「いえいえ。全然。私、背、低いから羨ましいです」

「女の子は、小さい方がかわいいよ」

「え……」

渉がさらりといった言葉に、顔が上気するのを感じた。これは自分をかわいいと言ってくれたのと同義と捉えていいものだろうか。こんな風に言われて、なんて返せばいいのかまったく思いつかず、空は目に入った違う話題に飛びついた。

「あ、何読んでたんですか？　本読んでた」

「あ、これ……？」

涉は本のカバーを外す。現れたのは、水無瀬碧の『片手間のさよなら』の表紙だった。

「ヴァッ！　ウソ、ウソウソウソウソコツメカワウソ」

空の口からほとばしるように飛び出した言葉の勢いに、涉は思わず笑った。

「何、それ？」

「知らないですか？　そういう漫画があるんです」

「ええ？　知らない。それ、驚いた時に、ヴァッていうの？」

「あ、いえこれはまた、オタ……」

知らない世界を知ることを純粋に面白がる涉に気をよくして、勢いよく話し出した空だったが、すんでのところで「オタク特有」という言葉を飲み込む。

「これは、あのポケモンが、あの国民的アイドルなポケモンの鳴き声を、ちょっと、使ってみようかな、なんて」

ポケモンはギリギリ普通のリア充もたしなんでいるだろう。とりあえず、相手のことを知らないうちは、普通の女の子に擬態しよう。そう思って早口に説明した空だったが、普通の女の子が、「ピカ」でなく、わざわざ「ヴァッ」という鳴き声をチョイスするはずもないという視点が欠けていた。

しかし、涉はそんな空を楽し気に見つめている。

「へえ。面白いね、君。他にもあるの？　コツメカワウソ以外にも」

「あります。あ、ＬＩＮＥスタンプにもなってて」

見せようとスマホを出すが、渉は「や、できれば、君のバージョンで」となかなかに高度なことを要求してきた。

「え……。ドキドキドキドキスッポンモドキ」

空はちらりと渉を見上げながら、ゆっくりと言った。空としてはかなり直球で自分の気持ちを伝えたつもりだった。しかし、渉は伝わっているのか伝わっていないのか、「あ〜」と少し残念そうな声を出す。

「スッポンモドキかあ。俺、コツメカワウソの方が好きかな」

動物のチョイスの問題だったようだ。少しがっかりしながらも、空は話を合わせた。

「かわいいですよね、コツメカワウソ。実際のは見たことないけど」

「あ、ねえ、知ってる？　上野動物園にコツメカワウソの赤ちゃん、来たの」

「え、うそ。上野動物園にいるんですか？」

「あ、え、見に行く？　一緒に」

「えっ⁉」

空は思わず腰を浮かしかけ、勢いよく足をテーブルにぶつける。でも、痛みなんて感じなかった。

ドキドキドキドキスッポンモドキ。

心の中で絶叫しながら、空は渉の顔をじっと見上げていた。

箸で大きく割ったおでんの大根を、口に放り込む。少し噛むだけで、じゅわっと出汁が溢れ、熱さとうまさに碧は身もだえる。

「おいしい、だいこん、おいしい」

「そりゃ、良かった」

俊一郎はにこにこと笑いながら、練り物やたまごを盛った皿を碧の前に置く。

碧はおだやの奥の居間で、おでんを食べていた。

ゴンちゃんたちがお店の残りのおでんで、夕食を取ろうというところに乱入したのだ。

「お前は、よく食べるな」

日本酒を手酌で注ぎながら、呆れたようにゴンちゃんが言う。

「ちゃんと、お金払ってるよ～」

碧は偉そうに胸を張った。

「ウチの売り上げの何分の一かは、碧ちゃんの胃袋に支えられている」

奥で碧が追加注文したおでんを皿に取りながら、俊一郎が言う。居間で飲み食いする時も、お店と同じ金額を払わせてもらっている。払うものを払ってこそ遠慮なく乱入できるというものだ。

「なんだ、飲んでんのか？　娘にイケメン、取られて悔しいか？」

空になった碧のお猪口《ちょこ》に、武士の情けか、ゴンちゃんが自分の酒を注いでくれる。

おだやに来る前、やはり心配になった碧は、空が行きそうな場所に当たりを付けて探し回り、はなカフェで空の姿を発見したのだった。

「どゆこと……？」

発見した時、空は渉と向かい合って座っていた。声は聞こえなかったけれど、いい感じなのが窓の外から見ただけで分かった。

笑いあう二人の姿を呆けたようにどれだけ見ていたのか。「おばさん、入るの入らないの？」と若い男子に面倒臭そうに話しかけられ、碧ははっと我に返った。出入り口付近に張り付いて覗き込んでいたので、出入りの邪魔になっていたらしい。

「あ、入りません」

答えながら、碧は自分の格好を思い出した。ちょっと近所まで空を探しに行くつもりだったから、よれよれの部屋着のスウェットにすっぴんというくたびれた格好だ。

碧は慌てて逃げるようにおだやに向かったのだった。

いつものように碧はゴンちゃんと俊一郎に洗いざらい話した。ちょっと前にはたった三日で終わった短い恋の話をしたばかりだ。ゴンちゃんの質問はもっともだった。

しかし、碧は自分の胸に再度尋ねてから、「いやそれは全くない」ときっぱりと言った。

「ただ、びっくりした。ただただ驚いた。あの子が男の子と笑ってるとこ初めて見た気がする。保育園の砂場でシュウヘイくんと遊んでた時以来の記憶かも」

「大丈夫かよ。空ちゃん」

「だから、大丈夫じゃないんだってば。オタクなんだってば。『チェンソーマン』とかいう、自分の腸、マフラー代わりに巻いちゃうような漫画読んでんだってば」

「よく意味がわからん」

隣の和室に正座していた俊一郎が振り向いて、ふっと笑う。

「なんだ、娘が取られるのが心配か？」

「ちがう！　俊一郎さん。これから、あの子がふられるんじゃないかって……なんていってもオタクだから、こう、ああ、こういう感じ。保育園の運動会で、ヨーイドンで、あの子だけ逆の方に走り出しちゃって、保護者席で見てて、どうしてあげることも出来なくて、うわあ、どうしようって思って、で、あの子だけいつまでもゴールできなくて、そりゃそうだよね、逆の方に走ってるんだから、それで、あの子自身が、あれ？　ひとりだけだ、って周りにおともだちいないって、気がついて、立ち尽くして、ああ、思い出すとかわいそうで涙が……」

「あーれは、かわいそうだった」

俊一郎もしみじみと言う。本当にあの時の空の姿は目に焼き付いている。３歳ながら、世界の絶望を一身に背負っているような、そんな顔をしていた。

「えっ、オヤっさんも見に行ってんの？」

ゴンちゃんが少しすねたような声で言う。そういえば、空が3歳といえば、ゴンちゃんはもう日本にいなかった頃か、と碧はぐいっと日本酒を呷る。

「それより、どうだ、これ」

俊一郎が掛け軸を示す。碧は箸を置いて、隣の和室に入った。

おだやは店舗と一体になっている他はごく普通の古い家だが、居間の隣の和室には今ではあまり見ない床の間があり、一年中、季節にあった掛け軸がかけられていた。

「わあ、いいね。梅に鶯《うぐいす》」

「もうすぐ二月だからな」

掛け軸は季節を先取りしたものをかけるらしい。そうした知識を、碧は俊一郎の奥さんである、菜子《なこ》さんから教わった。

「その掛け軸、菜子さんの好きだった……あ、今日、月命日」

ふと目に入った新聞の日付に、碧は声を上げる。

「そうだ。よく覚えてたな」

俊一郎は茶目っ気たっぷりに言った。

ゴンちゃんもお猪口を置いて、和室に入り、掛け軸の前にどんと胡坐をかく。

「梅に鶯、柳に燕《つばめ》、紅葉《もみじ》に鹿に、竹に虎。おでんに日本酒」

ゴンちゃんが妙な節をつけて言うと、俊一郎は声を上げて笑った。

三人はそれから誰からともなく、そろって仏壇の前に向かった。

遺影の菜子さんは明るい笑顔を浮かべている。それを見る度、碧は記憶の中の病気で面やつれした菜子さんの面影をこの写真の笑顔で塗り替える。

ゴンちゃんは複雑そうな顔で、菜子さんの遺影を見詰めていた。

菜子さんが亡くなったのは7年前だ。碧はご近所のよしみ、というレベルでなく、まるで自分の母親のように、親身になって菜子さんを見舞っていた。

なぜなら、ゴンちゃんがその時、日本にいなかったからだ。

ゴンちゃんは母親の死に目に会えていない……。

碧は熱心に手を合わせる。ゴンちゃんたちに話すように、心の中で菜子さんにも全部を話す。三日で終わった恋のことも、見たばかりの空のことも。

「よしっ。菜子さんも、お気に入りの掛け軸でご機嫌だ。今日は、飲むか？」

俊一郎はぽんと膝を叩いて、二人に声をかける。

「ジャニス・イアン踊ったしな？」

「ん？」と碧はにやりと笑うゴンちゃんの顔を見る。踊ったとはどういうことだろう。

俊一郎は誤魔化すように碧の背を押す。

「碧ちゃん、飲もう」

碧は「はい」と笑顔で頷くと、「もう、飲んでるけど」とテーブルに林立している徳利を逆さにして振ってみせた。

息を切らせて家に駆け戻ると、碧の姿はそこにはなかった。

部屋中を探し回り、手にしたスマホで母の番号をコールする。電話の音はリビングから聞こえてきた。

どうやら、リビングの棚の上にスマホを置きっぱなしにして出て行ったらしい。

こんな夜に碧が行く場所なんて、たった一つしかない。

空は脱いだばかりの靴に、また足を押し込み、玄関を飛び出した。

さっきマンションまで走って帰ったばかりだというのに、少しも疲れを感じなかった。

軽快に、嬉しそうに、空は夜の街を走る。

(落っこちそうな月!)

走りながら上を見ると、ごろんと転がり落ちそうなほど大きな月が輝いている。

空は一度も足を止めず、その勢いのまま、一気におだやの居間の扉を開けた。

「かーちゃんいるか⁉」

お猪口を手に、声を上げて笑っていた三人がぴたりと黙る。

「あんた、人様の家来て、挨拶がそれ?」

かなり出来上がっている様子の碧に、じろっと睨まれ、空は肩をすくめる。

「あ、お邪魔します。お邪魔します。お邪魔します」

手刀を切りながら、居間に入り込むと、碧の腕を取って、ぐいぐいと引っ張る。

「帰るぞ」

「え、なんで……まだ、がんも……」

碧の前には最後の楽しみにと取っておいたらしいがんもが残っている。

「空、どうした？」

空のただならぬ様子にゴンちゃんが声をかける。空は重々しく告げた。

「事件だ」

「ん？　事件？」

ほろ酔いなのか、いつも以上にゆったりと俊一郎が尋ねる。

「天変地異の事件だ」

「何があった？」

尋ねる俊一郎に、空は胸を張り、得意げに言った。

「デートだ」

「えっ？」

ゴンちゃんと俊一郎が驚きの声を上げる一方で、碧はぱあっと顔を輝かせていた。

「これから作戦を練る」

「えっ、デートの作戦だったら、ゴンちゃんも」

「いやいや、俺。デートのことだったら、なんだっておいらに」

なんだったらここで作戦会議をすればと男二人が、ブレイン役に立候補する。しかし、空は少しも考えることなく、「いや、もてないオッサンたちの話は聞いても仕方ない」とばっさりと切って捨てた。

「恋愛小説の女王である母に頼る！」

ゴンちゃんと俊一郎が絶句する横で、碧は得意げな顔でにやりと笑う。

「じゃ、がんもは諦めて」

未練がましく箸を持つ碧の腕をぐいぐいと引いて、空は嵐の様におだやを後にした。

しばらくして、ようやくショックから立ち直ったゴンちゃんと俊一郎は、またちびりちびりと酒を飲み始めた。

「刷り込みだ。多分、小さいうちから、言って聞かせたんだ。自分はもてて、俺たちがもてないって」

「そうだな、子供は最初に見たものを親と思うからな」

「ん、オヤジ、ちょっと話違うぞ」

「だいたい、合ってる」

大丈夫だろうか。ゴンちゃんは遠い目をする。自分が頼られないのも、もてないオッサンと思われていたのもショックだが、碧が授ける作戦なんて嫌な予感しかしない。

恋愛小説の女王であって、恋愛の女王ではないことを、空はわかっているのだろうか。

「碧ちゃん、そいでも、ホントにもてたろ?」

俊一郎がぼそりと言う。ゴンちゃんは笑いながら、ないないと手を振った。

「いや、そうでもなかった。あの性格が災いして」

「お前の知らないところで、もててる」

「やなこと言うな。俊一郎さん」

ぷいっと視線を逸らして、ん？　やなことなのか？　と自分の言ったことにひっかかる。しかし、酔いで霞《かすみ》のかかった頭は重く、考えるのも面倒で、ゴンちゃんは俊一郎が注いでくれた酒を勢いよくぐいっと呷った。

大きな月の下を、空は碧と並んで歩く。

碧と喧嘩して家を飛び出したことが、なんだかもう前世の出来事のようだった。

自分がなんであんなに碧に腹を立てていたのか、憎たらしくさえ思っていたのか、うまく思い出せない。

寒い寒いと言い訳の様に言いながら、空は母の腕をつかみぎゅっと腕を組んだ。

そのまま甘えるように寄り添いながら歩く。

「かーちゃん、それどう見ても部屋着にダウン羽織っただけだろ」

「ちょっと、衝動的だった」

「よくそれで表を」

「すずらん商店街は私の庭だから。おだやは、ウチの」

「食堂」と同時に口にして、二人声を合わせて笑う。

商店街の街灯が二人のシルエットを照らす。ほとんど同じぐらいの身長の二人の影はやっぱり同じぐらいの長さだ。

「君、背、止まったよね。かーちゃん、抜かれるかと思った」

ほぼ同じ身長に見える二人だが、数字で言えば、ほんの少しだけ碧の方が高い。

「え、同じくらいなんじゃん、同じ」

腕を組んだまま、空はぴょんぴょんと飛び跳ねたり、背伸びをしたりする。碧も負けずに背伸びして、二人同時に笑い崩れる。

「これから伸びる」

「あっ、あれ知ってる？　なんか、海外で外科手術で背伸ばすやつ」

「知ってる！　けっこう、人気あって……」

話題は尽きなかった。

離れていたのはほんの数時間だというのに、二人はまるで久しぶりの再会の様に、家に着くまで切れ間なく話し続けた。

4

もう真夜中に近い散英社の編集部は静かだった。

同じフロアに他の部署の人間が数人いるぐらいだ。雑誌の校了前は不夜城のような様相を呈する編集部も、校了明けはがらんとしている。

ラファエロ編集部でただ一人残っている漱石は、電話をかけていた。もう何度かかけているのだが、つながらない。あきらめかけた時、「はい、もしもし」と声が届いた。

「あ、もしもし。お忙しいとこすみません。橘です」

「ああ、漱石。お忙しいとこっていうか、私もう、散英社辞めた」

あからさまに迷惑そうな声で答えるのは、碧の前の担当者である松山だ。

「そうなんですけど……ちょっと、水無瀬さんのことで」

漱石がそう告げると、松山の声が少し柔らかくなった。どうやら話を聞いてくれるようだ。漱石は松山に碧から告げられた、新しい恋愛小説の企画のことを話した。

「整体師と40女の恋？」

松山は胡散臭《うさんくさ》げに言った。

「はい、それだけ言って、連絡なくて。これ、つついた方がいいですかね？」

「いや、作家は固まる時間が必要だから。ちょっとそっとしといて」

作家によってはコンスタントに連絡を取って、一緒に作っていった方がいい人もいれば、構想が固まるまで待っていた方がいい人もいる。碧にはどうするのがいいのか、引き継ぐ前に慌ただしく辞めてしまった松山に聞きたかったのだ。

「『アンビリカル』のラスト2本も読んだけど」

元担当として気になっていたのだろう。松山はきちんと碧の仕事に目を通していた。

「あ、どうでした？」

「どうにか決着つけたって感じよね。まあ、プロの意地は感じたけど」

「……そもそも、あと2回で終われ、とか無理ゲーなんで」

「無理ゲー。若い子言葉？　まいいや。やつは、作家としては相当弱ってると思う。バカ小西のせいで。数字しか見てない。私が碧さんを守りたかった」

松山の言葉は思いがけず熱かった。

「松山さん、もしかしてだから、辞めたんですか？　散英社」

「私は女だし、力が無さ過ぎた。漱石、君はえらくなって碧さんを守れ」

「えらくならないと、ダメですか？」

漱石はため息をついた。社内政治のようなものがひどく苦手だった。小西の様に愛嬌たっぷりに、時に怖いぐらいにシビアに立ち回ることなんてできそうにない。

「会社員である以上、それは必須だ。そして、大丈夫。あの子はやるときはやるから。今ごろ、その新しい小説、書き始めてるわよ！」

「そうですよね！」

漱石は受話器を持つ手に力を籠める。碧は小説に真摯な人間だ。担当となって日は浅くても、本を読めばそれぐらいはわかる。

今も彼女は必死にキーボードをたたき続けているかもしれない。少しでも作家とその作品を守れるようになりたい。漱石は強く思った。

カタカタカタカタカタカタ。

激しくキーを打つ音が響き渡る。

碧は鬼の形相で、仕事部屋のパソコンを打っていた。画面に視点を据え、キーボードを一切見ることなく、ものすごい集中力とスピードで文字を打ち続ける。

最後にエンターキーをスパコン！　と華麗に叩くと、碧は「出来た」と達成感のにじむ声を出した。碧はすぐさまプリントアウトし、リビングにいる空に手渡す。

「男を落とすリスト？」

一行目を読み上げ、空は首を傾げた。碧は重々しく頷き、胸を張る。

「そう、かーちゃんの秘伝の技だ」

「ヒデンワザ！　ポケモンか!?　わざマシン母」

「え？」

碧は空の口にした言葉のほとんどが分からなかったが、空のテンションが珍しく上がっていることだけはなんとなくわかり、気を取り直して続きを読むように勧める。空は前のめりになって、読み上げ始めた。

「（1）一杯半で酔ったふり」

「そそ、こんな感じ。あ〜、私、酔っちゃったかも」

碧はソファの上の大きなクッションに、こてんと頭をあずけてみせる。クッションを指して、「あ、これ、人ね、人。イケメン」と説明すると、空はああと頷いた。

「（2）満員電車で押されたふり」

「ガッタンガッタン……」

空が読み上げた途端、碧はつり革につかまるマイムをしはじめた。

「いや、やんなくてもわかる。押されたふりして、よりかかる的な」

「そそそ」

碧はどうだとばかりに自信満々にほほ笑むが、項目が進むごとに、空の顔は少しずつ曇っていく。

「(3)手袋忘れちゃった〜、手つめた〜い、と言いつつ相手のコートのポケットに手を入れる……げんなり。自分のポケットはないのか?」

空はそれ以上我慢できず、思わずリストにツッコミを入れた。しかし、碧は「あってもだよ!」と揺らがない。

「(4)泣いてないのに泣いたふり。これ、いくつまである? かーちゃん」

空はうんざりした顔でプリントをぺらぺらと振る。

「(63)。今までの私の集大成? 技? 匠《たくみ》の技? ビフォーアフター? あ、書き忘れた。こういう基本も忘れないで。男の子が何か言ったら、わー、すごい。ほんとですか〜! 信じられない。リアクション大きめ多めにね。とにかく笑顔。そいでね、イタリアン食べに行ったら、最後にティラミス。ティラミスと苺はかわい子ちゃんの食べ物なの」

くふふと笑う碧に、空は長い長い息を吐いて告げた。

「……かーちゃん、いつを生きている。それ昭和だ。平成ですらないぞ」

空の言葉に、碧の口からガーンと昭和そのものの死語がまた飛び出そうになる。

「いわんや令和をや、か」

碧はぽつんと呟いた。昭和は遠くなりにけり。もはや現代に通用しない古《いにしえ》の技術だったのか。がっくりと肩を落とす碧に、空はプリントを流し読みしながら、さらに信じられないことを口にした。

「……かわいそうに」

「えっ？」

「こんなことをして、もてて来たのか？　姑息《こそく》な」

「あんたが初デートどうしたらいいかって聞くから、こんな、こんなにかーちゃん、思い出して」

一生懸命書いたのに、と碧はぎゅっと唇を噛む。どうしてかわいそうとか姑息とか言われなければいけないのか。

「ううっ。めんどくせ。私が広瀬《ひろせ》すずだったら、ただ立ってるだけでいいんだろうな」

「……仕方ないじゃん。広瀬すずじゃないんだから。私だって井川遥《いがわはるか》だったら、ただ、座ってるよ」

碧と空は揃ってため息をつく。

碧はなんだかもう嫌になって、どーんと足を投げ出して、ソファに寄りかかる。

「かーちゃん、貫禄が滲み出てるよ」

空に注意されても、もう姿勢を正す気力が出てこない。井川遥じゃない限り、こんな素の自分を見せたら誰もよってはこない。だから、幾重にも猫をかぶった。好きになってもらおうと必死に頑張ったのだ。姑息で何が悪いのか。

「あ〜、渉先生は、でもこういう子が好きなんかなあ〜」

空も碧の横にぐでんと座りながら、プリントを振る。

「男はみんなかわい子ちゃんが好きよ。知ってる？　アンケートとって、どういうタイプが好きですか？　って聞くと、女の子は、年齢とともに、変わって行くんだって。優しい子、とかカッコいい子、とか頼りがいのある人、とか。でも、男子は、幼稚園児も小学生も中学生も高校生も大学生も社会人になってもオッサンになっても、ずーっと、同じ。かわいい子って答えるんだって」

「バカなのかな？」

空の直球に、碧は笑う。

「そうとも言える。あ、今、君、渉先生って言ったね？　もう名前で呼んでるの？　すごい！　進展じゃない」

「違う。苗字が渉なんだって。渉周一っていう名前」

「なるほど、だから、みんな渉先生って」

そんなことも自分は知らなかった。三日間のスピード失恋を思い出し、碧の体からさらに力が抜けていく。

「あ、かーちゃんによろしくって。かーちゃん、あそこの整体行ってたんだね」

「あ……まあ。何か言ってなかった？　ママのこと」

急にしゃんと座り直し、碧は少し気取った口調で尋ねる。

「だから、よろしくって」

「それだけ？」

「あ、あと、五十肩どうなんだろうって気にしてたよ」

「四十肩だ！」

思わず叫んだ碧は、イケメン役を務めたクッションを、力いっぱい床に叩きつけた。


カラオケボックスの一番端の席で、空は能面のような顔でじっとしていた。

ケインズゼミの飲み会の二次会だった。

幹事のナオキに全員参加だからと言われ、なぜかノリノリの里中先生を前に、帰ると切り出せなかった。

一次会だけでも苦痛だったのに、二次会も参加させられ、しかもカラオケとは、苦痛の限界を超えている。とりあえず、30分耐えれば参加したといえるだろうと、空はひたすら時計の針が進むのを見て過ごした。

きゃーという愛梨たちの黄色い声が上がり、空はちらりと視線を向ける。光が歌う番のようだ。

流れてきたのは最近よく耳にするヒット曲だった。かなり歌い込んでいる様子の歌声に、隣の席をがっつりキープする愛梨がうっとりと聞き惚れている。

アニソンが歌いたいと言っていた光の姿と、今の姿を重ね、空は冷たく目を光らせた。

これもイケメンのイメージを壊さない努力の結果なのだろう。

光が歌い終え、拍手が起こる。熱心に手を叩いているのは、もちろん愛梨たちだ。

「よし、じゃ、今度は先生歌うぞ。『大都会』」

里中先生がマイクを取った。

愛梨たちが「せんせー、昭和ー♪」と笑う。イントロが流れ出し、里中先生の第一声にみな目を見張った。本家もかくやというほどの声量と、透き通った高音にみんな圧倒され、聞き惚れている。

今だと、空はそっとカラオケボックスを抜けだした。

空がドアを開け、するりと外に出るのを見た光は、とっさに腰を浮かす。

「どこに行くの？」

腕を引いた愛梨に光は「ちょ、トイレ」と軽く告げ、空の後を追った。

空は足早にカラオケボックスの出口を目指した。

もう少しで脱出成功というところで、「水無瀬空さん」と声がかかる。

「帰ろうとしてない？」

ぎくりとして振り返ると、ネズミを前にした猫のような顔の光が立っていた。

「ゼミの飲み会は、参加しないと。和をもって貴しとなす。マルシー聖徳太子」

「え、それ、もとは『論語』だよ」

「え、そなの？　帰んの？」

光が馴れ馴れしく距離を縮めて来る。空は少し身を引いた。

「頭30分いたらもういいかと」

「俺も帰りたい。歌下手だもん」

「うん、そだね。ベタなヒット曲、歌わせられるしね」

嫌味っぽく言ったが、光は素直に「アニソン歌いて〜」と唸る。と、慌てたように、真剣な顔でしっと唇に指をあてた。

「俺がオタなことは、内緒だから」

珍しい組み合わせだと、廊下を通りかかったナオキがちらりと二人を見る。

「あっ、口説いてるんじゃないから」

トイレに向かうナオキに、光は軽い口調でわざわざ言う。

「俺が女の子といると、なんかそう見えちゃうみたいで」

「この手じゃない？　この手。近い」

いつの間にか、光の手は空の横の壁に伸びていた。いわゆる壁ドンの形だ。光は慌てた様子もなく、その手をおろす。

「あのさ」

　空は仮面の表情のまま、氷の視線を注ぐ。

「そういう挑戦的な目で見られると、なかなか言い出しづらいんだけどさ」

「なんでしょ。家帰って、『かぐや様』見たいんで」

「かぐや様」という言葉に、光の目が急に光った。

「あ、あれのさ、チカダンス見た？　原画８４５枚描いたんだって。動きハンパなくね～？　スカートのなびき具合とか、すげ～、なめら……」

「かぐや様は告らせたい」の特殊エンディングの話だった。実写以上にぬるぬると動く千花《ちか》というキャラクターのダンスは、ファンの間で大きく話題になったし、空も繰り返し見た。興奮を誰にも話せずにいたのだろう、つかみかかるような勢いで語りだした光は、急に言葉を切った。

　さっきトイレに向かったナオキが戻ってきたのだ。

「あれ、トイレ早くね？」

光は何でもないような顔で尋ねる。

「空いてなかった」

「ああ、中で妙なことになってたりして」

光の言葉にナオキはニタニタと笑った。

「うっひょ～ あり得るね。ま、いいや。もう一曲歌ってから」

部屋に戻るナオキに、光は「俺も、USAいれといて～」と告げる。

「じゃ、私、これで」

軽く頭を下げ、くるっと踵を返した空の腕を、光は慌てて引いた。

「待て待て。待って」

切実に引き留められ、空は仕方なしに足を止める。

「これ見て」

差し出されたのは大学ノートだった。

「何?」

「プロット。漫画のストーリー、書いてみたんだ」

「……だから、興味ないって。しつこいよ。漫画は読むもの! 描く気はない」

碧と喧嘩した時の気持ちが蘇ってきて、空は光の言葉を振り払うように歩き出す。

「俺のことしつこいだと……?」

光の目がぎらりと光った。なんでもそつなくこなす、余裕たっぷりの王子のような姿はそこにはなかった。

ただただ、自分が欲しいものに対して必死な若者の姿があった。

カラオケボックスを出た空を、光は追いかけてきた。無視して歩き続ける空に、光は熱っぽく話し続ける。

「ここじゃないどこかの話なんだ！」

道行く人たちが、その必死な形相に振り返る。笑っている人もいる。それでも、光はやめようとしなかった。そもそも、空以外誰も目に入っていなかった。

「今じゃないいつかの、話なんだ」

数メートル先を行く空に、光は語り掛ける。

空はなるべく表情を変えないように気を付けて、歩いていた。興味なんかない。それは本当なのに、耳は閉じることもできず、必死な声を拾う。

「ここじゃないどこかで、今じゃないいつかで自由を探す話なんだ！」

空は、立ち止まった。

「見て」

追いついた光は改めてノートを差し出す。空は受け取り、そっとノートを開いた。意外と几帳面《きちようめん》そうな綺麗な字で、プロットがびっしりと書かれている。

「ある時、ある場所、ある時代。架空の世界。でも、確かにそんな世界があったんだけど、そこで、お上から物語禁止令が出るんだ」

「物語禁止令？」

思わず、空は聞き返す。その言葉になんとなくくすぐられるものがあった。ケインズの月を欲する民を描いた時のように、勝手にぶわっとイメージが膨らむ感覚があった。

「うん。物語は、人心を惑わす。人を惑わす。どんな演説よりどんな説教よりも、人の心に届いて影響を与える」

「それで？」

「ひとりの少年がひとりの少女と出逢い、ふたりは禁を犯して物語を作るんだ。それが、彼らの夢だから」

「……なんで、そんな素敵な話考えつくのに、隠すの？　漫画描くなんてオタクのやることだから？　なんでアニソン歌わないの？　ジャパリパーク歌えばいいじゃん」

空はまっすぐに光を見る。光はその視線から目を逸らして、苦く笑った。

「カッコわりいじゃん。ジャンプで連載目指して、そのあと、アニメ化目指してるなんて、知られたら、笑われるだけだよ。イタイやつじゃん。俺のキャラ崩壊……失敗したらカッコわりーし。てか、絶対、失敗するし」

「君、ホントは弱虫なんだ」

空は静かな柔らかい声で言った。初めて光の本当の声を聞いた気がした。カッコ悪いけれど、この光は、そんなに嫌いではないと空は思う。

「え？」

「私といっしょだ……」

光から道路に目を落とし、空はぼそっと言う。ものすごく気持ちがわかる。でも、光は失敗を恐れながらも試そうとしている。そこが決定的に違った。

「ごめん」

空は急にちゃきちゃきとした口調になって、きっぱりと告げた。

「私、漫画描いてる暇、とかないの。忙しいの」

「ええ、君が何に忙しいの？　ゲームとかアニメ見るとかラノベとか？　推しグッズ集めるとか？」

「デートよ、デート」

空は誇らしげに言った。想像だにしていなかったのか、光はどこか呆然《ぼうぜん》としている。

「ウソ。彼氏いんの？」

「これから、出来るの」

そう笑顔で告げると、空は光の手にノートを戻し、颯爽《さっそう》とした足取りで歩き出す。

頭のどこかに、物語禁止令という言葉がちくりと引っかかっていたが、歩くうちに頭は渉とのデートのことでいっぱいになった。


夕方にゾゾタウンから大きな段ボールが届いた。

碧は仕事そっちのけで、開梱作業に取り掛かる。段ボールを開き、中の大量の服をリビングのソファや椅子にどんどん並べていく。すぐにリビングは服で埋め尽くされた。

碧はその光景を満足げに眺め、一着一着手にとっては、サイズや素材感、色味などをチェックし、イメージと違うものを選《え》り分けていく。いかにも女の子らしい、ひらひらとした服は見ているだけで、楽しい。

「これかなあ、こっちかあ？」

ワンピースやスカートを体に当てながら、碧はうきうきと呟く。そこに、インターフォンの音がした。

ソファからよっこらせと立ち上がり、インターフォンのモニターをのぞく。そこには漱石の顔が映っていた。

碧は無言で漱石を迎え入れた。

あれ、漱石がウチに来ることになってたっけ。

なんでもないような顔で漱石をリビングへと通しながら、碧は必死にここ最近の漱石とのやり取りを思い出す。しかし、何一つ思い出せなかった。

「『春を先取る100冊フェア』、『パーフェクトなデート』の、新たなカバーデザインが出来上がりましたので……って、今日伺うって僕メールしましたよ。わかりましたって、返信来ましたよ」

完璧に何でもないような顔をキープしていたつもりだったが、漱石にはバレバレだったようだ。漱石に諭すように言われ、碧は「忘れていました」と正直に白状する。

「あっ、おかまいなく。僕これあるんで」

コーヒーを淹れるためにキッチンに向かった碧に、漱石が手にしたペットボトルを掲げる。碧は「自分が飲みたい」とにこりともせずに言った。

「碧さん、お料理とかするんですか？」

「私はお湯しか沸かしません。コーヒーは淹れます。カップヌードルは2分47秒、これがベスト」

コーヒー豆をカウンター中にぼろぼろとこぼしながら、碧は厳《おごそ》かに言う。

「へえ〜知りませんでした」

「食べてみます？　ここにカレーヌードルが」

棚にあったカップ麺を指すと、漱石が飛びつくように言った。

「あ、食べます」

「えっ、断るかと思った」

「昼、食べる時間なくて」

普通、作家の家でカップヌードルを食べるかねと思わなくもなかったが、おなかをすかせた男性というのは妙にかわいげがあり、碧はすぐにお湯を沸かしてやった。

2分47秒にスマホのタイマーをセットし、カップヌードルにお湯を注ぐ。なんだか急に食べたくなった自分の分と合わせて二つだ。

一秒でも遅れてはダメだ。ソファに二人並んで、スマホの画面を凝視しながら、碧が思い出したように言う。

「あれ、さっき、君、私のこと碧さんって言ったよね？」

「あ、すみません。この前、松山さんとしゃべってたら、碧さんって言ってたんでつい」

「いいよ、ミナセセサン、って微妙に言いにくいもんね。セサ、セサってなるあたりが」

「はあ……。あっ、そうだ」

何か言いかけた漱石を碧は手で制する。

「待って。あと、10秒!」

割りばしを手に、10秒きっちり待って、二人は蓋を取り、一気に麺をすすった。

「ホントだ、うまい」

「でしょ? 私の編み出した料理です」

素直に感心した様子の漱石に、碧は胸を張る。漱石は碧の言葉にツッコミを入れるでもなく、しばらく無言で麺をすすっていたが、不意に改まった顔になって、切り出した。

「……あ、あの、碧さん、おっしゃってた整体師との恋の話ですが」

碧はまた厳かに手を上げ、漱石を制する。

「終わった。あっという間に終わった。あれは、書かない」

「そうですか……早かったですね」

「思いの外」

かける言葉もなく漱石は麺をすする。これ以上話すようなこともなく碧も麺をすする。しばらく、リビングにはズズという麺をすする音だけが響いた。

「あの、これは……」

あっという間に食べ終え、カップをテーブルに置いた漱石が、辺りをそろっと見渡しながら言う。カップヌードルの汁が飛ぶことのない位置へとざっと移動させたものの、リビングは相変わらず服だらけだ。

「ゾゾタウン。いらないのは返却します。あ、私のじゃないからね。娘の」

「あ、どうりで。ちょっと先生にしては若いかなって」

「娘が初めてデートをします」

「えっ、あのオタクの娘さんが？　妄想？」

「妄想じゃないです。現実です」

「失礼」

漱石は外れかけていた編集者の仮面をかぶり直し、神妙な顔で頭を下げる。不意に碧が自分の頬を思いっきりつねった。「イテ」と言いながら軽く涙目になっている碧に、漱石は「碧さん？」と思わずその顔を覗き込むようにして言う。

「や、ちょっと確認。現実でした。その、あれです。デートは整体師と……私が一瞬、いいなと思った」

「おお……」

「悲しいです。昔と同じように恋をしても、私は昔と同じではない。歳を取ってしまった」

「そんな……碧さんは、まだまだ充分お美しいです」

「模範解答ね……」

「や、そんな」

「私がえらいからだわ。あなた、担当だから……気をつかって。そういうのって、かえって残酷だわ」

しっかりとスープまで飲み干したカップをそっとテーブルに置きながら、碧は悲し気に目を伏せる。

「本当の言葉が聞きたいわ。……もう……もう、私、ダメなのかしら。女として」

碧は涙声で切なげに声を振り絞ると、スンッと鼻をすってみせた。

漱石が息を呑む音に、碧はかかったと、こっそりにやりと笑う。

「あ、やだ。ごめんなさい。こんなに自分がミジメなこと言うなんて……しかも、漱石の前で……ごめんなさい」

目元に手をやり、流れてもいない涙を碧は拭う。

泣いてないのに泣いたふり。空に渡した「男を落とすリスト」のその4だ。

碧は試そうとしていたのだった。自分の神通力が今も通用するか。

碧はよしっと気合を入れて、渾身の涙目で漱石を見上げた。涙は流れてこそいないものの、長年培《つちか》った技術により、うるうると目に溜まっている。

涙の膜できらきらと光る目で見上げる碧は、美しく、いかにもいたいけだった。

漱石は思わず碧に向かって、手を静かに伸ばした。

先のことなどまるで考えず、その瞬間、そう気持ちが動き、体が動いたのだった。そっと労わるように、漱石が碧を抱擁しようとする。

神通力がまだまだ十分通用するという感触を得て、碧の顔は安堵に少しだけ緩む。

その瞬間だった。

「ちょーーーーっと、待った！」

リビングにドスのきいた怒声が響き渡り、碧と漱石は思わずびくりと体をすくませる。

リビングの入り口を見ると、いつの間にか、そこには空と沙織が立っていた。

沙織はまなじりを吊り上げた、鬼の形相で、がっと碧と漱石の間に割って入る。

「人の男になにやっちゃってくれてんの⁉」

「この人、誰？」

碧は沙織を凝視しながら呟き、助けを求めるように空に視線を移す。空は明らかな修羅場にいるとも思えない淡々とした様子で答えた。

「や、なんか、ウチのマンションの前で佇んでて、何してるんですか？　ってきいたら、ストーカーです。24時間体制の完璧なストーキングをしています、散英社の橘漱石の、っていうから、面白いなと思って上がってもらった」

「……面白いなと思うか？　そこで」

漱石が力なくツッコむ。

「で、しばらく音を潜めて、見学していた。あそこで」

空がリビングから死角になっている場所を指差す。

「見学していました。でも、いても立ってもいられなくなって」

沙織の焼き殺さんばかりの強いまなざしに、碧は慌てて弁明を始めた。

「あ、いや、違うの。今、ちょっと試してただけなの。私が泣いたらどうなるか？」

「えっ、試してたの？」

もてあそばれた形の漱石は、ほんの少しだけ傷ついた顔をしている。

「漱石も漱石だよ。なんでヨソの女の家なんかに上がるの⁉　上がったら最後、女はみんな漱石を好きになっちゃうんだよ！」

沙織は漱石の腕をぎゅっと掴み、涙声で言った。

「いや、そんなことはなくて」

沙織のあまりの熱量に、妙に冷静になった碧は静かに否定する。

「ほんとーーに違うの、なんていうか、今のは」

どう言えば、この思い込みの塊のような彼女に分かってもらえるだろうか。言葉を探していると、察しのいい空が「かーちゃん」と口をはさんだ。

「この間の、あれ、見せれば、(63)まであるプリント。あれの（4）だ」

「そうか！　これこれ。ね、これちょっとやってみただけ……」

碧は沙織に向かってプリントを突き付けるが、沙織の目には漱石しか映っていないようだった。

「サリー、いいかげん俺を信じてよ」

今度は漱石の方からぎゅっと沙織の腕を掴み、彼女の目をまっすぐに見て言った。碧と空は同時に思わず「サリー!?」と呟く。何よりそこが気になった。沙織は「沙織だから、サリー」となぜか照れたようにちょっと笑う。

「ヨソの女の家って、ここ、ただの作家先生の家だ。俺のただの担当作家の水無瀬先生のお宅だ」

漱石は辛抱強く言い聞かせるように言った。

プリントを見せたものの完全に無視され、あっという間に蚊帳《かや》の外に押しやられた碧は、二人のやりとりを、傍観者の様に聞いていたが、漱石が口にした「ただの」という言葉に、一瞬顔を曇らせた。なんだか、その言葉がほんの一瞬、妙に痛かったのだ。

「知ってるけど……それは知ってるけど。でも、GPS見てたら、半蔵門線乗って、南北線に乗り換えて、このマンション入って、そしたら、そこから全然動かないから私、心配になって……」

突然言葉が途切れ、沙織はヒッと鋭く息を吸った。喉元に手をあて、ヒッヒッと音を立てながら、必死に息を吸おうとする。

「だ、だ、大丈夫？」

ただならぬ沙織の様子に碧が声をかける。沙織は切れ切れに「息が苦しい」と訴えた。

「過呼吸です、過呼吸。何か袋ありますか？」

よくあることなのだろう。漱石は焦りながらも、冷静に尋ねる。空はさらに冷静な口調で言った。

「あ、今の医学ではそれはやってはいけないことになっています。とにかく安静に」

驚いた顔の漱石に、空は小さくほほ笑む。

「うちも、たまーに、母がなるんで。原稿書けない時とかに」

空は慣れた様子で、沙織をソファに横たえ、首元を少し緩めてやる。三人が見守る中、沙織の苦し気な呼吸は少しずつ落ち着いていった。


一人暮らしをしているワンルームの一室で、光は必死に手を動かしていた。

机の上には、漫画の原稿用紙が置いてある。光は自分のプロットノートを見ながら、そこに漫画を描こうとしていた。思うような線が引けず描いては消し描いては消しで、一向に進まない。光にはイメージを形にする力が決定的に欠けていた。

頭でいくらかっこいい少年を思い描いても、可憐な少女を思い描いても、実際に紙に描かれるのはシュール系4コマ漫画の登場人物のようなキャラクターなのだった。

「うっわー。俺、やっぱ下手。ダメだ」

光は鉛筆を放り出し、深々とため息をつきながら、ごろんとベッドに横たわる。

ベッドのわきの本棚には、漫画がぎっしりと並んでいた。

子供の頃から夢中になって読み続けてきた作品たちや、成長してから出会ったというのにたちまち自分を少年に戻してしまった作品たち。

背表紙に並ぶタイトルを、光はじっと見つめる。

そして、不意に身を起こし、窓を開けた。冷たい空気に身震いしながら、光はベランダに出る。

手すりにもたれながら、夜空を見上げた。

「都会は、星が見えんねえ」

白い息を吐きながら、光はぽつりとつぶやいた。


星が瞬いている。

沙織はぼんやりとした意識で思う。ゆっくりと焦点があってくると、それがまるで、ダイヤを砕いて、振りまいたかのような一面の星空なのだとわかった。

沙織は雲のようなベッドの上に横たわって、星を見ていた。

一瞬、自分が死んでしまったんじゃないかと思うぐらい、綺麗な光景だった。

「綺麗……」

沙織が呟くと、すぐ横にいた碧がそっと声をかけた。

「目、覚めた？　これ、鎮静効果あるから」

そこは碧の「寝る部屋」だった。ふかっと沈み込む雲の様に柔らかなベッドと空をイメージしたこの部屋は、プラネタリウムにもなるように設計されていた。

碧が鎮静効果というのは、このプラネタリウムのことだった。

確かに落ち着く、と沙織は思う。過呼吸が収まった後もこんなにゆったりと呼吸できるのは珍しいことだった。

「ああ、私、寝ちゃって」

「そう、漱石くんがいつもあなたが持ってる薬があるって言って、沙織さん、それ飲んで、眠そうだったから、こちらどうぞって」

「あ、そうか」

沙織はぼんやりと思い出す。そこにグラスの載ったトレイを手にした空が姿を現した。

「レモネード、作ったんですよ。飲みますか？」

「ありがとう……」

沙織は起き上がってグラスを受け取る。甘ったるくない、さっぱりとしたレモネードは、体に沁み込むようで、沙織は夢中になって飲んだ。随分と喉が渇いていたらしい。

「美味しい」

沙織が呟くと、空は笑顔になった。

「あれ、漱石は？」

「仕事が残ってるから、どうしてもって、会社」

沙織はベッドの脇に置かれていたスマホにさっと手を伸ばす。碧は静かにその手を止め、首を横に振った。

沙織は恨めし気な目で碧を睨んだ。すぐにでも漱石の居場所を確認しないと、不安に内側から食い破られそうな気持ちになる。

「あなたはさ、漱石くんに振り回されてるんじゃなくて、恋に振り回されてるの」

碧はやわらかい口調で言った。

「何か、今まで漱石くん、悪いことした？」

沙織はぶんぶんと首を横に振る。

「勝手に不安になっちゃうんです。私たち一緒に暮らしてるんですけど、それでも、知らない時間があるのが不安で、散英社もバイトで入って。少しでも近くにいたくて。でも、社員の女の人としゃべって笑ってるの見てるだけで、心が、雑巾みたいに絞られたようになって、苦しくなっちゃって、私、バカみたい」

沙織はグラスを両手で摑みながら、泣き出した。碧は沙織の頭を優しく撫でる。

空はトレイを抱えたまま、心配そうな瞳で、その様子を眺めていた。

「漱石くん、今日は、あなたの好きなシチュー作ろうかなって出てったよ」

「ホントですか？」

沙織はぱっと笑顔になって、空を見た。その表情に空も自然と笑顔になる。涙でべとべとになった顔を輝かせている沙織が、思った以上に幼いことに気付き、空ははっとした。

回復した沙織が帰っていった後、空は自分の部屋に戻った。

（サリー、私とそんなに歳変わらない）

そんな彼女がストーカーと化すほどの恋愛をしているというのが衝撃だった。

(正直、ちょっとやられた。恋愛は戦いかもしれない。私にとっては、未知との遭遇)

三次元の恋愛は恐ろしいなと空は思う。相手にどんどん期待して、どんどん振り回して、振り回されて。二次元の相手ならもっと話は簡単だ。相手から何もかえって来ないことはわかっているし、期待もしていない。ただ、愛を注ぐだけ。簡単だ。もちろん、推すことで、アニメ化や映画化、グッズ展開などがあればという思いはなくもないが、それはキャラ本人に対する期待ではない。

碧は恋に振り回されていると言ったけれど、どんな気分だろうとちょっと思う。怖いような、でも、ちょっとだけ味わってみたいような。

とりあえず、まずは初めてのデートだ。

空は窓から象印を見詰める。

(象さん、がんばります。水無瀬空、大人への第一歩!)

拳をぎゅっと握り、水色の象に向かって、空は決意表明をする。

水色の象はそんな空を微笑みながら見守っていた。

デート当日の朝。ワンピースに着替えた空は、碧の前でくるりと回ってみせた。

「うん、完璧」

プロデューサーとして厳しい目を注いでいた碧も、にっこり笑って太鼓判を押す。

何せゾゾタウンから大量に届いた服の中から、吟味に吟味を重ね、選び抜いた一着だ。

かわいらしさがありつつ、落ち着いた空の魅力も出せるような上品さも備えた絶妙なラインのワンピースにたどり着くため、母と娘は何度も何度も試着を重ね、膨大な時間を議論に費やした。

「かーちゃんの見立てがいい」

碧は自画自賛する。

「まーな。私も選んだ」

「二人で選んだ！　今までで一番かわいい。ま、生まれた時といい勝負かな」

「かーちゃん、そういうことは言わない。もう赤ちゃんじゃない」

「ラジャッ。ご武運を祈ります」

「祈られました」

空は何やら戦地に赴くような気分で家を出た。

待ち合わせは動物園の前だ。時間通りに着くと、入口にはもう渉の姿があった。長身の渉の姿は遠くからでもすぐにわかった。

「渉先生！」

空は輝くような笑顔を浮かべ、渉のもとへと駆け寄った。

空の声に、渉が振り向く。

あ、と空を認めた爽やかな笑顔。その笑顔にふわっと心が浮き立った次の瞬間、空の目は勝手に一点にズームしていた。

（……鼻毛……！）

空は心の中で悲痛な声を上げる。渉が呼吸するたびにそよぐそれは、何度見ても確かに鼻毛だった。

リビングのソファに、空と碧はテーブルを挟んで向かい合っていた。

デートに出かける前の華やいだ空気は微塵《みじん》もない。まるで敗戦後といった重苦しい空気が立ち込めている。

「鼻毛……」

組んだ手に顎を乗せて、重々しく碧が呟く。空は表情をなくした顔で、「そう、鼻毛」と繰り返した。

「ハードル高いかもなあ、鼻毛」

「……跳べる気がしない」

空はしょんぼりと言った。自分が恋ではなく、鼻毛一本に振り回されるとは思ってもみなかった。

「デートは、楽しかった？」

「鼻毛しか覚えてない」

「次のデートの約束は？」

「鼻毛に気を取られて、してない」

「鼻毛出てるよ、って言えなかった？」

「未来永劫言えない自信がある」

「コツメカワウソかわいかった？」

「それはかわいかった」

空はスマホの写真を表示し、碧に見せる。そこにはまるでおねだりをしているかのように、カメラを見上げるコツメカワウソの愛くるしい姿が写っていた。

「ホントだ」

碧は空が撮った写真をさかのぼっていく。渉の写真は一枚もなかった。


夜、ふらりと向かったマンションの部屋に未羽はいなかった。

どうしようかと少し迷って、光は入口で未羽を待つことにした。手には未羽と食べようとコンビニで買ったプリンもある。好きなものを食べている時、未羽は年上だということを忘れるぐらい無防備な笑顔を浮かべる。その顔を見たかった。

どれぐらい待っただろう。少し足先がかじかみだしたころ、マンションの前にタクシーが停まった。

後部座席から、出てきたのは未羽と見知らぬ男性だった。会社の先輩だろうか。しゅっとしているその姿はいかにもエリートサラリーマンという雰囲気で、光は未羽が一流企業に勤めていることを思い出した。車から降りる未羽を助ける仕草もそつがない。

光はとっさに身を隠そうとするが、二人の死角になるような場所はどこにもない。光は動くこともできず、二人が近づいてくるのを見詰めた。

男と寄り添いながら歩く未羽が光に気付いた。未羽は顔色一つ変えず、「光くん」と呼んだ。もの問いたげな男に未羽は言いよどむことなく光を紹介する。

「あのね。この子、従弟。私、この子の家庭教師してたの。地元の熊本で」

「へえ〜。こんばんは。ってことは、大学でこっち来たんだ」

男は疑う様子もなくにっこりと笑う。光は俯きながら、「あ、はい」と小さく答えた。

「どこ行ってるの？」

「立青学院大学です」

「へぇ〜。立派じゃない。Gマーチって言うんでは？」

「いやいやこの子の家のレベルでは許されなくて。私も家庭教師として肩身せま〜。お兄さん、ラ・サールから九大医学部なのにね。この子のお父さん、九大医学部の教授」

「へえ〜すごく優秀なご家族なんだね」

男は素直に感心している。光はつい反射的に「ご家族は」と強調した。

そんな光の肩を未羽は明るくパンと叩く。

「ほらほら拗《す》ねない。あ、でもね、彼、足はすっごく速いの。全国で7位だっけ？」

「足速くても、もう駆けっこもないしね」

足が速くてモテるなんて、小学生までの話だ。

「あ、また拗ねちゃった」

「未羽、失礼だろ」

男がこつんと叩くふりをすると、未羽はへへと甘えるように笑う。明らかに男女の空気が二人の間にはあった。

「なんか用事あった？」

未羽が光に尋ねる。光はしどろもどろになって答えた。

「や、ちょっと、田舎から送って来たものあって。それ届けてってことだったから」

「じゃ、僕は失礼するよ」

男は光の言葉を疑う様子もなく、あくまで感じよくスマートに告げる。

「あ、ホント？」

「うん、故郷の話でもすればいいよ」

「タクシー行っちゃった」

男の帰りの足の心配をしだした未羽に、光は少し大きな声で告げる。

「や、僕が帰ります」

「いいよいいよ、僕らいつでも会えるから」

男が余裕たっぷりに言うと、未羽も調子を合わせる。

「そう、昨日から、あ、一昨日からか一緒にいすぎて、ちょっと離れたいくらい」

「おい」

未羽がへへと笑うと、男は照れくさそうな顔をした。

「君が気をつかうことはないよ。通りに出たらタクシーも拾えるし」

そう言って男は颯爽と帰っていった。未羽は男が見えなくなるまで見送ると、さっさとマンションに入って行く。

光は少し迷って、未羽の後を追った。


部屋に入るなり、未羽はベッドにどすんと座り込むと、ストッキングを脱ぎ始めた。

「あ〜、酔った」

ストッキングをぽいっと放り、未羽は光が持ってきたコンビニの袋の中を覗き込む。

「田舎からの届け物が、コンビニのプリン」

未羽はくすりと笑い、「あ、私好きなやつだ」と嬉しそうな声を上げた。

「ウソツキだね、未羽さん」

「ん〜？　あ〜、さっきの？　嘘が半分、本当が半分。君の家庭教師してたのは、本当。従弟なのは、真っ赤な嘘。ふふ」

未羽はプリンにプラスチックのスプーンをすっと差し込みながら、面白そうに笑う。

光は馬鹿にされているような気がした。さっきの男と一緒に、未羽に笑われている気がした。腹が立つ。そう思いながら、コケティッシュなその笑みから目が離せなかった。

「あのね。嘘つく時の、テクニック。本当のことを半分くらい混ぜるの」

「あの人、本命なの？」

「ん〜？　そうでもない。検討中。物色中。んふっ、トライアル期間？」

「返品するんだ」

ゾゾタウンみたいだと光は思う。自分は未羽にとってどういう状態なのだろう。自分がトライアルの対象でもないことを、光はうっすらと感じ取る。

「もうすぐさあ、30じゃん」

「見えないけど」

「見えんかも知れんばってん、30ちかいけん。嫁に行きたいとよ。もう、恋とかよかったい。仕事疲れたけん、楽したか〜」

「楽したいと……」

「そう、東京来て、それなりにがんばって、すり減って、もう心使うの疲れちゃったんだよね」

未羽はプリンをぱくりと口に入れ、その甘みに微笑んだ。

「光くんも、いろいろ彼女いるんでしょ？」

「うん、もちろん。いろいろ」

光は食い気味に答える。

「ねー。ひとりの人ずっと好きとか、恋とか、めんどくさいよね。綺麗な子と遊べれば、そいでいいでしょ？　私もお金がある人と結婚できればそいでいいの」

いろいろな女の子といい感じに付き合いたい。そう思って、自分のパブリックイメージを作り上げ、キープしてきたはずだった。なのに、どうして、今、未羽の「いろいろ」という言葉に、殴られたような気持ちになっているのだろう。

呆然とする光の前で、未羽はプリンをぺろりと平らげ、へへっと子供の様に笑った。


「よ〜っ、らっしゃいらっしゃい」

鯛焼きを焼きながら、テンション高くゴンちゃんが声を張り上げる。

「ゴルゴンゾーラ鯛焼きだよ！　あんこ少なめ、ダイエットにももってこい、サンマ焼きもあるよ！　サンマ焼き。なんでもあるよ！　白あんこしあん、インディアンエイリアン、なんっつって」

べらんめえ口調で、調子よく口上を述べ、自分の言ったことに自分でうけていると、顔なじみの女子高生がやってきた。

「ゴンちゃん、サンマ焼き、3つ」

「あ、アスちゃん。ダイエット中か？　あ、こりゃ失礼」

ゴンちゃんは自分の頭をピシャリと打つ。

「セクハラセクハラ。アスちゃん、細いよ。べっぴんさんなった〜。でも、3つも食べて大丈夫かい」

愛想よく声をかけながら、ゴンちゃんはサンマ焼きを包んでいく。

その様子を離れた席から見ていたのは、商店街に店を持つ豊田さんと神林さんという

二人のおばさんたちだった。

「いい男だねえ」

「いい男だよ。惜しいねえ。私がもうちょっと若かったらねえ」

「ダンナさえいなきゃねえ」

二人はひそひそとささやき合う。

「おっ、そちらのお嬢さん方、何さしあげましょうか?」

女子高生を送り出したゴンちゃんがにこにこと愛想よく二人に声をかける。

「ゴンちゃん、今日は鯛焼きじゃないんだよ。ちょっと話があんだよ」

豊田さんの迫力に、ゴンちゃんはたじたじと後ずさる。

そして、そのまま二人に連行されるように、おだやの居間へと引きずられていった。

豊田さんと神林さんが改まった様子で、テーブルの上に滑らせたのはお見合い写真だった。二つ折りの、立派なお見合い写真だ。

「いやいやいやいや、まさかまさかまさか」

ゴンちゃんは写真を開くこともなく、笑っている。

「とにかく、美人なんだから。べっぴん。ね、会ってみるだけでいいんだって」

「いやいやいやいやいや、いまさら」

「いいから、見てみるだけでも。騙されたと思って」

「いやいやいやいや、まさか。……いくつ？」

好奇心に負けて、つい尋ねると、二人は声を潜めて得意げに「26」と答えた。

「わっか」

こうなると顔も見たくなってくる。でも、一度見ると断りづらくなるしなあと迷っていると、俊一郎が愚痴《ぐち》りながら、商店街の会合から帰ってきた。

「ただいま〜。更級《さらしな》豊田の豊田さん、話が長くって。蕎麦だけに長い……なんつって」

「あら、ウチのおとーちゃん、話長くて悪かったわね」

「あれっ、来てた」

俊一郎は豊田さんの姿に、あからさまにしまったという顔をする。

「ああ、今日、すずらん商店街の理事会かあ。ウチの行ったかなあ」

神林さんの言葉に、俊一郎は頷いた。

「来てた来てた。飲み行ったよ。あ、あれ、何？　また見合い？」

俊一郎はお見合い写真をひょいと取り上げ、無造作に開いた。表情からは、何もうかがえない。どうなんだよ。ゴンちゃんは焦《じ》れながら、俊一郎の表情を観察する。

「なっ、豊田のおばちゃんも神林さんも、美人美人っていつも持って来るけど、美人だったためしがない……」

ぶつぶつと呟くゴンちゃんに、ようやく写真から顔を上げた俊一郎が言った。

「おい、これはすごいぞ」

俊一郎は見合い写真をぎゅっと抱きしめた。

「おいらが、見合いしたい。結婚したい」

「何言ってんだよ、俺に来た見合いだよ」

俄然、相手の顔が見たくなって、ゴンちゃんは写真に手を伸ばす。しかし、俊一郎はお見合い写真を抱えて、逃げ出した。

「ま、俊一郎さんでもいいかもね。独身だもんねえ」

「歳の差カップルだ、加藤茶《かとうちゃ》みたいな」

追いかけっこを繰り広げる男たちを後目《しりめ》に、豊田さんと神林さんはのんきに笑う。

「ダメだよ、俺に来た見合い。オヤジ、よこせ」

やっと追いついたゴンちゃんは写真を奪おうとするが、俊一郎は写真から手を放そうとしない。二人は一歩も譲らず、写真を奪い合う。

「いや、これは、ちょっとすごいから、おいらのだ」

「何言ってんだ、この色ボケジジイ。よこせ」

そこに、ケンタがみんなのお茶と鯛焼きをもって現れた。予期していなかったケンタの登場に、俊一郎は思わずバランスを崩し、転倒してしまう。

ゴンちゃんは今がチャンスとお見合い写真を奪い取り、ぱっと開いた。

「すげえ、美人……」

腰をさすりながら、痛い痛いと俊一郎が大げさに騒ぐのにも構わず、ゴンちゃんはだらしなく眉を下げながら、じっと写真に見入った。

太葉堂の施術室では、俊一郎が渉の施術を受けていた。

転倒してから、軽い腰の痛みが続いており、念のために太葉堂を訪れたのだ。

「どうですかあ？」

「単なる打ち身です。心配ないですよ」

渉は優しい笑顔で告げる。俊一郎はほっと息を吐いた。

少し骨盤なども歪んでいると言われ、ストレッチのような動きをしながら、全身のバランスを整える。歪みが、痛みや不調につながるのだと、穏やかな声で渉は説明した。

「はい、完了です」

渉に言われ、俊一郎はむくっと起き上がる。

「おお、痛いの治ったわ」

俊一郎は思わず笑顔になった。それまで起き上がる時にも軽く痛みがあったのだ。

「良かったです」

「ん？」

俊一郎はベッドの傍らの棚にあったものに目を止めた。小さなプラスチックの透明なケースに何かが入っている。思わずまじまじと見る。一見つけまつげのケースのようにも見えたが、よく見れば、ケースの中には一本の毛しか入っていない。

「こりゃ、なんだ？」

「あ、これ、つけ鼻毛です」

「え？　つけ、ハナ、ゲ？」

そんなものが今は若い人の間で流行っているのか？

渉が当たり前のようにさらりと言った言葉に、俊一郎はひどく困惑した。


水無瀬邸にいやらしいぐらい満面の笑みを浮かべたゴンちゃんがやってきた。

ゴンちゃんは挨拶もそこそこに、碧にお見合い写真を手渡す。

ゴンちゃんがお見合いをするというのは、事前に聞いていた。しかも、飛び切りの美人と。そのことで話があると、わざわざゴンちゃんは写真をもってやってきたのだった。

碧は二つ折りのお見合い写真の表紙を凝視する。

碧の正面にどかっと座ったゴンちゃんは、どうぞどうぞ、ほれほれと手で促す。

碧はんっと小さく咳払いして、お見合い写真を開いた。

写っているのは完璧な圧倒的美人だった。しかも、楚々《そそ》として感じがいい。男性だけでなく、その家族までもが嫁にと熱望するような、ケチの付け所のない女性だった。

「ふうん……」

碧はひとかけらも動揺を見せず、静かに写真を閉じた。

「美人だろ」

そうかしら、とでも言いたげに碧は緩やかに首を傾げる。

続いて写真を開いた空は、「顔面偏差値高っ」と声を上げた。

「かーちゃん、負けてる」

「なんなん？　それ」

碧はじろっと空を見て尖った声で言う。空はため息をついた。

「かーちゃんは、美人を見るとすぐ勝負をする。勝ち負けを決めたがる」

「あははは。あるある〈こいつ。そういうとこ。中学校のミスコンでも、二位になってめちゃくちゃぶんむくれてな」

ゴンちゃんに笑われて、碧はわかりやすくぶんむくれた。

「いや、そもそも年齢で負けてるから。26でしょ、この人って。って、なんで勝負してんの？　私。ま、いいや」

碧は空の手からお見合い写真を取り上げると、丁寧に閉じ、すーっとゴンちゃんの方に押し戻した。

「で、これをわざわざ見せびらかしに来なすった？」

「いやいや、そんな暇じゃないよ、俺だって」

碧はカチンときた。碧だって幼馴染の自慢に付き合うほど暇じゃない。

「でも、これからお見合い。結婚出来るかどうかは、わからないんですよね」

もうすっかり結婚する気満々のゴンちゃんに、空はわざと固い口調で追及する。しかし、ゴンちゃんは自信満々に「出来る」と断言した。

「その自信は？」

「俺が、鯛焼き焼いてるの見て」

ゴンちゃんは嬉しさのあまり思わずぷっと笑い出した。ひとしきり笑って、ゴンちゃんはにやけ切った、だらしのないゆるゆるの顔で続けた。

「一目惚れっつーの？　そいで、毎日くらい通って、でも、恥ずかしくて鯛焼きは、注文できないまま……で、豊田のおばちゃんに相談したらしい」

「ふーん」

碧はつまらなそうに相槌を打った。

「ここ来たのはさ、もし、結婚決まったら、お前、有名人じゃん一応」

「一応は、余計」

「だから、式でスピーチしてくれよな」

「……それ言いに来たの？」

碧はさすがに呆れかえる。あからさまに不機嫌な顔をしても、ゴンちゃんはだらしない顔のままだ。空はそんな二人を見比べて、ふっと息をつく。

「見せびらかしに来たな。でも、かーちゃん、あれだな。ゴンちゃんが結婚したら、おだや、今みたいに行けなくなるな」

「え？」

碧とゴンちゃんが揃って声を上げ、空を見る。空は二人の反応に逆に驚いた。

「え、だってそうでしょ。新しい奥さん、しかも若い、わりと嫉妬深そうな」

「おいっ」

「あ、ごめん。美人って嫉妬深いじゃん。こんな綺麗な奥さん来たら、そりゃ、昔の幼なじみで腐っても鯛なかーちゃんが」

「空、いろいろ挟まなくていいから、要点しゃべれ」

碧が低い声で警告する。空はウンッと咳払いをし、改めて続けた。

「だから、昔からの幼なじみであるかーちゃんが、おだや行って、まるで自分ん家《ち》のリビングみたいに、茶の間でヤキソバたべたり、鯛焼きたべたり、葛切りたべたり、こたつで猫みたいに丸くなるってことは、もう出来ないでしょ。奥さんいやでしょ」

「そーか」

碧は少しぼんやりと言った。考えてもみなかったことだった。

「確かに」

ゴンちゃんも呟く。ゴンちゃんの声も少しぼんやりとしていた。

5時を知らせる夕焼け小焼けがすずらん商店街に流れる。

毎日のことなのに、なんとなく懐かしいような気持ちがするのは、隣を歩いているのが子供の頃からよく知るゴンちゃんだからだろうか。

商店街に買い物があった碧は、ゴンちゃんと一緒にマンションを出た。一緒に歩きながら、ふとこういうこともゴンちゃんが結婚したらできなくなるのかなあと思う。

「でもさ、もし本当に結婚決まったら、菜子さん喜ぶね」

碧はわざと明るい声で言った。

「そうか？　俺は、放蕩《ほうとう》息子だったからよ。親の死に目にも会えてねえ」

碧は小さく笑った。

「だってどこいるかわかんないんだもんさ」

「世界を回っていた。フランスで修行してたな。パティシエの」

「だから、それホントなの？」

帰国後、何度もゴンちゃんの口からそう聞いているが、何度聞いても嘘っぽい。

「えっ、俺のフランス語聞く？　アザブジュバーン。シッポマデあんこー」

「あはは。アホだ」

きちんとした発音なのだが、ゴンちゃんの口から出るとそれはでたらめの呪文のように聞こえる。碧は少しも信じてやらずに、声を上げて笑う。ゴンちゃんはむむっとむきになって言った。

「ホントだってば。パリ行ってたの。だから、今、おだやにゴルゴンゾーラ鯛焼きがあるんだぞ。ありゃ、お前、フランス産だ」

「ゴンちゃん、ゴルゴンゾーラはイタリアだ」

「あたっ！」

ゴンちゃんは自分の頭をピシャリと叩いた。碧の目がますます疑わし気になる。

「ヨーロッパ回ってたからなぁ。俺、パリのカフェで、カッコいいからって、店に来たカール・ラガーフェルドにパリコレ出ないかってスカウトされてよ」

「そしたら、それ、ウソだったんだよね？」

「そそそそ。そっくりさん。ただのオッサンのナンパだった。あん時は俺、危機一髪。なんとか、操《みさお》を守った」

「あははははっ」

夕焼け小焼けが鳴ったばかりなのに、冬の夕暮れは早く、もう辺りは薄暗い。夕飯の買い物で賑わう商店街を二人は並んで歩く。

「……子供作ってよ。男の子。何人も」

「うん。野球チーム？」

ゴンちゃんはふふと笑った。

「ウチ、継いでくれたらいいな」

結婚も子供ももういいと口癖のように言っていたゴンちゃんだったけれど、そう願望を口にする声は切ないほどで、ずっとどこかで気にしていたんだと知れた。碧は素直な気持ちで「うん、いいね」と相槌を打つ。

「おだやは、すごく美味しいから、なくしちゃいけない味だよ。明治から続いてるんだもん、凄いよ」

「ケンタに継がせてもいいかなと思ったんだけどさ。欲がないっつーか、この前さりげなく聞いたらよ、4代続いたおだやの看板を、俺がしょうのは、無理ですって」

「今の子っぽいね〜」

そう言って碧は本屋の前で立ち止まった。

「あ、ごめん。私、ちょっと本屋で自分の本チェックしてくから」

「おおっ。俺これから、商店街の親睦《しんぼく》会だ。本、山積みしてなくてもしょげるなよ？」

「平積みだ。じゃ」

碧は右手をひょいとあげる。

「おっ、お前、右手あがるようになったな。五十肩治ったか？」

「四十肩じゃっ」

いつものようにかみつくと、ゴンちゃんは嬉しそうに笑った。

本屋に入ってから、わざとからかったんだと碧は遅れて気づく。いつもの空気で手を振るために。そう思うと、当たり前だったものがもうすでに少しずつ失われはじめたようで、碧は少し切なくなった。

5

時間きっかりに、漱石は水無瀬邸を訪れた。

新しい恋愛小説の打ち合わせの日だ。この日はさすがに碧も覚えていて、漱石を迎えた。リビングに通した漱石に、さっそく約束していた恋愛小説のプロットを手渡す。

漱石はすぐさま黙々と読み始めた。

碧はその正面のソファに座り、大きく欠伸をした。足も崩し、だらけ切った様子で、漱石をぼんやりと見る。そこに新しいプロットを、最初の読者である編集者に見せるといった緊張感は一切なかった。

碧がまた大きく欠伸をしたところで、漱石は読んでいたプロットから顔を上げた。

「読ませて……いただきました」

碧は欠伸を隠す気もなく、「どう?」と投げやりに尋ねる。漱石は困ったように顔を歪ませた。

「……これ、あの、本気……」

「えっ、どうして? 面白いじゃん。朝寝坊して、遅刻しそうで、で、パン持ったまま走って、そしたら、四つ角でイケメンとぶつかって、ああ、私やっちゃったあ。で、教室行ったら、そのイケメンが新任の先生だった! で再会」

「面白い……かなあ」

漱石は作家が面白いと思うことはなるべく尊重したいと思う質《たち》だ。しかし、嘘のつけない質でもある。漱石はますます苦しそうな顔になった。

「面白いわけないじゃん」

碧が吐き捨てるように言った。

「なんかさー、私もうダメだと思うんだよね。君、年収千2百万なんだって？　どう？　ここはひとつ私と結婚しない？」

「何言ってんですか？　この間、ボディブローかましたじゃないですか？　てか、なんで人の年収……」

漱石は怖いものを見る目で碧を見る。都合のいい耳を持っている碧は、漱石の反応を綺麗に聞き流し、暗い表情でぼやいた。

「恋愛小説は、取材じゃ書けないのよね。自分が恋しないと」

「ないんですか？　その兆しは？」

リビングに入ってきた空が、コーヒーを注ぎ足した。漱石は小さく目礼をする。

「ない」

碧はふんぞり返ってふてぶてしく言った。

「思い出して書くとか」

長い長い沈黙が落ちる。碧は遠い目をして言った。

「……すごく遠い。もう思い出せない」

「あの整体師っきりないんですか？」

整体師という言葉に、空がピクッと反応し、ぼそっと言った。

「鼻毛が出ていた」

「は？」

空は今更ながら、自分が恋をして、碧にネタを提供するつもりだったことを思い出す。初めてのデートに浮かれすぎて、そのあたりが全部吹き飛んでいた。

鼻毛ではきっとネタにもならない。しゅんとした空を見て、碧は「そこ、触れないで」と漱石に釘をさす。漱石はまだ鼻毛というワードに混乱しながらも頷いた。

「あ、かーちゃん、あれは？　あの話は？」

ふいに顔を上げて空が言った。

「どの話？」

「もう、おだやに行けない」

「ああ、あれは悲しい。あそこは私のリビングだった。こたつがいい」

「おだやに行けないのはなんで？」

おだやを思って切なげにため息をつく碧を見ながら、漱石は空に尋ねる。

「かーちゃんの幼なじみが結婚するんです」

「それ、それいいじゃないですか!?」

前のめりになって、漱石は言った。さっと鞄から2枚のチケットを取り出す。

「その人と、デートしてください」

「わっ！ これ、ボブ・ディラン。めっちゃ、プラチナじゃないですか？ どうやって？ 散英社の力で？」

「いえ、千5百回くらいクリックしてやっと」

「うわい！ 行こう、空」

はしゃぐ碧に漱石はきっぱりと言った。

「いえ、これは、あなたが、その幼なじみとデートする場合のみ、あなたに譲渡されます。2枚1組で」

目の前に突き出されたプラチナチケットを碧は、食い入るように見つめる。

心の中で天秤にかけてみると、天秤はあっけなく一方に大きく傾いた。


映画デートの後、光がお茶をしようというと、相手の女の子は行きたい店があると言い出した。彼女がスマホで地図を調べたりしながら大騒ぎで到着した店は、おだやという鯛焼きが有名な甘味処だ。

「なにに、しよっかなあ」

女の子は綺麗にネイルを施した爪で、メニューをなぞる。鯛焼き以外にもヤキソバやおでんなど意外と何でもある。

「鯛焼きがおいしいんでしょ？」

「まーね。じゃ、私も、光と同じの頼んどいて」

そう言って彼女は立ち上がりトイレに向かった。

光はふうっと息をつく。落ち着く店だなと思った。メニューから見て取れるように、お客さんが喜ぶことならとなんでもやってしまうような、節操のない感じもよかった。そういう節操のないサービス精神って、物語にも必要かもな。ぼんやりとそんなことを思っていたら、カウンターで働いている女の子の姿が目に入った。

それが空だとすぐに気づき、光は思わず小さく息をのむ。

光の隣のテーブルに注文の品を運んできた空は、そこで初めて光の存在に気付いた。隣のテーブルの客に営業スマイルを向けたあと、表情を消して、光に近づいてくる。

「こんなとこまで来てストーカー？」

小声で問われて、光は慌てて首を振る。

「違う。違う違う違う。この近所に、映画見に来て。その帰り」

テーブルには確かに映画のパンフレットが置いてある。パンフレットが光から見て逆さ向きなことから、空は何かを察したような顔になった。

「あー、デート」

「とも言う」

「としか言わない」

空はでんと光の向かい側に座った。ついさっきまでデートの相手が座っていた席だ。

空は置いてあるパンフレットを見た。美女美男が今にもキスしようとしている瞬間の、いかにもリア充御用達といった雰囲気の表紙だ。

「キスまでのふたり……」

空はパンフレットにあるタイトルを読み上げた。光はいつ彼女が戻ってくるかと気が気ではない。そんな表情も全部わかった上で、空は頬杖をついて、にっこりと笑った。

「『チェンソーマン』の話しよっか？　彼女戻って来るまで」

「やめろ」

命令のようで、それは懇願だった。

「てか、ここ、お前ンち？」

「まさか。バイト」

「あ、バイト。バイトさん、鯛焼き2つ。大急ぎで」

光は厨房にも届くような大きな声で、注文する。空はしぶしぶと席を立った。

「あっ、ねえ」

席を立った途端、あからさまにほっとした様子の光は屈託なく尋ねた。

「デートどうだったの？　彼氏とはうまく行ってる？」

「すごくうまくいってる」

空は笑顔で答えた。まったく奥行きのない、無理やりの笑顔で。

「そりゃよかった。お互い幸せだ。お祝いにこれ、やるよ」

光はポケットからガチャガチャのカプセルを取り出し、空に渡した。

『はたらく細胞』！　白血球推しだ！」

推しキャラの入ったガチャに、空はたちまちぱあっと目を輝かせた。

「血小板ちゃんが出なくてさ。白血球ばっか」

「え、デートの最中に推しキャラ狙ってガチャ？」

「まさかまさか。来る途中、ひとりで」

さすが抜かりはない。納得した空はカプセルを両手で大切に包みこんだ。

「ラッキ、もらっとく」

「あと、ついで」

光は空にもう一つカプセルを手渡す。中には、きらきらと光るビー玉が入っていた。

「彼女さんは？」

空がたずねると、光は首を横に振った。

「本格派だから。ガチブランドしか興味ない。これ何カラット？　とか言われたら凹む」

「なるほど」

空は軽く頷いて、ありがたく受け取った。

ふたつのカプセルを自分のポケットにするりと滑り込ませた瞬間、光のデート相手がトイレから戻ってくるのが見えた。

「そーせき！　そーせき！」

ラファエロ編集部では、編集者の田山《たやま》が厄介な仕事を押し付けるべく、漱石を探し回っていた。

「どこ行った？　ったく、あいつはす〜ぐいやらしいことしてんだから」

田山の言葉は漱石に対するやっかみが多分に含まれていたが、この瞬間の漱石を見たら、自分の言ったとおりだったと思うかもしれない。薄暗い会議室で、アルバイトの若い女性と密会しているというこの状況を、目撃されれば、社内で噂にもなっただろう。

しかし、その実態はまったく違った。それは、いやらしさなど微塵もない、厳しい取り調べ、容赦のない尋問だった。

「なんで。なんで信じてくれないの？」

訴える漱石の声に疲れが滲む。それでも、取調官である沙織の追及の手は緩まなかった。沙織は慣れた手つきでスマホを操作し、浮気防止アプリともいわれる特定の人の行動経路を把握するアプリの履歴をチェックする。

「きのう、四ツ谷から大手町行って、神保町で止まった」

「神保町……。あっ、本屋。大きな本屋出来たでしょ？　あそこ寄った。ウチのホン、どんな場所に置いてあるか見ときたかった」

「本屋さんで、美人と出逢ったりしてない？」

「してない。誓ってしてない。てか、ここ。会社。こんなことやってると俺、ほんっと、クビになる」

いつも落ち着いたトーンで話す漱石の珍しく強い口調に、沙織は途端に涙ぐむ。

「私、漱石の邪魔してる？」

「いやいやいやいやいやいや。そういうことじゃなくて。仕事をさせてほしい。ここ会社。サリーとの時間はちゃんと取るから。取ってるよね？」

「なんで？　なんでそうやって怒られた小学生みたいなの？　宿題出せって言われてる小学生みたいなの？」

「は？」

涙目で唇をぎゅっと嚙みながら、睨みつける沙織を、漱石はぽかんとした顔で見ている。何を言われているのか本気で分からない顔だった。

「自分から、自ら、サリーともっといたい、サリーの顔見てたい、とかそういう風に言ってほしい。君が欲しいって」

震える声で沙織が告げた、一番のお願いに漱石がおののいたのが分かった。どんな無理なお願いをしても、少し困った顔をしながら聞いてくれた漱石が、少しおびえるような目で、沙織を見ている。

「いや、ここ会社だから。家でもラブホでもないもん。いったい、俺にどうしろって言うの……」

頭を抱えてしゃがみ込んだ漱石は、肺が空っぽになるほどに長い長いため息をついた。

ゴンちゃんをデートに誘うというのは、想像以上に難しいミッションだった。

いつものようにおだやの居間に上がり込むまではよかったが、言葉が出ない。

どう切り出したものか考えあぐねた碧は、ボブ・ディランのチケットを指で挟み、ゴンちゃんの前でひらひらとさせた。

「おっ、やったあ。俺、これ行きたかったんだー」

小学生男子のようなまっすぐな喜びの声を上げながら、ゴンちゃんはチケットを2枚ともさっと抜き取った。

「違う。2枚あげるわけじゃない。1枚だけ」

「はあ?」

「もう1枚は、私の」

「はあ?」

「ふたりで行く」

「はあ?」

半笑いで「はあ?」と3回も尋ね返され、だんだんムカムカと腹が立ってきた。碧はさっと2枚ともチケットを奪い返す。

「なんで俺がお前とデートしなきゃいけないの？　くれよ、2枚」

「そうは、行かない。2枚セット。これ、切り離せないの」

デートのお誘いというより、ネゴシエイターのような口調で、碧はゴンちゃんに迫る。

しかし、ゴンちゃんはその言葉を真に受ける様子もなく、「何言ってんだ? こいつ」と呆れたように笑う。むっとしながらも、自分がゴンちゃんの立場だったら笑い飛ばすだろうとも思う。そもそも、漱石の思い付きには無理があるのだ。自分が悲しいのはおだやという場所を失うことであって、ゴンちゃんを失うことではないのに。

「いつだ?」

黙ったまま、ずっとスマホをいじり続けていた俊一郎が、ふと顔を上げて尋ねた。俊一郎にチケットを見せると、「今週の金曜か」と宙を見て何かを考える顔になる。

「いや、オヤっさんは誘ってないから」

プラチナチケットを取られてなるものかと牽制《けんせい》するゴンちゃんに、俊一郎は静かに言った。

「店はおいらとケンタで大丈夫だ。行け。碧ちゃんとデートしてこい」

「なんで?」

ゴンちゃんの疑問は、そのまま碧の疑問だった。どういう風の吹きまわしかと思わなくもなかったが、俊一郎のアシストはありがたい。これでなんとか、ある程度の威厳を保ったまま、ミッションを遂行できそうだ。

「ボブ・ディランを野郎ふたりで聴きに行くな。ディランが泣くぞ」

俊一郎はにやりと笑うと、スマホに視線を戻した。

「俊一郎さん、なにやってんの？」

何をそんなに熱心に見ているのかと、碧は横から覗き込む。

「ん？　マッチングアプリ」

俊一郎は老眼鏡を少しずらして、顔をあげ、にっこりと笑う。本当にスマホに表示されているのはマッチングアプリだった。

すごいなあと碧は思わず唸る。マッチングアプリを使いこなしているその若さもすごいけれど、何よりその姿勢がすごいと思った。

菜子さんの思い出をしっかりと抱きかかえながらも、人生を、生きている。

俊一郎さん、今でもモテそうだもんなあ。そう思いながら、碧はゴンちゃんに向かってつっけんどんに1枚だけチケットを突き出した。

日が暮れ始めていた。

空はすずらん商店街に向かう途中の道で、自転車にまたがりながら、信号待ちをしていた。

通り過ぎる車の列をぼんやりと見送りながら、空はふと思いついてポケットからビー玉を取り出す。光にもらったばかりのビー玉だ。

きらきらとしたビー玉を右目にあて、左目をつむる。

見慣れた夕方の街並み。それは、きらきらとしたガラスを通してみることで、まるで違って見えた。淡いバラ色に光る空の上に町が広がり、車が流れていく。

(サカサマだ……)

サカサマの空はまるで夕日がたっぷりと溶け込み、きらきらと光る海のようで、綺麗だった。

信号が青になった。

空はビー玉をまたポケットに戻し、自転車をこぎ始める。

町の輪郭がゆっくりと薄闇に溶けて行く中、空の自転車は滑るように進む。

車道に目をやると、少しずつ車のテールランプが灯りはじめていた。一台、また一台と信号を送り合う生き物のようにランプを灯しながら、車は流れていく。

(テールランプの灯る車は、水族館の熱帯魚みたいだ)

空はペダルを踏む足にぐっと力を籠める。加速すると、冷たい風が顔を打った。

しばらく、自転車をこぎ続け、すずらん小学校の前まで来た。

空が通っていた小学校だ。少子化の影響で、少し前に廃校になった。今はだれも使うことのない建物はひどく空っぽでがらんとして見える。

空は自転車を止め、小学校をじっと見た。人の気配がないほかは、記憶のままだ。記憶よりも遊具などが小さいようにも感じるけれど、それは自分がそれだけ成長したからだろう。ポケットから取り出したビー玉越しに、眺めてみる。やはりサカサマに見えた。

サカサマの小学校を見ながら、空は思い出していた。

走り回る子供たち。ドッジボール。迷い込んできた犬。苦手なものが出た日の給食。抱えて持ち帰った朝顔の鉢。

子供たちでいっぱいの、うるさいくらいに活気のあった小学校の姿を。

空はビー玉を外して小学校をじっと見つめる。もうすっかりほの暗い時間帯の小学校はしんと静まり返っていて、怖いぐらいだった。

空は自転車を押しながら、小学校に近づいた。門に張り紙がしてあったのだ。

空は思わず小さな声を上げる。それは、取り壊しの作業日程を告げる案内だった。

「なくなっちゃうんだ……この学校」

空は張り紙をもっとよく見ようと、ぐっと体を乗り出す。その拍子に手からビー玉が転げ落ちた。慌てて手を伸ばしたが、ビー玉は軽く弾み、そのまま勢いよく転がって、排水溝に消えていった。あっという間の出来事だった。

空は慌てて自転車のスタンドを立て、排水溝を覗き込む。

ビー玉は影も形も見当たらない。そこに広がっているのは、怖いぐらいの闇だった。

デパートなどが立ち並ぶ賑やかな大通りは、夜になってもまぶしいほどに明るかった。

光は連れの女の子にぐっと手を引かれ、ショウウインドウの前で立ち止まる。いかにも高級そうなブティックだった。

「ここ、かわい～よねえ」

ものいいたげに女の子は光をちらりと見る。「そう?」とそっけなく光は答えた。

光のスマホが鳴った。画面に母と表示されている。

「あ、ちとごめん」

光は女の子に断ると、少し離れたところで電話を取った。

「あ、おかーさんよ」

おっとりとした、やわらかな声が聞こえた途端、光は軽く緊張を覚えた。しかし、そんなことを感じさせないような軽い口調で、光は語り掛ける。

「ああ、具合はどう? 喘息」

「ん。ここんとこは、落ち着いてる」

「今度の法事のことだよね?」

スマホのダイヤリーを表示して、予定を確認する。

「俺、前の日には帰れるかと思うんだ」

「ああ、そのこつばってんね。……あんた、帰って来んでよか」

「え……なんでな?」

「親戚一同集まるけん、秀男のお兄さんも、福岡の優子ちゃんも」

「うん、久しぶりだね。何年ぶりだろか?」

「もう、5年ぶり。みんなあんたがどこの大学行ったかも知らっさんとよ。集まったら、そういう話になったい？　お父さんが、嫌がんなはっとよ」

まさかという思いと、やっぱりかという思いがあった。こんな時も、父は自分のために電話の一本もする気になれないのかとしんと冷えた頭で思う。

「弟のひとしも、去年、ラ・サール入って、あんただけ」

母はおっとりと、柔らかな声で、傷ついたように言う。まるで、自分が光が期待はずれだったせいで傷ついた被害者だと言う様に。

「お父さん、あんたが医学部に入らんだったのを、みんなに言いようがないって。あんたもう、バカな漫画とか描いてない……」

母の言葉の途中で、光は思わず電話を切った。

実家にいた頃、こっそりそろえた漫画本や漫画を描くための道具が、ごっそり捨てられていたことがあった。あの時の、視界が真っ白に焼けるような激しい怒りが一瞬蘇り、光は荒い息を吐く。光はゆっくりと息を整えると、女の子の方へと踵を返した。

しかし、一歩踏みだしたところでまた立ち止まり、手にしたスマホをちらりと見る。

そして、履歴から母の番号へとかけた。

「途中で切ってごめん。ちょうどよかった。俺も忙しいから」

さばさばと告げた声は、なんとかみっともなく震えずに済んだ。

「母さん、身体だけは気をつけて」

それだけを一方的に告げ、光は電話を切った。

「寝る部屋」のベッドにゴロンと寝ころびながら、碧はスマホでYouTubeの動画を見ていた。

　最近のお気に入りはＥＸＩＴの動画だ。碧はお笑いが好きだ。そしてなによりイケメンが好きだ。そんな彼女がＥＸＩＴを気に入るのは自明のことだった。

　声を上げて笑いながら、動画に見入っていると、コンコンとノックの音がした。

　動画を止めて、「はい？」と応えると、迷子のような顔をした空がドアを開けた。

「どした？」

　空はベッドにぼすんとうつ伏せに倒れ込んで、「寝る」とくぐもった声で言った。

　碧は再び動画を再生する気にもならず、のそのそと起き上がり、空の分のパジャマも出してやる。ほとんどサイズは同じなので、こういう時に便利だ。

　寝ると言ってやってきた割には、空の顔はまだ少しも眠たそうではない。

　碧のパジャマにそろって着替えた後、二人は寝酒を選び、ゆるゆると飲み始めた。

　お気に入りのリモンチェッロを飲みながら、空はぽつりぽつりとすずらん小学校に取り壊しの案内があったのだと話した。

「えっ、取り壊されるの？　すずらん小学校」

「うん。マンションが建つみたい」

「ああ……あんたが卒業してから、６年して廃校になったんだっけね」

「好きなものがずっとその形であり続けることって……ないんだね」

「好きな場所だったか、小学校。そりゃ、よかった」

「思い出の場所だ。だから、かーちゃん、ありがと」

「えっ、なに？」

「あの象印がいる間、ウチをここに住めるようにしてくれて。あの象印もいつかなくなるかもしれない」

自分の部屋に戻って、空はずっと窓から象印を見ていたのだった。この当たり前の光景が、少しも当たり前ではなかったのだと、しみじみと嚙みしめながら。

「まーね。形あるものは、いつかは滅する」

「だったら、形あるうちは、大事にしたい。見てられるうちは見てたい。触れるうちは触りたい」

空は隣で寝ている碧の腕にそっと手を添える。体温を味わうように、そっと。空の方が体温が高いのか、触れる手が温かい。

「君、酔ってる？」

空はリモンチェッロをすいすいと飲んでいる。ボトルの中のお酒はみるみる量を減らしている。空は酔いを感じさせる、妙に据わった目で碧を見た。

「かーちゃん、今、ＥＸＩＴ見てたろ？」

「うん、見る？　兼近カッコイイ」

「仕事は今日は、お終いか？　今日確か、主婦の味方社の、リトルビューティーのシメキリでは？」

碧はうっと詰まった。空は碧以上に碧のスケジュールを把握している。

「あ〜、誰かお金だけくれないかな。遊んで暮らしたい」

空の鋭い目から逃れるように、ごろんと寝返りを打って、ぼやく。体を起こした空は、上から覗き込むようにして「こらっ」と碧を叱った。

これでは、どちらが親かわかったもんじゃない。碧は思わずぷっと笑う。

「……かーちゃんは、私のためにやりたくない仕事してる？」

突然変わった声のトーンに、碧は空の顔を見る。空はまた迷子のような顔をしていた。

「物書く仕事は大変そうだ」

「違う。君には、むしろ感謝してる」

碧はばっと身を起こし、空の目をしっかりと見て言った。

「あんたがいなかったら、こんな辛い仕事、とっくにやめてる。ホステスか……それも気が利かないから向かない。のたれ死んでる。あんたがいて良かった。あんたがいたから、頑張れた」

空の顔がほわっと緩む。その表情に、碧も思わずほほ笑んだ。

「人のために、誰かのために、なんかやれるって幸せなことなんだよ。自分のために頑張れることは、たかが、しれてる……気がする」

「……かーちゃん、いいこと言ってるぞ。いつか使えるンじゃないか？　書いといた方がよくないか？」

「そだな。うん、携帯にメモ」

　空に言われて、碧はすぐさま自分の言った言葉をスマホのメモ機能に書き込む。

「かーちゃんも、すずらん小学校だったんだよな」

「うん。あんたの先輩だ」

「そうか、かーちゃんも、小学生だったか。そんな時代があったか」

「そりゃ、あるさ」

「かーちゃんの小学生時代とか、想像するとなんか泣けて来るな。かーちゃんも、ちっちゃい女の子だったか」

　そう言う空は本当に涙ぐんでいる。気付けば、リモンチェッロのボトルは半分ほどに減っていた。

「あんた、それ強い。リモンチェッロ。飲み過ぎ」

　碧はグラスごとリモンチェッロを取り上げる。

　空は逆らうこともなく、グラスとボトルを手放すと、ふわふわした笑顔でばたんと横になった。碧も横になり、一緒になって天井を見上げる。

「かーちゃん、どんな小学生だった？」

「ん？　……よく、忘れ物する小学生」

空は声を上げて笑った。そして、どんと碧の足の上に自分の足を乗せる。

「痛《い》った、なんだよ」

碧も足を乗せ返す。むきになって攻防を繰り広げた後、二人は一緒になって笑った。

触れるうちは触りたい。碧の脳裏に空の言った言葉が蘇る。

触れる足から伝わる体温が幸せで、碧はしばらく足をそのままにしていた。


沙織はイライラと爪を噛みながらスマホの画面を見つめる。浮気防止アプリの調子がおかしかった。会社から出かけた漱石が途中の駅で止まったままになっている。

これでは今どこに漱石がいるかわからない。パニックに陥りそうになった沙織の前に、すっと新しいお茶が置かれた。

沙織の前にはもうすでにお茶がある。「え?」と驚いて顔を上げると、優しい目をした年配の男性——俊一郎が立っていた。

「冷めちゃったから。お嬢さん、ヤキソバも冷めちゃうよ。できれば、あったかいうちに召し上がってほしい。その方が美味しいから」

「私、別にヤキソバ食べたいわけじゃなくて……」

沙織は思わず口走ってはっとしたが、俊一郎は少しも気分を害していないようだった。

それどころか、食べたいわけでもないヤキソバを注文した理由を気にかけるようなそぶりに、気づけば沙織の口から不安が迸《ほとばし》っていた。

「携帯のGPS見てたら、南北線乗ったから、またここで降りるかなって。待ち伏せしようって、そしたら、GPS、なんか調子悪くて」

「おいらに見せてごらん」

店内には、他に客の姿もなく、暇な時間帯のようだった。沙織はこんな年配の人にスマホのことがわかるのだろうかと思いながら、俊一郎の手に自分のスマホを預ける。

「うーん、これは、モバイル通信を一度オフにしてもう一度オンにすれば……おっ、出たよ」

慣れた手つきで操作すると、すぐに俊一郎は沙織にスマホを手渡した。動く様子のなかった漱石の居場所を示すアイコンは、さっきまでとは違う場所に表示されている。

「すごい」

沙織は尊敬のまなざしで俊一郎を見ると、すぐさまスマホの画面に目を戻した。

「あ……戸田まで行っちゃった。今日は印刷所に行ってるのか。無駄足だった」

沙織は悲しいため息をつく。バイトを放りだして、漱石にも会えなくて、自分はいったい何をやっているんだろうと思う。

「無駄足ついでに、食べてって。ウチのヤキソバ、美味しいよ」

気遣うようなまなざしを向けながらも、俊一郎は強引には立ち入ろうとはしなかった。その距離感が妙に心地よく、沙織は気づけば素直に「はい」と応えていた。

俊一郎がにこやかに見守る中、ヤキソバを口に入れる。沙織は思わず目を見開いた。

「美味しい」

しばらく忘れていた空腹を感じた。沙織はさらに一口、もう一口と食べ進めていく。

「揚げ玉がね。美味しいの。てんぷら屋からもらってくんの」

俊一郎の得意げな顔に、沙織はくっと笑った。

「もらうんですね。ここのお店、おだやって有名ですよね」

「もうおいらの代で、3代目。息子もやってんだけどね」

「悲しいことがあった日は、ちょっと贅沢でもしようって、入ったんです」

「おや、何があったかな?」

そう深みのあるいい声で言うと、俊一郎はにこっと笑顔を残して、席を離れた。

立ち入らない、スマートな大人の距離。脅かされることのない、その距離がさっきまで心地よかったのに急に物足りなくなった。

踏み込んでほしい。踏み込みたい。

とっさにそんなことを思って、気づけば沙織は立ち去ろうとする俊一郎の上着をぐいっとつかんでいた。

「ここらへん、後期の試験に出るかもなので、ちゃんと」

里中先生が大声で言いながら、黒板に書いた文字をとんとんとチョークで叩く。その時、授業の終わりを告げるチャイムが鳴った。

里中先生が黒板を消している間にも、光の周りに愛梨たちが群がりはじめる。

「一緒にやろーよ、ウチで」

愛梨たちは一緒に試験勉強をやろうとしきりに光を誘っていた。

「てか、誰もまともにノート取ってなくね？」

ナオキの指摘に光は「お前よりマシ」と笑う。光の言葉に皆がどっと笑った。

そこだけまるで聖属性のバリアでも張られているような光景に、空は一瞬躊躇した。

しかし、すぐによしっと心の中で小さく気合を入れて、光のもとへと向かう。

「あの」

光に向かってはっきりと声をかけると、愛梨たちの視線が一斉に突き刺さった。光は何を言い出すのかと不安に思っているのか、少し視線が泳いでいる。

「な、何？」

「ちょっと、謝りたいことが」

「……ゴメン、先いっといて」

光は愛梨たちに告げる。空は慌てて手を振った。

「あ、いやそんなサクッと、2秒で終わる」

愛梨たちは警戒するような、探るような目で空を見ている。

オタク関連の話である可能性を恐れた光は、慌てて空を教室の隅に引きずっていく。

「何？」

短く問われて、空はまっすぐに光を見た。

ぶっとい黒縁の眼鏡も、体の線が分からないような地味な服も、いつものままだ。それなのに、少し不安そうなその顔が、なんだか妙に可愛いくて、光は思わずぱっと視線を逸らした。

沙織はすんすんと鼻をすすった。溢れ出る涙は頬を伝い、首まで濡らしている。

「きのうの夜、とうとこのGPSのことでケンカになって。もう、つきあって2年なんです、私たち」

沙織の恋愛話はもう30分以上続いている。沙織に引き留められた俊一郎は、彼女の向かいの席に座り、うんうんと頷きながら辛抱強く話を聞いていた。

沙織は思い出したように、すっかり冷めてしまったヤキソバを食べる。

「美味しい」

沙織は涙でぐちゃぐちゃになった顔を、綻《ほころ》ばせる。そして、また思い出したように、うっと涙ぐみ、ティッシュで涙を拭う。テーブルにはティッシュの山が出来つつある。

「あの、泣くか、食べるか、話すか……」

諭すように言いかけた俊一郎を、沙織が上目遣いで見上げる。濡れた頼りなげな眼が俊一郎を縋《すが》るように見る。碧が血のにじむような努力で身に着けたテクニックを、沙織は何も考えず、企むこともなく息をするように発揮していた。

「にすると、楽かもしれないよ……」

沙織の濡れた目を前に、俊一郎も思わず優しい言い方になってしまう。

「私、なんにも持ってないんです」

沙織はグイッと涙を拭った。

「愛しか持ってねぇはんで。青森から、男ば追って上京してきました」

「津軽弁」

心情が乗るとどうやら、故郷の言葉になるようだ。

「んで、その男さ逃げられでまって。したら、漱石が拾ってくれで。行き場のねぇ私ば」

「この、GPSの」

「んです。だばって、私、もう、ストーカーみだぐなっちゃって、本当は一日ついで回りてぇぐらいで」

「あなた、仕事は？」

「やつさくっついでバイト始めだけど、もうすぐきっとクビだびょん。こうしてサボッてらし。もう自分でも好きかどうかわからないんです。執着だけで頑張ってるみたいな」

「あ、標準語戻った……」

「こんな自分は嫌だ……」

沙織は顔を手で覆ってしくしくと泣く。俊一郎は優しく言った。

「葛切りでも食べないかい？　悲しんでる女性には甘いものがいいって漱石も言って……」

俊一郎は自分の言った言葉にはっと息をのんだ。沙織は「漱石～」と声を上げながら、テーブルに突っ伏して泣いている。

「ごめんごめん、夏目の方。あれ、違うな。これ太宰治か？」

「とにかくエライ人が言ったんですね」

沙織は大雑把に片付けると、顔を上げ、バッグを開いて、薬を取り出した。

「私、メンヘラなんです。これ、安定剤なんです。リリカスっていいます。知ってます？」

「いや、知らない」

リリカスどころか、メンヘラも分からない。スマホを使いこなす俊一郎も、メンタルヘルスの略語であり、精神疾患を抱える人やそれっぽい人を指すネットスラングはさすがに知らなかった。

「メンヘラ……メンメン……担々麵とも違うしな」

沙織はぷっと吹き出して、「オヤジギャグサイコー」と囁いた。

「この世には、メンヘラにも縁がなく、リリカスも知らないまま、生きていける人がいるんですね、その歳まで」

「なんか、ディスってる？　おいらのこと」

「えっ、ディスってないですけど、ディスるはわかるんですね。むらがある、若者言葉の理解に」

「あそ？」

そう言って、俊一郎は顔をクシャッとさせて笑った。沙織はその笑顔を見ているうちに、まだ薬を飲んでもいないのに、波立つ心がゆっくりと鎮まっていくのを感じた。

「ああ、お薬。お水持ってこようね」

俊一郎がさっと立ち上がる。沙織は「いいです！」といきなり立ち上がって大きな声で言った。

「なんかおしゃべりしてたら、気持ちが落ち着いてきました。私」

「あそ？　おいらなんか相手で？」

「抱き締めてもらっていいですか？」

「え？」

唐突なお願いに、俊一郎もさすがにぎょっとした顔になる。沙織は俊一郎に向かって大きく手を広げた。

「私の安定剤になってください」

沙織の広げた手を見詰め、俊一郎は戸惑う。

メンヘラという言葉こそ知らなくても、長く生きてきた俊一郎には、彼女の重さは察しがつく。そんな彼女の重たげなセリフにおののく気持ちがないとは言えない。しかし、単純に俊一郎はうれしかった。彼女が今だけとはいえ、自分を切実に必要としてくれることが。

「いやですか？」

涙の残る目でじっと見上げられ、俊一郎は慌てて否定する。

「ハグミー……軽いやつでいいんで」

「あ、はい。それなら、なんとか……」

俊一郎はゆっくりと沙織に近づき、卵でも抱くようにそっと腕を回す。沙織の腕が自分の背中をぎゅっと掴むのを、俊一郎は感じる。

俊一郎の腕の中で、沙織はやすらいだ表情を浮かべていた。

厨房の奥でがたっと音が鳴ったことに、沙織も俊一郎も気づかない。

驚愕に目を見開いたまま、冷蔵庫にもたれ、身を隠しているのはゴンちゃんだった。

「なんなの、これ」

決定的な瞬間を目撃したゴンちゃんは、どこか今見たものが信じられないような気持ちで、呆然と呟いた。

空は本当に2秒で話を終わらせるつもりでいたが、話は当然のようにそんなにあっさりとは終わらなかった。

簡潔に事実だけを述べて、謝るつもりだった。しかし、それでは空が謝りたいと思ったことがまったく伝わらない。話そうとしてみて、初めて分かった。

光はそんな様子を見てとり、彼の方から場所を変えて話そうと提案してくれた。こういうところがまたモテるのだろうなと思いながら、空は大人しくついていく。

二人が向かったのは、以前にも行った学生街の喫茶店だった。

飲み物が届いてすぐ、空はもらったばかりのビー玉を失うことになった顚末《てんまつ》を語った。

「ビー玉?」

「そう、排水溝にコロコロ転がって、取れなかった」

「なんだっけ、ビー玉」

コーヒーをゆっくりと一口飲んで、光は首を傾げる。じゃあ、もう、いいや。無性にがっかりして空はテーブルに手をついて、立ち上がった。

「待って待って。覚えてるよ。白血球といっしょにあげた」

光は空を座席に押し戻すようにしながら、慌てて言った。

しっかり覚えているのに、どうして知らないふりをしたのか。陽キャの考えることはわからないと思いながら、ソーダ水を一口飲む。

「でも、律儀。あんなのついでにあげただけじゃん」

「街が、綺麗に見えたから」

光は笑わなかった。空はどこかで光なら笑わずに聞いてくれるだろうと思っていた自分に気付く。いつの間に自分は光に対してそれだけの信頼を持つようになっていたのだろう。オタクという属性を持っていると知った安心感ゆえだろうか。

「ふうん。だったら、ここおごって」

空は一瞬チベットスナギツネの顔になったが、「いいよ」と答えた。光は自分で言っておきながら、空の答えに驚いている。

「えっ、いいんだ」

「うん。街、綺麗だったし」

空はからからとソーダ水をストローで混ぜる。炭酸の泡が勢いよく上っていく。

「その後、恋人とはどう？　デート、うまくいったってこの前、言ってた」

「ウソだよ」

今日はもう見栄を張る気にはならなかった。

「鼻毛」

「鼻毛？」

「鼻毛が出てたの」

光はちょっとだけぷっと笑った。

「そいで？」

「お終い。ジッエンド」

「ウソ、短絡的すぎねー？」

「だって、美しいものに憧れることを恋というんでしょ？」

「だれ？　シェイクスピア？」

「私」

ソーダ水を飲みながら、空が答える。途端に光は前のめりになった。

「えっ、もしかして文章も書けるの？　ネームも切る？」

光がプロットを書いたノートを取り出そうとするのを、空はきっぱりと手で制した。

「書けない。書けるのは母」

「お母さん、何やってんの？　仕事」

空は少し言いよどんで作家と答える。

「……もしかして、水無瀬碧？」

「えっ、知ってんの？」

「てか、知らない人いるの？　てか、マジか？　すげーなっ」

「母がね。私は別にすごくない」

「……お父さん何やってんの？」

「わからない」

「はっ？」

「お父さん、いないの。知らないの。母はひとりで私を産んだの」

空は淡々と言った。この話をすると、人は大抵、同情するか、気まずそうにする。光はどっちだろうと思っていると、しばらく沈黙した後で、「かっけー」と目をキラキラさせて言った。それもどうだろうと思いながら、空はじとっとした目で光を見る。

「君、感性、おかしいから」

「そっちもおかしいでしょ？　鼻毛出てたくらいで、お終い、なんてさ。心狭すぎない？　相手、家帰ってから、鏡見て、やってしまった〜、ううっ、てなってるかもしんないし。もしくは、ウケ狙って生やしてってたとか」

「まさかあ……」

そう言いながらも、空は渉の気持ちについて考えてみた。後悔したのだろうか。そう考えて、空はこれまで相手の気持ちを考えていなかったことに気付く。

「恋ってもっと、気まぐれだよ。ふいに来るもんでしょ？」

急にどうした？　と名言のようなことを言いだした光を、空はじっと見る。光は急に照れたような顔で、「あ、今のはちとシェイクスピアパクってます」と白状した。

「そうかあ。かーちゃんにも、気まぐれな恋の風が吹くかな。今日、デートなんだよね。幼なじみと。ボブ・ディラン聞きに行った」

「ボブ・ディラン、誰？」

光はけろりと尋ねる。空は呆れたように首を振った。

「なんで水無瀬碧知ってて、ボブ・ディラン知らないの？　君バランスおかしいよ」

ポットをもった店長がすっと近づいて来て、光のカップにコーヒーを注ぎ足した。

小さく歌を口ずさんでいる。

店長は怪訝そうな光に、「ボブ・ディラン」とだけ言って、続きを歌いながらカウンターへと戻っていった。

光にはボブ・ディランを知らないのかと言ったものの、実は空も一曲しか知らない。

店長が口ずさんだのはその曲だった。

『風に吹かれて』。たくさんの疑問を投げかけて、「答えは風に吹かれている」とだけ語る、あまりに有名な曲。

碧とゴンちゃんが今夜のデートをどう締めくくるのか。

その答えもきっと、風に吹かれている。

もうすぐ、二人のデートが始まるころだ。

空はソーダ水の上に浮かぶ真っ赤なサクランボをぽいっと口に放り込んだ。

夜のすずらん町にゴンちゃんの歌声が響く。

ボブ・ディランの『風に吹かれて』をゴンちゃんは綺麗な発音の英語で歌った。

「おっ、すご、歌えてる」

碧が感心すると、ゴンちゃんは得意げに胸を張った。

「なんなら、お前、フランス語でも歌えるぞ」

ちょっと褒められるとすぐ調子に乗るところは、昔からまったく変わらない。碧は

「いいよ」と笑った。

「よかったなー、ディラン」

ゴンちゃんは熱っぽく言った。ライブの後から、ゴンちゃんはボブ・ディランをディランと呼び捨てにしている。同じ空間、同じ時間を共有したことで、もうボブ・ディランはゴンちゃんの中でマブダチに昇格したようだ。

「ゴンちゃん、飲み過ぎ」

ふらりとよろけたゴンちゃんを支えようとして、自分もぐらりとバランスを崩しながら、碧はすずらん商店街へ続く道から黙ってそれる。

「お前、どこ行くの？　えっ、2軒目行く？」

さんざん飲んだというのに、まだ飲み足りないようだ。碧は呆れたように笑った。

「明日、仕事でしょ？」

「じゃ、帰ろーぜ。あっちだ」

戻ろうとするゴンちゃんを碧は「ちょっと」と言いながら、強引に引っ張っていく。

碧が足を止めたのは、すずらん小学校の前だった。ここに来るのは久しぶりだというのに、自分が思ったよりもこの場所を細部まで記憶していたことに気付く。

「なんだよ、懐かしいじゃねーかよ」

ゴンちゃんも思い出の場所に目を細めている。

「マンションになっちゃうんだって。この前、空に聞いたの」

「えっ、ウソ、まじ？」

「そこに書いてある」

碧は校門に貼られた案内を指差す。

「ホントだ。2月8日工事開始予定。来週から取り壊しかぁ」

「なくなっちゃうんだよ。私たちの小学校」

酔いも手伝って、碧は泣きたくなってきた。どんどん大切な場所がなくなっていく。ラファエロの連載も、小学校も、そして、おだやも。大切な場所はなかなか新しく増えないのに、どんどんなくなっていくのは、なんだか理不尽だ。

二人はしばらく黙って校舎を見詰めた。

「おっ」

突然、ゴンちゃんが小さな声を上げて、校庭の方へと歩き出した。そして、一部柵が低くなっているところを、ひょいと乗り越え、校庭に入って行ってしまう。

ゴンちゃんは校庭に転がっていたバスケットボールを拾い上げた。確かめるようにドリブルをしている。

碧は少し迷って、ゴンちゃんの後を追って、校庭に入った。

「ほら、碧、お前守って」

ゴンちゃんは碧の後ろの古びたゴールを「そこ」と指さす。

「おっ！」

気持ちが弾んだ。ボール一つあれば、いくらでも遊んでいられたあの頃の休み時間に戻ったようだった。

二人はしばらくの間、夢中になってボールを追い続けた。

完全に小学生に戻っていた。

楽しい休み時間は、碧が体力の限界を迎えたことで終わりを迎えた。心は小学生に戻っても、体は残念ながら40代のままだった。

碧が体力を回復させる間、ゴンちゃんは一人黙々とシュートを繰り返していた。

さんざん飲んだ後に体を動かしたからか、さっきよりも酔いを強く感じた。それでも、少し元気を取り戻した碧は、せっかくだから校舎の中も見てみたいと言い出した。

鍵が開いてなかったら諦めるという碧の言葉にゴンちゃんは渋々折れた。厳重に施錠されていると思ったのだろう。しかし、二人が3つ目に試したドアは呆気なく開いた。

校舎の中は真っ暗だった。碧は試しに電気のスイッチを押してみる。思いがけずぱっと明るくなって、碧は目を瞬かせる。碧はどんどん奥へと進んでいった。

「ゴンちゃん、こっちこっち」

「おっまえ、やばいって」

そう言いながら、ゴンちゃんはしぶしぶと碧の後をついていく。

やがて少し開けたところに出た。踊り場だ。かなりの広さのあるその場所は、昔、子供たちの格好の遊び場になっていた。

「ここ、なっつかしいな、おい。よくパ・イ・ナ・ツ・プ・ルやったな」

「ゴンちゃん、一回、ここで私のこと助けてくれたよね。私が、上級生の女子にいじめられててさあ。ここ、とおせんぼされて」

碧が3年生の時だった。給食当番でシチューを乗せたカートを押す碧を、6年生の女の子たちが、とおせんぼしたのだ。そこにやってきたのが、6年生だったゴンちゃんだった。

「はいはい、そこどいて。シチュー冷めちゃう。俺の好物!」

ゴンちゃんはそう言いながら、女の子の列をかき分けた。

「碧が可愛いからっていじめないの」

女の子たちに向かってゴンちゃんは言った。女の子はむっとした。身長が高く、運動ができて、やさしくて、まあ、ハンサムなゴンちゃんは、すずらん小学校のスターだった。そんなスターと気安く接している碧に上級生たちはムカついていたのだ。

碧をかばう言葉に女の子たちはいらだちを露わにする。するとゴンちゃんは彼女たちにずいっと近づくと、こう続けたのだった。

「ていうか、君たちの方が可愛いから」

女の子たちは突然顔を赤らめ、頰をおさえると、「キャー」と声を上げながら、逃げ去っていった。

女の子たちが逃げ去った後、ゴンちゃんは立ちすくんでいた碧を振り返り、「ほら、運ぶぞ」と言って、鍋のカートを一緒に押してくれた。

押しているうちにカートのスピードが上がる。どんどん楽しくなってきて、しまいには猛スピードになっていた。二人は笑いながら、廊下を駆けた。

碧は思う。あの頃、ずっと笑っていた気がする。踊り場から、さらに奥へと進みながら、碧は思う。


奥にあるのは下駄箱だった。

「ここに、ラブレターがいっぱいでよ。バレンタインなんか、入りきらないもんね。隣のやつの下駄箱、その日だけ借りてたもんね」

ゴンちゃんが自慢げに言う。ゴンちゃんの言うことは誇張でもなんでもなかった。本当にゴンちゃんはスターだったのだ。

「バレンタインは、お菓子の日だった。おだや行くとチョコがいっぱいで!」

「俺、お、だから、だいたい出席番号3番だろ。このへん……」

下駄箱の3段目をゴンちゃんは目じりに皺を寄せながら、懐かしそうに見つめている。

年取ったなあと思う。

と同時に変わらないなあとも思う。これ以上、変わってほしくないなあとも。

「出席番号、3番。小田欣次くん、通称ゴンちゃん!」

「はい?」

碧の声に、ゴンちゃんが振り返った。

「嫁に行くのやめませんか？」

つるり、と言葉が出た。

ゴンちゃんは黙っている。

一瞬遅れて、あれっと思った。ゴンちゃんは嫁に行くわけじゃない。そもそも嫁じゃない。嫁に行くんじゃなく、嫁を取る方だ。

間違えたと思った。大事なところで、盛大に間違えた。

それなのに、ゴンちゃんはツッコむことも、笑うこともしないでじっと黙っている。

そして、小さな声で、「いや、ごめん」と言った。

あまり聞いたことのないトーンの声に、碧は慌てる。

「あっ、嫁に行くのっておかしいね。嫁をもらう方だ、うん。なあ」

「ごめん、碧」

誤魔化されても、流されてもくれないトーンの声だった。

「え？」

「だから、俺……もう、青葉《あおば》さんと見合いして」

ゴンちゃんは、容赦なかった。こういう時は、「やだあ、冗談よ、言ってみただけ」もしくは、「ウソウソウソウソコツメカワウソ」と言える余白を残すのが、大人の男というものだろう。しかし、ゴンちゃんは、いつまでも小学生だった。

「あ、もう、すんだんだ、お見合い」

「豊田のおばちゃんにも、進めてくださいって。だから、お前の気持ちには応えられない！　すまんっ！」

へえ、ああそうなんだ、ぐらいのフラットな感じでせっかくうまく答えられたというのに、ゴンちゃんは悲痛な表情でばっと頭を下げた。深々と。

気付けば、碧は知らないうちに、徹底的にふられた形になっていた。まるで、積年の思いを、打ち明け、断られたような。甘い夜風に誘われて、ふわりと発した碧の一言は、取り返しのつかない大告白大会となり、容赦のない、ごめんなさい、という鉄板の失恋ワードで返され、碧は深い深いマントルに届く穴の中にどこまでも沈み込んでいったのだった。

碧はマントルの穴の底に沈んだまま、生活を続けた。心がぽっきり折れている。浮上できる気がしない。穴の底でこのまま静かに朽ちていきたい。

仕事もサボりにサボっていたが、どうしても避けられない仕事というのもある。『春を先取る100冊フェア』のカバーの紙を決めるためやってきた漱石を、碧はしぶしぶと招き入れた。

プラチナチケットが招いた悲劇は、既に電話で簡単に話している。デートはどうでしたか、恋愛小説は書けそうですかと呑気に尋ねられ、それどころじゃないとぶちぎれた。落ち込んでいるとはいえ、ここまでとは思ってはいなかったのだろう。漱石はかさついた血色の悪い碧の顔を見て、絶句した。奈落の底に堕《お》ちた碧は、水無瀬碧の仮面をかぶる気力もない。

リビングに通された漱石が、さっそくテーブルに見本の紙を広げ始めても、碧はどんよりと床を見詰めていた。気持ちが落ちていると、自然と視線も下がる。

「こちらが、コート紙。こちらが、マーメイド紙。こちら、レザック紙。ちょっと高いんですけどね」

3種類の紙にはすべて同じデザインが印刷されている。違うのは紙の質感だ。

碧は漱石に促され、虚ろな目で見本を見た。

「違いが、わからない」

「つるつると、ザラザラと、シャーシャーです」

「シャーシャー……？」

つるつるもザラザラもわかる。シャーシャーとはどういう手触りを言うのか。

「触ってみて」と漱石は促すが、碧の手は動かなかった。漱石は「失礼」と短く断り、碧の腕を取り、指先を表紙に触れさせる。シャーシャーと言われればシャーシャーかもしれない。でも、正直、どうでもよかった。

「……どれでもいい……」

「大丈夫ですか？　碧さん」

「大丈夫じゃない。ふられた」

碧はじわっと涙ぐむ。悲しいというより、悔しい涙だ。

「その件については、若干、責任を感じないでもないですが……創作のため、と思い、泣く泣く、2時間クリックし続けたボブ・ディランを」

「なんでなんでなんでなんで!!」

碧は怒りを爆発させた。

「なんで私があんな猿にふられなきゃいけないの!?」

「猿なんですか？」

漱石がクールに尋ねる。碧はきっと漱石を睨んだ。

「そうよ。猿よ。そりゃ、見てくれは悪くないわよ。小学校の頃からこの辺のバスケ教室のエースでさ、球技大会で女の子たちにキャーキャー言われて、でも、頭ん中猿だよあいつ。私、おんなじ学習塾だったんだけど、ゴンちゃん、つるかめ算なんて、ぜんぜんわかんなくて、泣くくらいわかんなくて、勝手につるかめうさぎ算とかにしちゃうし、誰も解けない！　そんなん誰も解けない！　つるとかめでせいいっぱいなのに、うさぎまで！」

「ムカデじゃなくてよかったですね。新たに参入するの」

漱石が真顔でボケるが、碧はまるで聞いていない。

「九九だって5の段で覚えるの飽きちゃって」

「九九は覚えたほうが良かった」

「バレンタインにチョコレートもらうじゃん。その日に、じぶンち、男友達いっぱい呼んで、ガツガツみんなで食べちゃうの。なんていうか、デリカシーのかけらもないの。一個ももらえない可哀相な男の子とかも、ガンガン呼んじゃって、食べろ食べろって、その子たち、なんで俺、おこぼれもらってんだろう、っていっそうミジメな気分になるんだけど、ま、しょせん小学生だから、うっめーっ、美味しい！　みたいなことの方が勝っちゃって、みんなでおだやのヤキソバとか、鯛焼きとか食べだして……おばちゃんも大盤振る舞い……。ま、私も男子に混じって食べてたけど」

「碧さん、何言ってんすか？」

脱線して、混線して、もはや話の本筋を見失った碧を、漱石は呆れつつ、心配する。

「悔しい……圧倒的に悔しい。あんな猿にふられるなんて」

「またそこに戻るのか……」

「だいたい、私、好き、なんて言ってない。全く言ってない。一切言ってない。結婚やめたら？　って言っただけ。だって、おだやいけなくなるじゃん。おだやは、ウチのリビング、茶の間。こんなモデルルームみたいな部屋、ホントは落ちつかない。石田衣良《いしだいら》を真似て作った、影飛ばしまくりの白い部屋。撮影用の部屋。今では取材も少ないのに。シワ隠すためだけだからね、この部屋」

「法令線とか」

「そそそそ。詳しいね、男の子なのに。お手入れとかしてんの？」

「いえ、ニベアくらい」

「あれ？　なんの話だっけ？」

「猿です」

また大きく脱線し、話を見失いかけた碧だったが、漱石の一言に「そうよ！」と声を大きくした。

「だから、私はおだやかに行けなくなるのが嫌なだけで、あいつのことが好きな気持ちはみじんもない」

「ホントですか？　ほんの少しは、好きな気持ちがあったから、そんな風に言ったんじゃないですか？」

ゴンちゃんと同じぐらい、漱石も容赦がない。

「……まあ、夜だし。恋の舞台となる夜の闇よ。厚い帳《とばり》を張りめぐらしておくれ！」

「シェイクスピア。『真夏の夜の夢』」

「そう、その夜だし、取り壊される校舎の中だし、ボブ・ディラン聴いた後だし、お酒も入ってたし」

「寝ないだけで、大したもんですよ。フツーだったら、やっちゃいますよ」

「えっ？」

碧は思わず真顔で漱石を凝視する。さらりと口にした「フツー」が妙に生々しかった。仕事の顔とは違う、男の顔を垣間見た気がした。漱石は慌てる様子もなく、冷静な顔のままで、「あ、今のは」とチョキチョキとはさみで切る仕草をする。

「漱石、もしかしてモテる？」

「もしかして、碧さん。恋愛、下手ですか？」

こわごわと投げかけた質問が、剛速球で投げ返され、碧は呻く。

「……下手かもしれない……。若干、自覚はあった。空には内緒にして」

「それでよく、恋愛小説、書いてましたよね」

漱石は呆れたような、感心したような口調で言う。

「小説は、自分の思い通りに男が動くから」

「なるほど……。現実はねえ……」

呟く漱石の声は苦い。そういえば、と碧は沙織のことを思い出す。どうやらモテてきたらしいこの男もまた、思い通りにならない現実に思い悩んでいるのだ。

ままならないことばっかりだ。

碧はため息をつきながら、シャーシャーの紙の感触を指でそっと確かめた。

カフェで会おうと言われた時から、嫌な予感はしていた。

コーヒーカップに砂糖をたっぷり入れて、ゆっくりと溶かしながら、未羽はもう会えないと事務的に告げた。もう訪ねて来ても、部屋に上げることはできない、と。

「え」

ちゃんと聞こえていて、ちゃんと頭は理解したのに、光は聞き返さずにはいられなかった。未羽はコーヒーカップをかき回しながら、「だから、そういうこと」と静かに言う。

「この間の男に決めたの？」

ゆっくりとコーヒーを飲んで、未羽は頷いた。

「なんとなく。だから、もう、光くんとは、会わない方がいいと思うの。ほら、私たち従姉弟じゃないし」

「今の冗談？」

「笑えない冗談」

未羽はにこりともせずに言った。もう、笑わないんだなと光は思う。そんなにおかしくもない冗談で、くすくすと笑いあうようなことはもうないんだなと、鮮やかに思った。

「トライアル期間終わったんだ」

平静を装って尋ねると、未羽は「うん、あのね」と言って、声を潜めた。

「彼、すごい資産家だったの」

光の顔から表情が抜け落ちる。

「都内に、マンション。いくつも持ってる。知らなかった。あたりくじひいちゃった～」

「くじ運いいね」

「ということで、ひとつ」

未羽はぴっとテーブルの上の伝票を手にした。

「年上なんで奢《おご》るよ。今まで楽しかったよ。光くん、先出て。私、自分と関係のあった男の後ろ姿見るの好きなの。見送らせてよ」

「サクサク行くね」

きっと未羽は仕事ができるんだろうなと思う。スマートで、無駄がない。もう未羽の中で、光は処理済みのフォルダに入っているのだろう。

「あれ、なんか未練あったりする？」

「ない。いいな〜、くじ運よくて、と思ってるだけ。俺、ガチャガチャとかも、欲しいの出たためしない」

未羽はふふと笑った。子供をあやすような大人の笑顔だった。

「そのうち出るよ。バイバイ、光くん」

仕方なく、光は席を立った。未羽に背を向け、一度も振り返らず店を出ながら、この背中をどんな風に未羽は見たのだろうと思う。

バイバイかあと光は思う。最後まで綺麗な人だった。触れても触れても、その綺麗なところに触れられた気が最後までしなかった。

(恋は、バイバイって言ったもん勝ちだ。ま、恋じゃねーけどな)

バイバイ。心の中で未羽に告げる。

恋、ではなかった。けれど、限りなく恋に近い何か、だった。

「お待ちどおさまです。ごゆっくりどうぞ」

料理をテーブルに並べながら、空は笑顔で客に告げた。

昼のピークを過ぎたおだやかには、少しのんびりとした空気が流れている。

厨房の方に戻ると、俊一郎がスマホで自撮りをしている。俊一郎は空に気付くと、

「あ、空ちゃん。一枚、撮ってくれる?」とスマホを手渡した。

空がスマホを構えると、俊一郎は何かを鼻の穴に押し込んだ。

「……それ、なんですか?」

「つけ鼻毛。リアルだろ。LINEで送ろうと思って」

痛みを感じるほどに、ばくんと心臓が大きく打った。

「……俊一郎さん。その、つけ鼻毛? どうしたんですか?」

「ん、ネットでね、買ったの。面白いでしょ? そこのね、太葉堂、整体院の先生に教えてもらって」

「先生って渉先生ですか?」

「うん」

渉の名前に、疑いは確信に変わる。

バイトを終えた後、空はまっすぐに太葉堂に向かった。

太葉堂のドアを開けると、来客を告げるベルがちりりと音を立てる。その音で、奥か

ら姿を現したのは、施術中らしい渉だった。空は前置きなしに尋ねる。

「どうして、デートに、わざと鼻毛、つけてきたの？」

大人だったら忖度して、次に進むものなのかもしれない。でも、空は聞きたかった。どうしてそんなことをしたのか。本当のところを渉の口から聞きたかった。

空はまっすぐに渉の顔を見上げる。

渉はふうっと観念したように息を吐く。そして、正面からぶつかってきた空をまぶしそうに見つめた。


商店街の街角にあるガチャガチャに光は何枚目かの百円玉を入れた。レバーを回すと、ころころとカプセルが転がり落ちて来る。

「おにーちゃん、何取ろうとしてんの？」

長いことそこに陣取っているのが気になったのだろう。小学生が話しかけてきた。

「ん、血小板ちゃん」

光が回しているのは、「はたらく細胞」のガチャガチャだ。推しキャラである、血小板ちゃんが出るまで、と誰にともなく言い訳するように思って、回し続ける。

両替した百円玉を流し込み続け、しばらくしてようやく推しの血小板ちゃんが手に入った。光は嬉しそうにしながらも、そこでやめることなく、またガチャガチャに百円玉を入れた。

「おにーちゃん、もう、血小板ちゃん出たじゃん」

小学生の男の子が不思議そうに言う。光はガチャガチャの横から見えるひとつのカプセルを指差した。

「ん、ほら、あそこにキラキラあるだろ、ビー玉みたいの、あれ」

キャラクターグッズの中にしれっと混ざっている、本来外れであるビー玉。前回、引き当てて、思わず舌打ちしたそれを、光はいつしか引こうとしていた。

横から見て位置を確認しながら、本当はダメだと知りつつ、こっそり揺らしてみたり、気づけば必死になっていた。

小学生の男の子は飽きたのか、挨拶もなく、急にぷいっと駆け出していく。

その足音に光は我に返った。

「てか、俺、なにやってんの？」

足元に無造作に転がる、本来「当たり」のカプセルを見ながら、光は右手でぐしゃぐしゃと髪をかき乱した。

『春を先取る１００冊フェア』に入る文庫のカバーの紙も無事に決まり、会社に戻る漱石を、碧は玄関まで見送った。

「ではでは、お引き止めして」

そんな社交的なあいさつを口にできるぐらいまでには、気分も改善した。漱石相手に洗いざらい格好悪いところも含めて、すっかりぶちまけたのがよかったのかもしれない。どん底に足がついたので、さて、どう這い上がろうかという感じだ。

「いえいえ。では、コート紙で」

「ん？」

「つるつる」

そう言われてやっとわかった。結局、碧はつるつるの感触を選んだのだった。

「あ、そうでした。一つ、報告を忘れていました」

靴に足を押し込んだ漱石が、はっとした様子で振り返る。碧は警戒心も露わに、「嫌な知らせ？」と尋ねた。たつやの羊羹がないということはいい兆候のようではあるが、油断はできない。

「いい知らせです。漱石は心外そうに「なんで」と言った。

「いい知らせです。『私を忘れないでくれ』、映画化、決まりそうです」

「えっ、また昔の作品を……。でも、どうせまた話だけで決まんないんでしょ？」

「いえ、決まると思います。……あれ、なんだっけ、有名なミュージシャンが……やりたいって、今度、ウチの『春を先取る１００冊フェア』のイメージキャラクターやる……名前、ど忘れ」

フェアのチラシでもないかと漱石はごそごそと手にしていた紙袋の中を探り出す。

大分、使い込んだ感じのあったその紙袋は少し強く手を入れた拍子に、あっけなく破れた。資料や見本誌などが盛大に玄関にばらまかれる。

「もう、君、何やってんの」

呆れたように鼻を鳴らすと、碧は漱石を手伝って資料を拾う。碧はふと手を止めた。

『春を先取る100冊フェア』のチラシが目に入ったのだ。

「ん？　もしかして、これ……？」

手に取って、碧は思わず目を見張った。チラシの真ん中で、文庫本を手ににこやかに笑う顔を、碧はよく知っていた。

「ウッソ！　サイレントナイフのユウトじゃん！　私、大ファンだよ。CDもライブのブルーレイも全部持ってる！」

どん底に落ちていたテンションが、大気圏突入するぐらい一気に跳ね上がる。

「碧さんに、お逢いしてご挨拶したいそうですよ」

「おっきいの来た〜！　キタキタキタキタキタキタキツネ」

あっけに取られる漱石には目もくれず、碧はチラシのユウトをじっと見つめる。

「私、この人と恋するわ！　これで、猿を、見返してやる！」

碧はにやりと笑う。漱石は頭痛でもするのか額を強く押さえた。

「何言ってんですか？」

「青葉なにがしと見合いしたゴンジを見返してやる！　私、ユウトと恋します！」

玄関に仁王立ちした碧はこぶしを握り締めて、力強く宣言した。

6

散英社のロビーにカツカツカツというヒールの小気味いい音が響く。

碧はつんと顎を上げ、堂々とした態度で中へと進んだ。

すれ違った社員が思わずというように、振り返って碧を見る。碧はにやりと笑った。

その日の碧の装いはまるで女優のようだった。清水の舞台から飛び降りるつもりで買ったブランド物のワンピースは申し分なくエレガントで、つばの広い、いわゆる女優帽といわれる帽子とも完璧にマッチしている。

この日はユウトとの初顔合わせの日だった。つまり、ユウトとの大事な出会いの日だ。恋愛は第一印象でほとんど勝負が決まると言う。おのずと気合も入るというものだ。

ちらちらと碧を盗み見る社員たちに、にこやかに手を振る余裕を見せながら、碧は奥へと進む。ロビーの奥では、漱石が待ち構えていた。

「お待ちしてました」

漱石が事前に手続きを終えていたのだろう。受付で待たされることもなく、ゲートを通って、エレベーターホールへと進む。

「808でしょ？」

「よくおわかりで」

「散英社で一番りっぱな応接室だわ」

８０８の応接室に入るのは久しぶりのことだった。今の時代には少々時代遅れにも感じる、豪華で重厚な装飾が施された応接室だった。

応接室にはすでに小西や田山など見知った顔が揃っている。ティーンズ向けの雑誌などでもユウトの特集を組んだりするのだろう。あまり面識のない部署の人たちも大勢集まっていた。

碧はふかふかとしたソファに浅く腰掛け、膝の上に帽子を乗せた。

普段は丸まっている背中もぴんと伸ばす。

その姿勢のまま、碧はじっとユウトが現れるのを待った。

じりじりとした時間が流れる。しかし、約束の時間を過ぎても、ユウトは現れなかった。体が普段のだらしのない姿勢を求めて、ぷるぷると震える。

碧は浅く腰掛けたことを、深く後悔しはじめた。

約束の時間から30分を過ぎたところで、碧は、んっとひとつ咳ばらいをした。

「す、すみません」

田山たちが頭を下げる。小西はいらいらと田山を責めるように言った。

「なんなの？　時間言ってあるんだろ？」

「もちろん。ユウトさん、今、朝ドラが入ってて、撮影が押してるようで」

「悪いね」

小西は碧に口先だけで謝る。これだけ多忙で人気のある男と仕事ができるのだから、当然受け入れ、感謝しろと、腹の中で思っているのが丸わかりの態度だ。しかし、碧は鷹揚にその謝罪を受け入れた。

「いいえぇ。朝ドラ、『カンカン照り』?」

「いや、それ、前のやつ。今は、『すくすく家族』」

「あ、あれ出るんだ。ユウトくん」

しっと小西は口に人差し指を当て、業界人っぽくもったいぶる。

「まだオフレコですよ。後半戦の隠し玉らしいです」

こんこんとノックの音がした。

「いらっしゃいました」

散英社の社員に案内され、応接室にはいってきたのは、ユウトだった。細身のジーンズに男っぽい革ジャンを羽織ったユウトは、いかにもミュージシャン然としていた。一挙手一投足に自信がみなぎっていて、自然と視線が吸い寄せられる。

「お待たせしてすみません。申し訳ないっ」

ユウトはまっすぐに碧の前に立ち、勢いよく頭を下げた。

「水無瀬先生ですよね。著者近影とか、雑誌の写真で見るより、ずっとお若く、お綺麗だ」

にっとほほ笑みかけると、ユウトは碧に向かって手を差し出した。

「久遠悠人《くおんゆうと》です」

碧はぼうっとしたまま、伸ばされた手を取った。二人は握手を交わす。

「ほんとーーに、綺麗なんですね」

ユウトは碧を無遠慮に見つめて言う。その飾り気のない直球の言葉に、碧は呆気なく舞い上がった。

「で、今日ちょっと、先生にお願いがあったんですよ」

ユウトはにっこり笑う。

自分の魅力をよく知り、その使い方をよく知る人の笑い方だと、碧は思った。


おだやでのバイト中、空は客が途切れたタイミングを見計らって、ゴンちゃんたちに映画化の話をした。解禁前の情報だ。もちろん、ここだけの話と釘をさすのも忘れない。

「へ〜え。『私を忘れないでくれ』が映画化。サイレントナイフで。すごいじゃないの」

ゴンちゃんは我がことのように嬉しそうに笑う。小学校での事件の一部始終を、空は碧から聞いている。しかし、嘘なんじゃないかと思うぐらい、碧の話題を出しても、ゴンちゃんは見事にいつも通りだ。

「うん、かーちゃん今会いに行ってる。すっごい、バッリバリのキッメキメで」

「サイレントナイフ、なんじゃそりゃ？」

首をひねる俊一郎に「ユウトだよユウト。今、大人気の」とゴンちゃんが説明する。

「かーちゃん、大ファンなんだよ。すっごい、かっこして、帽子なんかも、こんな、こんな、キメッキメ」

空は大女優になり切って歩く碧のまねをして、大げさにしゃなりしゃなりと歩き、派手なポーズを決める。そのタイミングで、渉がふらりと入ってきた。

空は恥ずかしくなり、慌ててポーズをやめ、直立不動の姿勢を取る。

「あ、いた」

渉は空を見つけて、少し笑顔になった。空はうまく笑顔を返せない。

渉は空と話がしたいと言った。バイトが終わった後にと言おうとしたら、ゴンちゃんと俊一郎が、いいからいいからと強引に空をおだやから追いだしてしまった。渉にはなカフェでいいかと尋ねられ、空は頷く。はなカフェに入ると、ちょうど前に二人で座った席が空いていた。向かい合って座りながら、空はほろ苦い気持ちになる。

「ちゃんと話した方がいいと思って」

少し緊張した面持ちで、渉は切り出した。

「この前は、施術中で時間なかったから」

渉は厳かにポケットからつけ鼻毛を取り出し、そっとケースを開く。

「これを僕はつけていった」

気になる。手に取ってみたい。でも、人が鼻の穴につけたものを触るのはどうだろう。そんな、空の微妙な表情を正確に読み、渉は慌てて言う。

「あ、これは、まだ新品。使ってないから綺麗。2個セットだったから」

その言葉に空はそっと手に取った。

「これが、つけ鼻毛……！　ちょっと、つけてみて、いい？」

渉は驚いたように、空の顔を見詰め、「いいけど」と呟いた。

空は身だしなみ用の手鏡を見ながら、さっそく、つけ鼻毛を自分の鼻にセットする。思ったよりも簡単だった。鏡の中の自分は、毛が一本増えただけだというのに、びっくりするほど滑稽に見える。

「どう？」

「……なんか、かわいい」

渉の言葉に空は改めて鏡を覗き込む。

「……かわいくはないけど、リアル……」

空は鼻毛を外し、ティッシュできれいに拭いてから丁寧にケースにしまった。

「ホントに失礼なことをしてごめんなさい」

渉は深く頭を下げる。そして、渉は意を決したように口を開いた。

「僕は、君に嫌われようとしたんだ」

「どうして？」

「忘れられない人がいて、その人を忘れてはいけなくて、だから、君が万が一、万が一だけど、僕を好きになったりすると困ると思ったし、このデートは失敗させなきゃって思った」

「……じゃ、どうしてコツメカワウソ見に行こうなんて、言ったの？」

「コツメカワウソ見たかった」

コツメカワウソ目当てだったのに、デートのお誘いだと舞い上がっていたのか。鼻毛以前の問題だったんだなあと思っていたら、渉は小さく「君と」と付け足した。

ひどい人だと思った。でも、心臓が跳ねるのを止められない。空はあえて冷静な口調で指摘した。

「でも、忘れてはいけない人がいるんだよね」

渉はこくりと頷く。

「だったら、そうはっきり言ってくれた方がよかった。鼻毛出して、わざと嫌われようだなんて、姑息すぎます。なんか、上から目線」

「そんな……！　僕なりに一生懸命考えて」

「考える方向、間違ってます。なんか私、子供扱いされたような、自分を見くびられた気がします」

話しながら、どんどん気持ちの輪郭がはっきりしてきて、空は感情に震える声で言った。

「私、あなたに出会った時、転んだ時、助けてもらって、眼鏡直してもらって、ホントに、嬉しかったんだから……」

空は思わず涙ぐんだ。ビー玉越しに見た時のように、世界がきらきらと綺麗に見えるようなあの感覚。あの時の気持ちを否定されたようで、悔しかった。

「さよなら」

空は席を立つ。そしてそのまま振り返らずに店を出て、商店街をまっすぐに歩いた。妙な高揚感のようなものに、空はつつまれていた。

(生まれて初めて、男の人にさよなら、と言って、席を立った。なんか、どっかのヒロインみたいな気分になった。ちょっと気持ちよかった。悲しいのが9。気持ちいいのが1。心の配分)

そういえば、とふと思った。忘れてはいけない人というのはどういうことなんだろう。しかし、考えだすと、苦しくて、空は考えるのをやめて、どこかのヒロインみたいにさよなら、と宙に向かって呟いた。

808の応接室には、今や重苦しい空気が立ち込めている。しかし、ユウトの声はそんなものをまるで感じていないように軽かった。

「や、そんな難しいこと言ってないと思うんですよね、俺」

ユウトは首をくてんと傾げる。ユウトが口を開く前なら、なんとも無邪気なその表情に、碧は夢中になっていただろう。しかし、今、ユウトを見る碧の目には警戒するような色がある。

『私を忘れないでくれ』、最後、彼女が死んでくじゃないですか？　それを俺が死んでくことにする、っていうただそれだけのこと」

映画化には改変がつきものだ。女優を出すために、男性の登場人物を女性にすることもあれば、監督のお説教のような持論が練り込まれることもある。でも、ここまでひどいのは初めてだった。「それだけのこと」なんて簡単に片づけられることじゃない。

碧は低い声で尋ねた。

「タイトルはどうなるの？」

「僕を忘れないでくれ？」

ユウトは考えることもなく言った。ああ、もう跡形もない。これはもはや私の原作なのだろうかと碧は思う。

「ん、いや。いいんじゃないかな。俺いいと思いますよ、それ」

小西はユウトに負けないほど軽い口調で熱心に賛同する。碧は思わず小西を見る。小西は頑なに、碧の方を見ようとはしなかった。

タイトルの変更さえも少しも躊躇わない様子に、小西は知っていたんだなと思う。裏でもうすっかり了承したうえで、碧を呼んだのだ。

頷くことしか選択肢が用意されていない状況で。

「映画会社の上の方も、プロデューサーさんも、脚本家の先生も、みなさん、了解していらっしゃるわけですよね？」

「はい。会社の方もそれで納得しています」

小西とプロデューサーが大きく頷く。

プロデューサーのやりとりはまるで脚本でもあるように淀みない。

「だってさ。死んでく方がおいしいじゃん。女の子が、わー、ユウト死んじゃう、とか言うわけでしょ？」

ユウトが長い脚を組みながら、くっと笑う。主人公の名前まで自分の名前に変えるつもりかというユウトの発言に、漱石が「ユウトじゃありませんが。シュウジですが」と口をはさんだ。小西がちっと小さく舌打ちする。

「あ、名前ね。名前なんか、まあ、ねえ。どうとだって」

「はいはい。脚本も、もうそれで進んでますし」

脚本家が平然と言う。碧は思わず声を上げた。

「えっ、原作者の私の了承も取らずに？」

プロデューサーは「えっ？」と驚いて、小西を見る。さすがに原作者の了解は取れているという認識だったようだ。

「あ、あれ？　言ってなかったかな」

小西は汗を拭きながらとぼけている。

「了承とか、そんな、難しい言葉、やだな。俺と先生の間で、そんな言葉使わないで欲しいな」

ユウトが甘えるように言った。ユウトの顔は変わらずに美しい。しかし、もう碧の心は少しも舞い上がったりしなかった。腹が立っていた。静かに、深く。

「……私の原作、なくてもいいんじゃないですか？　だって、それ違う話だし」

半分皮肉で、半分本音だ。ユウトという男が死ぬ話を、ここにいる脚本家たちと一緒に作ればいい。ゼロから。

「まさかまさか。先生の原作なかったら、ダメなんですよ。なんてったって、セリフがいいじゃないですか？　ねえ」

ユウトが脚本家に言う。脚本家は「そうそう」と調子を合わせた。

「書きましたよ。あそこ。拾いましたよ！　拾わせていただきましたよ、水無瀬先生。『出逢いって一度だけだよね。一度出逢ったら、もう二度と出逢い直せない』

脚本に採用されたのが名誉なことだとでも言いたげな口調だった。

「ね、そういうの、俺言いたいの」

「あれは……奈緒子《なおこ》のセリフだけど」

奈緒子のセリフもシュウジ、いや、ユウトのセリフに変えようというのか。ユウトが言ってみたいという、ただそれだけの理由で。

碧は膝の上の女優帽を思わず握りつぶす。あんまりだ、と思った。

その時、後ろに控えていたユウトのマネージャーが、ユウトの耳元に囁いた。どうやら、売れっ子の彼は予定がつかえているらしい。

「だからね、だから、男女入れ替えるってことで。俺が死ぬってことで、ひとつしくよろ。なんつって」

ユウトは笑った。小西たちが追従するように笑う。

「ごめんね、先生。これから、レコーディングなんすよ、忙しくってやんなっちゃう」

ユウトは話は済んだというように、さっと立ち上がった。碧は彼をじっと見つめる。

「完成披露試写で、先生と並んで立てるの楽しみだな。じゃ、また」

軽い口調でそう告げると、ユウトはさっさと応接室を出ていった。その後を大勢のお付きの人たちがぞろぞろと追う。

それを機に、大勢いた散英社の人間たちも、そそくさと部屋を出て行った。

碧は動けずにいた。

短い打ち合わせの間ずっと、自分の子供が無惨に殺され、切り刻まれていくのをつぶさに見せられたような気分だった。

そして、それは仮定の話でもなんでもなくて、もうすでに既定路線となり、すでに走り始めている話だという。

止めることもできないのかと碧は思う。なんて無力なんだろう。作品を、登場人物たちを生み出したのは自分なのに、守ってやることもできない。

「碧さん、ま、そういうことだから。この映画は、あなたにとっても大きなチャンス。もう一度、水無瀬碧の名前が、世間に知れ渡る。もう、ガンガン宣伝も水無瀬碧推しで行きますよ」

この話が碧にとって幸いなことだと、碧の方を説得しようとする小西が憎らしかった。滅茶苦茶なことを言いだしたユウトよりも、憎らしいぐらいだった。

「でね、碧さん。次の書き下ろしの企画書ぜんぜん出てこないじゃない。こっちも、年間で刊行する数、決まってるんだよね。ウチから出したい作家、いっぱいいるわけで」

何が言いたいのだと、碧は小西を見る。

「だから、わかるでしょ。大人の約束ですよ。映画化、協力お願いします。漫画？　ネット？　ゲーム？　あらゆるものに押されて、文芸はどこも厳しいんだから」

ああ、脅《おど》しだったのかと小西がせかせかと姿を消してからわかった。映画化に協力しなければ、新刊も出せないと小西は言っているのだ。

もう顔合わせは終わったというのに、碧は動けなかった。

あれだけ大勢の人が広い応接室にみっちりと集まっていたというのに、残っているのはもう碧と、そして、漱石だけだ。

気づけば、日は大きく傾き、夕日が差し込んでいた。

夕日に照らされた豪奢な内装の部屋は、没落した貴族の部屋の様に見えた。

「君、知ってたの……？」

長い長い沈黙の後、碧がぽつりと尋ねる。漱石は「いえ」と答えた。

「ただ、いきなり、久遠悠人に会わせようとするのはおかしいなと思っていました」

そうだったのかと思う。碧はおかしいなんて、少しも思わなかった。ユウトに会えると、ただ浮かれていた。ユウトと恋愛するなんて、宣言までして。

「サインしてもらおうと思って、持ってきたの」

碧はバッグからサイレントナイフのCDを取り出した。CDのジャケットに書かれた文字がひどく歪んで見える。

「バカみたい」

「抗議しましょう。そして、やめてもらいましょう」

いつもクールな漱石の声が、いつになく熱かった。

「今の小西の話、聞いてた? 交換条件だよ。この原作渡さないと、次の書き下ろしの場を渡さないって私言われたんだよ」

「それもおかしな話です。碧さん、ここは、ひとつ、作戦を練りましょう。何かやり方が」

「私はもうオワコンなんだよ」

碧は漱石の言葉を乱暴に遮った。

「終わったコンテンツ。こんな風な条件でも映画化受けないと、次の場ももらえない!」

「碧さん、お言葉ですが、出版業界はどこも厳しく、現実にはもっとずっとひどい状況で、仕事もなくバイトしながらとか書いている作家さんも……」

「私を誰だと思ってんの? 水無瀬碧なのよ」

碧は声を張り上げた。本が出せるだけ恵まれている、そういう状況なことはわかっている。そんな状況でも腐らず、いいものを必死に書いている作家が大勢いることも知っている。

でも、碧は女王なのだ。恋愛小説の女王として、必死に虚勢を張ることでなんとかやってきた。必死にバイトをしながら書く小説は、水無瀬碧の小説だろうか。それはきっともう、違う。作家としての水無瀬碧はもう死ぬしかないのだ。

「ごめん。ひとりにして」

現状でただ一人の味方に、理不尽にあたってしまったという自覚はあった。でも、今、謝ったりしたら、水無瀬碧という人間の形さえ、なくしてしまいそうだ。

漱石は動かない。

「しばらく、ひとりにしてくんないかな……」

碧は漱石を見ないで言う。

「……わかりました」

漱石が静かに部屋を出る。

一人になってみると、部屋はがらんと広く、急に感じるようになった寒さに碧は身震いした。

日が落ちるにつれて、部屋はどんどん暗くなっていく。

しかし、碧は暖房も電気もつける気にならず、じっと座り続けていた。

そのうち日は完全に暮れ、部屋は真っ暗になった。

それからはもう時間の流れを感じることもなくなった。

時のない暗闇の中に碧はいた。

考えること以外することもなかったが、とりとめのない思考は形になることもなく、ただ、流れ去っていった。

８０８の応接室のドアにもたれ、漱石が立っていた。碧に言われて部屋を出てから、漱石はずっとそこにいる。

ドアに隔てられてはいるが、それでも近くにいたかった。今の碧をひとりにしたくなかった。

お盆を持ったアルバイトの女の子がやってきて、ドアを塞ぐ漱石を困ったように見る。

「あっ、中、お茶片づけようかと」

「まだ、使ってる」

事前に申請することになっている応接室の予約の時間はとっくに終わっているのだろう。知ったことかと思った。漱石の剣呑《けんのん》な雰囲気に押されるように、女の子は「あ、はい」と頭を下げ、逃げるように戻っていった。

漱石は応接室の中の気配に耳を澄ませる。

応接室からは物音ひとつしない。それでも、碧の気配を感じた。

ドアに体を預け、立ったまま、漱石は頭を働かせる。何か方法はあるはずだと思う。漱石は少しも諦めていなかった。

空は自分の部屋のベッドに寝転がり、漫画を読んでいた。何度も読み返している、大好きな漫画だ。読み返す度、新鮮に面白いのに、今日はうまく集中できない。

(忘れられない人がいて)

渉の切なげな声が何度も思い出されて、その度に空はどすんと乱暴に寝返りを打った。いつも声を上げて笑うページを、空は真顔のまま読み終える。

「なんだろ、いつものとこで、笑えないや」

空はポンと漫画を放る。そして両手で目を覆い、ため息をついた。

ガタンと玄関の方で音がした。空は音の方をちらりと見る。薄く「ただいま〜」という碧の声が聞こえる。空は元気なく「お帰り〜」と返した。いつもなら、玄関にすっ飛んで行って、ユウトに会うというビッグイベントについて、根掘り葉掘り碧に尋ねたはずだ。しかし、そんな気力は湧いてこなかった。

碧もまた空に何か話すような力は少しも残っていなかった。自分の「寝る部屋」に直行し、ぱたんとベッドに倒れ込み、深々とため息をつく。眠れそうにない。しかし、体は泥のようだった。

碧がそんな状況にあるとも知らず、空は空で深々とため息をつく。

空は窓を開けて外を見た。

まだ灯のともっていない象印が見える。白い息を吐きながらしばらく見つめていたら、時間になったのか、ぱっと水色のライトがともった。

空は水色の象をぼんやりと眺める。その時、不意に脳裏に閃くものがあった。

空は急いで窓を閉め、机に向かう。

そしてスケッチブックを開き、おもむろに鉛筆を走らせ始めた。

頭に浮かんだ絵を形にしたくて、気持ちが急く。どんどんあふれるイメージに、手が追い付かなくてもどかしい。

渉の言葉がちらつくこともない。それどころか、渉の存在さえも意識には残っていない。あるのはイメージの奔流だけだ。

朝、空が明るみ、手が痛みを覚えるまで、空はひたすらに絵を描き続けた。


神妙な面持ちの豊田さんと神林さんが揃っておだやを訪れた時、ゴンちゃんは悪い予感を覚えた。二人がたつやの袋を下げているのを見て、その予感はますます強まった。

「申し訳ない！」

揃って頭を下げられ、たつやの羊羹を渡される。そして、二人は言いにくそうにしながらも、ずばりと、結婚の話はなかったことにしてくれと告げたのだった。

「えっ……」

何が何やら分からず、ゴンちゃんは戸惑う事しかできない。

相手の青葉さんとは実際にお見合いも終え、お互いの結婚の意志も確認している。お見合い写真といえば盛っている写真も少なくないが、青葉さんは写真通りの美人で、それにもかかわらず、鼻にかけたようなところもなく感じがよかった。

最後に会ってから、数日しかたっていない。その間に何があったというのか。

「天国の菜子さんもこれでやっと安心させてあげられると思ったのに、申し訳なかった」

豊田さんたちは仏壇の前に行き、手を合わせて拝む。

「ちょっと待って今更。俺、ほら、あれ、そこ」

ゴンちゃんは壁にかけられた衣装カバーを指差す。

「タキシード買っちゃったよ、丸ビルで。結婚式用の。しかも、白いやつ」

自分の結婚式以外着る場所もない白いタキシードを、少し気が早いかと思いつつも、奮発して買ってしまったのだ。

「どういうことだったんですか？」

俊一郎が横から尋ねる。豊田さんと神林さんは顔を見合わせた。

「あのね、こういうことは、隠してもばれるから、正直に言うと」

「えっ、あなた。正直に言うの？」

「バレるんだって。こういうの。あのね、青葉さん、とても美人だったでしょ？」

「ま、もう、そりゃもう」

ゴンちゃんは頷いた。確かに、自分にはちょっと美人過ぎるとは思わなくもなかった。

「六本木タウンね、あの、レジデンスの方。人住んでる方ね。その、そういうお金持ちばっかりのパーティーがあってね。そこで、IT社長に見そめられたらしくて」

豊田さんは声を潜めて言った。俊一郎の穏やかな顔が途端に険しくなる。

「え、息子と、伜《せがれ》と会っておいて、そんなパーティーに？」

「そういうの、いるらしいのよ。プロ彼女っていうの？　どんどん、条件のいいの探して、ここぞ！　って時に手を打つわけよ」

神林さんはもう躊躇う様子もなく、どんどん事情をぶちまけていく。

「ゴンで手を打ったわけじゃなかった？」

「そうそう、そのあとに、もっといいのが出ちゃったわけよ〜」

「手、2回くらい打ったかもね。パンパンなんて」

神林さんがぱぱんと素早く手を叩き、豊田さんはあははと笑った。たつやの羊羹を渡した時の神妙な顔はもう、すっかり消えている。ゴンちゃんはうんっと咳ばらいをした。

事情は分かった。突然のことにひどく面食らってはいる。しかし、ショックという感じでもなかった。どこかで、そりゃそうだよな、と納得するような気持ちもあった。

「どうもさ、ここに来て、ゴンちゃんの姿見て、惚れて通ってたっていうのもウソで、ここのね、資産価値っていうの、それ見てたみたいよ」

豊田さんの話はいよいよ明《あ》け透《す》けになっていく。

「ここ売ったらいくらになるかって、ねえ」

「ちょっと、豊田さん。あんたの方が、なんでもしゃべっちゃってるわよ」

「この辺、地価上がってる。高輪ゲートボールとか、ほら、山手線の駅も出来るっていうじゃない？」

「高輪ゲートウェイ」

「駅でゲートボールしてどうすんだよ」

豊田さんの天然ボケに俊一郎とゴンちゃんは揃ってツッコミを入れる。

「要するに、ウチが、ウチを売ったら高いと」

俊一郎の言葉に豊田さんと神林さんは頷き、綺麗なユニゾンで言った。

「お金目当てだったのよ」

結婚の解消よりも、お金目当てだったことの方がわかりやすくショックだった。鯛焼きを焼く姿に、一目惚れというのも嘘だったのか。碧に散々自慢してしまった。

「残念だったわね〜。でも、よかったじゃない。そんな女狐みたいな女ね。嫁にもらってたら、そりゃ〜、あんたも苦労したわよ」

「若くて綺麗すぎたもの。ゴンちゃんには」

「や、お二方とも、言いたい放題」

その通りなだけに、ゴンちゃんは何も言い返せなかった。浮かれていたんだろうなあと思う。だから、いろいろ不自然なことにも気づかなかった。

豊田さんと神林さんはお詫びにと、鯛焼きを山ほど買っていってくれた。

嵐のように二人が帰っていった後、ゴンちゃんは衣装カバーをおろし、真っ白いタキシードを取り出した。壁にかけぼーっと眺める。改めて見てもつぶしのきかない服だ。なんでレンタルにしなかったのかと、浮かれて買った自分を責めたくなる。

「どうすんだよ〜、これ」

「おいらが着るよ」

頭を抱えるゴンちゃんに、俊一郎が言った。

「はっ？　オヤジ、結婚すんの⁉」

脳裏に、若い女性と抱き合っていた俊一郎の姿が浮かび、ゴンちゃんは思わず腰を浮かせる。しかし、俊一郎は首を横に振った。

「いやあ、何が起きるかわからないってことだよ。人生」

「ああ、びっくりした」

気の抜けたゴンちゃんはケンタがいれてくれたお茶をゆっくりとすする。

「お前は、ホッとしている」

「なんで、俺がホッとすんだよ」

どこかでぎくりとしながら、ゴンちゃんはむきになって言った。

「菜子さんのために、結婚しようとしてたからだ。自分のためじゃない。この場所は、おだや含む自分の横は、碧ちゃんのために空けときたいんだ」

「何いってんだ、オヤジ？　とうとうぼけたか」

乱暴な口調で罵ると、俊一郎は愉快そうに笑った。

「お前がそういうひどいことという時は、図星の時だ」

「勝手なこと言うなよ。なんで、俺があんなお転婆娘。娘というにはとうがたった。凶暴な。しかも、最近、ちょっと太った」

「おいらにはわかる。お前さんがエトワールのもとから戻ってきた時だってそうだ」

分かったような顔で語る俊一郎にカチンとくる。

ゴンちゃんは、その昔、エトワールという自分の半分ぐらいの年齢のパリジェンヌと結婚していた。世界放浪の旅に出た時に、恋に落ちたのだ。しかし、あっけなく別れ、日本に戻ってきた。ただ、祖国に、実家に帰ってきた。それだけだというのに、俊一郎は碧のもとに帰ってきたのだと、信じて疑わない。

「いや、だからあ。あれは、エトワールが若いパティシエとデキちゃって、俺は捨てられたの。ノートルダム大聖堂の前で！」

「表面上はそうかもしれん。しかし、お前は、碧ちゃんの元に戻って来たんだ。神様の采配《さいはい》だ」

「つきあってらんないよ。オヤッさんのロマンチックには。風呂行ってくらあ」

これ以上、俊一郎の話を聞いていたら、洗脳されそうだ。

ゴンちゃんは強引に話を切り上げて、すずらん温泉へと向かった。

丁寧に体を洗い、まだ人も少なく、ほぼ貸し切り状態の湯船に浸かり、ゆうゆうと手足を伸ばす。

(嫁に行くのやめませんか?)

不意に何の脈絡もなく、碧のセリフが鮮明に思い出された。

嫁に行くって何だよ。心の中で悪態をつく。

あの時の、酔いが眼もとに滲む、どこか無防備な表情の碧の顔まで脳裏に蘇る。

ゴンちゃんは頭に乗せた手ぬぐいで、ごしごしと何度も何度も乱暴に顔を拭った。


ユウトとの顔合わせから三日後、漱石が水無瀬邸を訪れた。

もともとそんなに溌溂とした見た目でもない男だが、三日ぶりに見る彼の目の下にはどす黒いクマができていた。碧は黙って濃いコーヒーを淹れてやる。

「外枠は悪い話ではないと思います」

相当あれこれ調べたのだろう、漱石の言葉には確信があった。

「ソトワク?」

「はい。大型映画です。配給も最大手カミサカ。主題歌も、もちろん、今、飛ぶ鳥を落とす勢いのサイレントナイフ。監督も、ヒットを連発している岩田《いわた》真二《しんじ》です。10億はカタイと思います。今の久遠悠人人気を考えれば、百億も視野に入れられる、と関係者は言っています」

「……言うのはタダだから」

「奈緒子役も真柴《ましば》リリがつかまったみたいです」

「すごい売れっ子じゃない……」

碧は思わず声を上げた。これは本気でヒットを狙いに行っている布陣だ。

「そう。だから、外枠は悪くない」

「……でもね。男女入れ替えるんでしょ？　シュウジが死んで奈緒子が生きる」

「はい。それが、久遠悠人のマストの条件です。男女、入れ替えた場合の『僕を忘れないでくれ』のストーリーライン、プロットです」

漱石は厚みのあるプリントの束を差し出した。

「検証してみました。男女逆にして、成立するかどうか。非常に失礼だと思ったんですが、ところどころアレンジしています」

碧はぱらぱらとめくった。ただ男女を入れ替えるだけでなく、入れ替えたことで生じる矛盾を、最小限の変更で解消できるように手が加えてある。少し見ただけでも相当な労力をかけた作業であることは見てとれた。

「……君、これ、何日で書いたの？」

「3日です」

「寝てないんじゃない？」

「大丈夫です」

まったく大丈夫そうではない顔で、漱石は言う。

「……でも、ごめん」

碧はプリントの束を漱石に返した。

「私の『私を忘れないでくれ』は、奈緒子が死ぬ物語なの。そして、シュウジが生きる物語なの」

「……断りませんか？　映画化」

作品を守りたいのであれば、それが一番簡単なのだろうということは碧にもわかっている。しかし、その決断も簡単にはできなかった。

「……お金も欲しいし、次の場所も欲しい」

崖っぷちに立つ女王のむき出しの願望を、漱石は否定も肯定もせず、じっと聞いている。いつもと変わらないクールな表情を見た途端、がくがくと揺さぶってやりたくなる。

気付けば、碧は思わず口走っていた。

「次の場所が欲しい。ねえ。私の代表作は、今度の作品なのよ。次の作品が、いつだって一番素晴らしいはずなの」

自分のことをオワコンなんて、ほんとは少しも思っていない。周りがそう扱っても、自分は自分を信じている。そんな誰にも語ることなく、心の奥の奥にじっと持ち続けていた矜持《きょうじ》を、気づけば口にしていたのだった。

漱石は碧の作家としての根性に気圧《けお》されたように、黙っている。

そして、長い長い沈黙の後、漱石は三日かけたプロットを黙って鞄にしまい、また来るとだけ言い残して、席を立った。

「ちょっと小耳に挟んだんだけど」

靴を履く漱石の背中に碧は話しかけた。

「君、盗作したってホント？」

碧の言葉に漱石は全身を強張《こわば》らせた。心臓でも止まったかのような苦痛が、実際に漱石の体を走り抜けたのが分かった。普段ほとんど表情を変えない漱石の歪んだ顔に、碧はほの暗い喜びを覚える。

「漫画にいたのよね。散英社の、少年アップ。そこで、『ゼファー』や『鎬《しのぎ》』ヒットさせたのよね？」

「は……い」

漱石の声がかすれる。碧はネズミをいたぶる猫の様に言葉を続けた。

「そして、『ヤングモンスター』で、ネタが尽きて、海外の小説そっくりそのままパクって、それを漫画家に自分のアイデアとして渡して描かせた。由辺譲《ゆべゆずる》さん、有名な人よね」

漱石の握り締めた手は細かく震えていた。

「けっこう、話題になってたよね。それ。もう、みんな忘れたけど。文春か何かで読んだよ。まさか、それが君だとは。そのせいで、漫画から文芸に異動になって、そして、私の担当になった」

碧は乾いた笑い声をあげた。

「私たち、落ちこぼれ同士だね。でも、私、人のものパクったことないよ」

より深く傷つけるために、あえて選んだ、残酷な言葉。しかし、漱石はその言葉に初めて反論した。自分のためではなく、碧の、ために。

「……碧さんは落ちこぼれじゃないです。……言うなればティファニーです。時の流れや、世の中の空騒ぎや、そういうものに負けない本物です。世代を越えて、人々に愛される小説を書きます。失礼します」

漱石は丁寧に頭を下げると、扉を開け、出て行った。

残された碧は閉まった扉を見詰め、立ち尽くす。

何にかはよくわからない。でも、完全に、打ちのめされていた。


少し迷って、碧は元担当編集者の松山に電話をかけた。

もう会社を辞めているのに、いつまでも悪いとは思ったが、他に聞ける人がいなかった。小西には死んでも聞きたくない。

松山は2歳になる孫の面倒をみているところだった。暴れまくる孫に手を焼き、てんてこ舞いといった様子だったが、ちょうど美容院に行った娘が帰ってきて、ゆっくり話を聞くことができた。

漱石の盗作について尋ねると、松山は「えっ、それ、違う違う」と明快に否定した。

「えっ、違うの？」

「違うよ。『ヤングモンスター』でしょ？　あれは、由辺譲先生が、パクったの。しかも海外の小説をね。でも、少年アップは海外出版してるから、作者本人に見つかって訴えられたの。それを、漱石が、由辺譲先生の名前に傷をつけるわけにいかないって、かぶったわけよ」

「そうなんだ……」

「それ、碧さん、誰に聞いた？」

「ついこの前、あの、もやしみたいにヒョロヒョロッとした、いつも小西の隣にいる。休みの日に、小西のゴルフバッグ担いでそうな……」

「あ、田山だ。漱石と同期。そう、かついでるよゴルフバッグ。小西の腰ぎんちゃく。わざと碧さんの耳に入れたね。漱石の足、引っ張ろうとしてる」

「マ？」

碧はくらくらしながら、松山に尋ねる。

「でもさ。それで、漱石異動させるの、会社、ひどくない？」

「碧さん。会社っていうのはね、理不尽なことの嵐なの」

「ま、あれだけ優秀な松山さんが、早期退職者に手を挙げた時に、そうは思ったけど」

「だから、漱石は、潔白よ」

碧はスマホを持ったまま、ソファにひっくり返り、じたばたと暴れた。じっとしてなんかいられなかった。

「うっわ〜！　私、どうしよう。すっごい、追い詰めちゃった。まるで極悪非道の罪人の膝に石乗せるみたいに」

「何言ってるかよくわかんないけど、漱石、潔白」

冷静な口調で、松山は太鼓判を押す。言い訳のしようもないことをしておきながら、碧は言い訳したくてたまらない。

「だってさ、だってだって聞いてくれる？　松山さん。私、あいつといるとなんか、こう、心ン中しゃべっちゃうのよ。しゃべらなくていいようなことまでしゃべってんのよ。金が欲しいとか、次の場が欲しい、とか、次が代表作とか、うわっ、もう、痛い、痛すぎる。聞いてらんない。すっごい、みっともないこと、しゃべっちゃって、もう、勝手に憎たらしくなっちゃって、攻撃的な気分になって、なんかやりこめたくなっちゃって」

「碧さん……悪い癖、出てませんか？」

完全にパニック状態の碧の話をじっと聞いていた松山は、恐々《こわごわ》と尋ねた。

「好きになったりしてないでしょうね？」

「それはない。ナイナイイナイイナイルワニ……」

勢いよく口にした言葉は、次第にゆっくりと尻すぼみになっていく。

松山との電話を切った後、碧は注意深く、自分の心を点検する。

「……うん」

ないよな、そう確認し、いまいち信用ならない自分に念を押すように大きく頷いた。

晴天の空の下、立青学院大学の中庭を光とその仲間たちが談笑しながら歩いていた。

今日もイケメン然とした隙の無いコーディネートの光を、愛梨は隣を死守しながらうっとりと見つめている。

そこに、だっと勢いよく駆け寄ってきたのは、空だった。

「入野くん、ちょっと」

光に話しかける空の声は弾んでいる。表情もいつになく明るかった。眼鏡や服装などはいつもとほぼ変わらないが、表情が違うだけで、印象は全く違った。生き生きとした表情に、ナオキは思わず目を奪われ、愛梨はあからさまに敵意のある目を向ける。

空は話があると、光をおだやへと連れて行った。

お昼時を過ぎたおだやは、客足も一段落し、落ち着いている。

「ま、入って入って」

初めて見るような満面の笑みで案内する空を、光は胡散臭げに眺める。

「お前、ただのバイトだろ？　じぶん家みたいに」

「どうぞどうぞ、お座りになって」

「気持ちわりいな」

一番奥の席に向かい合って座ると、空は熱心にメニューを眺めた。

光はその様子を盗み見て、ポケットの中を探る。

ポケットの中には、キラキラ光るビー玉のカプセルが入っていた。

「鯛焼きとサンマ焼きどっちにしようかな〜」

空は真剣に悩んでいる。

「そんなメニュー、ガン見しなくたって、バイトしてるんだから、頭入ってるでしょ?」

「こうやって、ど、れ、に、し、よ、う、か、な? って考えるのが楽しいんじゃんっ」

そう言って、空はまたじっとメニューに見入る。

「あのさ、これ……」

光がポケットの中のものを渡そうと、声をかけた瞬間、空はメニューから顔を上げて、勢いよく、ケンタに水を頼んだ。

光は慌てて、ビー玉をポケットに引っ込める。

水を持ってきたケンタに、空は「鯛焼きふたつ」と注文した。

「えっ、俺、メシ食ってない。ヤキソバ食いたい」

「その場合、自己負担でお願いします。金欠につき」

光は「こんなとこまで連れてきて」と文句を言いながらも、自腹でヤキソバを追加した。

「で、何?」

光はかったるそうに水を飲む。

「こんなとこまで連れて来たのは理由があって。大学近辺では、こういうのは、見せづらいと。君、オタクってばれるし」

空は「描いてみた」と言って、カバンからスケッチブックを取り出した。

「描いてみたの。ここではない、いまではない、ある国。物語が禁止されたある国」

空はスケッチブックを開き、3日間描き続けたイメージボードを、光に見せる。

「すげーっ」

光はさっきまでの気だるげな様子が嘘のように、瞳を輝かせた。

「ホント⁉」

光の反応に、空の声も弾む。

「もう、出来上がってンじゃん。イメージボード」

「どう、合ってる？」

「合ってる。っていうか、俺、こういうのぜんぜん、自分じゃ浮かばないから、こう、なに、あれ？　俺の中にもや～んとしてたのが、形になって現れたって感じ？　すごいな、お前」

「お前やめて」

「水無瀬……さん。さま？」

空はふふっと笑った。

「水無瀬でいいよ」

「おお、俺も、入野でいいよ。いや、これ、俄然、イメージわくなあ。ストーリーガンガン浮かんでくる。帰って直そう、あれ。え、てか、お前、違った、水無瀬さま、一緒にやってくれるの？　忙しいんじゃなかったっけ？　デートで」

　せっかく絵を描いているうちに忘れていたことが蘇り、空はむっと表情を曇らせる。

「あ、鼻毛でなくなったのか」

「あ、それつけ鼻毛だった」

「つけ、ハナ、ゲ？」

「忘れてはいけない人がいるから、私に嫌われるように」

「はあ？」

「それ聞かされた日、すごく、ぐるぐるして。ここんとこ」

　空は胸元を指した。その表情が切なげで、光は思わずどきっとする。

「ぐるぐる。なんだ、それ頭来る。ぐるぐるする。このぐるぐる忘れたいと思って、入野の言ってたイメージボード、思いつくまま描いてみた」

「忘れてはいけない人がいるから、嫌われるように」

　光は空の話を聞いていて引っかかった言葉を繰り返す。

「そう」

「なんで、好きな人って言わないんだろう。彼女とか。好きな人がいるから、でも、彼女がいるから、でもない」

「あ……。なんか細かいし鋭い。確かに。忘れられない昔の彼女……とか？」

「だとしたら、なんでそれ忘れちゃいけないんだろう。昔の彼女、忘れてもいいだろ」

「君、恋愛のプロ？」

空は真顔で尋ねる。光は苦く笑った。

「いや、おれは、うわっつらの恋愛しかしてないから」

「うわっつらの恋愛？」

「よこしまな恋愛？」

「よこしまな恋愛……とは？」

「なんていうか、なしくずし的な」

「肉体関係から、始まる……的な？」

光の婉曲表現を台無しにした空は、妙にわくわくとした表情で光をまっすぐ見る。

「そういうことをキラキラした目で言うな」

「未知との遭遇」

光は首をひねった。「未知との遭遇」も知らないようだ。ボブ・ディランといい、この男は極端なルートを通ってオタクになったのかもしれない。

それも面白い、と空は思う。知っているから書けることもあれば、知らないから書けることもある、気がする。

自分ももっともっと描きたい。限界まで酷使した手がもうずうずと疼《うず》いていた。

告白した形になって、振られる形になって、もうしばらくおだやかには行けないなんて思ったりもしたけれど、碧は以前と変わらずにずかずかとおだやかに上がり込んで、ゴンちゃんや俊一郎と一緒にご飯をわしわしと食べていた。

自分の作品をずたずたにされる苦痛を味わったら、失恋っぽい出来事ぐらい、痛くもなんともない。

ゴンちゃんの方もいつも通りのぞんざいな扱いをするので、小学校での出来事が夢だったんじゃないかと思うほど、通常営業に戻った。

「じゃ、そろそろ帰るわ〜。ごちそうさま」

たらふく食べ、映画化の愚痴もすっかり聞いてもらって、碧は満足して、居間を出た。

「今日も、よく食べたなあ。碧ちゃん」

感心しきりの俊一郎に、碧は「やけ食い？」と笑う。

「まあさ、お前も、くよくよ考えんな。難しい業界のことはよくわかんないけどよ、映画とか。次考えろ。次」

「そだね〜」

ゴンちゃんの言葉に素直に頷き、碧はふと寂しそうな顔で居間をぐるりと見た。

「ああ〜、でもここに来られるのももうちょっとかあ」

「ん？」

「ほら、だって。青葉さんと結婚」

それはなくなったと言おうとした俊一郎を、ゴンちゃんはわたわたとしながら手で制する。不思議そうに見る碧に、ゴンちゃんは誤魔化すように笑うと、自分の中で一等ハンサムな顔できりっと言った。

「まあな。満喫しとけ、今を。胸に刻んどけ、俺の笑顔を」

「何言ってんだか」

あしらう様に言うと、碧は靴を履き、店舗の方へと抜けた。

「また来るね～」

振り返って告げると、「もう来るな～」とゴンちゃんの声が返ってくる。

笑いながら、出口へと向かう途中で、碧は客席に座る空に気付いた。

空は、しばしフリーズし、咄嗟にスケッチブックを隠すことしかできなかった。光の存在も隠したかったが、カバンに入らないので仕方がない。

碧はすぐさま光に目を止めると、すすっと近づき、「イケメン」と呟いた。

「かーちゃん。心の声、オンになってる。オフにしてオフに」

「あっ、やっぱり！　水無瀬碧さんですよね!!　うわっ、俺、ファンで、つーか、母がそもそも大ファンで、本とか読んでます」

イケメンにファンだと言われ、碧はわかりやすく機嫌をよくしている。同級生の前で、

「あ、そんな」などと気取る母親の姿は見ていられない。

「あ、失礼しました。俺、入野光っていいます」

この瞬間、煙になって消えてくれたらいいのにという空の願いも空しく、光は王子モード全開で、碧に挨拶をする。

その時、ガラガラと扉が開き、新しい客が入ってきた。

その客を見て、空も、碧も、同時に固まる。

「すみませーん。まだ、お昼食べられますか?」

呑気な声を上げているのは、渉だった。

店を一時ケンタに任せ、居間で休憩していた俊一郎もゴンちゃんも店に出てくる。

気づけば店は水無瀬親子の関係者でいっぱいだった。

「なんなの……この松竹新喜劇みたいな展開……つか、見たことないけど」

空が茫然と呟く。俊一郎は「おお、渉先生」と気さくに挨拶をした。

「この前、あんたの教えてくれた、鼻毛。あれ、面白くって。見せたらウケてウケて」

俊一郎は渉に見せようと、スマホを操作し、鼻毛を付けた写真を探し始める。

「えっ、鼻毛、この人?」

ワードから察した光が、渉を見る。「鼻毛?」とゴンちゃんも遅れて、気づく。

「や……みんなで人を鼻毛鼻毛って……」

渉はたじたじとしながら、抗議する。

「あ、どうぞどうぞヤキソバだけ終わっちゃってますけど」

ケンタが渉を空の隣の席に案内する。

渉はちらりと空を気にしながらも、席についた。

「今日は、鼻毛つけてないんですか？」

光はクールに尋ねた。渉は「あ、いや」と口ごもる。

「忘れられない人って誰なんですか？」

やや面白がっているのか、口の端が楽し気にカーブを描いている。

「え、何……？」

まるで代弁者のような役割を勝手に買って出た光に、空はただただ戸惑う。光は「だって、この人」と空を指差しながら、渉に訴えた。

「胸、ぐるぐるになっちゃって、苦しかったんですよ」

「そーよ。落ち込んでたよ」

碧も一緒になって言う。

「かーちゃんは、口出さないで！　もう子供じゃないんだから」

「あ、すみません……」

空の本気の怒りを感じ、碧は渋々と引き下がるが、「なんなの、光くんだって今、口出したじゃんねえ」とぶつぶつ言っている。

「なんなの、おいら、話見えないな。どんなこと？　なにが起きた？」

俊一郎が一同を見回しながら、おっとりと尋ねる。

碧はぺらぺらと俊一郎に事情を話した。起こった出来事は全部おだやの居間で洗いざらい話してきたから、話すのが当たり前になっているのだろうけれど、何もこんな風にオープンにすることもないいんじゃないかと空は思わずにはいられない。

渉もいたたまれなそうにしている。

事情を知らなかった俊一郎も大体の流れを把握した。その場の皆に残った疑問はただ一つ、「渉の忘れてはいけない人」とはどういうことか、だ。

空は何度も皆を止めようとはした。人が心の奥に大事にしまっているものを、暴く権利は誰にもない。

しかし、渉は自分から話すと言い出した。

「彼女、でも、好きな人、でもないんです」

渉はぽつりと言った。皆は思い思いの席で、渉をぐるりと取り囲んでいる。客の少ない時間とはいえ、まだ一応、営業時間中だ。なんでこんなことになったんだか、と空は頭が痛い。

「でも、忘れられない人」

碧の言葉に、渉は「忘れちゃいけない人っていうか」と言いよどむ。碧は大きく手を打った。

「あっ、わかった。もしかして、死んじゃった？　恋人死んじゃったの？　婚約者、死んじゃった？」

ゴンちゃんがごつんと碧を小突いた。

「おっまえ。クイズじゃないんだよ。事実なんだよ。もし、それ当たってたら、どうすんだよ。無神経だろ」

「いえ、違います。死んでません。生きてます。どこかで」

渉はごくんとつばを飲み込むと、すっと顔を上げて、口を開いた。

「僕たち、ウサギ小屋の前で約束したんです。ふたりとも、ウサギ係で、いっしょに、ミュウにエサあげてて」

「ミュウ……」と首をひねるゴンちゃんに、碧は「ウサギの名前よ」と威張って言う。察しがいいのが自慢なのだ。

「えと、渉先生、その時、おいくつ？」

俊一郎に問われ、渉は即答する。

「小学校3年生、9歳です。ミュウが死にそうになった日、みんな帰っちゃったんだけど、僕らふたりだけ残って、ミュウを看取りました。……そしたら、ミュウが、最後に、ピョンッと跳んだんです」

渉はごくごくまじめな顔で話している。碧は思わず声を上げて笑った。

「かーちゃん、それ笑うとこ違う」

空は碧を乱暴に小突く。碧は「つい、想像したら」と首をすくめた。笑われても、渉は動じなかった。

「それが、ありがとうのサインだったのかなって」

完全にツボに入ってしまった碧は、またこの言葉にふきだしたくなってしまう。それを察した空は笑わないようにと、碧の腕をつねり上げる。碧は必死で耐えた。

「それから、仲良くなって、でも、彼女が転校することになって……僕たち、結婚の約束しました」

皆はなんとなくお互いに顔を見合わせる。涉が真剣なのはわかるのだが、どう聞いていいかみなわからずにいた。9歳の時に、仲良くなった女の子と結婚の約束をする。それは幼い時に多くの人が経験しているたわいもないやり取りではないか。そんな心の声にこたえるように、涉はポツリと言った。

「家族が欲しかったんです」

胸が痛くなるような、切実な声だった。

「あ、うまく言えてないな。僕、実は、幼い頃に、5歳だったかな。両親を事故で亡くしました」

涉の告白に空は思わずぎゅっと手を握る。

「それで叔父のところに引き取られて。それが、太葉堂です。叔父には娘さんしかなくて、僕の未来は決まってました。あそこを継ぐ」

涉は淡く笑って、ゆっくりと首を振った。

「あ、全然、いやじゃないですよ。ありがたいです。叔父には感謝しかありません。でも……やっぱり、どこか、本当の家族とは、違って……9つの時に出逢ったそのウサギ係の女の子と、ミュウが、自分の家族なんだ、なんて勝手に空想してたんです。ホッと出来る場所、っていうか」

それは、忘れられないだろうと空は思う。ただの恋ではない。家族なのだから。

確かにそれは、忘れられない人、だ。

しんと沈黙が下りた。それまで必死に笑いをこらえていた碧も、真面目な顔でじっと言葉を待っている。

「それから、その彼女とは？」

光がそっと促した。渉は緩く首を振る。

「会ってません。どこにいるかも、わからない」

「それから、ずっとその子のことを……？」

碧の質問に、渉は少しはにかんだ。

「いや、それは、まあ……年齢なりに。遊びでいいんで、とか言われると……つい」

「や、そんな詳しく聞いてない聞いてない」

碧が慌てて遮る。

「その9歳の時の約束を、守りたい、と」

俊一郎が念のためというように確認する。渉は頷いた。

「守らなきゃいけないんじゃないかって……ウサギ小屋の前で、僕たち手をつなぎました。女の子と手をつなぐのは、オクラホマミキサー以外には初めてで、そのときの、彼女の小さな手の感触が忘れられないんです……でも、変なやつですよね。気持ち悪いですよね」

「いや、人間は誰だって、気持ち悪いところを持っている。それでこそ、だ」

俊一郎がやわらかく言った。

空は渉の話をじっと聞いていた。鼻毛という選択はやっぱり間違ってると思うけれど、渉の話を気持ち悪いとは思わなかった。

9歳の少女とミュウ。どちらももう淡い記憶のかなたの幻かもしれない。しかし、実際にその存在は家族として、渉の孤独に寄り添い続けてきたのだ。家族を大切に思う気持ちは、空にもよくわかった。

「……でも、空ちゃん。よかった、こんな素敵なボーイフレンドが出来て」

渉は光をじっと見て、それから、優しい目で空を見た。

「僕なんかと関わるよりずっといいよ。あ、デートの邪魔だよね。今日は昼は、マックにします。また、来ます」

そう言うと渉は立ち上がり、店を出て行った。

渉をぼんやりと見送った後、皆もそれぞれの持ち場へと戻っていく。

碧は全力で話を聞いていたせいか、くったりとその辺の椅子に座った。

「でも、すごいね。小3の時の女の子を思い続けるなんて……」

光の言葉を遮るように、空がいきなり立ち上がった。

「ごめん。ちょっと、これで」

二千円をテーブルに置くと、カバンとコートを抱えて、駆けだしていく。

「あ、え……これ」

椅子の上には、スケッチブックが残されている。光が手に取った時には、もう空の姿は見えなくなっていた。


空はマックの方に向かって、すずらん商店街をひた走った。

遠くに渉の背中を見つけ、必死に追いかける。

そう呼びかけると同時に、後ろから腕をつかんだ。

「渉先生！」

「空ちゃん！」

渉は空の姿に目を丸くする。

「私、私……」

空は荒い息を吐く。言いたいことがあるのに、息が整わない。渉は優しく「何？」と空の顔を覗き込む。じっと空の息が整うのを待ってくれた。少しずつ、呼吸が落ち着いてくる。しかし反比例するように心臓はますます高鳴っていく。空は早口でまくし立てた。

「えと、いや。私ではダメでしょうが、ダメなことは、百も承知ですが、先生が、渉先生が、その小さな手を忘れられないように、私も、あの、すっころんだ時に、眼鏡直してもらった、あの時が、忘れられないんです。や、ぜんぜん、渉先生の手をつないだのには、負けてると思うんだけど」

「勝ち、とか負けとかは、ないと思うけど」

「だから、だったら、だったら私ともう一度、デートしてもらえませんか？　つけ鼻毛なしで……ウソのデートじゃなくて、ホントのデート」

空の怖いぐらい真剣な強い目が、じっと答えを迫る。

なんの駆け引きも小細工もない、まっすぐな一言に、渉は動けずにいた。

その様子を光は少し離れたところから見ていた。

その手にはスケッチブックが抱えられている。

空の目と言葉は、離れた光の心にもまっすぐつき刺さった。


その夜、空はまた碧の寝る部屋に乱入した。

眠れなかったのだ。

碧と空はまたおそろいのパジャマで、広い広いベッドに並んで横たわる。

「君は、戦いを挑んだ。９歳の女の子相手に」

碧は厳かに言った。空は戦う決意を秘めたような、心もとないような目で天井を見つめている。

「しかも、記憶の中の女の子だ。この上なく美化されている。強敵」

「やめて〜。やめてあげて〜。負ける気しかしない」

空は布団を頭からすっぽりとかぶって、丸まる。碧はそのかたまりに上からばふんとダイブして、布団の上から、ぎゅっと空を抱きしめた。

「がんばれ、空」

「かーちゃん、苦しい。やめでげれ」

布団の中からくぐもった声が聞こえる。碧はお構いなしで空をぎゅうぎゅうと抱きしめながら話し続ける。

「かーちゃんは、あんたがずっと引っ込み思案で気にしていた。授業参観行っても、わかってる問題でも手を挙げなかった」

「かーちゃんは、授業参観の時、いつも舞台挨拶みたいな服を着てきて恥ずかしかった」

布団の中から不明瞭な声で、空も言い返す。

「それが今日、自分から、走り出していて、感動した。人生は、自分から動いて傷ついてこそ」

「勝手に、ふられるって決めるな……」

「とにかく、かーちゃんは、あんたが一歩踏み出したのが」

「嬉しい!」そう感動的なスピーチを締めようとしたタイミングで、空がばっと布団をはねのけ姿を現す。

「苦しいって言ってるだろうが‼」

本当の本当に苦しかった空はゼイゼイと新鮮な空気を吸う。

「イタタタタ」

声はベッドの下から聞こえてきた。空がきょろきょろ見回すと、碧がベッドから転がり落ちている。布団をはねのけた拍子に落ちたようだ。

「え、ウソ、かーちゃん、大丈夫か?」

慌てて駆け寄ると、碧は声を殺して泣いていた。

「えっ、かーちゃん泣いてんの? いきなりだな。とまどうな」

「映画やだー。ホントはやだー。やめたい。私のファンが泣く。私も泣く」

碧は空に甘えるように、べそべそと泣いた。空は碧をよしよしする。

空はふと部屋の隅を見る。そこには、かわいい模様の小型ダンボールが積んであった。

(私が生まれた頃から置いてある、あの箱の中には、かーちゃんのファンの人たちからのファンレターが入っている。かーちゃんの小説は、私やかーちゃんが会ったこともないたくさんの人に愛されている)

そんな人たちが泣くと嫌だなあと、空は思う。そんな人たちが泣くと、碧もまたさらに泣くのだろう。

どうか、かーちゃんとかーちゃんを愛する人たちをお守りください。

空は今も見守ってくれているであろう、二人の守り神に向かってそっと祈った。


スマホに着信があった。

消そう消そうと思っていた番号だった。光は少し迷って電話に出る。

まだ懐かしいとは言えない、生々しい未羽の声がした。

「なんで？　なんで電話なんかしてくんの？」

光は少しかったるそうに言う。本当に意味が分からなかった。以前の自分だったら、こういう駆け引きじみたことを愉しんだかもしれない。自分からも仕掛けてみたりもしたのかもしれない。でも、今はひたすら面倒だった。

「ん？　本格的に結婚することになったから、知らせようと思って」

未羽は余裕たっぷりな口調でくすくす笑う。

「光くんも呼んだら来る？　結婚式」

「……おかしいでしょ？　それ」

「あ、そうかな。なんか面白いかと思ったんだけど」

「もう、なんか俺、そういう人の心とか自分の心試すような、弄《もてあそ》ぶようなことやめたい」

光は静かに言った。

「シンプルで、簡単でいたい」

本音を隠すことなく言葉にしながら、光は空の表情を思い出す。

「だったら、だったら私ともう一度、デートしてもらえませんか？」と言った時の空の真摯な表情。デートをねだる女の子の顔というより、むしろ居合切りに挑む武士のような顔だった。

それがすごく綺麗だったのだ。目を奪われるほどに。

「どういう心境の変化？　あ、もしかして、好きな子できた？」

「はあ？」

「枝豆投げつけた子？」

「えっ？　そんな話したっけ？」

「したよ。君が女の子の話するなんて、初めてだったから、覚えてる」

「変なこと覚えてんね」

「わかった、いたいけな若者の将来を邪魔しちゃいけないから、もう電話しないよ」

末羽はあっさりと言った。

「携帯から番号消すね」

「ラジャ。……しあわせに」

末羽はその言葉に少し笑った。年下をからかうような感じはなく、じんとした響きに、ただ幸せを願う気持ちが届いたのだと思った。

「マジで」

光は電話を切る。そして、未羽の電話番号を迷いなく消した。

漱石は小西のデスクに勢いよく手を突いた。叩きつけるつもりはなかったが、思ったより力が入っていたようで、小西がびくっと体をすくませる。小西は嫌そうに顔を上げ「何？」と言った。

「これはないと思います」

漱石の手元には『私を忘れないでくれ』の映画版「僕を忘れないでくれ」の脚本がある。男女を入れ替え、タイトルまで変えるとは聞いていたものの、脚本の表紙に書かれたそのタイトルを見て、漱石は改めて強い痛みを感じた。

しかし、その脚本を開いてみれば、もはやタイトルの改変など序の口だったのだ。

「ああ、それね」

せっせと経費の計算をしながら、小西は軽く言った。

「メチャクチャじゃないですか。男と女、入れ替えるのは、聞いてましたけど、なんでシュウジ、死んだと思ったら、生き返ってんですか？　冷凍人間になって30年後に生き返って、奈緒子の娘と結ばれるって、これ、なんですか？」

「いや、なんか、サイレントナイフのユウトのアイデアらしいよ。バッドエンドは当たらないからって。映画会社も、今、そういうスケール大きい話の方が当たるからって」

「しかも、このシナリオ、穴だらけですよ。つじつま合ってない」

「でも、もうそれで、映画会社も製作委員会も通っちゃってるみたいだから。あとは、GO！　GOするだけ！」

日本では映像化の際、原作者が蚊帳の外で口出しできないことがほとんどだ。原作の使用料の交渉をする機会もない。映像化することで、原作者にどんな得があるかといえば、映像化で知名度が上がり、本の売り上げが伸びるということに尽きる。

本を売るため、原作者がぐっと我慢する。それはこの業界で、当たり前にある光景だった。

しかし、『私を忘れないでくれ』の脚本はあまりにひどかった。原作への敬意など微塵も感じられない。

漱石は小西をじっと見る。企画が最終段階を迎えるまで、碧にも漱石にも脚本を見せないようにしたのは、明らかに小西だろう。

「とてもじゃないけど、水無瀬先生に見せられませんよ」

漱石が吐き捨てるように言う。小西は電卓をぱちぱちっと叩きながら、「ん？　もう送ったけど」と何でもないことのように言った。

「は？」

漱石は思わず絶句する。

その頃、水無瀬邸では送られてきた脚本を読んだ碧が、白い灰になっていた。

今にもさーっと崩れてしまいそうな、もう人としての形を保てないんじゃないかと思うほどの衝撃。

自分が読んだものが信じられず、碧は恐る恐る再び脚本を開く。しかし、やはり見間違いなどではなかった。

「これ……なに？」

碧は呆然と呟いた。


「毎度、どうも」

会計を終えた客を見送り、俊一郎は店の外に出る。店の外には、沙織が身を隠すようにして立っていた。その姿を認めるや、俊一郎の顔がぱっと明るくなる。

「ちょっと、待ってて。これ、着替えてくる」

身振りを交えつつ、小声で伝えると、沙織も笑顔で頷いた。

「オヤジ何やってんの？　誰かいるの？」

ゴンちゃんの声に沙織はぱっと身を隠す。俊一郎は大丈夫と目配せした。

「いやいや、誰もいない。ちょっとね。そうなんだよ、今日、商店街の理事長の真鍋《まなべ》さんに呼ばれててさ。何の話かな～。グッチのコートでも着てくかな」

そう言いながら、俊一郎は店に戻っていく。その妙にきびきびとした若々しい足取りに、ゴンちゃんは首をひねる。

グッチのコートといえば、とっておきの時に着る俊一郎の勝負服だ。

長い電話やそわそわと落ち着かない態度。

最近の俊一郎が見せる徴候の一つ一つに、ゴンちゃんはなんとなくの違和感を覚えながらも、まだはっきりとは気づかないでいた。

筧《かけい》事務所と立派な看板がかかった事務所は大きかった。大きな窓から見えるオフィスでは、若い人たちがパソコンに向かって作業をしている。漱石が探す人物の姿はそこには見えなかった。しかし、漱石は各方面に電話をかけ、彼が今の時間事務所にいることを摑んでいた。

漱石は邪魔にならない、目立たない場所に立っていた。

もうこの場所に立ち始めて、数時間が経っている。

ふうっと白い息を吐いた漱石は少し中の様子をうかがって、ため息をつく。手をこすり合わせると、かじかんだ指先がじんじんと痛んだ。

スマホが鳴った。水無瀬碧からの着信だった。思うように動かない指先で電話を取る。

「はい、もしもし」

「あ、私ですけど。映画の脚本」

碧の不安そうな声が耳に届いた瞬間、事務所の入り口が開き、脚本家の筧が姿を現した。「僕を忘れないでくれ」の脚本を書いた男だ。何度電話してもまともに取りついでももらえないこの男を、漱石は待っていたのだった。

「碧さん。あとから電話します」

短く告げて電話を切ると、漱石は筧に近づき、声をかけた。

「筧さん」

「え、誰？」

筧はかったるそうに言う。こなれた服装は、いかにも業界人といった雰囲気だった。

「散英社の橘です。水無瀬碧先生の担当の」

「何、出待ち？　参るなあ」

用件があって待っていたのはわかっているだろうに、筧は歩みを止めない。

事務所の前に派手な高級車が停まった。運転席の窓から顔を覗かせて、筧に手を振ったのは、モデル風の美女だった。

「ヒロちゃん、迎えに来たよ」

筧はたちまち相好を崩す。

「あの、この脚本なんですが少し、どうにかなりませんかね？　これじゃあんまり」

付箋のびっしりはられた脚本を見せながら、漱石は訴える。筧はその脚本を見るなり顔色を変えた。

「人様の玉稿に付箋つけんじゃねーよ」

「失礼とは思ったんですが、ストーリーのつじつま合わせるためのプランも」

「シロウトが口出すんじゃないよ」

筧は漱石が徹夜でまとめたプロットを一行も読むことなく、投げ返した。紙の束は漱石の頬をかすり、傷をつける。

しかし、漱石はあくまで冷静な口調で話しかける。怒りを伝えるために、わざわざ筧を待っていたわけではない。

「全くのシロウトではないです。漫画の編集を10年。作家を支え導いて来た自負もあります」

「なんの話だっけ？」

筧は気まぐれの様に脚本をひょいと取り上げ、ぱらぱらとめくった。

『僕を忘れないでくれ』……？　んーっあ、あれか。何本もやってっからさ。あれ、これ誰がやってたっけ？」

筧は影の様に後ろに控えていたお付きの男に尋ねる。お付きの男もはっきりとはしない口調で答えた。

「あ、オノとサカチンがごちゃごちゃやってたような」

「ご自分でお書きになってないんですか？」

感情に震えそうになる声を必死に抑え、漱石は尋ねる。それでよく「玉稿」などと言えたものだと思った。

「関係ないだろ。あー、あのアイドル映画ね。こんなもん、ヤンキーの高校生がボウリングの待ち時間に、地方のイオンで見る映画だよ。誰もわかりゃしねーよ、つじつまなんて合ってない方が喜ぶんだよ、ツッコミ所満載とか言ってさ、自分が頭よくなったような気になってさ、ははっ。失礼」

筧は漱石にぱっと脚本を戻すと、車の方に向かおうとする。漱石は低い声で言った。

「筧さんは、自分の作品を見る人を信用してないんですか？」

「何？」

筧は少し足を止め、漱石を見下すような目で見た。

「そんなんで書いてて楽しいんですか？」

「何言ってんの？　君。書くのなんか何も楽しくないよ。だから、なるべく書かないようにしてるわけ。楽しいのは稼いだ金で、こうして、美女と遊ぶこと」

待ちくたびれたように車から出てきた美女の腰に手を回すと、筧は振り返りもせず手をひらひらと振った。

残された漱石は、プロットを一枚一枚拾いあげる。

そして、ゆっくりと駅に向かって歩き出しながら、電話をかけた。

数コールで、繋がる。

間違って飲み込んだ異物を吐き出すように、碧がとんでもない脚本について、思ったことを洗いざらい話すのを漱石はじっと聞き続けた。碧が口にしたことは、ほとんど全て漱石が付箋を貼った個所のことだった。

碧の話が終わるのを待って、漱石は静かに言った。

「碧さんは動いちゃダメです」

「どうして？　こんなもの見せられて、私いてもたってもいられない」

実際に落ち着かずにそわそわと動き回っているのだろう。目に浮かぶようだった。

「小西に……小西に言ってもダメか。私が映画会社に乗り込む、とか」

「面白おかしく噂が立って終わりです。碧さんは、水無瀬碧なんで、動いちゃだめです。カッコ悪いだけです。汚れ仕事は、僕に任せてください」

「泥かぶるのが、君の仕事なの？」

その一言で、碧が盗作事件の真相を知ったことが分かった。

「だから、由辺譲の盗作の罪も、肩代わりしたの？」

「由辺先生は、才能のある方です。才能は神からのギフトです。全力で守ります。それが、僕の仕事だから」

「……でも、どうする？」

仕事だからと言って、漱石に泥をかぶらせていいのだろうか。そんな迷いが滲む声だった。欲が深くて、見栄っ張りで、思い込みが激しくて、乱暴で、でも、いい人なのだと漱石は思う。真面目で、いい人、だ。

「これから、サイレントナイフのユウトに直談判しに行きます」

「そんなことしたら、君、最悪、クビになるかもだよ」

「クビはさすがに。社史編纂室かな。碧さん、僕が編纂した社史、読んでくださいね」

漱石は寒さにこわばり、いつも以上に表情の薄い顔を無理に歪めて笑った。

アレンジされた音源が、サイレントナイフの所属事務所に流れている。

ユウトはマネージャーと社長と共に、届いたばかりの音源を確認していた。今回初めて組む音楽プロデューサーの都築《つづき》は飛ぶ鳥を落とす勢いの売れっ子だ。約束の期限をだいぶ過ぎて届いた音源は、電子音が耳につく個性の強いアレンジだった。

「何、これ？」

「都築さんのアレンジです」

マネージャーの答えに、ユウトは椅子を蹴るようにして立ち上がる。

「や、冗談じゃないよ！　これじゃ、俺の楽曲台無しじゃん。社長、これないよね！」

「いや、あるかないかは、個人の主観だからな。音楽なんて趣味だから。天下のプロデューサー、都築勝也《かつや》連れて来たの俺なんだから、顔立ててくれよ、ユウト」

「は……？　こんなアレンジしたら、曲死ぬじゃん。上から、電子音だらけの安っぽいコーティングして、本物が偽物になっちまう。イントロもダセーっ」

「売り上げ、落ちてるだろ」

それまで、ユウトの機嫌を取るようにしていた社長の声が突然低くなった。ユウトはびくりと薄い肩を揺らす。

「世の中はまだ気づいてないよ。人気絶頂と思ってるかもしれない。だけど、曲の売り上げ、すこーしずつだけど、落ちてる。右肩下がり。こうなったら早い。転がり落ちる」

「だから、俺、映画もやるって言ってるだろ。音楽くらい好きに作らせろよ！」

「こっちも、伊達《だて》や酔狂《すいきょう》でこの仕事やってんじゃないんだよ。ユウト。商売なんだよ」

社長の迫力に、ユウトは不機嫌そうに言葉を飲み込んだ。耳にザラザラと残る電子音のアレンジはまだ流れ続けている。

ノックの後にドアが開き、秘書に案内された漱石が入ってきた。顔合わせの時に挨拶した漱石のことは覚えていたが、なんでこんなところにいるのかと警戒するように睨みつける。

「なんで部外者が入ってくんだよ」

「や、俺が。これは映画の主題歌にするだろ。関係者にお披露目して何が悪い」

社長の言葉に、ユウトは外堀を埋めようという社長の意図を感じる。

「いや、俺は……。こんなアレンジじゃダメだって！　曲が死ぬ！」

「誰が、餃子屋でバイトしながらネズミみたいに路上でライブやってるお前、拾ってやったと思ってんだよ」

「なんだと……」

社長に殴りかかろうとしたユウトを、割って入ったマネージャーが止める。

「ここは社長もユウトさんも落ち着いて。日を改めましょう。散英社さん、すみません」

マネージャーが漱石にぺこぺこと頭を下げる。漱石は小さく頷いた。

社長と目も合わせないまま、事務所の外に出たところで、ユウトは漱石に声をかけられた。どんなに短い時間でもいいから時間がほしいという。クールな表情なのに、匕首《あいくち》でも突き付けるような、強い目が少し気になった。

次の現場に着くまでならと答えたのは、完全に気まぐれだった。

次の現場には自分の運転で一人で向かうことになっている。ユウトは漱石を助手席に乗せ、車を走らせた。

走り出してしばらくして、ユウトは音源を流した。アレンジされる前の自分の曲だ。

「こちらの方がいいと思います」

黙って最後まで聞いて、漱石は静かに言った。ユウトは思わず一瞬ぱっと顔を輝かせて、漱石を見る。

「だよな。シロウトが聞いたってそう思う。俺もシロウトに聞かせるなんてどうかしてんな……」

ユウトは視線を前に戻し、虚ろに笑うと、リピート再生を始めた曲を止めた。

「シロウトでも、心はあるし感じる力はあります」

静かに、強く、漱石が言った。

「……あ、ワリイ」

ユウトは素直に謝った。

「そして、僕は、アレンジの善し悪しは趣味じゃないと思っています。正解がある。よりよいもの、を探すのが、僕らの仕事です」

「僕ら？」

「あ、僕の場合、編集なんで、小説とか漫画とかですが」

「ふうん」

「ユウトさん、さっき、俺の曲が死ぬっておっしゃいました。あなたの曲に命があるように、物語にも命があります」

違う時だったら、作品の命ってなんだよと軽薄ぶって、聞き流していたかもしれない。しかし、電子音でアレンジされた曲を聞いたばかりの今、その言葉は心に痛かった。

「あなたがたのやろうとしていることは、この脚本を読む限り、物語を、水無瀬碧の作品を殺すことです」

漱石は脚本をカバンから取り出す。この話だろうというのは、時間がほしいと言われた時からユウトにはわかっていた。

「あなたなら、わかるんじゃないですか？　命がある、と思われるものを生み出すために、どれだけの苦労と悩みの時間があったか。楽しいだけじゃ創れない」

ユウトは黙って車を走らせる。漱石も黙っていた。信号で止まったタイミングで、ユウトはふうっと息を吐いた。

「わかってたよ。こんなのありえねーって」

ユウトは漱石の手元にある脚本をちらりと見る。

「俺は、餃子屋でドブネズミみたいにバイトしてる、時給９００円のフリーターだったけどさ。その頃から水無瀬碧の小説はホントーに好きだったんだよ。言葉が、宝石みたいにキラキラしててよ」

本当に好きで、だから、映画に出ろと社長に言われた時も、真っ先に水無瀬碧の名前を上げたのだった。それなのに、無理を言って、滅茶苦茶にした。どこかで思っていたのかもしれない。こうすれば映画に出なくてもよくなるんじゃないか、と。しかし、周りの大人たちは誰も咎めず、ユウトの言うことをすべて飲み込んで実現させようとした。

すべては言い訳だ。

でも、こんな風に水無瀬碧の作品を壊したいなんて少しも思っていなかったのは、本当だった。

信号が青に変わる。

「ごめんなさい。先生に、謝ってください」

ゆっくりとアクセルを踏み込みながら、ユウトは漱石に言った。

太葉堂の休憩室では渉が昼ご飯を食べていた。食に対する興味の薄い渉は、適当に選んだコンビニのおにぎりをもそもそと食べている。

休憩室に入ってきた年配の女性スタッフが「渉先生」と声をかける。

「吉田のおじーちゃん、今、電話あって、夜になると膝が痛むって。相談したいんだけどって」

「あ、代わります」

「や、今お昼だから、先生、手空いた時にかけ直すって言っときました」

「あ、助かります。これ、食べたら」

「吉田さん、先生にかまってほしいだけなのよ～」

女性スタッフはふふと笑うと、休憩室を出て行った。

渉もふっと笑う。確かに吉田さんの症状はそこまで深刻なものでもない。いつものように、相談を口実に、趣味の話や孫の話をしたいだけなのだろう。

丁寧におにぎりを食べ終え、渉はスマホを手にする。ふっと浮かんだのは、空の顔だった。そして、少し考えて、渉は空の番号を呼び出す。

「あ、もしもし」

「あ、はい……」

少し緊張したような空の声に、渉は笑みを深めた。

大学に行くために家を出たところで、光は空からの電話を受けた。

空がイメージボードを描いてから連絡を取り合うようにはなったが、電話は珍しい。

空は興奮気味に、渉から電話が来たのだと、早口にまくしたてた。

「え？」

「だからぁ。今、電話あったの！　携帯手にしたら、ふと私にかけようって思い立ったんだって」

「へぇ」

何でもないように光は相槌を打つ。たったそれだけを言うのに、ひどく神経を使った。空はそんな光の様子に微塵も気づかず、浮かれている。

「デート。今度こそ、本物のデート」

「すげーじゃん。がんばって追いかけてって告白したかいあったな」

「ふふ。入野のおかげ！　ほら、君、あそこで、忘れられない人って誰ですか？　って聞いてくれたから。あそこから、道が開けた！」

「今度奢ってくれ」

光は陽気に言って、電話を切った。駅へと向かっていた道を逸れ、歩き続ける。まっすぐ大学に行く気分ではなくなっていた。

昼をだいぶ過ぎた頃、いきなり漱石が水無瀬邸を訪ねてきた。

いつもなら、きっちりと事前に約束をしたうえで訪ねてくる漱石にしては珍しいことで、碧は驚きつつ玄関に迎える。

上がるよう促す碧に、漱石はいやここでと玄関で立ったまま話し出した。

ユウトと直談判してきたという漱石の話を、碧は信じられないような気持ちで聞いていた。送られてきた脚本を読んでから、ずっと壊死《えし》したようになっていた心が少しずつ動き出すのを感じた。

「ホントに⁉」

「はい。ちゃんと原作通りに、脚本家もちゃんとした人に替えて作り直すことを約束してくれました。少なくとも、そうでないと自分はやらない、と宣言する、と」

「あぁ……」

眩暈《めまい》がするほどの安堵に、碧はその場にへなへなと座り込みそうになった。そんな碧の様子に漱石は少し目を細め、頭を下げた。

「じゃ、僕はとりあえずそれだけお知らせしに来たので、失礼して」

「漱石、ここ、切れてる。ここ」

碧は指を伸ばし、漱石の頬にそっと触れた。細く血がにじんでいる。筧にプロットを投げつけられた時にできた傷だった。碧は大丈夫だと固辞する漱石の腕を強引に引く。絆創膏《ばんそうこう》を取り出しても、漱石は自分でやると強く言ったが、碧は無理やりに漱石の頬に絆創膏を貼った。これぐらいのことをさせてほしかった。『私を忘れないでくれ』を救ってくれた漱石は、大げさでもなんでもなく命の恩人だ。

「緊張した」

漱石が細い息を吐きながら、ぼそっと言った。一瞬、碧は自分が頬に触れているこの状況のことかと思ってどきりとする。

「いや、サイレントナイフ。サリーと一緒にドームに見に行ったことあって。そんな人と渡り合うの、緊張する。おれ、庶民」

「あ、ああ。向こうスターだもんね」

そう答えながら、急に手つきがおぼつかなくなった。しわになったり、くっついたり、何枚か無駄にして、やっとうまく貼ることができた。

「はい」

「どうも」

ふっと沈黙が落ちる。体温を感じそうな距離で、二人きりでいることを感じさせるような沈黙だった。

碧は慌てて距離を取り、「あ」と声を上げる。

「ちょっと飲む？　緊張ほぐれるかも」

「酒、わかんない」

ここしばらく無理をしていた反動で、疲れがドッと出ているのだろう。漱石は少しぼんやりと答える。表情もいつもの取りつく島もないようなクールなものではなく、どこか隙がある、幼い顔をしていた。

「あ、空のリモンチェッロあるよ。甘いやつ」

「あ、それなら」

グルルと漱石のお腹が鳴った。

「お腹空いてるの？」

「朝から食べてない」

「ああ、大変だったもんね。……まさか、食べないと思うけどカレーヌードルなら」

「ぜひ。2分47秒で」

漱石は食い気味に答えた。

碧はお湯を沸かし、2つの小さなグラスに、リモンチェッロを注ぐ。レモンイエローに満たされた小さなグラスは、昼下がりの光を受けて、きらきらと光った。


ビー玉は日差しを受けてきらきらと輝く。

まぶしいぐらいだ。光はビー玉を持った手を少し掲げながら、目を細める。

光は欄干《らんかん》にもたれ、ぼーっとしていた。ぼんやりと歩いているうちに川に突き当たり、川沿いを歩いているうちに、この橋に着いたのだ。もう授業は始まっている時間だった。

（街が、綺麗に見えたから）

そう空は言っていた。

光はビー玉をゆっくりと目に当てた。ビー玉を通してみる街の景色はサカサマに見える。

流れる川の下に広がる街。その下に広がる空。

空の言ったとおりだった。奇妙ではあるが、確かに綺麗だった。

渡せなかったなあと光は思う。渡せても、きっと何も変わらなかっただろうけれど、もう一度空に綺麗な街を見せてあげたかった気はする。あんなに失ったことを、残念がっていたのだから。

光はしばらくビー玉を通した景色を目に焼き付けるように見つめる。

そして、おもむろにビー玉を橋の上から放った。

放物線を描きながら、ビー玉はきらきらと落ちていく。そして、音もたてずに川の流れの中へと消えていった。

タイマーをスタートさせるのと同時に、カレーヌードルにお湯を入れた。

カレーヌードルが出来るのを待ちながら、碧は漱石と小さなグラスで乾杯をする。漱石はリモンチェッロを一口飲んで「甘っ」と声を上げた。

「おいしいでしょ」

「うま」

漱石はくいっとのどをそらしてグラスを傾ける。

「ありがとう」

碧は心から丁寧に言った。

「お疲れさま」

「……ありがとうとか、言われると、やばい」

ぽろりと漱石の目から涙が零れ落ちた。涙は漱石の頬を伝い、骨ばった大きな手の甲にぼたぼたと落ちる。

「僕は『私を忘れないでくれ』が好きで、編集者になった。『空の匂いをかぐ』、も好きだ。水無瀬碧の担当になりたくて、散英社に入った」

「……なんでそんなこと今、言うの?」

「ずっと言わないつもりだったのに……」

大きな背中を丸めて泣く漱石を、碧は静かに抱きしめる。そして、小さく、「バカ」と言った。

漱石はまた新たな涙をこぼした。碧は横を向いて、漱石の頬にそっとキスをする。

「しょっぱ」

碧は小さく笑う。漱石は不意に碧を見た。視線が近い。

その視線がぐっと絡んだかと思うと、漱石はゆっくりと顔を近づけていく。

それは、カレーヌードルの出来上がりを待つ2分47秒の間の出来事だった。

7

ゆっくりと漱石の顔が近づいてくる。息がかかる距離。碧は目を閉じようとする。

その時だった、ドンと大きな音がして、碧と漱石は弾かれたようにばっと視線を向ける。入り口に空が立っていた。空はバッグをわざと床に落とし音を立てたのだった。

「何をしている」

碧と漱石は凍り付いたまま空を凝視している。

「ウチのかーちゃんに何をしている」

低い声で漱石にすごんだ空は、はっと我にかえり、ものすごい勢いで手を振った。

「あ、ウソ。ウソウソウソウソウソコツメカワウソ。そんな、お子さまランチみたいなことは、言わない。言いません。私、もう二十歳。大人」

「違うの、空！　これは、違うの！」

やっと解凍された碧が首を横にぶんぶん振る。そして、ふっと頬に手を当て、考えるような顔になった。何が違うんだろう。言葉に敏感な空は、碧の言葉のからっぽさにもすぐに気づいて、「何が違う?」と厳しく追及する。

「何が違うんだろう……」

碧はあやふやな声で言う。タイマーが鳴った。さすがにこのタイミングで漱石が食べるはずもなく、カレーヌードルはどんどん最高の状態から遠ざかっていく。

「すみません！　大それたことを」

早く食べるように勧めるべきか碧が迷っていると、漱石はがばっと大きく頭を下げた。

「どうかしてました。ほんのはずみです！」

「ほんの……はずみ」

碧は漱石にも届かないぐらいの小さな声で呟く。碧だってほんのはずみとしか言いようがない。それでも、漱石の言葉に小さく傷ついていた。

「そしてそれは、私のリモンチェッロ。バイトして買ったリモンチェッロ」

小さなグラスに入った黄色いリキュールに気付いた空が、悲痛な声を上げる。漱石はすぐさま「買って返します!」と申し出た。

「広尾の明治屋だから」

そう言って、不意に空ははっと顔を強張らせる。

「かーちゃん、やばい。サリー、こんなことサリーにばれたら」

「ホントだ! 焼かれる。火にくべられる!」

「かーちゃんだけならいいが、家ごと焼かれかねない!」

青くなる二人に、漱石は「あ、そこ、大丈夫」と力なく言った。

「サリー、ここんとこずっと冷たいっていうか、帰って来てない……」

碧と空は「え?」と声を上げて驚く。あの沙織が漱石から離れても平気でいるなんて想像もできない。

「いや、そんな僕の話はどうでもよくて。本当にどうかしてました。以後このようなことが二度とないよう、誓います」

気づけば、漱石の口調は隙のないクールな編集者のものに戻っていた。

「あ、はい」

碧はそう返事をすることしかできない。

完全に伸び切ったカレーヌードルを碧はぼんやりと見つめた。

その夜、碧は「寝る部屋」のベッドに横たわって天井を見上げながら、あの瞬間のことを思い出していた。何度も、何度も。

美しく、とろけるようなあの瞬間。そうするのが、自然だというような、何一つ間違っていないと思える瞬間だった。

(誓われた。誓われてしまった。以後あのような……あのようなことが二度とないことを)

二度とないということは、永遠にない、ということだ。

碧はじっと天井を見上げる。

その晩、「寝る部屋」のドアにかけられたプレートには『冬眠中。どぅのっとでぃすたーぶ』と書かれていた。

もはや常連客となりつつある学生街の喫茶店で、空は光と向かい合って座っていた。

趣味でならと空が引き受け、光の物語を一緒に漫画にすることになったのだ。

光は興奮気味に、空が描いてきたキャラクターデザインを見ている。

空は光が黙って見ているのをいいことに、昨日あったことを洗いざらい話した。

「一瞬、かーちゃんが取られるような気になって……子供かな」

「子供だろ。でも、いいんじゃね？　そうやって親に甘えられんの」

「甘えてなんか、ないけど。ちょっとびっくりしただけで……」

空は唇を尖らせる。光はスケッチブックから顔を上げ、その表情をじっと見る。しかし、すぐにぷいっと視線を逸らした。

「ところで、タイトルどうする？　これ？」

「ああ、タイトルか」

「アナザーワールド」

「フツー」

「なー。やっぱ、お前のかーちゃんとか、センスいいよな。プロは違うぜ。この前まで連載してた『アンビリカルコード』とか、カッコよくね？」

「ま、打ち切られたけどね」

そう言って、空は首を傾げた。

「『アンビリカルコード』ってどういう意味だろ」

「うそ、知らないの？」

「私、漫画オタクだから、文章読まないもん。漫画しか読まない。かーちゃんの小説読んだことない」

光はすごすごと引き下がった。

「はい」

空はにべもなく答える。

「しない」

ヤドヴィガはこのまだタイトルのない物語のヒロインの名前だ。

「あ、ね、ヤドヴィガだけどもうちょっと胸大きくしない？」

いいタイトル案はすぐには出てきそうもない。光はスケッチブックに意識を戻した。

「へーっ、かっこいい。意味深」

「ふうん、臍《へそ》の緒《お》って意味だよ」


ずずいっとたつやの羊羹が差し出される。

碧はたつやの羊羹と小西の顔を嫌そうに見た。この組み合わせを見るのは『アンビリカルコード』の打ち切りを伝えられた時以来だ。

時間をいただきたいと連絡をしてきた小西は、漱石をともない水無瀬邸を訪れていた。

「このたびは、誠に申し訳なかった」

小西は深々と頭を下げる。まさか、と碧はパニックになった。わが社の社員が、作家に手を出して申し訳ないとか、そういうあれだろうか。いや、手を出されたというか、出したというか。未遂だったから、ノーカンというか。

碧はパニックになって、漱石を見る。

「えっ、あ、う、えええ？　あのこと言ったの？　小西に言ったの？」

途端に冷静そのものだった漱石の顔まで一気に崩れた。あたふたとパニックになっているのが、珍しく、顔にだだ洩れになっている。

「ん、あのこととは？」

小西に逆に問われ、碧は「え？」と息を止めた。もしかして、全然関係ない？　ちらりと漱石を見ると、漱石は下を向いていた。顔に「碧のアホ」と書いてある。

「や、私は、この度の『私を忘れないでくれ』に関する一連の……」

「あ、そっちね、そっちね。うんうん」

やっと事情が分かり、碧はあからさまにほっとした声を出す。

「そっち以外に、どっちが？」

「ん、いやいやいやいやいや、なんでもない」

「ま、今回はこちらも大型映画ということで、舞い上がってとっちらかってしまいましたが、原作通り『私を忘れないでくれ』はヒロイン奈緒子が死ぬ方向で、脚本も一から作り直し、そして、主演、久遠悠人もそれでちゃんと納得をしてくれています」

「うん、ありがと」

碧はほっと表情を緩ませた。漱石からその方向できちんと進んでいることは聞いていたし、安心もしていたが、こうして正式に告げられると改めてほっとする。

「ま、これは、そのガッタガタしたお詫び」

小西はたつやの羊羹をさらにずいっと押し出す。

「いえいえいえいえいえ」

「何か、焦ってる？」

「ううんううんううん」

「何か隠したい？」

「ううん、ぜんぜんぜんぜんぜんぜんぜん」

首を振りすぎて、脳が揺れてきた。

「ぜん、8回も言ったけど……。ま、いいです、お二方のプライベートには立ち入りません」

「え、なにそれ。なんでそういうこと言うの？　立ち入らないなら、黙ってればいいじゃない。だから、嫌われるんだよ、小西」

碧は小西の胸倉をつかんで言う。

「立ち入るようなプライベートは何もないです」

いつの間にかもうすっかりいつものクールな態度を取り戻していた漱石は、咎めるように小西に告げた。作家としての自分を守るために言ってくれているのはわかる。それでも寂しいと、そう思ってしまった。

「ちょっと、私、お話あったんですが、次がありますので。その件は橘くんから」

小西は無造作に碧の手を外すと、羊羹と漱石を残し、あっという間に帰っていった。

「キスのお詫びに、たつやの羊羹持って来られたと思った……してないけど」

「持って来た方がよかったですか？　たつやの羊羹」

「……2つは、多いから」

漱石は「あ」と声を上げ、明治屋の袋を差し出した。

「空さんのリモンチェッロです」

「……これで、全ては元通り……」

漱石はさっと頭を下げる。

「僕が泣いたりしたせいで、すみません」

漱石の距離も元通りだ。元通りなのに、前よりも遠く感じるのはなぜなのだろう。

「帰り際に、小西が言おうとしたのは、水無瀬先生の新刊の話です」

「なんで碧さんじゃないの？」

「慣れ慣れしくてすみませんでした。担当編集として気が緩んでた証拠だと思いまして……」

そう言って少し唇を噛むと、漱石はきびきびとした口調で続けた。

「2月末に、来年度の刊行予定の本を決めなければなりません。今の状態だと、水無瀬先生の新刊の企画書が、僕は作れません」

漱石の言葉が頭に入ってこない。漱石の様にうまく切り替えられず、簡単に切り替えたように見える漱石が憎たらしく思える。

「タイトルだけでもいいので、いただけると助かるのですが」

「敬語、やめて。なんかひとりにされた気がする。距離、取られた気がする」

「……じゃ、もう少し近づきますか？」

漱石は一歩も動かず、クールに言った。それなのに、じっと見つめられるだけで、ゼロの距離にいるみたいに心臓がばくんとした。

自分は勝手だと碧は思う。距離を取られたくないのに、距離を詰める覚悟もない。もっと曖昧に距離を、お互いに心地のいい距離を探れたらいいのにと思う。

でも、その前に、二人は作家で、編集者で、責任のある大人なのだった。

「ほどほどで……。適正距離で……」

碧はしんみりと言った。


お猪口に入った日本酒を、碧はぐいっと呷った。

おだやの今晩のおかずはおでんだ。碧は当たり前のようにおだやの居間に上がり込み、おでんをつまみに酒を飲んでいた。

「おまえ、飲み過ぎんなよ～」

ゴンちゃんがさりげなく徳利を碧から遠ざけながら言う。碧は据わった目でゴンちゃんを見た。

「ゴンちゃん、マジ仕事やばい。そろそろ、ネタ出さないと散英社から、新刊出してもらえなくなる。企画のシメキリを設けられた。13階段のぼってる気分」

「恋愛小説、書くんじゃないの？　ネタ、浮かばないのか？」

「恋愛……書けない。またふられたし」

「まったかよ。今度は、誰だ。どいつもこいつも、見る目あるなあ」

碧は黙ってゴンちゃんをこづく。

「重い重いたつやの羊羹が、私たちの距離を遠ざけた」

「ああ、俺もそうだったなあ。たつやの羊羹で断られた。愛は終わったあ」

「ん？」

「ほら、青葉さんとの見合い、断られる時、神林さんと豊田のおばちゃんが、たつやの羊羹持って来て。ふざけんなっていう。ここ、鯛焼き屋だっつーの。向こうはどう思ってるか知らないよ。でも、おだや、は、たつやをライバルと思ってるからね。あんこ界のツートップ」

「えっ、なに、ゴンちゃん、見合い、断られたの？」

ゴンちゃんはぱっと口を覆って、しまったという顔をする。碧はにやにやと笑った。

「なんだあ、断られたのかあ。かわいそうにぃ」

「いや、俺かわいそうじゃねーよ。考えてみたらよ、俺、結婚向かねーじゃん。ひとりが似合うタイプ？　孤独？　それに鯛焼きを買いに来る、という名目で俺様を見に来るおじょーさま方のアイドルだしな」

ゴンちゃんは決め顔を作って、カッコつける。強がりが痛々しいその姿を、碧は「うわあ」と嫌なものを見る目で見た。

その時、ひょいっと居間の入り口に空が顔を出した。

「ゴンちゃん、長生きホーム、配達終わったよ～」

「おっ、ごくろうさん」

「あっ、かーちゃん来てたんだ」

空は嬉しそうに声を弾ませた。

「あ、空、もう今日は仕事、お終い。お疲れ」

ゴンちゃんが空に告げる。碧は空を手招きした。

「あ、じゃ、空もこっち来て飲もう飲もう。これ美味しい。ゴンちゃんも。失恋の傷をお酒で癒すぜ」

碧はゴンちゃんのお猪口に酒を注ごうとする。ゴンちゃんはぱっと手で蓋をした。

「や、俺は今日は、あんまり酔っぱらうとマズイ」

「え、なんで？　そういえば、なんか綺麗な服着てる。なんか、予定あるの？」

碧が不思議そうに尋ねる。ゴンちゃんが口を開きかけたタイミングで、ケンタがひょこっと顔を出して告げた。

「あの～、俊一郎さん、今、電話があってもうそこまで、お戻りだそうです」

「おっ、ああ、おお」

途端に緊張した顔になったゴンちゃんは立ち上がり、慌ただしくケンタに指示を出す。

「ケンタ、ここ、ちょっとここ綺麗に」

ケンタがてきぱきとテーブルの上の食器を下げていく。ゴンちゃんは飲みかけの碧のお酒までひょいと取り上げた。

「え、私、まだ飲んでる」

「片づけるぞ」

「お前も片づけたいくらいだ。大事なお客さんが来る」

ゴンちゃんとケンタがどんどん片付けていく横で、碧はどかっと座ったまま尋ねる。

「大事なお客さん？」

「この前さ、いきなりオヤジに言われたんだ。会わせたい人がいるって」

「俊一郎さんの彼女？」

「びっくりだろ？」

碧は大きく頷く。しかし、空は「うすうす気づいていました」とクールに言った。

「なんかさ、私に、やたら、携帯で写真撮らせるの。カッコよく撮って、とか。あ、鼻毛の写真撮った時も、彼女さんに送るんだろうなあって」

「やたら、髪型お変えになったりしてましたよね」

ケンタも言う。どうやら若者二人は様々な徴候に気付いていたようだ。

「え、気づかなかった」と碧はまだびっくりしている。

「お前はいつもなーんにも気づかないんだよ。自分のことしか頭にないからよ」

ゴンちゃんは自分のことは棚に上げて、偉そうに言う。碧はその足をグーで殴った。

「俺の推測ではよ。俊一郎さん、あれでていい男だろ？　和服の似合う、たおやかな吉永小百合《よしながさゆり》みたいな美人が来るんじゃないかと思うんだよね」

「ああ、俊一郎さんとお似合いですね」

ゴンちゃんとケンタは和服美人を頭に描きながら、うっとりとした顔をする。

「だろ。いいか、今夜は、俺の将来のお母様になるかもしれない人がいらっしゃる日だ。酔っぱらって迎えるわけにいかない」

「えっ、そこまで？」

さすがに飛躍し過ぎではないかと、碧は驚いて声を上げる。

「わかんないけどよ。わざわざこうして……」

ゴンちゃんは、「ただいま～」という俊一郎の声に、ぱっと言葉を切った。皆、さっと姿勢を正す。空も思わず一緒になって正座をして、待ち受けた。

「ただいま～。あれ、何、みなさんおそろいで」

居間をのぞいた俊一郎は、いつもとまるで変らない穏やかな声を、少しだけ弾ませている。

まるで新婦の父親の様に緊張しているゴンちゃんは、大きく咳ばらいをした。

「サリーちゃん、入って入って」

俊一郎は後ろに向かって手招きする。碧と空は思わずばっと顔を見合わせた。

「マイラバー。伊藤《いとう》沙織さん」

俊一郎がにこやかに沙織を紹介するのを、碧と空はぽかんと口を開けて見つめた。

「こんばんは」

沙織がはにかみながら、にっこりとほほ笑む。

「サリーって、サリーちゃんだったの⁉」――

碧が驚きの声を上げる。信じられなかった、あれだけ漱石に執着していた沙織がなぜ、というのも疑問だが、何より目の前にいる彼女の雰囲気がまったく違っていたのだ。視点が定まらないぐらい、いらいらと落ち着かない様子だった彼女が、俊一郎の横でゆったりと幸せそうに笑っていた。

「おい、おい、おいつくつ？」

ゴンちゃんは衝撃のあまり日本語にエラーをきたしながらも、なんとか尋ねる。

「23です」

楚々として沙織が答えた年齢に、ゴンちゃんは目をむき、軽く意識を飛ばす。

それは、ゴンちゃんがお見合いした青葉さんよりも、さらに3歳も若い年齢だった。

沙織の登場に驚きつつも、碧は彼女を取り囲む皆の輪から抜け、家に帰った。

急に怖いぐらいの焦燥感に襲われたのだ。

漱石に告げられた企画提出の期限まで、もうあまり日がなかった。

碧は気合を入れて、企画書用のノートを新調した。

さらに、ネット書店で、古典から『失楽園』などのベストセラーまで、古今東西の恋愛小説をごっそり購入した。それらを脇に積み上げ、碧はベッドで必死に読んでいるのだった。

なにかしらのヒントがほしかった。しかし、読んでいて浮かんでくるのは、アイデアではなく、ツッコミばかりだ。

碧はばさっと本を伏せる。

「恋とは、なんぞや？」

すっかりわからなくなっていた。いや、かつてもわかっていたのだろうか。

雑誌の取材で恋愛のプロとおだてられ、その気になっていたことが、嘘のようだった。

碧が帰っても、空はなんとなく気になっておだやかに残った。

最初の衝撃から立ち直ったゴンちゃんが飲もうと言いだして、沙織を囲んで少しだけ飲んだ。空は日本酒をなめるようにしながら、沙織の様子をうかがう。沙織は俊一郎の隣で幸せそうに笑っている。

時折、沙織も気にするように、空を見ていた。

おだやの仕込みは朝早くから始まる。その晩は思ったより早くお開きになった。俊一郎としても顔見せであまり沙織を引き留めるつもりもなかったのだろう。送ろうという俊一郎を断った沙織は、一緒に店を出た空を誘った。沙織が話したがっているのはなんとなくわかっていた。空は迷うことなく頷くと、沙織とともにはなカフェに入った。

はなカフェにはアルコールメニューも置いてある。カウンター席に並んで座った二人は、そろってロングのカクテルを頼んだ。

「言わないで」

置かれたカクテルに手も付けず、沙織は手をあわせて頼み込んだ。

「お願い。私からちゃんと言うから」

「まだ、漱石、知らないの？」

「知らない」

「漱石とつきあってたことは、俊一郎さん知ってるの？」

「知ってる。全部、話してる」

空は思わずため息をついた。こういう違いなのかなとなんとなく思った。全部を見せられる人と、全部は見せたくない人と。どっちがいいのでも、どっちが悪いのでもなく。

「こういうのは、タイミングが大事だから。相手が、家帰ってこないな〜、連絡ないな〜、ＧＰＳ外されたな〜、そういうことかな〜、と悟ったタイミングで言う。途中で言うとキレられる。修羅場になる」

「今、どこなの？」

「そういうことかな〜の、そういう……くらいかな。人の気持ちは時間の経過と共にあきらめてくから」

確かに、と空は思う。漱石は最近の沙織について「ここんとこずっと冷たい」と言っていた。確かに伝わってるんだなと感心すると共に、自分だったら言って欲しいとも思った。修羅場だって演じさせてほしい。別れたくないと、あがかせてほしい。でも、そんなことを続けていたら、くたくたになってしまうのかもしれないとも思った。この間までの、沙織と漱石の様に。

「場数踏んでる感、ハンパないね。サリー」

「ヨソから聞くとショックは大きいから、頼んだよ」

「わかりました。恋愛初心者の私は、言いなりになります」

「よしよし」

沙織はほっとしたようにふわっと笑うと、カクテルをこくっと飲んだ。こうしていると、本当にほんわりとした同い年ぐらいの女の子に見える。

「でも、どうして？　あんなに好きだったのに」

「私、幸せになりたいんだ。空ちゃんも知ってると思うけど。私、漱石といるとストーカーみたいになって、苦しくなるばかりだった。そんなの幸せな恋じゃないもん」

「ずーっと立ってるサリー、悲しげだった。思わず声かけたくなった、あの時」

「ありがと」

沙織はニコッと笑う。沙織とはまだ知り合ったばかりだ。でも、マンションの前に苦しそうな顔で立ちつくしていた沙織が、自然に笑っているのがうれしかった。

「でも、私は、俊一郎さんといても苦しくならないのよね。雲の上で眠ってるみたいにふんわりした気持ちになるの」

「でも、……恋って苦しいもんじゃないの？　そんな予感がする……」

空はカクテルをぐいっと飲んで、ポツリと言った。勢いよく飲んだせいで、カクテルの綺麗な層が崩れてしまった。色が混ざり、濁っていく。

その濁っていく色をじっと見つめる空は大人びて見える。沙織はそんな空を少し驚いたように見つめた。

空が不意にあっと声を上げた。

「でもそういうことか。これで漱石は晴れてフリー。かーちゃんとつきあってもいいんだ」

「え、何それ？　そんな話あんの？」

さっきまでのほんわりした女性から出たとは思えない、低い声が聞こえた。沙織の目が何かに憑《と》りつかれたように三角になっている。

「え、今声、ドスきいてたよね？　ウチ燃やしたりしないよね？　もう心変わったんだよね」

　空が慌てて言うと、沙織ははっと我に返った。一瞬で、憑《つ》き物は落ちたようで、柔らかい顔に戻っている。

「そうだった。私はもう、幸せになる。漱石のことはどうでもいい。終わった恋なら、なかったようなもの」

　沙織は中島みゆきの『横恋慕』を口ずさむと、「すいません、もう一杯」とバーテンに頼んだ。

「いいよね？」

「うん。じゃ、私も同じの。あ、かーちゃんに、LINEだけしとく。心配する」

「……いいよね」

　当たり前のようにLINEを送る空を、沙織は寂しそうな目で見た。

「仲いいよね、お母さんと」

「え、フツーじゃない？」

「キミは知らないな？　世の中の母と娘がみんなそんなだと思ってるでしょ？」

「……違うの？」

「ウチ、毒親なんだよね。うんざり。私が男の人追いかけまくるのも母のせいかも。小さい時から、一度も母が、私を好きだなあ、愛されてるなあ、って感じたことない」

「そうなの？」

「女の人って信用できないの。私の人生に女はいらない」

沙織は言い切った。現代は多様化しているとはいえ、ざっくりと言って人類の半分は女だ。その半分を最初から切り捨ててしまったら、それは男の人にすがったり、執着したりしてしまいたくなるのかもしれないなと思う。

「信用しなよ。信用できる女もいると思うよ」

「じゃ、君のこと信用していい?」

「いいよ」

空はボールを打ち返すように、すぱんと明快に答えた。

「ともだちになってくれる?」

「私でよければ」

空は笑顔で頷く。心の中では、もうとっくに友達のつもりだった。

沙織ががばっと空に抱きついた。ぎゅうぎゅうとしがみつく。空は驚きつつも、よしよしとやさしく頭を撫でてやった。

「寝る部屋」の天井には満天の星がきらめいている。

プラネタリウムの星明りに照らされたふかふかの雲のベッドに、空と碧はそろって大の字に寝転がっていた。

「そうか、友達になったか」

「うん」

空が沙織と友達になったと告げると、碧は感慨深げに言った。

「いいことだ」

「みんな、いろいろあるね」

「そうか？　いろいろあったんだ」

「うん。家庭の事情っていうか」

「あ、そっち？」

沙織のいろいろ＝恋愛という思い込みがあったのだろう、碧は少し目を大きくする。

「ウチは幸せだ」

空はしみじみと呟くと「終わった恋なら、なかったようなもの」と囁くように歌った。

「止め金ーのとれた、ブローチひとつ、捨てるしかない、っていうんだよ」

「へえ、サリーが歌ってた。恋は終わるか」

「ん……。終わるからこそ、美しいってとこもあるしね。でも、親子は終わらない」

碧は空をじっと見る。間近に感じる優しい眼差しがくすぐったかった。

そして、碧は噛み締めるように付け足した。

「ともだちも、終わらない」

「いいな、終わらない関係。でも、結婚したら？　男と女も終わらないんじゃない？」

「いやいや、３組にひと組が離婚する。３組にひと組が親子の縁切ってるって話は聞かないもんな」

「なるほど。最強だな、親子」

空は強引に碧をごろんと転がすと、背中からぎゅっと抱き付いた。ぎゅうぎゅうとまるで絞り上げるように抱きしめる。

「イタイタイタイ」

「からのスリーパーホールド」

「わー、ギブアップギブアップ」

首に回された空の細い腕を、碧は慌ててタップする。空はすぐに碧を解放した。

「どした？　テンションおかしくね？」

「デートだ。明日デートだ。緊張しておかしくなる。嫌だ。怖い。アッパーカットしたい」

空は手をワキワキと動かす。碧は「やめて」と防御の姿勢を取った。

「あっ、渉先生？」

「うん。鼻毛なしのガチデート」

「君が勝ち取ったデートだ！」

「緊張して眠れん！　ああ、かーちゃん、私のかわりにデートに行ってくれ」

「いや無理だろ」

碧は冷静に言う。空はわっとベッドに丸くなった。

「私はこんなで情けない！　あんたは私の自慢の娘だ。世界で一番の娘だ！」

碧の言葉に空はそろりと顔を上げた。怒ったような赤い顔で碧を見る。

「なんだよ、酔っぱらい？　私のリモンチェッロ飲んだ？」

傍らのボードを見ると、漱石が買ってきたばかりのリモンチェッロが減っている。

じとっと睨む空に構わず、酔っぱらいは上機嫌で続けた。

「自信を持て、空。あんたが、生まれた時、世界かわいい大賞をあげよう、と思ったくらいだ」

「なんだ、それ」

不機嫌な顔を維持できず、空も思わず笑ってしまう。

「それまでは、世界かわいい大賞は、かーちゃんだった」

「あははっ。親子2代か？」

空は声を上げて笑う。大賞が自分だったというのが実にかーちゃんらしい。それに勝ったというのは実はすごい栄誉なのかもしれない。空は笑いながら思った。

夜中に喉が渇いて目が覚めた。

碧は空を起こさないようにとそろりとベッドを抜け出し、キッチンで水を飲む。

体は気怠く、まだ少し酔いは残っている。

碧は足音を殺しながら、「寝る部屋」に戻る。空はぐっすりと眠っていた。大げさでもなんでもなく、天使だと思った。急に羽根がはえて、どこかへ飛び立ってしまうんじゃないかと不安になるぐらい美しい寝顔だった。

そっと手を伸ばし、顔にかかっていた髪をどけてやる。

碧はその寝顔をじっと見つめた。慈しむような、悲しいような、でも強い表情で。

そして、碧はまた、足音を殺してリビングに戻り、奥の棚の前に立った。棚の上には2つのグラスが置かれ、鍵入れとなっている。碧は1本の鍵を取り出し、棚の引き出しを開けた。

奥の方に手を入れて、木製の小さな箱を取り出す。臍の緒を入れる小さな箱だ。

「臍の緒……」

臍の緒。アンビリカルコード。親と子をつないでいたもの。

碧は箱を開け、じっと見つめる。

そして、碧はそっと箱を閉じ、引き出しの奥へと戻すと、またしっかり鍵をかけた。

待ち合わせ場所の商業施設に渉の姿はなかった。

碧に協力してもらいながら、用意した服はおしゃれだが、自分から浮いているように思えてならない。

空はそわそわと渉を待ったが、そのうち段々と不安になってきた。やっぱり初恋の少女に悪いと思いなおしたんじゃないか。途中で事故にあったんじゃないか。不安でいっぱいになったところに、渉が姿を現した。空はほっと顔をほころばせる。

「ごめん」

全力で走ってきたのか、渉は息を切らせている。

「出掛けにさ、お客さん。吉田のおじいちゃん。ぎっくり腰って」

「え、大変、大丈夫？」

「うん、大したことなかった。行こか」

息を整えた渉は、にっこりとほほ笑んで、歩き出す。大きな歩幅に、少し小走りについていきながら、空はガチのデートが始まるのだと思った。

最初に映画館に行くことは、事前に渉と連絡を取り合って決めていた。

渉はポップコーンを買ってくれた。実にデートらしい、と空の心が弾む。

小銭が足りなくて、お札を出そうとした渉に、空は横からさっと小銭を差し出した。

そんなちょっとしたやり取りが妙に楽しかった。

ロビーにはずっと見たかったアニメのポスターが貼ってあり、空は足を止めそうになる。しかし、渉が振り返ると、ううんと首を振って誤魔化した。

オタクであることを恥じたことなんて一度もなかったのに、この人にどう思われるかと思ったら、怖くてたまらなかった。

二人が選んだのは、こじゃれた映画だった。

しかし、空にとって何の映画を見るかはもはや問題ではなかった。暗い映画館に渉と並んでいるだけで、緊張する。上映が始まっても、体はがちがちに緊張したままで、映画の内容など少しも頭に入ってこない。

二人の間にはポップコーンが置かれている。ポップコーンをつまんだ拍子に、渉の手が少し触れただけで、空はひいっとなった。

それから、二人は公園に向かい、スワンボートに乗った。これは空のリクエストだ。ボートに乗る際、渉は先に乗って、空に手を差し伸べてくれた。空は思わず手をスカートで拭ってから、おずおずとその手を取る。

池にはいくつものボートが浮いていた。

皆優雅におしゃべりしながら楽しんでいるというのに、渉は前に進むことに必死だ。足でペダルを踏みながら、その度に「イテイテイテ」と声を上げる。

「当たってる当たってる。足が」

空に指摘され、渉は情けない顔で空を見た。その尻尾を丸めた大型犬のような表情に、空は思わず笑う。

「ごめん、渉先生、足長すぎだ」

「でかすぎる、俺」

そう言って、渉はまたごんごんと足をぶつけながらも懸命にペダルをこぐ。空はくすっと笑って、「私も頑張る」と思いっきり一緒になって漕ぎ始めた。

空と渉のボートは、他のボートを次々と抜き去っていく。二人は笑いながら、ペダルを踏み続けた。

ボートを降りた後、二人はオープンカフェへと向かった。

注文を取りに来た女の子に、空は「あ、私、ジンジャーエールで」と告げる。

「何か食べなくて平気？」

「あ、食べて食べて。お腹、空いてない」

気遣う渉に、空は無理やり笑ってみせる。

本当にお腹は空いていなかった。サンマ焼きを食べて、焼肉を食べて、まだアイスも入るぐらい、柔軟な空の胃袋が、今日はまだ何も食べていないというのにノーという信号を送っている。

（楽しいのと緊張が交互に来て、食欲ない。どうしよー、かーちゃん）

お腹が空いていないどころか、なんとなくしくりと痛むような気配さえある。

空は笑顔をなんとかキープしながら、心の中で碧に助けを求めた。

碧はリビングのソファにだらしなく座り、ノートとボールペンを手に構想を練っていた。

構想を練っているといえば聞こえがいいが、ノートにはまだ一行も書かれていない。

頭の中も空っぽだった。

ここの所もうずっとこの状態だ。いい加減、自分がいやになる。

碧は体から力を抜き、バタンとわざとソファから落ちてみる。

「痛い。私は生きている……」

碧は床に倒れたまま、ぶつけた肩の痛みを嚙み締める。

その時、インターフォンの音が鳴った。碧は少し玄関の方に視線を投げたが、動かない。

立ち上がるのが億劫だった。そもそも、今の碧は毛玉のできかけたスウェットにすっぴんという、完全に武装解除した状態だ。伝票にハンコをつく間、配送の人に姿を見られるのも耐えられない。

もう一度、インターフォンが鳴った。碧はずるずると這うように移動し、モニターをのぞく。

そこに映っていたのは、妙に気取ったゴンちゃんの顔だった。

碧はしばらく迷って、しぶしぶとゴンちゃんを招き入れた。

ゴンちゃんはずかずかと遠慮なく上がり、まっすぐに仕事部屋に行くと、手にしていた紙袋から何枚もの半紙を取りだした。ゴンちゃんはその半紙を仕事部屋のそこら中に貼っていく。

「大丈夫、私は書ける」

「シメキリ近し！」

「私は、名作を書いて、もっと売れる」

半紙には力強い堂々とした字が書かれていた。ゴンちゃんの字だ。碧にはすぐわかる。

洗練された仕事部屋は、あっという間にゴンちゃんの暑苦しい文字に埋め尽くされ、まるで浪人中の受験生の部屋のような様相を呈してきた。

「なんなの？　それ」

「みやげだ。久しぶりに墨磨《す》ったな。どうだ、心が奮い立つだろ。俺の習字の腕前は落ちてないな。七段だ。心を込めて書いた」

貼り終えた習字をゴンちゃんは満足げに眺める。碧はため息をついた。

「来る時、電話してよ。こんな格好だよ」

「携帯つながらなかったよ」

「あ、書く時は、切ってる」

「書いてないだろ」

「それは言わない約束～。てか、何しに来たの？」

「お前、それはないだろ。書けない書けない浮かばない、もうお終いだ、っていうお前のことを心配して」

「あっ、鯛焼きは？　サンマ焼きでもいい。差し入れ持って来たんでしょ？」

碧はゴンちゃんに向かって両手を出す。しかし、ゴンちゃんは壁に貼られた習字を手で示した。

「お前……今日の差し入れは、これだ」

「うわあ、糖分は？　糖分？　甘いもの」

「まあ砂糖でも舐めとけ」

「馬か！」

碧は習字を恨めしげに見る。習字は食べられないし、甘くもない。頭にガソリンをくべなければいけないのだから、どうせ来るなら糖分を運んできてくれればいいのに。

ゴンちゃんが小さく咳ばらいをする。そして、少し改まった口調で言った。

「あのな、俺、ちょっと折り入ってお前に聞きたいことあったんだ」

「ん？」

碧はぼさぼさの髪で、ゴンちゃんを仰ぎ見た。


お茶をした後、空は渉と公園内の遊歩道を歩いていた。

渉が話しかけてくれるのだが、うまく返すことができず、会話のラリーは続かない。

空は話題を探しながら歩いている。

空気が冷たい。空はかじかんだ手をこすり、ふと碧の秘伝の技を思い出した。

(手袋忘れちゃった〜、手つめた〜い、と言いつつ相手のコートのポケットに手を入れる)

今じゃないか。空は渉のコートのポケットを見ながら覚悟を決める。

「て……」

「て?」

渉は見て首を傾げる。空は「手袋忘れちゃった……」と棒読み口調で言った。

「えっ、どこに? さっきのボート?」

今にも駆け戻りそうになった渉に、空は「いやいや」と手を振る。

「違くて、家に」

「ああ……」

渉はよくわかっていない顔で曖昧に相槌を打つ。

それでも、さらに空は言ってみた。さらに棒読み口調はひどくなり、弱々しくなる。

「手つめたい……」

「手、つめたい、よね? ま、冬だし」

空の言動に戸惑いつつ、合わせてくれているのが分かった。

困らせてしまった。空は慌てて「あ、ポケットあったわ」と声を上げると、自分のポケットにかじかんだ手を入れた。

その時、空のスマホが鳴った。画面には入野光と表示されている。空は「あ、ちょっと」と渉に断り、少し距離を取った。

「もしもし」

「なに、その、世界一嫌な相手から電話かかってきたみたいな声」

「当たらずといえども遠からず」

「切ろうかな」

「今、デート中なのよ」

「おおっ、うまくいってる？」

「すごく」

「しくじるなよ」

電話を切ろうという気配に、空は「あれ、用件は？」と尋ねる。

「いや、今度でいいよ」

電話はあっさり切れた。空は「ま、いいか」と呟いて、スマホをしまうと、小走りに渉のもとへと戻った。

電話を切った後、光は再び机に広げたアイデアノートに目を落とす。

「ヤドヴィガに、耳つけたらかわいいかと思ったんだよな〜」

そう思ったら、イメージがどんどんわいて来て、空に聞いてほしくなった。

光は空が描いたキャラクターを真似て描き、それに獣耳を付けてみる。

しかし、光の画力では、獣耳がいいとも悪いとも判断がつかなかった。

「ああ〜、俺、絵、下手」

光はノートの上に突っ伏した。

ゴンちゃんの折り入って聞きたいこととは、沙織のことだった。

それはまあ、気になるだろうと、碧はリビングに場所を移した。仕方なくコーヒーも淹れてやる。

「今日もさ、俊一郎さん。朝からルンルンだぞ、サリーちゃんとデートだっつって」

「ルンルンって、死語。あー、ゴンちゃんと話してると今のもの、書けなくなりそう」

碧は頭を抱えた。しかし、ゴンちゃんは構わず、ガンガン話し続ける。

「朝から、こんなっこんな何着も何着もお着替えしてよ。どれがカッコイイって。でも、かわいい子だったな、あの子。俺、完全、負けてるな。たとえ青葉さんと結婚できてても、26だぞ。サリーちゃん、23だろ？」

「23。そして、キミ、青葉さんと結婚できてないから」

碧の一言に、ゴンちゃんはずーんと落ち込んだ。しかし、気を取り直したように、

「や、そんなことはどうでもいいんだ」とぱっと顔を上げた。

「や、オヤジからみんな聞いたけど、もともとお前の担当編集者さんの彼女さんだったんだよな？」

「そうそう」

「で、オヤジにコロッと寝返った」

「うん。見事に」

「あの子、大丈夫なのか？」

ゴンちゃんは真剣な表情で碧に尋ねる。

「えっ、大丈夫って？」

「たとえば、そりゃ、お前、財産目当てとか」

「いやいやいやいや、それはないと思う。あの子、そういう類の子ではない」

「そうかよ」

間髪いれずに碧が否定すると、ゴンちゃんは少しほっとした顔をした。

「でも、大丈夫か、と聞かれると、ちと自信がない」

「え？」

また表情がたちまち曇る。

「サリー、愛に生きてるから。俊一郎さん、搾《しぼ》り取られないかな？」

「金？」

「生気を。生きる力を」

「ええっ、そんなもの搾り取られちゃうの？　魔性？」

「あ、こういうのあるの？　20代前半の愛に飢えた女の子と、人生の終わりに近づいた老人のラブストーリー。最後は、どこかで二人鴨鍋を食べながら、心中」

碧はまるで書く気もないストーリーをつらつらと語る。こういう適当なストーリーはどんどん出てくるのだが、肝心の、夢中になれるような物語のアイデアが出てこない。

「お前、人の親を勝手に殺すな！」

碧は淹れたばかりのコーヒーをゴンちゃんの前においた。

「はい、コーヒー淹れたよ」

「おおっ……」

ゴンちゃんはコーヒーを飲みながら、なんとなしに部屋を見回す。その視界に並べてある写真が目に入り、目尻の皺を深くして笑った。

「しかし、空、デートかよ。大きくなったな」

「ん……」

「碧、空のこと大好きなんだからさ。空のこと書きゃいいじゃないか？　小説。それだってラブストーリーだろ。愛の話だ」

「ええ、空のこと？　どうやって」

思いもよらなかった。でも、なんだか、そそられる。物語の気配を感じる。

「とうちゃんだれだって、聞かねえか？」

「ん？　聞かれる度に妄想を語って聞かせる！　すっごい有名人の娘、とか、アラブの富豪、あなたは実はハーフよ！　とか」

「お前それどうなの？　親として」

ゴンちゃんは呆れた顔をした。碧は笑う。

「空も面白がって聞いてるよ」

「変な親子。ま、ちっちゃい頃は、あの象印がとーちゃんだったもんなあ」

「最近、聞いてこないなあ。多分、興味なくなったな」

「ずっと、黙ってるつもりかよ……？」

しんと静かな口調で問われ、碧は思った以上に動揺した。

「ん？　言う。いつか言う。まだ今じゃない」

何かに言い訳するように慌てて言うと、碧は不意に「あ」と言って、ものすごい勢いで立ち上がった。

「……思いついた」

どこかもうここに魂がないような顔で碧が呟く。

「えっ？」

「小説のネタ！　思いついた！　ゴンちゃん、ごめん。帰って。人いると仕事出来ない！」

「はあ？」

碧はものすごい勢いでゴンちゃんを追い帰す。そして、仕事部屋に向かい、パソコンに向かって一心不乱にキーを打ちはじめた。

「いいかも、これ」

少し読み返して、にっこりとほほ笑み、またカタカタと打ち始める。

これまでの無為な時間が嘘のように、その手は止まることがなかった。

空のデートはまだまだ続いていた。

「何食べる？　今夜」

公園のベンチに並んで座った渉から問われ、空は思わず頭が真っ白になる。

そんな頭にぱっと浮かんだのが、またもや碧の秘伝の技だった。

（イタリアン食べに行ったら、最後にティラミス。ティラミスと苺はかわい子ちゃんの食べ物なの）

気付けば、空は「……ティラミス」と答えていた。

「えっ？　ティラミス」

「もしくは、苺」

「いや、それデザート」

「あ、ちょっとお手洗い」

空は勢いよく立ち上がると、逃げるようにトイレに向かった。

トイレを出た後、空は光に電話をかけた。恋愛上級者であろう光の知恵を借りるためだ。どう答えたらいいかと尋ねると、光は少し考えて適当に、しかし、律儀に答えた。

「なんだろうな。なんだろ。や、なんでもいいんじゃない食べたいもの言えば」

「や、それダメなんだって。なんでもいい、って一番言っちゃいけない。相手困るってネットで読んだ」

「まーな。てか、なんでお前俺に電話してくんの？」

「かーちゃん仕事してると携帯電源切ってて」

「俺、かーちゃんの次か」

その声が思いがけず少し嬉しそうで、空は思わず「嬉しいの？」と尋ねる。

「切るぞ」

「切らないで、教えて」

「んー？　カツ丼大盛り？」

「それ自分の食べたいもんじゃんっ」

空はぷいっと電話を切る。

光は電話が切れていることにも気づかず、頭に大盛りのカツ丼と牛丼を思い浮かべ、

「できれば、紅生姜いっぱいのせて。あ、それ、牛丼か。腹減った」

うっとりとした顔をする。

実際、デートをしていても、本当は丼を食べたい。でも、女の子に合わせて、カフェ飯だとかスイーツだとか、お腹にたまらないものばかりを食べているのだ。

光はすきっ腹を抑えながら、パソコンを起動させ、検索する文字を打ちこんだ。

沙織はお汁粉を食べて、「おいしーい」と幸せそうに顔を緩ませた。

デートで何が食べたいと俊一郎に問われ、沙織はおだやのお汁粉と答えたのだった。

「こんなんでよかったの？　フレンチとか行こうと思ってたんだよ」

「油っぽいでしょ？　私、俊ちゃんの、お汁粉が一番好き」

沙織はニコッと笑う。

「いいっすね〜、なんか。ラブラブっつーか、ほんわかっつーか」

ケンタは二人のやりとりに見とれていた。今時の子であるケンタには、年齢の差など見えていない。ただ、二人の間にある、リラックスした暖かい空気に魅了されていた。

「ただいま〜」

碧のところから帰ってきたゴンちゃんは、沙織がいることに気付き、一瞬ぎょっとする。

「未来のお母さんだ」

俊一郎の言葉に、さらにギョッとして「えっ？」と声を上げる。

「冗談だよ」

俊一郎が笑うと、沙織は俊一郎の腕を小さく引いて、にっこりと笑った。

「えっ、俊一郎さん、私いいよ」

何でもないことのように言う沙織に、俊一郎ではなくゴンちゃんが慌てる。

「いやいやいやいや。サリーちゃん。サリーちゃん、まだ20代前半だ。このジジイはもう、前期高齢者だ。本当にいいのか？」

「私ね、ゴンちゃんさん」

「ゴンちゃんさん……」

「ゴンちゃんは、なれなれしいかって」

「いやいや、こんなもん、ゴンでいいよゴンで。ゴでもいいぞ？」

俊一郎が口をはさむが、ゴンちゃんは「ゴンちゃんで」と真面目な顔で言った。

「ゴンちゃん」

沙織が改めて呼ぶ。ゴンちゃんは大いに照れて、「何にやけてんだよ、お前」と俊一郎からツッコミを食らった。

「あのね、俊一郎さんと出逢ってから、眠れるの。夜、ぐっすり眠れるようになって。なんか、世界があったかく感じるの。安心したんだよね、きっと。生きてることに」

「生きてることに？　なんか深い」

根が単純なゴンちゃんは、沙織の言葉に素直に感動する。

「いつも立ってるとこ、グラグラしちゃうような感じあって。でも、もう大丈夫」

「そうなのか」

しんみりと呟くゴンちゃんは、もう完全に親身になっている。

「うん！　アパートも借りたし、新しい仕事もちゃんと見つけたんだ」

「そのアパート、きっと俊一郎さんが借りてあげましたよね？」

ケンタがズバッと軽くツッコむ。沙織も「うん」と屈託なく答えた。

「お金は、いつだっていいんだからね」

俊一郎がにこにこと告げると、沙織はちょっとすねたようにして、「ちゃんと働いて返すよ」と明るく言う。

ゴンちゃんは沙織たちのやり取りに圧倒されていた。見栄とか常識とかそういうものにガッチガチに縛られた自分たちの世代とは明らかに違う、自由さと軽やかさ。若いなあとゴンちゃんは思う。何より、俊一郎の若さには息子としても感服するしかなかった。


碧はプロットを書き上げて、すぐに漱石にメールで送った。

休みの日だというのに、折り返しの電話はすぐにかかってきた。

「読みました」

「どう?」

「いいと思います!」

碧はふうっと息を吐いた。いいか悪いかは書いている自分がわかっていたけれど、漱石からそう言われるとほっとする。

「2時間で書いちゃった」

「すごいです」

「ホント? ザッとあらすじ書いてみたんだけど。昼間に浮かんで」

「これ、母と娘の話ですよね」

「そうなの……。そこなの。恋愛小説じゃない」

小西からの注文は恋愛小説だ。

「これ、通しましょう」

漱石は力強く言った。

「僕が企画、通します。なにより、この小説、僕が読みたいんで」

漱石の言葉に、じんと胸の奥が震えた。


空のデートはまだまだ続いている。

公園から繁華街へと戻った二人は、セレクトショップに入っていた。

ふと目について、空は帽子を手に取る。「被ってみて」と渉に促され、ためらいながらも、かぶってみた。

「かわいい」

渉は目を細めて言う。自然に口から出たというような、素朴なほどの誉め言葉に、ほわっと心が温かくなる。

「買ったげようか？」

「いいよいいよ」

遠慮する空の手から帽子を取り、値札を見た渉は一瞬固まった。

「……ちょっと、待っててくれる？　これ、ブランドものだった。ＡＴＭでお金を下ろしてくる」

「いやいやいやいや。いいから」

空は渉の腕をつかんで、全力で止めた。

「今、かわいいっていってくれただけで、いい。嬉しかった」

二人は帽子を置いて、ショップを出た。

「実は」

渉がしょんぼりと言った。

「女の子とデートとか、あんまり慣れてなくて」

「うん……」

「値段もよくわかんなくて、ごめん」

「うん……」

「スワンボートもうまく漕げない……」

「あれは、私のリクエスト」

「でも、これから行くとこはわりといい。先輩に連れてってもらったんだ。近所だけど」

そう言って、渉が連れて行ってくれた店は、イタリアンレストランだった。

洗練されているのに、どこかくつろげるあたたかさもある。こぢんまりとしていると
ころが、また隠れ家のようで感じがいい。

素敵な店だった。

涉はグラスのシャンパンを頼み、二人はそっとグラスを合わせて乾杯した。

「ティラミスと苺は、イタリアンかな、と思って」

あんな、よくわからないリクエストに応えてくれようとしていたのだと思うと、それだけでうれしかった。

「ステキなお店。こんなお店あったんだね」

涉は空に向かってメニューを広げる。

「何食べようか？　コースじゃなくてアラカルトでも大丈夫なんだ」

「ん……」

「わりと手頃でね。値段も。だから、安心して」

「んん……」

空の顔が大きく歪む。涉は空の異変に気付いた。

「どうかした？　空ちゃん」

「お腹、痛い」

そう苦しい息で訴える空の額には、脂汗まで滲んでいる。

涉は躊躇なく、ディナーのキャンセルを店員に伝え、ぐったりとした空を支えながら店を出た。

「ごめんなさい。ひとりで歩ける」

「……タクシー拾おか？」

「気持ち悪くなるかも」

「ごめん、無理して飲ませたね」

空は青い顔で「ううん」と首を振る。渉はさっと、空の前にかがんだ。

「どうぞ。ウチの整体院までそんなかかんない」

「でも」

「大丈夫。だてにガタイいいわけじゃないから」

空はおずおずと渉の広い背中に体を預ける。

渉は軽々とおんぶすると、太葉堂に向かって歩き出した。

「恥ずかしい」

人通りの多い道に差し掛かり、空が呟く。

「そんな場合じゃない」

「太葉堂行ってどうする？」

「僕にまかせて」

「ああ、そうか。整体で」

「プロなんで」

そう言って渉はちょっと笑った。

「ホントは、ちょっと、ずっとお腹痛くて」

空は告白する。顔が見えないと、話しやすい。

「言ってよ」

「私、生まれて初めてのデートで緊張してたの」

渉はふっと笑った。

「……この前のつけ鼻毛のデートはカウントされてないのか」

「ごめん」

空もふふっと笑った。


太葉堂の施術室は運よく一つ空いていた。

渉は空をベッドの上に下ろした。

施術室は淡いライトで照らされている。リラックスできるような雰囲気に、空は少し力を抜いた。

渉はそっと空のお腹に手を乗せた。空はひっと体を強張らせる。

「これ、よけい、緊張する」

「僕と思わないで。お母さんとでも思って」

「ウチのお母さん、トントン速かった。あんまり安心しない」

いつもなんだか急かされているみたいなトントンだった。空はため息をつく。

「こんなことなら、またつけ鼻毛つけてきてもらえばよかった」

「目閉じて。深呼吸してリラックス」

空は目を閉じる。お腹に当てられている渉の手の温度を感じる。じんわりと温かい。少し痛いのが和らいだ気がした。

手当って言うもんなあとぼんやりと空は思う。

空の緊張が少し解けたのを感じた渉は、そっとお腹を押した。内臓の緊張を取っているのだと言う。

「……ホントだ。痛いのなくなって来た」

「でしょ? これでも俺、腕いいの」

「知ってる。この町の人たち、みんなここに来るもんね」

「寝ちゃってもいいよ」

「ん……。ごめんね、イタリアン」

「いいよ、そんなこと。それより、お腹痛いの、気づけなくて、俺、ホント鈍くて」

その時、電話の音が響いた。渉は一瞬自分のスマホに手を伸ばしかけ、空のコートのポケットから聞こえていることに気付く。

「あ、渉先生、出てもらっていいですか? かーちゃんかも」

「あ、空ちゃん携帯」

空は眠気にとろりとした声で言う。渉はポケットから空のスマホを取り出した。

「はい、もしもし」

渉は空が少しでも眠れるようにと、少し廊下の方に移動しながら、電話を取る。

「あ、え」

電話をかけた光は、思いがけず聞こえてきた男性の声に、慌てた。

「もしもし。どちらさまでしょうか？　空さん、今、ちょっと」

渉の口調に挑戦的な気配は少しもない。あくまで感じのいい言い方だった。

しかし、光は勝手によくわからない敗北感を感じ、あたふたとする。

「あ、いや、はい。あ……なんでもないっす。失礼しました」

電話を切った光はふうっと息を吐く。

目の前のノートパソコンの画面には、デート、おすすめレストランで検索した結果がずらりと表示されている。

光はノートパソコンをぱたりと閉じた。

渉の治療のおかげで、お腹の痛みはすっかり治まった。

太葉堂に一度戻ったおかげで、渉は仕事ができてしまったようだ。送ることができないと申し訳なさそうな渉に、空はもう大丈夫だと笑ってみせる。

太葉堂の入り口で空がもたもたと靴の紐を結ぶのを、渉はじっと見守っている。

「あの、私、こんなていたらくで、次はないですよね？」

空は靴の紐を結び終えても、しゃがんだまま、渉の顔を見ないで言った。

渉はぐっとしゃがんだ。しゃがんでもまだまだ大きな体を低くかがめて、空と目線を合わせようとする。空はそうっと渉を見た。

「こっちのセリフです。こんな目に遭わせて、次もチャレンジしてもらえるんでしょうか?」

空はぱっと顔を輝かせた。

「お腹の薬! 持ってきます」

「僕は鼻毛、もうつけていきませんけど。素の自分で勝負したいんで」

渉もまた会いたいと思ってくれていた。しかも、鼻毛なしで。空の顔はますます輝く。

二人は2回目のガチデートの約束をした。

「それからもう、2週間がたったのよ」

空はどんよりとした声で言った。

「え、次の日にでも会いそうな勢い」

光の言葉に、空は「そう!」と力を籠める。

二人は学生街の喫茶店で、漫画の打ち合わせをしていた。しかし、途中から、趣旨は完全に、空の悩み相談になってしまう。

「でしょ、そう思ったの。そしたら、長生きホームで運動会があり」

「長生きホーム?」

「あ、通り渡ったとこの老人ホーム。お年寄りたち、みんながんばっちゃって、身体へロヘロになっちゃって、太葉堂、あ、渉先生の整体院ね、大はやり。渉先生、暇がなくなっちゃって」

「おお……。でも、LINEとか、やってんでしょ」

「やってる。すごくやってる。返信ないだけで、酸欠になりそう」

「すげーな」

「テレビとかで、ウサギ見るだけで胸が苦しくなる」

「ウサギ? ああ、鼻毛先生が小学校ン時に約束した、ね」

「鼻毛先生やめて」

「すんません」

「このときめく心、死ねって思う」

「おお……」

最初こそ、漫画の話に戻そうとしていた光だが、もうすっかり空の勢いと熱に引き込まれていた。

「スタンプとか選んでて、夜しか眠れねー」

「寝てんじゃん」

「私誰だ? ってなる。嫌われることがこわくて、ホントのことが言えなくなる。オタクってことも隠してる。どんどん、自分がちっちゃくなっちゃうよ」

ふうっとしおれた空に、光がペンを突き付けた。

「水無瀬、描け！」

「えっ？」

「描いてたら、水無瀬は自由だ。恋なんかに、縛られなくてすむ」

どこかぼんやりしていた空の顔が、ぱっと電気がついたように輝く。

空はスケッチブックを勢いよくめくった。

「描く。ヤドヴィガに、耳を、こんな感じ？」

空はさらさらとイメージを形にする。光がどうしても形にできなかったものを、光の意見を聞きながら、これしかないという形に完成させていく。

「ねえ、そろそろここで作業するの限界だと思うんだよね」

一段落したところで、光が言った。コーヒー一杯で長時間居座り続けた結果、感じの良かった店長の目が、最近、痛い。

「えっ、ウチ来る？」

空はさらりと言った。

「え、いいの？」

「うん。ぜんぜん」

二人はその足で水無瀬邸に向かった。

空が思った通り、碧は二人がこの家で作業をすることに一切の難色を示さなかった。

それどころか、リビングで二人を迎えた碧は歓迎ムードだった。

「ようこそ〜、遠慮しないで。やっと、空が漫画描く気になったんだもんね。キミのおかげで」

碧に感謝され、光は照れたように笑う。空は「ただの趣味なんで」と改めて釘をさした。

「はいはい。んー、でもリビングはちょっと、私がダラダラしたいから……じゃ、君の部屋で。でも、ドア開けといてね。なんかあると困るから」

「おかーさん、なんかないです」

光はきっぱりと言った。

「ないです」

空もきっぱりと言う。

「えっと、入野くん？　だっけ」

「入野光です」

「ええ、いい名前。空と光だね。君たち。なんていい、晴れ晴れしい。呼び合うたびに、キラキラするね」

「名前で呼び合ってないです。苗字です。おかーさん」

いつも以上に、うっとりとロマンチックな思考を暴走させている碧に、空が冷水を浴びせるように言う。

「えっ、もったいな。せっかく空って、いい名前つけたし、光くんも、親御さんにつけてもらったのに」

さらにうざったく絡もうとした碧だったが、スマホの着信に言葉を切った。

着信は漱石ではなく、小西からだった。

「あっ、仕事の電話。では、私は仕事部屋に退散しますので。どうぞご自由に。あ、お茶とかは、ここで飲んでいいからね～。自分で淹れてね～」

そう言って、碧は仕事部屋の方へと姿を消した。

「うすうす気づいてたけど、自由なお母さんだね」

「自由、と言えば、聞こえはいいけど」

光の言葉に、空は肩をすくめた。

小西からの電話は、企画が通ったという報告だった。

「えっ、ホントに？　いや、本当ですか？」

碧の声が弾む。

「はい、『真夏の空は、夢』。タイトルいいじゃないですか？　企画会議、通しましたよ。ま、私の力？　私の腕力？」

小西の恩着せがましい口調も気にならないぐらい、嬉しかった。

「嬉しいです！　書きます。あ、でも、なんで小西くんから？　漱石は？」

「私が通したから、私から電話ですよ。当たり前じゃないですか」

「そういう人ですよね、小西くん。手柄は渡さない。恩は自分が着せる」

げんなりして言うと、小西は小さく咳ばらいをして言った。

「橘、風邪ひいて休んでます」

「あら」

どうやら私が通したから、というのは冗談だったようだ。いつもの行動そのままだったのでまったく気づかなかった。

せっかくなら漱石からこの知らせを聞けたらよかったのにと碧は思う。いつもは冷静な声を、きっと喜びに弾ませたのだろうなと思うと、少し残念な気がした。


空の部屋に入った二人は、しっかりと碧の言いつけどおり、ドアを大きく開けた上で、さっそく作業に取り掛かった。

今日進めるのはキャラクターの設定の確認だ。光は自分が考えてきたキャラクターの設定リストを空に手渡した。

「血液型？」

空がリストの項目の一つに目を止めて尋ねる。

「うん。登場人物のね。生年月日とか、血液型とか、とりあえず、考えるわけ。人物リスト。ま、こういうの作らない人もいるんだけどね」

「かーちゃんとか作らなさそう。その場のノリ。O型だから」

「ほおっ、水無瀬碧はO型か」

「そ、私は変わりものだから、AB」

「俺は、A型」

「ぽいよね〜実はマジメそう」

「やなこと言うなあ」

自分でも薄々自覚があることを言い当てられ、光は顔をしかめた。いやなのに、どこかわかってくれているという嬉しさも仄《ほの》かにあって、そのことにさらに眉を寄せる。

「空〜」

部屋の外から碧が声をかけた。

「ちょっと、買い物行って来る。ワイン買って来る。お祝い」

「えっ、なんの？」

碧はひょいと顔を覗かせた。にやにやと笑いが止まらない様子だ。

「企画通った。新しい小説の」

「おおっ。おめでとー」

「喜びの舞い、やって、空」

「おめでとー」

空はくねくねと体を動かしながら、不思議なポーズで手を叩く。MPが吸い取られそうな動きだ。

「え、俺もやっていい？」

光も立ち上がり、空をまねして不思議なポーズをとる。ぱんっと景気よく手を叩いた。

「ありがとう」

碧は照れ臭そうに笑った。


時計を見ると、もう夜だった。どうりでお腹が空いている。朝から何も食べていない。

漱石はふらふらと立ち上がり、キッチンへ行くと、備蓄していたレトルトのおかゆを温めた。

ごほごほと咳込みながら、無理やりおかゆを口に入れる。

熱のせいか、何の味もしなかった。

部屋には、ラジオが流れている。部屋の静寂が耳に痛すぎて、かけていたのだ。

「それでは、懐かしい曲を一曲」というMCのふりの後に、確かにどこかで聞いたことのある曲が聞こえてきた。

サビまで聞いて、大澤誉志幸の『そして僕は途方に暮れる』だと漱石は思い出す。

恋人に出て行かれた男の歌。どうしようもなく、途方に暮れるしかない男の。

脇に挟んでいた体温計からピピッと音がした。引き抜いて確認する。38度5分。

「おや……」

数字を見たら、また熱が上がったような気がした。

漱石はほとんど食べられなかったおかゆを押しやる。

ＬＩＮＥの着信を知らせる音がした。

漱石は手を伸ばしてスマホを取り上げる。沙織からのＬＩＮＥだった。

少し前までは10分おきぐらいのペースで大量に送られていた沙織のＬＩＮＥ。彼女が部屋に帰らなくなってから、ＬＩＮＥが届くのは、これが初めてだった。漱石は少し緊張しながら、ＬＩＮＥを開く。

「長い間ありがとう。バイバイ」

漱石はしばらくその文字を凝視していた。

「なに、これ……」

漱石は呟く。あんなに好きだ好きだと異様なほどの熱量で伝え続けていた沙織が、こんな短いＬＩＮＥ一つで別れを告げようとしている。やるせなかった。漱石は骨が痛くなるような寒さを感じ、ぞくりと身を震わせた。


水無瀬邸から自分の部屋へと戻った光は、さっそくネームに取り掛かった。

二人の作品に特に締め切りがあるわけではないが、やらずにはいられなかった。

人物リストを確認しながら、作業を進めていた光は、「あれ……？」と手を止めた。

話の中で、空は碧の血液型をＯ型だと言った。そして、自分は変わりもののAB型だと。

「0からABって生まれないんだけど……」

人物リストを見ながら、光は呆然と呟いた。

その頃、空の部屋では空が光のネームを見ながら、漫画に起こしていた。

口元に笑みをたたえながら、渉との2回目のデートの心配も忘れ、嬉々として描き続けている。

そして、仕事部屋では碧もまた一心不乱にキーボードを打っていた。

その顔は、いつになく晴れやかだ。

あんなに苦しかった書くことが、楽しくてたまらない。そのことがまたうれしかった。

ふうっと一息ついて、碧はスマホをちらりと見る。

(なにより、この小説、僕が読みたいんで)

そう力強く言った漱石の言葉が思い出された。

自分もこの小説を早く読みたかった。何より、早く漱石に読んでほしかった。

時々手を休めつつも、言葉を紡ぐペースはまったく落ちる様子もない。

自分の中からこぼれ出る言葉を、碧は必死に書き留めていく。

コール音が耳に響く。

もう出ることはないのかと思ったところで、電話がつながった。

「はい」

久しぶりに聞く沙織の声だった。

「あ、俺だけど」

「あ、はい」

まったく心の揺れを感じない、短い返事に、漱石は逆に動揺する。

「LINE、見たけど」

「うん」

漱石は黙りこんだ。電話をかけたものの、言葉が出てこない。沙織は静かに言った。

「そういうこと」

「……俺じゃダメだった？」

「……ごめん」

「荷物、荷物どうすんの？」

縋るような言葉を吐いた自分を誤魔化すように、漱石はなるべく普通に話そうと、少し笑いながら言う。

しかし、沙織は固い声のままで言った。

「捨てて。全部新しくしたいの」

「男もね」

少しでも傷つけたくて、わざと嫌な言い方をした。

沙織は何も言い返せず黙っている。

その沈黙はしかし、漱石に何の満足も与えはしなかった。

ただ自分の吐いた言葉の嫌な余韻が、シミの様にいつまでも残った。


漱石は少しふらつきながら、服を着替えた。

この部屋にいたくなかった。

この部屋には沙織の気配がありすぎる。どの家具にも、どの食器にも、すべてに沙織の気配があった。

ほとんどストーカーの様に執着されて、息苦しいほどだったというのに、浮かんでくるのは楽しかったことばかりだ。

漱石はどこかで自分は沙織に愛される側だと思っていた。必要とされる側だと。しかし、失ってみて、自分がどれだけ沙織を必要としていたかに気付いた。与えられすぎていて、それを当たり前だといつしか思っていた。

漱石は車のキイを手にし、部屋を出た。

車に乗り込み、ハンドルを握る。どこに行くというあてもなかった。沙織を取り戻しに行くという気もないし、そもそも沙織がどこにいるかもわからない。

ただ、あの部屋にいたくなかっただけだった。

熱で頭がぼうっとする。激しく咳込みながらも、漱石は車を走らせ続けた。

信号で車を止める。タバコを吸おうとダッシュボードを開けた漱石は、手袋が入っていることに気付く。

ファーのついた赤い革の手袋。沙織のものだった。

不意に現れた沙織の抜け殻は、漱石の心を深く刺した。

スマホが鳴った。

水無瀬碧と表示されている。

漱石は取る気になれず、そのまま車を走らせる。

前の車の赤いテールランプが、滲んだ。

視界がぼやけ、漱石は自分の目に涙が浮かんでいることに気付く。

乱暴に拭おうとした瞬間、車がスリップするのを感じた。

ハンドルの自由が利かない。

漱石はハンドルにしがみつくようにしながら、必死にブレーキを踏んだ。

8

すれ違う車が抗議のクラクションを派手に鳴らしていく。

漱石はハンドルに突っ伏して荒い息を吐いていた。ハンドルを握る手が細かく震えている。一瞬の出来事だった。

スリップを起こした車は路肩に乗り上げるギリギリで、止まっている。生きていると実感するまでに随分と時間がかかった。

しかし、時間が経っても息は荒いままだった。視界もぼんやりとしてくる。体が熱いのに、同時に悪寒《おかん》が止まらなかった。吐く息が熱い。熱が上がってきたのがわかった。

重い体をなんとか起こし、ハンドルから顔を上げる。そこで初めて、電話が鳴っているのに気付いた。ずっと鳴っていたのに、漱石の耳には届かなかったのだ。

漱石は必死に手を伸ばして電話を取ると、「もしもし」と声を振り絞った。

「あっ、漱石！　風邪ひいたんだって？　会社休んだって」

碧の声がものすごい勢いで飛び込んでくる。漱石は目を閉じた。

「あ、はい、少し微熱が出て……」

「そっかあ。あっ、『真夏の空は、夢』、企画通ったたって。通してくれたんだよね、ありがとう」

「ああ、いえ……。レモンページなどと、提携を図って……」

うわごとの様に漱石は切れ切れに言葉を吐く。また耳をつんざくようなクラクションが響き、さすがに碧も漱石の異変に気づいたようだった。

「漱石！　漱石！　どうした!?　そこ、どこ？」

「霞ヶ丘の交差点……」

漱石は霞む目で前方に見える交差点の標識をなんとか読み上げる。そうして、ゆっくりと意識を手放した。

病室では、看護師が熱を測ったり、点滴の調整をしたりと、忙しく立ち働いている。

「大変だねえ、こんな遅くまで」

小西はどことなく呑気な声を看護師にかけた。時間はもうすぐ12時を回ろうとしている。手を止めないまま看護師は「いえ、夜勤ですから」と素っ気なく答えた。

「あっ、なるほど」

病室のベッドには青白い顔をした漱石が横たわり、点滴を受けていた。

「これね、部下。俺の部下」

素っ気なくされても、小西はしつこく話しかける。

「いきなり、霞ヶ丘の交差点でさ、40度の熱出して動けなくなっちゃって、俺、タクシーでそこまで行って、拾ってきたわけ」

「すみません」

漱石は弱々しく謝った。

「はい、でも、インフルも陰性でしたし、今、解熱剤で熱も下がって。今日、一日泊まってもらって、明日には帰れるかと」

きびきびとした口調で看護師が漱石に告げた途端、バタバタと騒がしい音が聞こえてきた。

「あ、来た来た」

小西が笑うのと同時に、碧が病室に飛び込んでくる。

「漱石！　大丈夫？」

碧は漱石の意識があるのを確認し、ふうっと息を吐くと、小西に向かって頭を下げた。

「あ、小西くんありがとう。霞ヶ丘の交差点まで迎えに行ってくれたのよね」

小西はにやりと笑うと、やけに気取った仕草で、バンと碧の肩を叩いた。

「あとは、お若いお二人でって、若くねー」

自分の言ったことに自分で笑いながら、手をひらひらと振って去っていく。

小西の言葉に、看護師もあとはごゆっくりとでも言いたげな笑みを残して、部屋を出て行ってしまった。

「すみません、わざわざ来てもらっちゃって」

漱石はなんとか体を起こし、碧に向かって頭を下げる。

「私てっきり、事故ったかと思って」

碧は漱石が本当に生きているのか確かめるように近づいた。

「はい、俺も死んだか、と思いました。あ、失礼します。髪に……」

漱石は手を伸ばし、碧の髪についていた綿毛をつまむ。碧は不意に髪に触れた手に、どきっとした。

「えっ?」

漱石はつまんだ綿毛を、碧に見せる。碧はそれをそうっと手に取った。

「ツワブキの綿毛だね。もうそんな季節だ」

碧は綿毛から目を上げ、ふと漱石を見た。漱石も碧を見ている。

碧は視線を落とし、「よかった」と囁くように言った。

「君がいなくなると困る」

碧は泣きそうな声で訴えた。

「光栄です」

答える漱石の声は淡々としている。こんな時でも、努めて編集者としての距離を保とうとしているのがわかった。しかし、漱石を失うかもしれないと一度は本気で思った碧にもう怖いものはなく、そんな建前のようなものを蹴り飛ばす勢いで言った。

「そういうことじゃなくて」

二人の視線が強く絡んだ。気付けば二人はもう息が届く距離にいる。

碧はゆっくりと目を閉じ、顔を寄せる。

唇が触れようという瞬間、碧はがっと両肩を摑まれ、引き離されたのを感じた。

碧は目を開けず、閉じたままでいる。

「待って……ください」

両手で碧を押しやるようにしながら漱石が固い声で言う。碧はゆっくりと目を開けた。

そして、わなわなと震えながら、よろよろとあとずさる。

「ちょっと、待って」

「え？」

「今、私の人生でものすごいことが起きてない？　こんなふうな拒絶って、これ、一生、私、傷になるんじゃない？　大丈夫なの？　私、この先、生きていけるの？」

「いやいやいやいや。そうじゃなくて。僕、風邪なんですよ。40度の熱。今ちょっと下がりましたけど」

「ああ。確かに」

「うつすわけにいかない」

冷静に説明されて、納得しかけた碧だったが、突然、疑うような目で、じろりと漱石を見る。

「……それ、言い訳？」

「なんで？」

「私のやってること、パワハラ、セクハラ？　だったらはっきり言って」

碧は明るく言った。やけになっていた。キスを拒絶されたショックは大きい。この際、勘違いだというのなら、とどめを刺してほしかった。

「パワハラでもセクハラでもありません。てか、もしそうだったら、僕は悲しいです」

漱石の言葉に、碧の心はたちまちふわっと舞い上がる。しかし、漱石は作品を分析する編集者のような口調で続けた。

「でも、碧さん。碧さん、わりと、その場のノリで、その辺の小犬、あ〜かわいい、撫でちゃう、くらいのノリで、キスしちゃったりするタイプじゃないですか？」

「えっ？　君、小犬なの？　セルフイメージ小犬なの？　そんなかわいいの？」

「すみません。比喩が適切ではありませんでした。思い上がってました」

碧の明後日の方向のツッコミに、漱石は真顔で頭を下げる。そして、言葉を改めて、冷静に訴えた。

「ただ、空気に呑まれやすいっていうか。たとえば、この先のこととか、考えてますか？」

「この先？」

碧はきょとんとした顔で首をひねる。漱石はやっぱりかと深々とため息をついた。

「あの、その。こう見えて、私、男なんですよ。バリッバリの。いや、まあ、ちょっと今風邪やら何やらで傷んでますが。あの、これ、もう、この前とかは、空ちゃんが来てことなきを得ましたが、それをもう1回、ぶり返して」

「ぶり返す？」

「ぶり返す……言葉、違うな。ぶり返すでは、風邪……」

言葉にこだわる編集者としてのスイッチが入ってしまった漱石は、ぶつぶつと適切な言葉を探し始める。碧は慌てて言った。

「意味、わかるから」

「ぶり返して、そして、チューなんてしたら、後戻りできないですよ、私」

こんなクールな「チュー」、初めて聞いた。そんなことを思いながら、ぼんやりと漱石を見ていた碧に、漱石はずばりと切り込んだ。

「僕のこと、ホントに好きなんですか？」

碧は宙を見て、考え込む。

「なんで、考えるんですか？」

碧はなお考えている。

「即答できないのに、キスとかしちゃ、ダメだと思いますよ。僕は」

「えっ、キスするから好きなんじゃないの？」

「そう、キスしたら、好きになっちゃうじゃないですか？　確定しちゃうじゃないですか？　恋人とか、なるわけじゃないですか？」

「うわっ、乙女」

碧の言葉に、漱石はむっと顔をしかめた。

「やっ、よく言いますよ。ずっとそういう世界観じゃないですか⁉　水無瀬碧の恋愛小説は。プライベートは違うとは言わせませんよ」

「で、なんだっけ？」

「だから、その……とりあえず、蓋しませんか？　この感じに」

「え？」

「一度、蓋をして3か月後に開けてみるんです」

「なぜ？　でも、なぜ、1週間でも2週間でもなくて、3か月。……そんなに先なの？」

「え、もしや。そんな先では、自分の気持ちに自信がないと」

漱石の言葉に碧は自分の心を覗き込む。自信があるかと言われたら、あるとは言え、あやふやだ。

「もしや、今現在でも自信がないと？」

核心を突く漱石の一言に、碧は漱石を年代物の壺でも見るように、じっと見る。この人を見て、自分はどう思う。どう心が動く。

「今、自分の気持ちを確認……して。さっきその、左側のプクッとした頬を見た時に、気持ちが完全に動いた気がしたのですが、こう、正面から見るとそうでもないような……いや、そうでもないこともないの……か？　いや、人は見た目じゃないし」

「え、ちょっと待って。それ俺不細工みたいじゃないですか？」

「いやいやいや、まさかまさか。めっそうもない」

「とにかく僕を鑑定しないで。やめましょう。気持ちの確認、やめましょう。ファジーで。どっちに転んでもなんかこわい」

「……なんかこわい」

碧は漱石の言葉を何となく繰り返す。怖がられてるのかぁと思った。確かに自分も怖い気がする。ファジーだけれど、今の漱石に対する自分の感情はとてもきれいで、これが歪んだり濁ったりするのを見たくないようにも思った。

「僕たちこんなことやってる場合でしょうか？」

漱石は改まった口調で言った。

「今日、碧さんの新刊の企画が通りました」

「そう。そうだった。『真夏の空は、夢』」

「そしてそれは、恋愛小説ではない。新たな分野です。絶対、成功させなければいけない。僕も、それを成功させなければ、次がない」

「確かに。そうだった」

「恋とかしてる場合でしょうか？」

「確かに。それどころじゃない。『真夏の空は、夢』は、母と娘の話だし。恋愛したって仕方ないし」

「仕方ない……」

碧の言葉を漱石は弱々しく繰り返したが、碧は気づかず、力強くこぶしを握る。

「うん。そうよね、それどころじゃないっ。新刊小説がんばろう！」

「とりあえずは」

「え……？」

漱石がじっと碧を見つめる。すっかり作家モードに入りかけていた碧は、3か月後に開ける蓋のことを思いだす。

蓋をしめた箱の存在は、既に開いた箱よりも、妙に気になるものだ。

そんな箱を抱えて、この人と本を作るのかと、ふと思った。

「はーい、いらっしゃい。3名さま。こちらにどうぞ」

沙織の元気な声が、おだやかに響く。いつしか、沙織は俊一郎を慕って、おだやで働き始めていた。

もう慣れた様子で客から注文を取った沙織は、厨房の空にすらすらと伝える。

空は額に汗しながら、サンマ焼きを焼いている。沙織はすかさず横に来ると、一緒になって型をひっくり返し始めた。

編集部のバイトをサボりまくって、漱石のストーカーをしていたことが嘘のように、沙織はよく働いた。

接客をこなしたうえで、空が何かしているとすぐにやってきて手伝ってくれる。

空が鯛焼きの小麦粉をふるっていた時にも、沙織はすすっとやってきた。

二人で鯛焼きのたねの準備をしながら、あれこれ話しているうちに、空はうっかりと漱石の話をした。

漱石が交差点で動けなくなって、碧が病院に飛んで行ったという出来事は、最近の中でも大きなトピックだったので、自然に口をついて出てしまったのだ。それに完全な言い訳だが、沙織はもうとっくに知っていると思っていた。

「えっ、漱石が40度の熱。しかも、事故りかけた？」

「あれ、うそ、知らない？」

少し目を見張った沙織を、空は驚いて見る。沙織は空のほっぺについた小麦粉を取ってやりながら、「知らない」と言った。

「あ、やべ、言っちゃった」

「だって、別れたもん」

「別れた、と言いつつ、俊一郎さんと二股かけてるのかと思った」

「そんなことするわけ……ありそうだよね？　私」

きっぱりと否定しかけて、沙織は苦笑した。空は「うん」と遠慮なく頷く。

「でも、してないんだ、今回は」

「今回は……」

「きれいに別れた」

「ほほう」

「あっ、でも、漱石、もう元気なの？　それ、いつの話？」

空は沙織に向かって、がっと両手を突き出すと、ぐぐっと何か重いものを押しとどめるようなマイムを始める。

「何？」

「止めてる。サリーの心が、漱石に戻るのを押し止めてる」

「ほほう」

沙織は空をまねて言った。

「俊一郎さん、いくつだと思ってんの？　ショック死したら、どうすんの？」

沙織は空の手を押し戻し、静かに言った。

「大丈夫。私の心は固い。岩のように固い」

「そんなに……」

「多分」

「多分？」

空はにわかに不安になる。沙織は一瞬だけふふっと小悪魔っぽく笑うと、満ち足りた顔で、粉をふるい続けた。


エンゼルフォレストタワーの前で、漱石は途方に暮れていた。漱石はバイトから帰ってきた空に、すぐに気づいた。空もすぐに漱石に気づく。

二人は丁寧に挨拶を交わした。かーちゃんがまたやったのかとすぐに事情を察した空は、自分と一緒に部屋にあがるよう、漱石を促す。

「15時に仕事の打ち合わせの約束だったんだけど。携帯もかけたんだけど」

エレベーターに乗り込みながら、漱石はため息交じりに言った。

「かーちゃん、最近、なんか新しいネタ思いついたでしょ？　そうするともう止まらない。はなカフェかなんか行ってめっちゃ、書いてるよ。ノーパソで」

「それでこそ、作家」

漱石はすっぽかされながらも、空の言葉にどこか嬉しそうに言う。

空は漱石をリビングに通すと、コーヒーまで淹れてくれた。空が自分のコーヒーを手に向かいのソファに座った時から、いやな予感がしていたが、案の定、彼女はこの前の夜のことを尋ねてきた。碧は漱石の風邪のことや事故のことは話してくれたものの、肝心の二人の関係がどうなったかについては言葉を濁すばかりだったのだという。

「この前、夜中に、漱石が大変！　って、かーちゃん飛び出してって、これは、もう二人は、と私は思った」

「ないです、なんにも」

「えっ、どーして？　漱石。かーちゃんと付き合わないのか？　かーちゃんの老後の面倒は見てもらえないのか？　私のかわりに」

「ていうか、今日、忘れられてたし」

漱石がコーヒーを飲みながら、じめっとした口調で言う。

「そこと、ここは、切り離して」

「そういう人だから。若い頃、『こわい夢見ちゃった。来て』と夜中に彼氏を呼び、彼がついたころには、ドアチェーンまでかけて、スースー寝ていた。彼は、一晩中、外で朝を待った」

「はあ。それ、僕、乗り越えられるかな」

「えっ、その気が？」

空は思わず身を乗り出す。しかし、熱も引いた漱石はあくまで冷静であろうとしていた。

「僕は様子を見ようと思います。碧さんの心の様子を」

「不安だ。かーちゃんの心の様子は長年いっしょにいる私でも、その変わりように驚くからな。山の天気のように変わる」

「それは、手に取るようにわかる。不安……。そして、僕も心が弱ってるし、今、何か事を起こさない方がいいような……」

「心が弱ってる……。ああ、サリーと俊一郎さんね」

「俊一郎さん……？」

「えっ？」

「えっ？」

空はしまったと両手で口を覆う。

「俊一郎さん……誰？」

「誰だろ。犬？　ウチで新しく飼った小型犬の名前？　シュンイチロー！」

空はいもしない犬を大声で呼ぶ。

「あれ、散歩かな」

なんとか誤魔化そうと言う、空の涙ぐましいまでの芝居をしらっとした目で見ていた漱石は「ああっ」と声を上げた。

いつだったか、打ち合わせの後に寄った鯛焼き屋で、厨房から顔を出し、いい笑顔を向けてくれた渋い熟年男性。確か、俊一郎さんと呼ばれていた。

「あれは、絶対、サリーのタイプ。ど真ん中。ファザコンだし」

思ったよりもショックはなかった。それよりも深い納得がある。

それでもなんとなくしみじみとしていた漱石は、空がバッグを取ったことに気付いた。花のような素敵なコートまで着ている。空はてきぱきとした口調で告げた。

「では、私は出かけるので」

「え、このタイミングで？」

「や、さっきから、お洒落に気がつきませんか？　私のお洒落に。なんでこんな綺麗な服に着替えてんの？　鯛焼き臭かった服から。デートだからですよ」

「なんだ、俺のためかと思った」

「天下のＪＤをなんだと思っているのか。オッサンの癖に。似てる……母に似ている。この唯我独尊な、世界は自分のために回る感じが」

啞然とした顔でぶつぶつと呟く空に、漱石は慌てて、「冗談っすよ」と言った。漱石の真顔の冗談は、かなりの割合で通じない。

「デートですね。わかりました」

漱石はカップをおいて、失礼しようと腰を浮かす。しかし、空は手で押しとどめた。

「いいよ、いいよ。ここで、漱石、かーちゃん待ってるといいよ。忠犬ハチ公みたいに。これ、鍵ね。一応」

空は漱石の手に無造作に鍵を落とした。

「この前は、カバン落として怒った癖に。彼氏できると余裕ですね」

「人間ってひとりでなくなると、余裕できるのかも。何かにしがみつかなくてすむ」

空は真顔で言った。

「そういうこと、ありますよね」

漱石も真顔で頷いた。

熱に浮かされながら、わけもわからずあがいた夜のことを思い出す。熱が引いた今も、漱石は変わらず余裕がない。3か月後、もう少し自分はましになっているだろうか。漱石はぎゅっと鍵を握り込む。鍵はまだひやりと冷たかった。

碧はぐいっとお酒を飲み、ほうっとうっとりとした息を吐いた。

「恋を、したのよ」

「ほおっ」

俊一郎が相槌を打つ。碧は珍しく居間に上がり込むのではなく、おだやの客席でおでんを肴に酒を飲んでいた。とはいえ、店にもう他の客の姿はない。貸し切り状態だ。

「なんだよ、また、ふられんのかよ」

少しずつ閉店の準備をしながら、ゴンちゃんが憎まれ口をたたく。

「なんで、そーなんの?」

「お前の恋と失恋は、いつでもパックだ。ツイだ。ヤマザキパンとお洒落小鉢だ。切っても切り離せねー」

「失礼ね」

碧はぷりぷり怒りながらいなり寿司を食べ、「おいし〜い」と子供のように無邪気に笑う。

「だろ〜? いなりのいい皮あったから、じっくり時間かけて煮込んだんだ」

「ウソつくなよ。そこのきつねやのだろ?」

自慢げな俊一郎に、ゴンちゃんがツッコむ。碧はうっとりとした顔で、揚げからじゅわっとしみ出すおだしを堪能した。

「美味しければどちらでも。そう、どちらでも。私たちはファジーなの、グレーなの。そう、黒でも白でもないグレー。赤でも白でもないピンク。青でも白でもない水色」

「意味わからん」

呆れたようにゴンちゃんは言うが、俊一郎は大きくうんうんと頷いた。

「おいらはわかるぞ。そういう曖昧なときが一番、楽しいんだよねえ、恋は」

「さすが、俊一郎さん、わかってらっしゃる」

碧は我が意を得たりとにんまりと笑う。3か月、蓋をしようと言われた時には、どうしてと思ったが、よくよく考えてみれば、これは碧にとって悪くない状態だった。なにせ堂々と曖昧でいることを許されたのだ。漱石が真剣に考えて提案した措置だとはわかっているのだが、正直、楽しかった。酒も進む。

「なんだよなんだよ、二人で盛り上がって。で、どこのどいつだ今度の相手は？」

ゴンちゃんが尋ねる。碧はもったいぶって言った。

「えっ、ん？　なんていうか？　同じものを志す？」

「仕事か」

「そう、打ち合わせという名の逢瀬……今度は水曜日……」

「碧ちゃん、今日水曜日だ」

「え？　今日、まだ火曜でしょ」

「水曜だ」

俊一郎の言葉に、碧はぱっと目を見開いた。「ウソ」と呟いて、近くにあった新聞の日付を確認する。確かに水曜日だった。さーっと酔いが醒めていく。

「あああっ。ホントだ。締め切りまでもう一日あるといいな、もう一日あるといいな、という強い思いが私のカレンダーを狂わせてしまった！」

碧は慌ただしく会計を終えると、マンションに向かって走り出す。

碧は走りに走った。横っ腹が引きつれても、それでも、必死に走った。

ぜいぜいと肩で息をしながら、やっと自分の部屋にたどり着いた碧は、ドアの前で呆然と立ち尽くす。

ドアには白い紙で貼り紙がしてあった。

「お待ちしていましたが帰ります。漱石」

碧は「ううっ」と呻きながら、その貼り紙をびりびりにする。そして、荒い息を吐きながら、床に崩れ落ちた。

パジャマに着替えた碧は、「寝る部屋」のベッドに横になって天井を見ている。

そこにコンコンとノックの音がした。「ただいま」と空が顔を覗かせる。

「おみやげ。ポップディップのシュークリーム。原宿行ったから」

碧はごろんと寝返りを打つと、空に向かって手を差し出した。

「ここのカスタード神。サンキュ。君、デートか？　ヴァレンティノ着てる」

「ちょっと」

空はヴァレンティノのコートをひらりとさせ、頰を赤らめる。

「いいなあ。若いと。なんだってすぐやり直せそうで」

碧はぼーっとした口調で言うと、箱を開け、おもむろにシュークリームを食べ始めた。

「え、ちょ。今食べんの？　ポップディップだよ。ちゃんと美味しい紅茶とか淹れて」

「今、食べてえ」

「しかもベッドの上で」

「ベッドの上で今食べたい」

「子供か？　あ……そうだ、今日、漱石来てたよ。会えた？」

「帰ってた」

指についたクリームをなめ、碧はため息をついて、天井を見上げる。

「私の人生とは、こういうものだ」

空は思わずあとずさった。鋭くその気配を察した碧は、ぱっと空を見る。

「今、あとずさったよね？」

「だって、話長くなりそう」

碧はちょいちょいと空を手招きした。

「生クリームとカスタードのハーフ＆ハーフあげる」

ついふらふらと近づいた空は、まんまと碧に捕獲された。

そして、空はヴァレンティノのコートを椅子の背にかける、わずかな猶予だけもらうと、碧の隣に寝そべった。碧はプラネタリウムのスイッチを入れる。

二人は満天の星空を見上げた。すっと音もなく星が落ちていく。

「あっ、君、渉先生とのデートどうだった？」

あっという間にシュークリームをひとつ食べ終えた碧が尋ねる。

「すげー、楽しかった。百パーセントのデートだった」

「素晴らしいっ！　君が恋を知ってよかった」

「気持ちが溢れだす。もたない」

空がぎゅっと服の胸元を握りしめる。星明りに照らされた、恋をしているその横顔を、碧は嬉しそうな、どこか切なそうな目で見つめた。

「いい感じ……。ああ、君もいつか大人になって私から離れて行くかなあ」

「……かーちゃん。もう私大人だ。二十歳だ」

「そうか……二十歳は大人かあ。渉先生と結婚したりするのかなあ」

「まさかあ。そんなあ」

空は手で顔を覆って照れている。

「そうしたら、かーちゃんはひとりだな」

「そんなことはないさ」

「ホントーに渉先生のこと好きになったら、かーちゃんなんか忘れちゃうよ」

碧の声が小さく、遠く感じた。

「……忘れないよ」

空は碧に向かって懸命に言った。星に誓うように、その心に届くように。

「私は、かーちゃんを忘れないよ。いつだって」

学生街の喫茶店で、空は光と向き合っていた。

その日は光が描いたネームを受け取ることになっていた。しばらく細かいイメージについて打ち合わせた後、空は待ちきれないというように、昨日のデートの話を始めた。打ち合わせの度に渉の話をするのは、恒例のようになりつつある。恋をするとこんなに人に話したくなるのだと空は知った。人に話しながら、相手の言動や自分の気持ちを改めて嚙み締める甘美さを知ったのだ。

光は面倒くさそうな反応ばかりだったけれど、悪くはない聞き手だった。なんだかんだで話に付き合ってくれる。

空は昨日のデートの話に加え、碧に「忘れない」と告げたことまで話した。

「と言わないと、かーちゃんが遠くに行くような気がした」

「ほお」

「私は、今まで彼氏とか出来たことないから、一番近い人はかーちゃんだった」

「なるほど」

「人の話、聞いてんの？」

ネームに意識を戻しかけていた光は、顔を上げ、偉そうに胸を張った。

「すげー、聞いてるだろ。カフェラテおかわり奢れよ。そんなに好きか？　渉先生」

「手をつないだ」

空は目をキラキラさせて言う。その目はもう目の前の光をうつしていない。空は昨日のデートの別れ際を思い出していた。

「ううん。別れるときに握手をしたの。長い長い握手。握手にしては長すぎた。お互い、手を離しづらかったんだと思う。そしたら手つないだみたいになっちゃった」

「へえ」

「次は、明日会うの。明日の6時。はなカフェ」

「ほお」

「すごくドキドキしている。もたない。自分がもたない」

「俺は、寝てもそんなにドキドキしたことないね」

ずっと、「ほお」とか「へえ」とか、ハ行で適当に相槌を打っていた光は、カフェラテを飲みながら、露悪的に言う。空は少しきょとんとした顔で「寝る？」と繰り返し、遅れて「ああ」と気付いた。

「そういうことか。ふうん。私もこの先、そんなことがあるのかなあ、渉先生と」

空は自然に、すらっと言った。カフェラテを飲んでいた光はブホッと激しくむせる。

「何焦ってんの？」

「や、あんまり、想定外で」

「この手のことはかーちゃんには相談しづらいし、頼むね、入野。なにかと相談するわ」

「マジっすか……」

むせた口元をナプキンでぬぐいながら、空を見る。空は信頼しきったまっすぐな目で光を見た。光は目を伏せる。

「ドキドキするわ。ま、でも、水無瀬にはこうして絵描いてもらってるしな」

「絵は好きで描いてる。この前は、あんな風に言ってごめんね」

水無瀬邸で作業をした際、やっと漫画を描く気になったと喜ぶ碧に、空は「ただの趣味なんで」と釘をさすように言った。碧にあれこれ言われたくなくて、思わず言ってしまった一言を、空はずっと気にしていたのだった。

「ジャンプ目指してるって言えなくてゴメン」

「や、目指してんの？」

初耳だ。驚く光に、空は真面目な顔で頷いた。

「うん、目指してる。持ち込み行こうぜ。私調べてみたんだ、ジャンプの持ち込みシステム」

「なんか、お前、いろいろ、すごいな。漲《みなぎ》ってるな。恋のチカラ？」

ちょっと前まで、漫画を描く気はないと言い張っていた人間の言葉とは思えない。光にもプロを目指す気持ちはあるが、今の空の覚悟はまぶしいほどだった。

「だってさ。なんといっても私、水無瀬碧の娘だから、才能あるかもしれない、と思って。血ってわりとあるじゃない？　遺伝子、とか」

「ん、うん」

意気込む空に、光は曖昧に返事をする。

遺伝子という言葉に、碧と空の血液型のことがちらついた。

その後二人は、ネームに意識を戻し、打ち合わせを終えた。

レジで空はさっとお財布を取り出す。

「あ、いいよ、俺」

光はさっとお札を取り出しトレイに置いた。

「なんで、ワリカン。あと、私、話聞いてもらったし」

「いや、バイト代入ったばっかだし。たまには、奢らせろ」

光は偉そうに言う。これぐらいカッコつけさせてほしかった。

空は笑顔でぺこっと頭を下げる。

まるで異性として意識していない、無防備な、屈託のない笑顔だった。


空と別れた後、光はこっそりとすずらん商店街に向かい、おだやに入った。

「おーっ、ひとり？　何くんだっけ？　なんか、明るい感じの？　ワット？　ワットくん？　空ちゃんの同級生」

「ヒカルです」

テンションの高いゴンちゃんに迎えられ、光はクールに答える。

光はヤキソバとカレーライスとビールを注文した。

ゴンちゃんは光の食べっぷりを目を細めて見ている。

「いいねいいね。炭水化物祭り。若い男の子はそれでも太らないから。何、何か鍛えてんの？」

「いえ、高校の時は陸上やってたけど、今はさっぱり」

「もったいない。やればいいのに」

そう言って立ち去ろうとしたゴンちゃんを、光は「あ、あの」と呼び止めた。

「あの、碧さん。水無瀬碧さん、血液型、何型ですかね？」

光の唐突な質問に、奥の席で新聞を読んでいた俊一郎が、一瞬体をびくっとさせる。

ゴンちゃんはわかりやすく目を泳がせた。

「さあ〜、ん〜。あいつ、確かO型じゃなかったかな」

「空さんは？」

「さ〜あ、聞いたことないなあ」

「そうですか？」

わざわざ、おだやまできたのは、空と碧の血液型を確認したかったからだ。しかし、ゴンちゃんの反応に、光は漠然と考えていたことの答えを、得てしまったような気がした。

「え、何？　血液型占い？　また、流行ってんの？」

ゴンちゃんは表面でへらへらと笑うと、慌てたように厨房に戻っていく。

俊一郎はふうっと大きな息をつくと、新聞を畳んで立ち上がった。

自分のテーブルにあった日本酒とつまみのおでんを持って、光の前に移動する。

「お兄さん、ちょっといいかな。よかったら、日本酒どう?」

「え、いいんですか?」

俊一郎はさりげなく光の前の席に座った。ゴンちゃんに新しいお猪口を持ってこさせ、なみなみと酒を注ぐ。

光は俊一郎に向かって、少しお猪口を掲げると、おいしそうにくいっと飲み干した。

光のテーブルには、徳利が林立していた。

注がれるままに盃《さかずき》を干す光の目は、とろんと怪しく光っている。

さりげなく酒を勧めながら、親身に話を聞いてくれる俊一郎に、光はいつの間にやら、誰にも話せずにいた心の内をすっかり打ち明けていた。

「ほうっ。そんな好きな子が」

「はい。好きなんす。好きで好きで好きなんすけど、1ミリも漏らしてないんです。気持ち。閉じ込めてんす」

ろれつの回らない口調で、光は熱っぽく言った。

「なんで?」

「ふられる、から?」

少し考えて光は言う。素面《しらふ》だったら絶対言えない気持ちがぽろぽろとこぼれ出る。

「えっ、そんな格好いいのに？」

「そうなんすよ」

光はまったく謙遜することなく、きっぱりと言った。

「俺、めっちゃイケてるじゃないですか。まあ、ちょっと、いろいろごまかしてる中身はあるとしても。一見、イケてるじゃないすか？」

「うん、わかるよ。イケてる男の悩みは、おいらにはわかる」

光は俊一郎を見た。確かにイケてる男であり続けてきた風格がある。

「わかってくださいますか？」

うれしくなった光は「ま、飲んで飲んで」とググイッと俊一郎に酒を注ぐ。注がれながら俊一郎は「や、おいらの酒……」と思わず呟いた。

光と別れ、家に帰った空は、リビングにネームや人物リストを広げ、キャラクターデザインに没頭していた。ネームを本格的に漫画にしていくにあたって、キャラクターをかっちり決めておきたかったのだ。

碧は夜食を買い出しに、商店街にスウェット姿で出かけていった。

空は光のメモを見ながら、鼻歌交じりに、キャラクターを描いていく。

「ヤドヴィガはAB型」

光のメモを見ながら、キャラクターの絵の下にメモをする。メインのキャラクターの血液型は決まっていたが、ほとんどのキャラクターはまだ決まっていない。空は絵のイメージと設定を見ながら、暫定的に決めていく。

「そして、ヤドヴィガの母、ドミニカは、O型。そして、父親……あ、でも、確か、血液型って何から何が生まれるってあるな……勝手には決められない……」

空はスマホを手に取り、血液型について検索する。

分かりやすそうなページを開くと、血液型の掛け合わせ表が目に留まった。ざっと目でなぞって、空は思わず、息を止めた。

Oの親から生まれる子供はAかBかOだ。相手がどんな血液型であっても、それは変わらない。

何度確認しても、その表は同じことを告げていた。

――O型からはAB型は生まれない。

散々飲んで、話もたっぷり聞いてもらって、光はすっかりいい気分でレジ前に立った。光がお酒の代金も払おうとすると、俊一郎はいいよいいよと手を振った。光は素直に頭を下げる。

「なんか、ごちそうになっちゃって」

「いやいや、楽しかったよ」

俊一郎はにこにこと笑った。ゴンちゃんも「また来てよ、ワット」とニヤッと笑う。

もう、ゴンちゃんの中では、ワットで定着してしまったようだ。

「いや、光……」

無駄だと思いつつ訂正しようと口を開いた矢先に、電話が鳴った。水無瀬空と表示された画面を見て、光は慌てて店を出ながら、電話を取る。

「もしもし、空」

その空の声に光の心臓は跳ねる。光は財布をしまいながら、「お、ああ」と応じる。好きな子がいるのだと、初めて誰かに話した。その後に、空の声を聞くのはちょっとマズい。漏れそうになる。1ミリも漏らすわけにはいかないものが。

「今、話していいか?」

気付けば空の声はいつも以上に細く、頼りなかった。

「ん、ああ。大丈夫」

「漫画、描いててさあ。入野のネーム見てるうちに、ヤドヴィガってやっぱB型じゃないかって気がしてさ」

「うん」

「でも、そしたら、その母親のドミニカ、何型になるんだろうって。ほら、血液型ってあるじゃん、何型からは何型が生まれる、みたいなの」

光は思わず息を吸った。浮かれた気持ちは霧散していた。光は続く言葉を恐々と待ち受ける。

「そしたらさ、O型からABって生まれないんだよね。今、ググッた。父親が何型であれ、O型の母親からAB型の子供は生まれないし、AB型の母親からO型の子供は生まれない」

「うん……そだよね」

「おかしくない？　ウチ、か－ちゃん、O型、私、AB」

「いや、それ、俺も思ったんだよ、この前。水無瀬、自分の血液型間違えて覚えてない？　たまにいるよ、そういうやつ」

光は早口に言った。二人の血液型の事を知ってから、考えていたことの一つだった。考えてもいなかったのか、空は「あ」と声を上げる。

「水無瀬、どうやって自分の血液型知った？　か－ちゃんから教えてもらったの？」

「や、それはなくって、高校の時に友達に誘われて献血して、そしたら、ABってカードの端っこに」

「それ、思い込みってことない？」

「……どうだろ。あ、でも、そもそも、か－ちゃんのO型が思い込みってことあるかも。あの人の性格だと」

空の声が少し明るい張りを取り戻したことに、光はほっとする。

「ん、ある気すんな。十分」

光は祈るような思いで、優しく言った。

光との電話を切った後、空はリビングを捜索していた。

なんでもよかった。碧の血液型がはっきりとわかるものを探していた。

リビングの引き出しを手当たり次第に開けて、調べていた空は、突然鳴ったＬＩＮＥの通知音に、思わず飛び上がる。

（更級豊田来ない？　かーちゃん蕎麦食べたくなっちゃった）

いつもの、呑気な碧からのＬＩＮＥ。空はしばらく迷って、返事を打った。

（今、漫画いい感じだから、描いてる。だしまき卵と蕎麦寿司、テイクアウトしてきて）

（りょ。焼き鳥もね）

ＬＩＮＥを送り、ふっと顔を上げた空は、リビングの隅の棚に目を止める。

これだと思った。近づいて、棚の引き出しに手をかける。引き出しには鍵がかかっていた。

空は棚の上に二つ並んだグラスに近づく。その中には、家のスペアキーやトランクルームの鍵など、普段は使わない大事な鍵が飾るように置かれていた。

空はその中から引き出しに合いそうな鍵を探し出す。

これだと手に取った鍵は、ぴたりと引き出しの鍵穴にはまった。

かちっと小さな音がして鍵が開く。

そこには、家の証書や印鑑など大事なものがしまわれていた。空は引き出しを探り、パスポートを見つけた。碧のパスポートだ。パラパラと最後までめくり、空はふうっと息を吐く。

「血液型、書いてないか……」

パスポートを戻した空は、その下に古ぼけた母子手帳を見つけ、手に取った。

「母子手帳……。かーちゃんが生まれた時のやつ」

表紙には空の祖母の名前と碧の名前が書かれている。

空はぱらぱらと中を見た。

血液型の記載はあっけないほどすぐに見つかった。

「O型……」

はっきりと書かれた碧の血液型を空はじっと見つめる。頭にはさっき見たばかりの血液型の掛け合わせ表が浮かんでいた。

9

ケインズゼミの授業がまもなく始まろうとしている。

教室では、いつものように愛梨たちが光を取り囲み、にぎやかに話していた。

空はまっすぐに光に向かい、ぐっと輪に割り込んだ。

「うわっ、何」

睨みつける愛梨に構わず、空はまっすぐに光を見る。

「入野に、用事ある」

「な、な、何」

光はたじたじとなりながら、腰を浮かす。その様子をナオキは面白がって揶揄った。

「とか、言いつつ、もう立ち上がってる。用事聞く気、満々」

にやにや笑うナオキとむすっとした顔の愛梨に見送られながら、光は空に引っ張られるようにして、教室を出た。

教室から少し離れたひと気のない廊下の片隅で、空は突然足を止めた。

「O型だった」

感情を押し殺したような平坦な声に、光はかえって胸を突かれた。

「かーちゃん、O型だった」

「そうか」

「これから私は、自分の血液型を確かめようと思う。あのコーヒー牛乳につられてやった、献血の時のAB型が見間違いだったかどうか、確かめるために」

「こんなときに、笑い取らなくていいから」

「どこが、笑い取った?」

空はにこりともせず光を見上げる。

「コーヒー牛乳」

「入野、笑いの沸点低い」

「笑ってないけどさ。笑った方がいいのかなって、思うじゃん⁉」

光はふいっと視線を逸らした。

「ここにね、ここにあった、私の母子手帳の位置が変わってんの。パスポートの下に入れといたはずなのに」

碧はオロオロと声を震わせながら、引き出しを開け、ゴンちゃんに説明した。

母子手帳の位置を変えたのは、空しかありえない。その意味に気付いた時、ゴンちゃんに電話をしていた。話を聞いたゴンちゃんはもう開店時間なのにもかかわらず、すぐさま駆け付けてくれたのだった。

「そいでね。引き出しの鍵が、このグラスにあるはずが、隣のグラスに入ってたの」

空が間違って戻したとしか考えられなかった。ゴンちゃんは険しい顔で鍵の入ったグラスを睨み、大きく舌打ちをする。

「なんで、お前、こんなわかるようなとこ置いとくんだよ。ズボラだな」

「……こんなとこ、あの子触ったことないから」

インターフォンが鳴った。

「あ、オヤジだ。心配して来た」

「おだや、お店、大丈夫？」

「こんな時、何気にしてんだ」

インターフォンを操作しながら、ゴンちゃんは怒ったように言った。

空は大学を出て病院へと向かっていた。隣には光もいる。今から病院に行くと言ったら、ついていくと言い張ったのだ。

隣を歩く光を見て、空はこんなつもりじゃなかったと思う。でも、どんなつもりだったのか、といえば自分でもよくわからない。母子手帳を見た後、ほとんど眠れず、混乱した気持ちのまま朝を迎えて、光に会って、話すことしか考えなかった。そのあとのことは何も考えていなかった。

まさか、光が授業をサボってついてきてくれるとは思ってもみなかったのだ。

空は突然足を止めた。それに気づいた光が遅れて立ち止まる。

「やっぱり……ケインズゼミ出た方がいいよ。里中出席厳しいじゃん」

「いーよ、別に。1回くらい」

光は軽く言った。

「水無瀬が病院、行く気になんないんだったら、病院じゃなくていいよ。どこでもつきあうよ」

「どこでもって、どこ」

「わかんねーけど、映画とか、ディズニーランドとか」

空は強張っていた顔を、思わず緩ませる。

「ディズニーランド行かないでしょ。このタイミングで」

「じゃ、ボウリングかよ」

空はいきなりその場にしゃがみ込んだ。光も一緒になってしゃがみ込む。

同じ高さの目線で二人は視線を交わす。

気づかわしげな視線を注いだ光は、思った以上に強い視線を返され、目を逸らした。

「ヤドヴィガさ、耳つけたじゃん」

空はぽつんと言った。

「その耳が大きくてさ、飛べると良くない？」

「えっ、それ、すげーいいっ」

思わずぱっと笑顔になって、空を見た光は、その今にも泣きだしそうな顔に、ガンと殴られたような衝撃を受けた。光の顔からもさっと笑顔が消える。

空は足元の小石を拾って、光に投げた。光は避けることも払うこともせず、そのままになっている。空はまた拾って、投げつけた。

「イッテ」

小石は少しも痛くない。ただ言ってみただけだ。光は小石を拾って投げ返す。

「うっそ」

驚いた顔の空に、2個、3個とパラパラと投げる。空も「イッタ」と痛くもないのに口にしたが、すぐに、「っく、ないけど」と付け加え、スカートを払った。

「道草」

空は自分の膝を抱え込むようにしながら、小さな声で言った。

「こういうの、道草って言うんだよね。家に帰りたくない時、小さい時、こうして。ひとりで、道草食ってた」

「おお、俺も」

「今は、ふたり、だね」

空は光の顔を見ずにぽつりと言った。


水無瀬邸のリビングには重苦しい空気が立ち込めていた。

ゴンちゃんに続いて駆けつけた俊一郎も、いつもの穏やかな顔を、心配に歪めている。

「空ちゃんと同じ大学の光くんが来て、ゴンに碧ちゃんの血液型聞いてたろ？」

「お？　あ、うんうん。そういえば」

俊一郎とゴンちゃんのやり取りを聞いた碧はさっと顔を青くする。

「おいら、光くんと連絡先交換したから」

「あ、じゃ、電話。光くんに事情を……」

飛びつくようにスマホに手を伸ばした碧を、「まあ、待て」とゴンちゃんが止めた。

「碧。お前はO型。空はAB型。空ちゃん、それ知ってたのか？」

「うん。私は、あの子が生後3か月の時から知ってて……。で、なるべく、血液検査とか空にやらせないようにしてて。そしたら、あの子、高校1年の時かな、中学3年だったっけ？　友達と一緒に献血やって、かーちゃん、ウチAB型だ、なんて」

「碧ちゃんが０型なのはなんでバレた？」

　俊一郎が尋ねる。

「雑誌のインタビューのプロフィールとかでバレてて。でも、０からABが生まれないとか、そういうことは気がつかなくて……そのままにしてた」

「そのままに……」

　俊一郎が呟く。責めるようなニュアンスはなかったが、碧は自分のいい加減さを突き付けられたようで、深いため息が洩れる。

「いつか、こういう時が来るかなとは、思ったけど……このまま、しらばっくれられるかな、とかも思って」

　碧は真剣な表情で俊一郎に尋ねた。

「俊一郎さん、本当のことって言わなきゃいけないんでしょうか？」

　唸りながら考えこむ俊一郎の横で、ゴンちゃんは緩く首を振った。

「いや、碧。もう、その段階過ぎたから。光くんが、ウチにお前と空ちゃんの血液型聞きに来て、お前の母子手帳の位置が変わったわけだろ。空ちゃんはお前の血液型、確かめたんだ」

　碧は顔をますます青くすると、祈るように組んだ手に砕け散りそうなほどの力を込めた。

病院の待合室で、光は受付に行った空を待っていた。

病院は驚くほど混んでいて、受付するだけでも長い時間がかかる。やっと順番が回ってきた空が保険証を出す様子を眺めていると、スマホが鳴った。

連絡先を交換したばかりの、俊一郎からだった。

光は空の様子をちらりと確認し、電話することを許されたスペースまで移動する。

「あ、光くん？　今これ、俊一郎さんの電話」

聞こえてきたのは碧の声だった。碧は空のことを尋ねた。どこにいるか知っているか、と。その切羽詰まった口調から、光はすぐに電話をかけてきた理由に思い至った。

「あ、はい。今、空さんと一緒です。ちょっと、彼女、離れたとこいるけど」

「どこ？」

「病院です」

碧は短く息をのんだ。

「血液検査？」

「はい、血液型を知りたいと」

「あなたが言ったの？　O型からAB生まれないって」

「いえ……。そういうわけではないんですが……、漫画の登場人物のキャラ考える時に、そういう話になって、僕が最初におかしいって気がつきました」

「やめて。血液検査やめさせて！」

「……どうやって？」

取り乱しながら懇願する碧に、光は少し考えて尋ねる。知ろうとしている彼女を止める方法などあるのだろうか。知りたいという気持ちにふたをする方法など思いつかなかったし、そんな権利もないような気がした。

「ホントだ……。どうやってだろう」

碧は途方にくれたような、ぼんやりとした口調で言う。

「彼女は、それをすると思います。今、やめさせても」

光は真剣に語り掛けた。

「お母さん、僕がついてます。こんな俺じゃ、まるでダメかもしれないけど、子供が何言ってるってことかもしれないけど、僕がついてます」

受付では空の手続きが終わったようだった。光は「あ、彼女戻って来ます」と告げ、慌てて電話を切ろうとする。

「光くん！」

碧は必死になって言った。

「お願いね。空をお願い！」

光は「はい」とはっきりと返事をした。

空は、光が電話をポケットに滑り込ませたタイミングで戻ってきた。しかし、電話をしていたのは、遠くから見えていたようだ。空はからかうような口調で言った。

「誰？　また、彼女？　あたらしい彼女だ？」

「まね」

「やっぱ、けっこういるんだって」

空は光の隣に座り、やけに明るい口調で言った。

「自分の血液型、間違ったので思い込んじゃってる人って」

「そうなんだ」

明るい口調で自分を騙そうとしている彼女が痛々しかった。

「水無瀬さん、水無瀬空さん」

看護師が呼ぶ声に、空が「はい」と答えて、勢いよく立ち上がる。

その顔は固く強張っていた。

もう時計は3時を回ろうとしていた。

「じゃ、おいらは、夕方の仕込みがあるから」

時計をちらりと見ると、俊一郎は立ち上がった。一緒に立とうとしたゴンちゃんを、俊一郎は無言で止める。そして、肩をポンポンと叩いた。「店はいいから、いてやれ」。

俊一郎の無言のメッセージに、ゴンちゃんも軽く頷いて応える。

俊一郎が声をかけた時にも、部屋から出て行った時にも、碧は反応しなかった。

碧は床にぺたんと座ってソファにもたれていた。一点を見詰め、ぼうっとしている。光との電話を切ってからずっとそんな調子だった。

「胸、苦しい」

ゴンちゃんが横に座ると、碧は宙を見つめたまま、虚ろな声で言った。ゴンちゃんは大きな手で、少し乱暴に背中をさすってやる。碧の目から涙があふれ出した。

「どうしよう、どうしよう、ゴンちゃん。空がいなくなる。空がどっか行っちゃう」

「んなことあるわけねーだろ」

「私、ウソついた、今まで黙ってた、私のこと許してくれない」

「何を言ってんだよ」

ゴンちゃんはぎゅっと碧を抱きしめた。碧の目から涙は次々とこぼれ、ゴンちゃんの胸を濡らす。

「もう、終わりだ……。みんな終わりだ」

「んなことあるかよっ。なんも終わらねーよ」

怒ったように言うゴンちゃんの目は、真っ赤になっていた。

病院の待合室を照らす日差しは、少しずつ夕暮れの気配を滲ませている。

じっと窓の外を見詰めていた光は、横に立つ人の気配に目を上げた。

「ABだった。正真正銘のAB型だった」

　空は淡々とした口調で告げた。顔も出会った頃の能面のような無表情に戻っている。出会った頃だったら、わからなかったかもしれない。しかし、今の光には、その口調の裏に潜む不安や、無表情の裏の混乱や苦しみがはっきりと感じられた。

　それっきり黙り込んでしまった空を、光は近くにあった公園まで連れて行った。

　空は黙ってブランコに座り、ぼんやりと揺られている。

　光は自動販売機でコーヒーを2本買い、1本を空に向かって差し出した。

「あ」

　もう無表情を装う気力もないのか、空はぼうっとした顔で光を見る。光はプルリングを開けて、空に渡してやった。

「ありがと」

　空は両手で包み込むように缶コーヒーをもち、ゆっくりと一口飲んだ。

「……あ、お金」

「いいよ」

　光は食い気味に答えると、隣のブランコに座り、自分もコーヒーを飲む。

「あ、ひとりになりたい、とかある？」

　光が尋ねると、空はゆっくりと首を横に振った。しかし、しばらく、ゆらゆらとブランコに揺られた後、はっとした顔で、光を見る。

「あっ、忙しかったりする？」

「いやいやいやいや、ぜんぜん」

光は慌てて手を振る。空はしゅんと俯いた。

「……ずっとつきあってもらっちゃって」

「なんなら、短期バイト終わったばっかだし」

「バイト、何？」

空は尋ねた。少しでも気を紛らわすために、何か話したい様子だった。

「パン工場でバナナオムレツ作ってた」

「何それ？」

「え、知らない？　コンビニとかで売ってるじゃん。バナナ一本、まるごと入ってるべ？　それ生クリームとスポンジで巻く」

「うまそ」

「私は、そのバナナの皮を延々むいていました」

「ウソ」

空はふっと笑った。光は嬉しくなって、身振り手振りを交えて、大げさに話す。

「ホント。朝から、晩まで。バナナの皮ってさ。3、4回で剝くじゃん？　あれ、俺、今、1回で剝けるね」

「ウソだあ」

「ホントだよ。コツがあんだよ」

「ホントかな」

空が笑っている。光はその顔をそっと盗み見た。

カラスがやけに響く声で鳴いた。

気づけばもう日は暮れようとしている。

「お前、そうだ。今日、渉先生とデートじゃね？」

「うん、そうなの。はなカフェ、6時」

「こんな日に」

「約束だから行かなきゃ。それに、家帰る気分じゃないからちょうどいい」

「ふうん」

光の声がほんの少し低くなる。

「今、何時？」

「4時半」

「そうか。まだ、時間ある」

「ああ……」

二人は黙って、ブランコをゆらゆらと揺らした。ブランコが軋むキイキイという音だけが響く。

「あの人、他人？」

不意に空が言った。光はどきっとしながら「え」と息のような声を返す。

「だって、血がつながってないってことは、他人だよね」

「そんな風に言うな。かーちゃん、かわいそうだろ」

空は込み上げる感情を抑えるように、ぎゅっと唇を噛んだ。

「どんな事情があるかわかんないけど……なんか心あたりある？」

空は首を横に振る。

「どんな事情があるかわかんないけど、俺だったら、まず礼を言うね。他人なのに、ここまで育ててくれた」

光は空を見おろして、大きな声で言った。

「水無瀬碧は、水無瀬空をすげー、愛してる」

びっくりした顔で自分を見る空に、光はにやっと笑いかける。

「俺には、そう見える」

空はぼろぼろと泣き始めた。ブランコの鎖を摑む手は細かく震えている。

「私……私、どうしよう。血液型なんか、血液型なんか調べなきゃ良かった！　なんで、なんでこんなことになっちゃったんだ。かーちゃん、大好きだったし、これ、なに、なに、私に起きてんの？」

光はブランコから立ち上がり、空の前に立つと、「水無瀬、水無瀬」と名前を呼びながら、その両肩を揺さぶった。

「水無瀬。しっかりしろ。しっかりするんだ」

空は涙に濡れた目で光を見た。冷静さが剝げ落ちた空は、ひどく無防備に見えた。

「いいか、俺がいる。大丈夫だ。ひとりじゃない」

「ひとり、じゃ、ない？」

「ああ、俺がいる。ここにいる。絶対いる。水無瀬を守るとか言わない。言えない。そんなカッコイイこと言えない。自信もない。でも、必ずいるから。何があっても。俺がいること忘れんな」

「入野……」

空は必死に手を伸ばし、光にしがみつく。光はしっかりと空を抱きとめた。

空はもう一度光を呼んだ。涙交じりの声で。

「入野……」

夕暮れの中、子供と大人のあいだにある二人は、ぎこちなく、しかし、切実に抱き合っていた。

(私が初めて男の子にハグされたのは、これで……。まるで、ヨレヨレになったおばーちゃんが、電信柱にもたれかかるみたいに。……恋とは遠く。でも、切実で。入野、そばにいてくれ)

日が暮れ、抱擁を解いた二人は公園を互いに無言のまま出た。

もうすぐ空のデートの時間だった。

「いつでも電話くれていいから」

別れ際、光は優しく言った。空は涙で腫れぼったい目で「ん」と頷く。

「3コールで出る」

突然立ち止まり、空はスマホを操作した。光の携帯が鳴る。

「もしもし」

光が空を見ながら、電話を取る。

「ホントだ。1コール」

空は目の前の光ではなく、電話先の光に向かってそう言うと、すぐに電話を切った。

「お前、ちょっとかわいいからって、調子のってんじゃねーぞ」

切れた電話をしまいながら、光は下を向いてぶつぶつと言う。

「ん？」

「いや、今度は、半コール、2分の1コールで出られるように努力します」

空はちょっとだけ笑えた。

光は本気で「いて」くれようとしている。自分がまっさきに光に話を聞いてもらいたくなった理由が今になってなんとなくわかったような気がした。

水無瀬邸のキッチンでは、ゴンちゃんが特製スープを作っていた。

味見をし、大きく頷くと、すぐに皿によそい、リビングへと運ぶ。

碧はずっと変わらず同じ姿勢で、ソファにもたれていた。

「ほい。ゴンちゃん特製スープ」

ゴンちゃんは碧の前にスープの皿とスプーンを置いた。

「いらない」

「んなこと言うなよ。せっかく、作ったのに」

そう言ってゴンちゃんは自分の分を勢いよく食べ始めた。碧はその様子を思わずちらりと見る。ゴンちゃんの食べる様子があまりに美味しそうで、碧はごくんと唾を飲み込む。そして、我慢できずにスプーンを取ると、一口スープを飲んだ。

「うまっ」

碧はもう一口、もう一口と口にした。その様子をじっと見ていたゴンちゃんは黙っておかわりをよそってやる。

「少しは、腹入れた方がいいぞ。気持ちも落ち着く」

「……ん」

「空ちゃん、渉先生とデート行ったんだろ？」

「うん、今、光くんから電話あった」

「光くんもイケメンだし、渉先生もいい先生だし、空ちゃん、モテモテだねえ。両手に花。お前いなくたって、大丈夫じゃないの？」

確かに、と碧は思う。碧は暗い顔で、スプーンを置いた。地中に深くめり込んでいるような落ち込みように、ゴンちゃんは慌てて「いやいや」と言った。

「冗談だよ。空ちゃんももう大人ってことだよ。わかってくれるさ」

「そうかな……どうなっちゃうんだろうな、私たち」

「いいか、碧。俺は何があってもお前ら親子を守るからな。あの時だって、空ちゃんごとプロポーズしたろ？　ここで」

「はっ、プロポーズ？　なに、それ？」

碧は思わず声を上げて、ゴンちゃんを見た。そんな記憶は全くない。

怪訝な顔をしていると、ゴンちゃんは不機嫌そうに、碧に思い出させた。

ゴンちゃん曰く、20年前のこと。この水無瀬邸のリビングで碧は空に哺乳瓶でミルクをやっていた。その隣にいたゴンちゃんは慣れない育児でへろへろになっていた碧にこう言ったのだという。

「お前よお。大変だったら、俺、一緒に育ててやってもいーぞー」

それに対し、碧は「はいはい、よちよち」と空の世話をしながら、こう答えた。

「ん～？　菜子さんも来てくれてるし、なんとか」

たったこれだけ。碧が聞き流した、このやりとりをゴンちゃんはプロポーズと言っているのだった。

「えっ、それ、プロポーズなの？　わかんないよ！　明日も、手伝いに来てくれるって
ことかな、くらいに思うよ。とにかく、空、夜泣きすごくて、寝させてもらえなくて、
朦朧《もうろう》としてるから、プロポーズです、くらい言ってくれないとわかんないよ」

ゴンちゃんはふいっと顔を背けた。

「俺がお前に結婚してくれ、とか言えるかよ」

「だって、あのあと、すぐに放浪の旅出たじゃんっ」

「傷心の旅？」

「よくいう。パリですぐに、エトワールと結婚したくせに」

「それはそれとして」

「ま、お断りしますよ」

「は？」

「プロポーズ、ありがたくお断りします」

一瞬、目を丸くしたゴンちゃんは、「今は、してないよっ」とかみつくように言った。

「あのとき、したんだよっ。金輪際、しないよ！　あのときは、あんまりにもおめーが
かわいそうだから、施しだよっ、施しっ」

ゴンちゃんは立ち上がると、精一杯の上から目線で偉そうに言う。立ち上がったゴン
ちゃんはそびえたつようで、小柄な碧は仰ぎ見るようだ。自分を見下ろすゴンちゃんの
視線に、碧はいらっとし、思わず睨み返した。

不意に渉に顔を覗き込まれ、空は思わずびくっと身を引いた。

「や、今日、元気ないなー、と思って」

予定通り、空は渉と落ち合い、はなカフェでデートをしている。ずっと楽しみにしていた渉とのデートだ。しかし、気づけば、ぼうっと意識を飛ばしているのだった。

「そかな……」

「なんか、あった？」

「ううん」

優しく渉に尋ねられ、空は咄嗟《とっさ》に首を振っていた。血液型のこと、碧のこと。話せば、きっと渉は親身になって聞いてくれただろう。しかし、空は話せなかった。

「じゃあ、いいけど」

「あ、ちょっと、微熱あるかも」

「え？　じゃ……」

「あ、整体も今日はよくって。ごめんなさい。帰ります」

空は立ち上がって、頭を下げた。心から体調を心配してくれる渉に心が痛む。

でも、もう渉の前で笑みを作るのも限界だった。

あんなに楽しみにしていたデートを予定よりも随分早く切り上げ、空ははなカフェを出た。

空はすずらん商店街をとぼとぼと歩いた。

マンションの前で立ち止まり、見上げる。水無瀬邸の窓の明かりが下からもはっきり見える。足が動かなかった。中に入って行ける気がしない。

マンションの前で立ち尽くしていた空は、しばらくしてゆっくりとスマホを取り出した。


スマホが鳴っている。風呂に入っていた光は、バスタオルを軽く巻いただけの格好で、リビングに置いてあるスマホへ駆け寄る。

着信表示を確認すると、空からの電話だ。光は急いで電話に出た。

「はいはいはいはい」

「おっ、どした？」

「家、帰りたくない」

「おお、まあな」

「行っていい？」

そんな意味じゃないことは分かっているのに、その心細そうな声に、光は思わずどきっとした。

「えっ、今、ちょっ……」

さらに自分が半裸なことに慌てながら、光は部屋を見回す。部屋には洗濯物やペットボトルが散乱している。テーブルの上にはバイト先でもらってきたバナナオムレツが何本も置いてある。全体的に雑然としていた。いつもは綺麗にしている方なのに、どうしてよりによってこんな時に、と思う時点で、断るという選択肢はなくなっている。

「そして、部屋。部屋が汚い」

光はスマホで空と話しながら、慌てて部屋を片付け始めた。

片付けを終え、改めて服を着たのとほとんど同じタイミングで、空がインターフォンを押した。

光はドアを開けて、空を迎え入れながら、「わかった？」と尋ねる。

「わかった。携帯のグーグルマップ」

「おお、どぞ」

空は一切身構えることなく、すっと部屋に上がった。男の部屋に男と二人っきりでいるという、緊張感がまるでない様子に、光は意識されていない切なさと、信頼されているという喜びと、親のような心配を同時に覚える。

「お前さ、水無瀬さん」

「はい？」

「こういうの、あんまり、ランダムにやらない方がいいぞ。相手、年頃の男だと、やられちゃったりするから」

「えっ、私、やられちゃうの？」

空は大きな目をまんまるにして光を見た。光は焦りながら、否定する。

「いやいやいやいや。それはない。俺はない。全くない。お前を相手するほど、まったく女子に困ってない。だけどな、ほら、ランダムに行くとどういう男に当たるかわからないから」

「選んでる」

「選ばれました」

光はふざけて胸を張る。ふざけながらもうれしかった。

「とりあえず、シーツ換えたし、冷蔵庫に水とか、食べ物も入ってるから、ご自由に」

ざっと説明すると、空は不思議そうな顔で光を見る。

「え、君は？」

「俺は、まあ、その、なんていうか、こう見えて年頃の男なので、駅前の漫喫にでも」

空はぱっと縋るように光を見た。心もとない、その様子に、光は一瞬ぐらりとして、慌てて早口で約束する。

「あ、大丈夫大丈夫。携帯、3コールで出る。さっきも出たろ？　風呂から飛び出した。で、漫喫はここ」

光は空に漫喫のカードを見せる。

「和風漫画喫茶。すぐだから、何かあったら、駆けつけられるから」

空は「ん……」と頷いた。

「あ、お前、かーちゃんには連絡した?」

「うん、友達とオールするって」

光はそれ以上は尋ねず、スマホと財布だけもって、部屋を出た。

マンションを出たところで、通りから自分の部屋を見上げる。

大丈夫だろうか、と光は思う。

光が玄関を出る時も、空は心細そうにしていた。

夜の空気が冷たい。身震いして、歩き出そうとした瞬間、ガラッと窓が開いた。

顔を出した空は、光を見つけ、淋しい笑顔を浮かべる。そして、少し手を振った。


「かーちゃん、今日はオールしてく。チェーン開けといてくれ」

空から届いたLINEのメッセージにはずっと前に既読を付けた。「あいよ」という、長い時間思い悩んだ末に返した返事にも、既読が付けられている。

碧はリビングのソファに寄りかかったまま、そのメッセージをじっと眺めていた。

ゴンちゃんは碧がスープを飲み終えるのを見届けると帰っていった。

今この部屋にいるのは、碧ひとりだ。

メッセージをぼーっと眺め、碧は涙をこぼす。

碧はリモンチェッロをぐいっと飲んだ。ゴンちゃんが帰ってから、ずっとこの酒をちびちびと飲み続けている。

「空の好きなリモンチェッロ」

そう口にしたら、また新しい涙が溢れてきた。


漫画喫茶で、光は漫画に没頭していた。「フェアリーテイル」を1巻から積み上げ、一気に読み進めている。空のことを心配しつつも、漫画に囲まれればひとりのオタクとして、おのずとテンションが上がる。

夢中になって読んでいると、店員が個室のドアを小さくノックした。

「お客さん。お客さんです」

「はい？」

漫画から顔を上げると、店員の横に、空が立っている。

「なんで？」

光は思わず声を上げる。

空は個室に入ると、光の隣に座った。漫画喫茶の個室は狭い。二人はおのずと寄り添う形になった。

空は黙って、光が読み終わった巻を手に取る。

漫画を読みだした空は、少しリラックスした柔らかい顔をしていた。漫画を読みながら声を上げて笑う空に、光は「あはは、じゃなくて」とため息をこぼす。

「ひとりでいたくなかった」

漫画を開いたまま、空は真顔でぽつんと言った。

「ついてきてしまった」

「いきなり、気許しすぎじゃね？」

「ヤドヴィガを描いたから。誰かの心の中にあるものを、ああして、具現化して、絵にしたら、それはもう、心が通じ合ったも同じと思った」

「そんなこと、いつ思ってたの？」

じわっと心が熱くなったのを誤魔化すように尋ねると、「今、適当に言った」と返ってきて、光は脱力した。

「やめて。そういうの、やめて。俺の心、もてあそばないで」

「不思議」

空はふわっと笑った。

「私、入野といると心が自由になる。こんな泣きたいのに、どうしようもないのに、なんか、ちょっとだけ、心が抜け道見つける」

「俺、抜け道かよ」

「でも、その抜け道の先には、光が見える」

「光だけにな」

光が笑う。空も、少し笑った。

「そういえば、かーちゃん言ってたね。光と空、なんて二人ともいい名前なのに、なんで、名前で呼び合わないの？　って」

「俺は、水無瀬、って呼ぶ度に、その先に、空が、青い空が広がるような、そんな気がしてたけどね」

「……うまいこと言った？」

空の疑うような目に、光は「や、本気」と照れ臭そうに答える。

「疲れた。今日、疲れた。ちと寝る」

そう言って空は光の肩にもたれて、目を閉じた。家具にでも寄りかかるかのように。

光は少しドキッとするが、平気なふりをして漫画を読む。しかし、頭には全く入ってこない。もうずっと同じページを繰り返し読んでいる。

そのうちすーすーという規則正しい寝息が聞こえてきた。

「ガチで寝た」

その寝顔をしばらく眺め、光はソファから立ち上がり、空がそこで一人で眠れるようにしてやる。そっと横たえ、上に毛布を掛けると、空が小さく「かーちゃん」と呟いた。

光は優しい目で空の寝顔を見詰める。

空の目から零れ落ちた涙を、光はそっとぬぐった。

漫画喫茶の外に出ると、空には綺麗な朝焼けが広がっていた。

体がきゅっとなるような冷たい空気の中、空と光は並んで歩く。光は欠伸を嚙み殺した。昨晩は結局一睡もしていない。一晩中、毛布にくるまって眠る空の横で、目をしばしばさせながら、必死に漫画を読み続けていたのだ。

一方の空は、よく眠れたのか、昨日よりはすっきりとした顔をしている。

「ありがとう。ここまでで」

駅の近くの商店街に差し掛かったところで、空は光に告げた。

「大丈夫かよ？　ひとりで」

「うん。3コール生きてんでしょ？」

「生きてるよ。今度、奢れよな」

「いいよ、おだやのヤキソバ？　鯛焼き？」

空を見ていた光は、ふと商店街に目を移し、「あっ」と思い出したように声を上げた。

光が指さす店の店頭に、ガチャガチャのコーナーがある。その中に、以前光が何度も挑戦した「はたらく細胞」のガチャガチャもあった。

「ガチャガチャ」

「白血球あるかな」

空は横からお目当てのカプセルを探す。

「いつか、ヤドヴィガがこの中に」

光の言葉に、空は「いいね、それ」と頷いた。光は迷わず硬貨を投入する。

「キラキラ。ビー玉」

光はキャラクターのグッズの中に紛れた、ビー玉のカプセルを横から指差した。

「あ、ホント」

「空の好きなやつ」

「私の好きなやつ」

「出たらやるよ」

「え？」

空は光の顔を仰ぎ見る。光はにっと笑った。

「これで見ると、町がサカサマになって新鮮なんだろ？　泣きたくなったら、これで、世界見てみろよ」

「なんて、取れるかな」

「取るよ」

そう言って、光はレバーを回した。軽い音と共にカプセルが転がり出る。急いで取り上げると、中に入っていたのはキラキラ光る黄色のビー玉だった。

二人は「おおっ」と同時に声を上げ、笑顔で顔を見合わせる。

「お守りにする、これ」

手渡されたビー玉のカプセルを空はぎゅっと大事そうに両手で握った。

光はふっと笑った。

照れ臭そうに手を上げて、光が家に帰っていく。空を気にするように何度も振り返って、早く帰れと手で促す。

空はカプセルからビー玉を取り出し、目に当てた。

リモンチェッロ色のビー玉。ビー玉越しの光。

サカサマの光が、少しずつ遠ざかっていく。

サカサマの光が振り返る。空は目からビー玉を外して、光に大きく手を振った。


まだ朝早いというのに、空がリビングに入ると、碧はもう起きて、そこにいた。

「お帰り～」という声に、「ただいま」と答えた声が少しかすれる。

「なんか、目覚めちゃって。コーヒー淹れてた。飲む？」

「ん、うん」

空は小さく頷く。碧の声は明るいが、いつも通りを演じているように感じられた。

空はコーヒーを注ぐ碧の背中に向かって「かーちゃん」と呼んだ。

「私、かーちゃんの娘じゃないの？」

碧の手の動きがぴたりと止まる。

ゆっくりと立ち上るコーヒーの香りの中で、空は碧の答えを待った。

10

「私、かーちゃんの娘じゃないの？」

覚悟していたはずなのに、空の言葉に、碧は思わず凍り付いた。

昨夜はリビングのソファにもたれたまま、一睡もせずに空を待った。起きて待っていないと、もう一生帰って来ないようで怖かった。

あれだけ長い時間、空を待っていたのに、当然聞かれる質問の答えを碧は準備していなかった。

「かーちゃん。だってさ、これ見て」

うろたえる碧に空は血液検査の結果を突き付けた。

「私、AB型……かーちゃん、O型だよね。O型からABって生まれない」

空は碧をまっすぐに見て尋ねた。

「かーちゃん、誰」

一体誰なのか、自分にとっての何なのか。そう正面から問いただすような真剣な空の目。その目がこわいと感じた碧は思わず目を逸らす。

しかし、答えないわけにはいかない。リビングのソファに座り、淹れたばかりのコーヒーを空と自分の前に置くと、碧は重い口を開いた。

「私は、あのころ、まだ23とか4で……すごく好きな人がいた。結婚する約束をしていたのに、彼は、私を裏切った。その頃、かーちゃん、あ……私は、彼に本当に甘えていて、彼を失くしたと思ったら、もうこの、立ってる地面がなくなっちゃったような気になったの」

「……まだ、作家にはなってなかったの？」

「え？」

「かーちゃんが、作家になってたなら、その書くってことが、水無瀬碧を助けたかも、と思って」

碧はゆっくりと首を振る。

「逆。『空の匂いをかぐ』がバカみたいにあたって、世間に持ち上げられて、期待されて、そのプレッシャーで、次の作品が書けない……。生きること全部が、苦しかった。八方塞がりだった。自分には、もう生きている意味はない。自分の人生には意味はないんだ、と思った。ちょっと、鬱だったかもしれない。それで、芦ヶ丘の樹海に行って」

樹海という言葉に、空はコーヒーカップに伸ばしかけた手を止め、碧を見る。

「今から、思えば、長い人生に魔が差した一瞬だった、と思うんだけど、かーちゃんは……私は、死のうとした。そして、樹海の入り口から、中に進んだの。木の葉っぱが綺麗だった。森が私を誘っている、と思った。なんにもこわくなかった。このまま、前に前に進めば……」

「かーちゃん！」

空はその先を聞くのがこわくなって、思わず声を上げる。しかし、碧は沈鬱《ちんうつ》な表情で続けた。

「死ねると思った。あんたには、言っとくけど、この世にない物語を紡ごうとするものたちには、その創造の快感の代償に、死、がひっそりと近くに漂うものなのよ。森の奥深くに進むと……でも、声が聞こえたの」

「その瞬間」を思い出したように、碧の顔が輝く。

「赤ちゃんの泣き声。私は、その声の方に……行った。自然に足が向いて。行くしかなかった。あなたが、泣いて、いた。あなたが、生きて、いた。ちっちゃな籠に入れられて、ちっちゃい手で、ちっちゃい顔で、顔真っ赤にして、泣いてたの」

空は碧の話に引き込まれているようだった。碧も語っているうちに、どんどん感情が乗ってくるのを感じる。

「私は、知らず知らずのうちに、手を差し出してた……君を、抱き上げた」

碧は涙ぐむ。

「そしたら、君、あったかくて。あったかくてあったかくて。なんか、私、そのあったかいことに、涙がポロポロポロポロこぼれてきて、止まらなくて」

抱き上げた赤子の温度が残っているかのように、碧は両手をじっと見つめ、ぼろぼろと泣く。その時の碧の気持ちになって、空も一緒になって泣いた。

「目がさめたっていうか、生きて行こう、って」

「かーちゃん……」

「この子、育てようって思った」

碧はきりっとした表情で、涙を振り払いながら言う。

「だってさ、ここで会ったのも、何かの縁じゃん？　私は死のうとしてて、君は、死にたくないのに、生かしてもらえない。このままじゃ、間違いなく死ぬ。あ、私、この子に必要とされてるかも、と思ったの。私が、手を差しのべなければ、この子、助ける人は今、ここに誰もいない。私、あなたを育てようと思った」

噛み締めるように力強く語る碧を、空は涙でキラキラと光る目でじっと見つめた。

リモンチェッロ色のビー玉がカラカラと軽く弾む。

学生街の喫茶店のテーブルの上で、空はビー玉を手で転がしながら、碧に聞いた話をそっくりそのまま光に語って聞かせていた。

「すげー、話」

光は大作映画でも見た後の様に、深々と息をする。空は頷いた。

「うん、すげー、話」

「要するにそれって、捨てられた子供、あ、ゴメン」

「ううん、事実事実」

「死のうとした水無瀬碧。二人とも、命拾いしたってことだよね？」

「ああ……そうだね」

光の言葉に改めて空はじーんとする。光は前のめりになって、興奮気味に言った。

「すげー。そんな運命の出逢いってあるだろうか。いっそ、産むよりすごくない？」

「そう、それでかーちゃんは、私を抱きあげた時に、その日初めて上を見上げて、今日は晴れだったたって気づいて、空の青さに泣いたんだって。それで、私に、空って名前をつけた」

「泣けるやんっ。泣くしかないやんっ」

光は本当に涙目になっている。空は「泣くなよ」と涙をハンカチでぬぐってやった。

「……そうしたら、私、別に、血液型なんて、血のつながりなんて、どうでもいいような気がしてきて」

空の言葉に、光は大きく頷く。

「逆に、そんなとこに私、捨てられてて、そして、死のうとしてたかーちゃんを助けられたなら、私、樹海に、捨てられててよかった、とさえ、思った」

「水無瀬は、ほんとーにかーちゃんが好きだな」

「あの人は、才能があるから。たくさんの人を小説で幸せにする。だから、かーちゃんが生きたことによって、たくさんの作品が生まれて、たくさんの人が幸せになったなら、私にも意味があった」

「空は、かーちゃんの命だな。お前がいたから、かーちゃんは生きようとしたんだし、生きてこられたんだ」

空は微笑む。そして、その微笑みを、少し陰らせて、ため息をついた。

「ちょっとでも、今、どうしたらいいかわかんない感じなんだ」

空は昨晩の出来事を思い出す。

夕食後リビングで碧はアイスを並べて言ったのだった。

「そーら。ミルバ食べる？　ミルバ。ヘーゼルナッツと、クリオネ」

それに対して、空はすかさずツッコんだ。

「クリオネは食えねえ。プラリネだ」

そして、碧は「あ、そうか、そだった」と笑いだした。空も一緒になって笑った。二人で笑ったのだ。

でも、それは自然に笑ったというよりも、いつもだったらこんな風に笑うはずだと、いつもを再現しようとしている感じがあった。自分だけではなく、碧も。

「なんか、笑うのもぎこちない」

はあっと重いため息をこぼして、ビー玉を軽く転がす。光はビー玉を受け止めると、空の方に向かって転がした。

「ま、そりゃな。そういうことがあったって知ったわけだから」

「お互い、気をつかうっていうか」

「でもさ、親子って、実際の親子でも、そうじゃね？　一緒に暮らしてた時、離れて暮らし始めた時、もっというと結婚して出てってから？　なんか、家族の距離とか雰囲気とか変わるじゃん？」

「ん……。そだね。ずっと同じ、なんて、ないよね。ホントは。たとえ、家族でも」

「ずっと同じじゃなくてもさ、いいんじゃね？　寄り添う気持ちさえあればさ、くっつくよ、形はいびつでも」

空はビー玉を手に取り、ビー玉を通して、光を見た。

「サカサマに見える。サカサマの光」

「なんで、いきなり名前だよ」

「きみだってたまに、空って呼んでるじゃん。いいでしょ？」

ビー玉の中のサカサマな光は、照れたようにふいっと視線を逸らした。

「えっ、『真夏の空は、夢』1ページも出来てない？」

水無瀬邸のリビングで、漱石はショックに固まっていた。碧は「はい」と漱石の目を見てしっかりと答える。

「1行も。1文字も」

漱石は眩暈を覚えながら、頭を押さえ、手帳を開く。

「……えと30ページの連載枠を取ってありまして」

連載を落とすかもしれないというのに、碧は心ここにあらずで、どこか遠い目をしている。

「何か、ありましたか？」

その質問を待っていたのだろう、碧は漱石をがっと見て、勢いよく話し出した。

「あったんです。しばらく、私、書けないかもしれない」

「しばらく、というか、ずっと書いてないけど……」

小声で発せられた漱石のツッコミは、綺麗に無視された。

「ウチの子、本当の子供じゃないんです」

「えっ⁉」

「私、本当の母親じゃないんです。それが、ばれました」

「いいんですか？　そんなこと俺に言って」

「小西も知ってる。松山さんとか、最初から、空のおしめ替えてくれてたから」

「オープンな」

「そういうところは信用できる。余計なことは言わない。自分に得になることしかしない。それが小西」

「……しかし、立ち入ったことを聞くようですが、どこから、どういった経緯で、空ちゃんを」

「樹海で拾いました」

漱石はその答えに思わず息をのみ、碧を見つめる。漱石のまっすぐな目に、碧の目が一瞬泳いだ。

碧は顔を隠すようにコーヒーのカップを口にあてる。

漱石もコーヒーを口にしながら、眉をひそめる。何かがひっかかっていた。「樹海」と聞いた時、衝撃を受けると同時に、何かがかすめた気がしてならなかった。

とにかく今は、どうやって一日も早く碧に書いてもらうかだ。漱石は気持ちを切り替えて、碧に向き直った。

はなカフェのカウンターで、沙織はクリームやフルーツやチョコレートで飾り立てられた華やかなフラペチーノを注文した。店長はそれにさらに花をサービスでのせてくれる。食べることもできるというその花は綺麗だった。

沙織は顔をほころばせて礼を言う。

「サリー」

遅れて店に現れた空が声をかける。振り返った沙織の顔がさらにぱあっと輝いた。

空も沙織に負けないぐらい華やかなパフェを注文し、二人はテーブル席に着く。

人によっては見るだけで胸焼けしそうな大量のクリームが乗ったデザートを、すいすいと食べ進めながら、二人はお互いの近況を報告しあう。あらかた食べ終わる頃になって、空は自分の出生についての話をした。

「えっ、かーちゃんがかーちゃんじゃなかったの⁉」

目をぱちくりさせた沙織は、おもむろにアイスの塊を口に放り込んだ。

知覚過敏なのか沙織は悶絶している。

「ちょっと混乱した。でも、いいの？　私にそんなことしゃべって」

「この前、ともだちになったから」

「あ、ああ」

沙織は少しはにかむ。そして、心配そうに空を見た。

「ウチは、別に、毒親だからなんも思わないけど。空ちゃん、ショックでしょ？」

「ん。ちょっと。それに、私、樹海に捨てられてた」

「いや、それ、捨てられてたんじゃないと思う。私、その光景、こんな風に浮かぶ」

沙織ははなカフェのナプキンを一枚取ると、ペンを取りだし、絵を描き始めた。

「おかーさんが、森に行くとさ。どこかだけ、ピカッて光ってて、それはそれは可愛い赤ちゃんいるの。かぐや姫」

沙織が描こうとしているのはかぐや姫らしい。空と同じぐらいのボブの女の子が着物を着ていることはなんとなくわかる。肝心の顔がどう見てもこけしのようになり、沙織はペンを放り出した。

「私、絵、ヘタ。うまく描けないや。口で言お。空ちゃん、かぐや姫みたいだもん。かわいくて。髪黒くて。和風で。月帰っちゃいそうな感じあるもん。空ちゃん、捨てられてたんじゃないよ。空から降りてきた天使だよ。それをラッキーガールの、かーちゃんが、見つけたんだよ」

空はおもむろに立ち上がり、「サリー」と両手を差し出した。沙織も立ち上がり、さっと腕を伸ばし、空を抱きしめる。

「どうした？　空」

「私、私、拾ってくれたかーちゃんには、感謝しかないって思ったけど、自分が捨てられた子供だってことが、どうしても、心ン中でひっかかって」

沙織の言葉をもらって、沙織に向かって言葉にして、初めて気持ちがくっきりとした。

「だから、そんな風に言ってくれると、すごく、すごく救われる」

空は至近距離で沙織を見詰め、うるうるとした目でにっこりと笑う。

「かぐや姫、月帰んなよっ。ここにいてくれ」

沙織はぎゅーっと腕に力を込めた。空も抱きしめ返す。

周りの客たちはそんな二人をちらちらと見ている。しかし、二人はそんな視線などおかまいなしに固く固く抱き合った。

そこはどこまでも空が広がり、どこまでも海が広がる場所だった。

ひと気のない離島の海岸を、ひとりの男が歩いていた。不思議な男だった。人懐っこそうにも、どこか超然とした雰囲気をまとっているようにも見える。

男は波打ち際の流木を拾っていた。流木を拾っては、運び、水で洗う。その作業を根気強く何度も何度も繰り返した。

重い流木を男は苦も無くひょいと持ち上げる。Tシャツの上からでも、鍛えられた体のラインは良く分かった。

男は黙々と作業を続け、ある程度、流木が集まったところで、ようやく手を止める。

男は海辺の石に腰を下ろし、カバンから取り出した握り飯を頬張る。

ゆっくりと咀嚼《そしゃく》しながら、広い広い空を見上げた。

太葉堂の施術室では、渉が施術をしていた。ベッドに仰向けになっているのは、お得意さんの神林さんだ。施術中、無言を好む人も少なくないが、神林さんはとにかくおしゃべりが好きで、仰向けでもうつ伏せでも構わず話し続ける。

「最近は、潜ってないの？」

以前、スキューバダイビングが趣味だと話したことを覚えていたのだろう、神林さんが尋ねる。渉は手を止めることなく、「はい、全く」と答えた。

「今、アンコウとかいろいろ見られるんじゃない？」

「アンコウは、スキューバじゃちょっと……」

「ああ、デートに忙しい？」

からかうような神林さんに、渉は沈んだ声で答えた。

「いや、それが、全く」

「全く？」

「ぜんぜん、連絡もなくて、あ、いや、この前、1回デートしたんですが……」

涉はデートの時のことを思い出していた。

元気がない彼女を心配してその顔をのぞきこんだ時、拒絶されたような感覚があった。

「なんか、冷たいっていうか、心ここにあらず、っていうか」

仰向けの施術が終わり、神林さんにうつ伏せの姿勢を取ってもらう。

「あ、そこ強めにね」

「はいはい」

「最初は、先生にぞっこんだったのにねえ」

「何かあったんでしょうかね？　でも、電話とかで何かあったの、って聞いても、別にって答えてくれないんです。それでも、きっとなにかあったんだろう、と思って、家で何かあったの？　って聞いても別に、もしかして大学で……」

「あっ、先生。それ、うざいわ。うざい。何かあったの？　は1回まで。そこで答えてもらえなかったら、あきらめないと」

神林さんの容赦ない一言に、涉はがっくりとうなだれた。

光のネームを見ながら、夢中になって漫画を描いているうちに、気づけば12時を回っていた。

今描いているのは、ヒロインのヤドヴィガとその母親であるドミニカのシーンだ。描いている間、考えることは多かったけれど、だからこそ、空は漫画にのめり込んだ。

空は悩みを忘れた。自分の体さえ忘れた。その世界に完全に入りこんでいた。

(どんなときも、物語は私を救う。かーちゃんの子だな。血はつながってなくても。なにかがつながっているな、きっと)

描き上げたページを眺めながら、空は満足げにほほ笑む。そして、ふと机の横に置いてある紙を手に取った。沙織が紙ナプキンに描いたへたくそなかぐや姫の絵だ。空はそれを大事そうに眺める。

そして、ふと何かを思いついたような顔になると、引き出しから紙とクリップを取り出し、するりと音もたてずに自分の部屋を出た。

廊下に出ると、碧の「寝る部屋」から光が漏れている。空は足音を忍ばせて、そうっと覗き込んだ。

碧が気持ちよさそうな寝息を立てて、熟睡していた。

寝る直前まで作業をしていたのだろう。左手には『真夏の空は、夢』のプロットを握り締め、右手にはラインマーカーを握り締めている。そのラインマーカーの先端は枕カバーにくっついていて、蛍光色が無惨にもにじんでしまっている。

空はまず碧の手からラインマーカーを取り、キャップをした。そして、プロットをベッドサイドに置き、碧の目からそっと眼鏡も外す。

そして、布団をかけ、電気を消した。

空はドアのところで、碧を振り返る。碧は何も気づかず、相変わらずよく寝ている。

空はそのまま廊下に出ようとして、ぴたっと足を止め、また母のもとへと戻った。

小さくなって眠っている碧は、空の目から見ても、ひどく可愛らしい。

空は布団に潜り込むと、碧と背中合わせで丸くなった。碧の寝息が聞こえる。空はしばらくその規則正しい寝息を聞いていた。

「み」

突然、碧が寝言を言った。空は思わず、ぱっと振り返る。

そう確かに言って、碧はへにゃっと笑った。

「ミルバ……」

「アイスの名前っ……。子供かよっ」

空は呆れてしまう。しかし、その口元はおかしそうに緩んでいた。

空は碧のベッドからするりと抜け出し、階段を下りる。そして、リビングに入ると、そうっと奥へと進み、間接照明をひとつだけつけた。

空は棚の上に2つ並んだグラスの中から、お目当ての鍵を抜き取った。

そして、鍵を回し、引き出しを開ける。そこには、前に見た時と同じく、碧の母子手帳が入っていた。

空は母子手帳を手に取り、O型と書いてあるページを開く。そして、部屋から持ってきたAB型とはっきり書かれた、自分の血液検査の紙を取り出し、そのページにクリップで留めた。

さらには、沙織の描いてくれたかぐや姫の絵も一緒に挟み込む。

そして、もう1枚。空&碧、親子♡と書いたメモをその上に挟んだ。

「そらとあお」

メモを見ていた空は思わず呟いた。

ふっと腑に落ちた気がした。碧という漢字はあおとも読む。同じ色を名前にくれたんだと思った。空と光という名前を呼び合うたびにキラキラすると碧は言ったけれど、空と碧もキラキラしている。並べて書いた名前を見てそう思った。

いろいろ挟み込んだ母子手帳をもとの場所に戻そうとした空は、ふと引き出しの奥の方にしまわれたアンティークボックスに気付いた。

空は思わず手を伸ばし、開けてみる。中にはまた小さな木の箱が入っていた。

その箱を開けて、空は思わず固まる。そこには、存在するはずがないものが、確かに存在していた。

次の日、光の部屋に押し掛けた空は、光の反応をじっと見ていた。

光は空が家からこっそり持ち出した木の箱の中身を唸りながら見ている。

「とかげのシッポ？　エビ？　タコの何か？」

「ボケなくていいから」

光が答えようとしないのをみて、空は自分からずばりと言った。

「それ、世に言う臍の緒ってやつじゃない？」

光の沈黙は肯定だった。

「それがうちにあった」

「かーちゃんの臍の緒だったりして」

光の言葉に空はゆっくりと首を振る。

「それにしては新しすぎる。カンだけど、これは、私の臍の緒。私が樹海の中に捨てられた子だとしたら、なぜ、臍の緒が……」

臍の緒を見てからずっと何か考え込んでいた光が、赤い表紙の本をテーブルの上に置いた。水無瀬碧の『アンビリカルコード』だった。

「──お前、これ、読んだことある？」

「打ち切りになったかーちゃんの小説。私、漫画以外読まないから、かーちゃんの小説は一切読んでない」

「これにさ、そっくりなくだりがあるんだ」

光はそのページを開いて、空に手渡した。空はそのページを読み上げる。

「渚は糸を抱き上げ、樹海の中で泣いた。そして、空をあおぎ、空の青さに……泣く。

この子を育てよう……今、この子は私がいなければ死んでしまう、そして、私にも、生きる意味が見つかった。この子を育てるという生きる意味……」

読むごとにどんどんと早口になり、最後には早送りのようになった。

「お前、もうちょっと、ちゃんと読んでやれよ。クライマックスだ」

「まんまやん」

「そう、おかしくね？」

「いや、あの人は、ネタに困ると、なんだってやる。いつだって本当のことを書くからな。自分の人生の切り売りなんかなんとも思ってない。それより、それを金に換えて、はまだの焼き肉を食べる人なんだ」

「でもさ、その話、あまりにも出来すぎ、美しすぎると俺は思った。小説みたいだ」

空は宙を見て考える。

「……ひとつ、あるとすれば」

「何？」

「私の中に、ひとつひっかかっていることがあったとすれば」

「何だよ」

「かーちゃん、あの人、水無瀬碧、絶対、自分から死のうなんてしないんじゃないかな!?」

「えっ？」

「ゴキブリのように、殺されない限り生きる生命力の塊のような……」

「ゴキブリ……」

二人はテーブルの上の『アンビリカルコード』をじっと見つめた。


空は光と共に、おだやの居間に乗り込んだ。

今はまだ客がまばらな時間帯だ。聞きたいことがあるからと、おだやの店をケンタにお願いし、ゴンちゃんと俊一郎に時間をもらった。何を聞かれるのか、大体わかっているのだろう。ゴンちゃんは唸りながら、腕組みをし、俊一郎は眼鏡を拭いたりと落ち着きがない。俊一郎の横には沙織もちょこんと座り、心配気に事の成り行きを見守っている。

「ん〜。碧が樹海に死にに行って、捨てられてる空を拾って来た……」

ゴンちゃんは空が聞いた碧の話をざっくりと要約した。

「すっごい、あっさり説明しちゃうとそういうことですが……」

苦笑する光の手元には『アンビリカルコード』がある。本当のことを聞き出すための梃子《てこ》になることがあるかもしれないと、持ってきたのだった。

俊一郎は天井を仰ぎ、「あ、おいら、そろそろ、夕方の仕込み」と腰を浮かす。空はぐいっと俊一郎の着物の裾を摑んだ。

「ケンタが働いてます」

「逃げちゃダメです」

沙織にも愛がある言い方ではあるが、きっぱりと言われ、俊一郎は渋々と座りなおす。

「また、碧もなんでそんな」

ため息交じりのゴンちゃんの言葉に、空はたちまち目をキリキリと吊り上げた。

「ウソなんですね!?　かーちゃん、ウソついたんですね！　あのやろ〜。許せん！

あのタイミングで、ウソとかつくか？」

「空ちゃん空ちゃん、冷静に」

沙織が必死になだめるが、空は悔しさにぎりぎりと唇を嚙む。

「だって、人が血液型違ってて、一晩眠れず……」

「寝てた。寝れなかったの俺」

光が思わずツッコむと、ゴンちゃんと俊一郎が目を丸くして、空と光を見る。

「いつのまに、そんな……」

「や、そういうの特にないです。何も」

うろたえるゴンちゃんに、光は手のひらを突き出し、あっさり言った。空もまた「ないです。一切」とあっさり続ける。

「とにかく、眠れなかったし、苦しかったし、私、この小さいかぐや姫のようないたいけな心で……」

「自分で言うな、自分で」

自分から空をかぐや姫に譬えた沙織も、たまらず小声でツッコミを入れる。

「どうにか必死に受け止めて、真実を受け止めようと思って、かーちゃんに『かーちゃん、私、かーちゃんの娘じゃないの？』って」

　空は空なりにものすごい覚悟であの質問を口にしたのだ。

「あれは、なんだったの⁉　せっかく、せっかく、かーちゃんの樹海の話を信じて、私なりに、それを受け入れてかみくだいて、ありがとう、と思って」

　空はぐいっと涙を拭う。しゃべればしゃべるほど泣けてくる。

「かーちゃんとこれからも、これからも、やってこうと、やってけるって思った……」

　空はちゃぶ台に突っ伏して声を上げて泣いた。

「空ちゃん、こんなもんが出て来たからいけないんだ！」

　俊一郎の声に、空はそろっと顔を上げる。すると、俊一郎は臍の緒の箱を手にし、それを口の上で逆さにすると、あむっと臍の緒を食べてしまった。

「えええええッ⁉」

　皆一斉に声を上げる。光は「食べた……」と動揺も露わに呟き、空も涙に濡れた顔で呆然と俊一郎を見る。

　皆が見つめる中、俊一郎は喉を鳴らして、ごっくんと臍の緒を飲み下した。

「おまっ、バッ、オヤジッ。出せ！　出すんだよ、オヤジ。ほら、出せ」

　混乱したゴンちゃんが俊一郎につかみかかって、なんとか吐き出させようとがくがくと揺さぶる。

「鈴《すず》さんがよ！　鈴さんが、泣くぞー」

「鈴、さん？」

聞きなれない名前を、空は聞きとがめる。しかし、ゴンちゃんは答えてくれなかった。それは、空が碧から直接聞くべきだと言う。確かにそうだと思った。いい加減、碧には本当のことを語ってもらう時だ。

「じゃ、ちょっと行ってくるからよ」

居間を出て、ゴンちゃんはケンタに告げた。どうやら一緒についてきてくれるようだ。

空は思わずすがるように光を見る。

「え、俺も行っていいの？」

「できれば」

そう空が言うと、光は当たり前のようにうなずいた。

居間から遅れて俊一郎と沙織が出てくる。

「これ、ごめんな」

俊一郎は臍の緒の箱を空に手渡した。中には俊一郎の胃の中に消えていったはずの臍の緒がきちんと収まっている。

臍の緒は結局、すぐに俊一郎の手から出てきたのだった。親指で押さえて、手の平で隠して見えなくするという、簡単な仕掛けの手品だった。単純だが、俊一郎があまりに自然に皆の目を逸らしながら、実行したので、皆面白いように騙されてしまった。

「ホントに飲み込んでくれたらよかったのに」

臍の緒を眺めながら、空は苦く笑って言った。沙織は空の手の中の臍の緒を大切そうに上から包んで、首を振った。

「あ、空ちゃん、そういうこと言うと、俊一郎さん、本当に食べちゃう。空ちゃんのこと、すごくかわいく思ってるから」

「みんなに心配かけて申し訳ない」

空は皆に頭を下げた。

「そんなことないよ」

「サリー」

空と沙織はぎゅっと手をつなぐ。

「じゃ、私も俊一郎さんと空ちゃんチ」

沙織は当然のように言った。俊一郎も頷いている。

ひとり残されるケンタは皆の顔をぐるりと見た。

「え、なんか、みんな、ことの成り行き知りたいだけ、とかそういうことないですか?」

ゴンちゃんは黙って、ケンタの脳天に重い拳骨を食らわせる。

頭をさするケンタに見送られながら、空たちはぞろぞろと水無瀬邸へと向かった。

水無瀬邸のリビングでは、漱石が碧の原稿を読んでいた。とはいっても、前回見たところから、ほとんど進んでいない。漱石は胃がキリキリ痛むほどの危機感を覚えた。

「ごめん。ぜんぜん、書けない」

碧は眠そうにゆらゆらしながら、情けない口調で訴えた。一応、真面目にパソコンには向かっているのだ。まったく書けないだけで。無駄に焦って遅くまでパソコンに向かうから、常に眠く、頭が働かない。悪循環だ。

「あの、僕とりあえず、あのプロットを元に、4シークエンスに分けてみました。書きやすいように」

「あ……」

碧は漱石がまとめたプロットをもとにしたより詳細な設計図とも言うべきものを受け取った。かなりプロットを読み込んだうえで、書いたものなのだろう。的確で、何を書くべきかが一目瞭然だった。

「どうでしょう」

「助かる……」

そう言ったかと思うと、碧は漱石の詳細なプロットを宙に放り投げた。

「でも、こういうの自由に発想できなくなる。私の飛躍する想像力が死ぬ！」

パラパラと宙に舞った用紙が、床に散らばっていく。

それらの用紙をじっと見ながら、漱石はぐっと堪えている。

と、次の瞬間、碧は「すいません。ウソです」とものすごい勢いで謝り、自分でばらまいた用紙を拾い出した。

「こういう芸術家みたいなこと、一回やってみたかっただけです。参考にさせていただきます」

急にしゅんと小さくなって、ペコペコ謝ると、集めた用紙を丁寧に番号順に揃えた。

漱石が深々とため息をついた次の瞬間、インターフォンが鳴った。

碧がモニターをのぞく。モニターには、空とゴンちゃん、そして、俊一郎、光、沙織の顔がひしめき合っていた。

「なんなの？　みんなして」

予想もしなかったその光景に、碧は思わず後ずさった。


久しぶりの休日、渉は伊豆大島でスキューバダイビングを楽しんでいた。

本当は忙しくてちゃんとできずにいた空とのデートを考えていたのだが、断られてしまったのだ。

やっぱり何かあったのだと渉は思う。

これ以上聞くのも、ウザいと嫌われそうで、聞けなかったけれど。

魚の群れなどと並泳しているうちに、少しずつ心が凪《な》いでくる。音や光が遠い海の中は、現実から切り離された空間のようで、ひどく落ち着いた。

しばらく潜って、渉はゆっくりと浮上する。海面から顔を出したところで、渉は流木にしがみついて、浮いている中年の男に気が付いた。

「こんにちは」

男は波にさらわれたのだろう。なかなかの非常事態だろうに、まるで、散歩の途中の様に寛いだ様子で、渉に向かって微笑みかけた。


「ま、どうぞ。どうぞ。ずずいっと。お忙しいところ」

空は率先して、その場を仕切り、ゴンちゃん、俊一郎、光、沙織をリビングに招き入れる。碧は何が始まるのかと、少し不安そうに様子をうかがっている。漱石は突然帰ることもできず、気配を殺すようにして、状況を見ていた。

「あ……」

漱石は沙織と目が合って、思わず声を上げた。別れのＬＩＮＥの後、彼女と会うのはこれが初めてだった。目が合った途端、沙織が思わずと言う様に、俊一郎の腕をぎゅっと摑んだのを見て、漱石は静かに傷つく。

「あ、君が漱石くんですか？」

漱石の存在に気付いた俊一郎が話しかけてきた。

「なんでわかるの？　俊一郎さん」

驚く沙織に、俊一郎は「わかるさ」と穏やかに言った。

「髪が目に刺さりそうで、シュッとしてて、下半身細い。この度は誠に申し訳なかった」

俊一郎は漱石に向かって頭を下げた。漱石は俯いて、ぼそぼそと答える。

「や、別に、謝られるようなことじゃ……」

「ちょ、ちょちょちょ待って」

空が勢いよく割って入った。

「今日、そういう場じゃないから。そういう話のために、ここにみんな、おだやこれから、忙しくなるのに、ケンタに任せてここに来てもらったわけじゃないから」

「なんか、仕切ってんな？　君」

碧が混ぜっ返す。空は冷ややかに碧を一瞥し、ふんと無視をした。

「えっ、何？　なになになになに、その態度」

碧は唇を尖らせる。空はまったく取り合おうとしない。なんとなく漂い出した険悪なムードに耐え切れず、ゴンちゃんはそわそわとキッチンに向かおうとする。

「お茶、そうだ。お茶でも出すか」

「おおっ、そうだな。みんな集まったことだし」

慌ててついていこうとした俊一郎に、ゴンちゃんは紙袋の中身を見せる。

「俺は、鯛焼きをかすめとって来た。サンマ焼きも」

「あ、俺サンマ焼き出すの手伝います」

光まで手を上げてキッチンに向かおうとする。

「逃げないで」

空はぴしゃりと言った。皆思わずフリーズする。

「私は、ここで、昼下がりのお茶会をやろうとしたわけではなく」

空は碧をちらりと見て続けた。

「みなさんにお集まりいただいたのは、かーちゃんが、私と二人だとウソをつくから」

碧はまだ戸惑ったような顔で空を見ている。

「どうやら、昔の事情も知っているらしい、おだやの面々」

空はゴンちゃんと俊一郎をじっと見た。そして、法廷に立つ弁護士の様に、ドラマチックに、臍の緒の箱を高く掲げる。

「かーちゃん。これ、臍の緒だよね。『アンビリカルコード』だよね」

碧は臍の緒を凝視しながら、急に喉が詰まったというように、うんと咳ばらいをした。

「なんで、私を樹海で拾ったなんてウソついた？」

碧が苦しそうな顔をしても、空は追及の手を緩めない。空はまっすぐに碧を見て、静かに尋ねた。

「本当のことを言ってくれ」

渉は海で出会った男を、流木ごと海辺まで引っ張っていった。大事な流木なのだと男が言い張ったからだ。

男は海辺が近くなると自分で泳ぎだし、あっという間に流木も引き上げた。

「こうしてね、これを売り物にするんです」

「へえ……」

男は遭難したというよりは、流された流木を手放すのが惜しくて、一緒に海を漂っていたらしい。

「君は、冬もこうして潜るんですか？」

男に尋ねられ、頷いた渉は、「あと、ちょっと気晴らしです」と苦く笑った。

「気晴らし？」

「はい。彼女に、ふられそうで」

男はふっと屈託なく笑った。

「いいですね。若いってことは」

「えっ、ふられそうなんですよ？」

一応抗議はしたものの、そこまで嫌な感じはなかった。

「おっと、失礼」

男は丁寧に謝ると、浜辺に置いてあった荷物から一眼レフを取り出し、おもむろに空の写真を一枚とった。

「日が暮れる前に、空の、写真です。空は毎日変わります」

「同じ日、ないですよね」

「まるで、私たちの心のように」

男がさらりと言った言葉が妙に沁みた。海と空が広がるこの場所で、この男の口から聞いた言葉でなかったら、ここまで沁みなかったかもしれない。渉はこの見知らぬ男の存在感に、胸を打たれていた。

渉は波の音を聞きながら、空を見上げる。

今この瞬間にも空はその姿を少しずつ変えていた。


空に迫られ、皆の注目が集まる中、碧は神妙な面持ちで口を開いた。

「私は、恋をしました」

みんな息をひそめて、碧の話を聞いていた。漱石も居心地悪そうに隅っこで聞いている。空はひたっと碧に視線を据えて、ひと際真剣に耳をそばだてた。

「それは、今までの恋とは違って、雷に打たれたような圧倒的な恋でした」

碧はあっという間に自分の話に入り込む。

「んーと、やっぱりおいら、お茶でも」

「俺も」

ゴンちゃんと俊一郎が腰を浮かす。事情を知る二人はどうも聞きづらいようだ。

「えっ、俺聞きたい。水無瀬碧のガチ恋話」

光は聞く気満々だ。沙織もうんうんと頷き、「雷に打たれたような恋……」とうっとりと呟いている。恋愛体質の沙織は、他人の恋愛を聞くことも好きらしい。

「私は、知り合って1週間、ずっとその人と一緒でした」

碧は厳かに続けた。すっかり話に入り込んでいる碧に、もう恥ずかしいといった感情もない。しかし、その赤裸々な告白に、漱石ががばっと立ち上がった。

「あ、すみません。俺、今日、校了なんでちょっと失礼して」

碧の生々しい恋愛話は、どうにも聞くに堪えなかったらしい。さっと部屋を出ようとした漱石の進路を、ゴンちゃんが塞ぐ。そして、妙に挑戦的ににやにやと笑いながら、ゴンちゃんは尋ねた。

「えっ、なんで？　なんで、あなた、碧の恋の話、聞きたくないの？　なんで、なんでなんで？　こいつとなんかあるわけ？」

漱石はゴンちゃんの勢いにたじたじとなっている。

空は「あの」と声を上げた。

「みなさん。いろんな思いが錯綜するとは思いますが、今日のところは、ここはひとつ、私の気持ちを一番に尊重していただけませんか？　私、かーちゃん、この人、私を育ててくれた、この人とどういう風にめぐり逢って、どういういきさつで今、親子になってるか、知りたいんです、単純に」

空の言葉に、ゴンちゃんは大人しく腰を下ろす。漱石も少し迷って元の場所に座った。

碧はそうしたリビングで起こっていることなど一切目に入っていないように、遠い目をすると、ふっと一息ついて、また話し出した。

「私、あの人のこと好きでした。今でも好きかもしれない。何度恋をしても、どうしても、あの人は越えられない、と思ってるようなところがあります。忘れられない」

「――そんな、人が……」

漱石はあからさまにショックを受け、呆然と呟く。そんな漱石にただ一人気づいた沙織は「漱石、大丈夫？」と純粋な気遣いの声をかけた。

「碧ちゃん、誰に向かってしゃべってる？　ひとり語りっぽい。インタビューっぽいぞ」

俊一郎が尋ねる。碧は真剣な顔で答えた。

「だって、空が本当のことを知りたい、というから、なるべく正直に」

空は碧をじっと見つめる。やっと本当のことが聞ける。どんな言葉が飛び出すのかもちろん怖くもあるけれど、耳触りのいいウソよりも、どんなに耳が痛いことだったとしても真実が知りたかった。

男は海辺にテントを張っていた。夕食を一緒にどうかと誘われて、渉はすぐさま了承する。この名前も知らない男にいつの間にか強い興味を抱いていた。

男は手慣れた手つきで火をおこし、鍋に海の幸と味噌を入れ、手早く味噌汁をつくった。その他にも焼いた魚や男が捌《さば》いた刺身などもある。

自然の中で過ごした長い時間が感じられるような、無駄のない動きだった。

じわっと体に染み入るような味噌汁を飲み、魚をつまみながら、二人は話をした。といっても、男は自分のことをほとんど話さなかったので、主に話すのは渉だった。

「忘れられない人？」

渉は振られかかっている空との出会いから話した。また、自分の抱える問題をより理解してもらおうと、恋愛にブレーキをかけ続けていた理由である、「忘れられない人」についても話す。男は丁寧な聞き手だった。おのずと話にも力が入った。

「はい、もともとは、僕、小学校3年生の時の同級生が忘れられなかったんです」

男はふっと笑った。

「あ、おかしいですよね？」

「いや、わかります。私にもいます。忘れられない人。時がたてばたつほど、記憶の輪郭が濃くなるような」

「記憶の輪郭……」

記憶の輪郭という言葉は、渉が感じていることにぴったりだった。渉も時が経つほどに、同級生の女の子とミュウの姿は鮮明になっていく。頭で勝手に美化していっているのだろうとは思う。思い出補正といわれるやつだ。

男は音を立てて乾いた枝をおり、火にくべた。あっという間に火は枝をなめ、その勢いを増す。

涉は火に照らされた男の顔がひどく整っていることに気付いた。

誰でも受け入れるような優しさを感じさせつつ、どこか酷薄そうにも見える。

その二つは遠いようで近いのかもしれないと、涉はぼんやりと思った。

今度こそ聞く態勢を整えた聴衆たちの前で、碧は改めて口を開いた。

「一ノ瀬《いちのせ》風雅《ふうが》っていいます」

「え、芸名？」

空が思わず言う。

「これが、写真」

碧がすっと出した写真を、皆一斉に覗き込んだ。

写真には30代のものすごいイケメンが写っている。写真は非常にカッコいいのだが、どう見てもプライベートで撮ったものではなく、プロが撮った売り物の写真だった。

「かーちゃん、なんだこれ！　すげー、イケメン」

「ブロマイドだ」

「ブロマイドっていつの時代よ、俊一郎さん」

なつかしそうな俊一郎に碧がツッコむが、空は「いや」と首をふった。

「今も言う。３枚６百円くらいで売ってる」

「３枚千円で買った。ぼったくられたかな」

「下北沢の本多劇場。彼のお芝居に何度も通いました」

「もしや御布施?」

「母、まさかの。役者沼にハマった?」

空は目を丸くする。

舞台に上がる一ノ瀬風雅はそれはそれは素敵だった、と碧は語った。ライトに照らされた姿など、鍛えた体の美しさも相まって、神々しいほどだった。しかし、所属していた劇団は難解な脚本を好んで演じる劇団で、正直人気はさほどなかった。

「人生は歩く影にすぎない! 涙は人間が作る一番小さな海だ……」

意味なんてどうでもよかった。碧は一ノ瀬風雅が悩まし気な表情でセリフを情熱的に叫ぶだけで、十分だった。

ある時、客席に三人しかいなかったことがあった。いくら人気のない劇団とはいえ、さすがにこれは記録的に少ない人数だ。一ノ瀬風雅は舞台に上がる役者よりも観客が少ないことに激しく落胆した。

「客三人ってなんだ。今日は、ヤメヤメッ」

一ノ瀬風雅は舞台を投げ出そうとした。その時、碧はすくっと立ち上がり「待って、やめないで!!」と声を上げたのだった。手を胸の間で組んで、碧は舞台の上の風雅を見上げると「私、見てます」と声をかけた。

「それが、私たちの出逢い……」

「それって、出逢いなん？　推しが私見たって、目が合ったって、騒いでるオタクと一緒では」

空の冷静な指摘に、碧は「ううん。出逢いっ」と強引に言い切る。

「そして、私たちは、恋に落ちた……そして、１週間したころ、彼は姿を消した」

空を筆頭にその場にいる全員が「えっ？」と声を上げた。

「それ、遊ばれたんじゃ……」

思わず口にした沙織がぱっと自分の口を手で覆う。

自分の話にまた完全に入り込んだ碧は、ざわつくオーディエンスには気づかず、話を続けた。

「私、彼の劇団に行って、彼の居場所をつきとめて……」

個人情報なんて概念もまだないような時代だった。あっさりと教えてもらった彼の住所を、碧は訪れたのだった。

狭い路地にある、ボロボロのアパートのチャイムを押すと、しばらくしてやつれた顔の女性が出てきた。

女性が出てきたことに、驚いて言葉を失う碧に、女性は申し訳なさそうに頭を下げた。

「ごめんなさい。一ノ瀬なら、いないんで。半年前に出てったきりで、ごめんなさい」

そう言って、扉を閉めようとした女性を、碧は咄嗟に止めた。

「ちょっと、待って。あなた、顔色悪い」

碧がそう言い終えるかどうかのうちに、女性はくらりと倒れそうになる。

「身重？　あなた、赤ちゃん……」

慌てて支えた碧は、彼女のお腹が大きいことに気付いたのだった。

「それが、鈴さん？」

「そう、あなたのお母さん」

空が尋ねると、碧は頷いた。臍の緒騒動の中で、ゴンちゃんが口にした名前。それが臍の緒の持ち主だと考えた時、自分の母親だろうと推察するのは簡単だった。しかし、改めて告げられると、自分の話という感じがまだどうしてもしない。

碧は倒れた鈴に付き添って病院にいったのだと話した。

「大丈夫ですか？　大丈夫なんでしょうか」

ストレッチャーで運ばれる紙の様に真っ白な顔の鈴を見ながら、碧は何度も何度も医師や看護師に尋ねた。怖くてたまらなかった。そして、碧は医師から想像以上に深刻な病状を伝えられたのだった。

「もともと、心臓に持病があって。鈴さんは、無理して出産しようとしていた」

碧は固い表情の空に、小さく微笑みかけた。

「どうしても、君を産みたかったのよ」

鈴は食が細い女性だった。

そんな彼女のために、碧は何度もおだやに鯛焼きを買いに行った。

「お前、何やってんだ？」

若き日のゴンちゃんは、すっかり鈴の面倒をみるようになった碧を呆れたように見た。

「鈴さん、ここの鯛焼きだけは、食べるのよ。美味しいって」

「何やってんだよ、お前は」

ゴンちゃんは静かに、諭すように言った。

「好きな男の前の女だろ？　なんでその女の世話してんだよ？」

「……身寄りもいないんだよ。いや、いるんだけど、あてにならない」

「だからつって、なんでお前が病院通ってんだよ」

「困ってる人見たら、ほっとけないじゃん」

碧は強い目でぐっとゴンちゃんを見る。一度こういう目をしたら、決して曲げないことを、ゴンちゃんはよく知っていた。仕方なしにゴンちゃんは鯛焼きを持たせてやったのだった。


鈴の体調がいいとき、碧は鈴と鯛焼きを食べた。

「美味しい」

鯛焼きを食べて顔をほころばす鈴は、面やつれしていてもきれいだった。

「ん。無理しないでね」

碧はお茶をいれてやると、ずっと聞こうと思っていた一ノ瀬風雅について尋ねた。自分のためにというよりも、鈴のために知りたかった。

「一ノ瀬さん、半年前に出てったっきりってことは、鈴さんの妊娠知らないの？」

鈴はゆっくりと首を振って「知らない」と答えた。その途方に暮れた様子は、彼の行先にまったく何の見当もつかないようだった。

「こんなこと言うの、あれだけど、碧さん以外にも、アパートに女いっぱい訪ねてきて」

薄々そんな気はしていた。鈴は鯛焼きを一口齧り、はにかむように言った。

「……私、女優だったんだよ。一ノ瀬と同じ劇団の」

「ん。すごく綺麗だもん。そう思った」

「でもね。そんなに、がんばれなかった……。がんばるタイプじゃないの。野心とかもなくて」

鈴は俯くと、消え入りそうな小さな声で言った。

「好きな男といたかった。それだけ……それだけの女なの」

「……シンプルでかっこいいと思うけど」

鈴はぱっと顔を上げた。そしてぱっと花が開くように笑った。

「一ノ瀬の子供産みたいって」

「うん」

「無謀」

「まあ」

「あんなクズだけど、好きだからどうしても産みたいって」

「うん」

「でも、この子のことなんにも考えてなかった。私、死んじゃうかもしれない。そしたら、この子、この子どうしよう!」

碧は衝動的に鈴の腕をつかんだ。

「大丈夫。私に任せて。もし、鈴さんに何かあったら、鈴さんの子は私が育てる。だから、安心して産んで」

「碧さん……本気?」

「本気」

思い付きだったけれど、その気持ちに嘘はなかった。

「どうして? どうしてそんなにしてくれるの? 私のこと憎くないの?」

「憎くないよ。同じクズにひどい目にあったんだもん。運命共同体。何度か、鈴さん、お腹、触らせてくれたじゃない?」

「うん。触ってやって」

碧はそうっと鈴のお腹に触れる。自分の話をしているのがわかるのだろうか。軽く碧の手を蹴るような動きが感じられた。

「この子、動いてる。生きてる。この子、幸せになるために生まれて来るんだよ。幸せになるために、この世に生まれて来る。だから、私はそれを助ける」

鈴は涙をこぼしながら、お腹に触れる碧の手に自分の手を重ねた。ひんやりとした華奢な手。その手が永遠に冷たくなってしまったのは、空を産んでから1週間後のことだった。


「綺麗に晴れた日に、鈴さん、空を産んで……そのあとしばらくして、亡くなったの」

リビングに重苦しい沈黙が下りた。突然、がたっと空が立ち上がる。碧の話をずっと戦うような目をして聞いていた空は、「勝手な女だな！」と強い口調で言った。

「は⁉」

「勝手に人好きになって、後先考えずに、子供産んで、かーちゃんに、赤の他人のかーちゃんに子供丸投げして。なんだ、それ？　頭おかしーよ。その女！　恋に狂ってるバカだよ！」

「空！　なんてこと言う⁉」

碧も強い口調で咎める。空の声もますます鋭く尖った。

「だって無責任にもほどがある！　私は、樹海に捨てられてた方がよかったよ！」

碧は手を振り上げ、思い切り空の頬を張った。空は叩かれた頬をおさえて、碧を見る。

「命がけで産んでもらっといて、なんてこと言う！　鈴さんに謝れ！　この世は、そんなに君に厳しいか？　辛いか？　この世は生きるに値しないか？　鈴さんが、どんな辛い思いして、あんたを産んだか」

「頼んでないっ！　なんで、こんなことで初めてかーちゃんに、ぶたれなきゃいけないんだ！　なんで、私をぶつんだよー」

空は涙をボロボロとこぼしながら、唸り声をあげて、碧に飛び掛かっていく。

空は半狂乱で、碧につかみかかる。取っ組み合いになりそうな二人を止めるため、俊一郎は興奮する空をぎゅっと抱きとめた。じたばたと暴れる空をぎゅっと抱きしめ続ける。

「空。空。大丈夫だ。大丈夫だ。な、俊一郎さんいるぞ」

俊一郎は穏やかな声で語り掛ける。

「落ち着いて。落ち着いて、空ちゃん。お水、お水飲む？」

沙織も横で空の手をぎゅっと握りながら声をかけた。

空が唸るように、吠えるように泣いて暴れる様子を皆が、はらはらと見守っている。

「ちょっと、空、おだや連れてくわ」

少し碧と離れて落ち着く時間が必要だろうと、ゴンちゃんが碧に告げる。

碧は泣き続ける空を悔しそうに見ていた。

空を連れて、ゴンちゃんたちがおだやに行き、あれだけたくさんの人がいたリビングに残っているのは、今や碧と漱石だけだ。

締め切りが迫っていることはわかっているが、碧はずっと床にぺたんと座り込んだまままぼうっとしている。

そんな様子を漱石はしばらく見守っていたが、やがて、ためらいがちに尋ねた。

「……なぜ、樹海で……なんてウソついたんですか？　こういうことになるってわかってたから？」

碧は緩慢な仕草で首を振った。

「とっさに、自分の書いた小説のエピソード、パクッて喋り出した」

樹海という言葉が漱石の記憶にひっかかったのも当然のことだった。短い期間とはいえ、自分が担当した水無瀬碧の小説に出てきたワードだったのだから。

「しゃべり始めたら、自分のエピソードに入り込んで、涙まで出て来ちゃって。引き返せなくなった……」

碧はぎゅっと膝を抱え込んだ。その姿はまるで少女のようだった。空の様に半狂乱にこそなっていないものの、空と同じぐらい苦しみ、混乱しているはずだった。漱石はそんな彼女を、俊一郎が空にしたようにぎゅっと抱きしめてやりたいと思う。しかし、自分にそれが許されている気がしなかった。

「本当のことは、言いたくなかった。だって、鈴さんは、亡くなったけど、あの子の父親は多分、生きていて」

碧は顔を歪ませた。

「それは、血のつながった父親だから……あの子、お父さんの方行っちゃうかも。空を取られちゃうかもしれない」

「血のつながりって、そんなに濃いんですかね」

「私には、わからない。子供産んだことないもの」

碧は夕暮れのような、綺麗なもの寂しい目をしていた。

「ゴンさん、呼びましょうか？」

漱石は思わず言った。碧がちょっと笑って、「え、どうして？」と尋ねる。

「ずっと碧さんのこと知っていて、きっと、今一緒にいて欲しい人なんじゃないかと」

碧は淋しい笑顔を浮かべ、漱石の言ったことを肯定も否定もしなかった。

結局その日は仕事にならず、また、日を改めることになった。仕事どころかちょっとした会話にもならない。側にいても何もできない自分が漱石はもどかしかった。

「漱石。ごめん……」

玄関で、碧は漱石に頭を下げた。

「そのごめんは、何のごめん、でしょう？」

思わず漱石は口走っていた。

「私が求めてるのは、君じゃなくてごめん、のごめんでしょうか？」

碧は途方に暮れたような目で、漱石を見上げた。明らかに空のことでキャパはいっぱいで漱石のことなどに割く余裕がないのだろう。でも、だからこそ、少しもたれかかってほしかった。担当としてでも、そうでなくても。

「すみません。からみました」

かすれた声で謝ると、漱石は頭を下げて、マンションを出た。

11

おだやの俊一郎の部屋で、壁にもたれながら、空は膝を抱えて座っていた。

ゴンちゃんや光たちがついていてくれたのだが、ひとりになりたいと言ったら、ひとりにしてくれたのだ。

生まれて初めて感じるような、全身がかっと熱くなるほどの激しい怒りに突き動かされていたけれど、時間が経ち、今、空の心はしんと冷えていた。あんなに自分から知りたがった本当のこと。知ってみると、なんであんなに知りたがっていたのだろうとさえ思った。

覚悟なんて、何もできていなかった。

空は膝に顔をうずめる。

すっと障子が開いた。お盆を手にした沙織が入ってくる。お盆にはふたつのお椀が乗っていた。

「空ちゃん。俊一郎さんとゴンちゃんが、お汁粉作ってくれたよ。甘いものだったら、入るだろうって。ね、お汁粉についてるしば漬けって神じゃない？」

「わかる……」

ぼうっとしながらも、大事なことだけに、空は同意した。確かに、しば漬けは神だ。

お盆にはしっかりとしば漬けも乗っていた。

沙織は空にお汁粉を手渡すと、空の隣に座った。

小豆の甘いいい匂いがする。横で美味しそうに食べる沙織につられるように、空は思わず箸を取った。

「おいしい」

じんわりとした甘さが、沁み込むようだった。

「ね」

沙織がにっこり笑う。空は頷いて、また食べる。お汁粉も、おだやも、やさしい。

じわっとまた涙が浮かぶのを感じながら、空は一生懸命にお汁粉を食べ続けた。

夜になると、食事に寄ったお客さんもほとんどはけ、おだやの店に残っている客は光以外にあと2組ほどしかいない。

光はテーブル席にひとりで座っていた。スマホを見る気も、漫画を読む気にもなれず、ぼうっとただ座っている。テーブルの上には注文したコーヒーが置いてあるが、それも手を付けないままに、すっかり冷めてしまった。

光は空のことを考えていた。病院に行く途中でしゃがみこんだ空のことを思い出し、傷ついた獣の様に碧に飛び掛かっていった空のことを思い出した。

光は思わずぐっと涙ぐむ。

「なんだ、どうした?」

光のグラスに水を注ぎながら、ゴンちゃんが尋ねた。光はのどに詰まった大きなかたまりを飲み込むようにして、震える声で言った。

「空が、壊れそうで……心配です」

「壊れねーよ。そんなやわじゃないよ」

ゴンちゃんはティッシュの箱を、光のテーブルにぽんと放った。光は小さく礼を言い、乱暴に涙を拭う。

「俺も、いい歳して、泣いてて、情けなさ過ぎ」

「いんだよ。まだ、ハタチかそこいらだろ? 人生長いんだからさ。子供のふりして、泣いとけ。でも、空の前で泣くなよ」

まだ涙の残る目で、光はゴンちゃんを見上げ、しっかりと頷いた。

「もちろんです。その覚悟は、出来てます」

「じゃ、今泣いとけ。男同士の秘密だ。内緒にしてやる。飲むか」

ゴンちゃんが一升瓶をぐっと摑んで掲げる。光は少し笑って「はい」と答えた。

沙織はおだやの店に戻らず、空の隣に座ったままでいた。

もうお汁粉の器は、二人そろって綺麗にからになっている。こんな時でも変わらずにお汁粉は美味しかった。空は途中にしっかりとしば漬けを挟んで、甘さをリセットしながら、お汁粉を堪能したのだった。

「空ちゃんは、女に厳しすぎるよ」

しばらくして沙織が言った言葉に、空は思わず俯いた。「女の人って信用できないの。私の人生に女はいらない」。そんなことまで言っていた沙織から見ても、自分は女に厳しいと言うのだろうか。

「鈴さんだっけ？　生みのかーちゃんだって、すごく空ちゃんのこと、愛してたと思うよ。お腹ん中にいる空ちゃんをさ」

続く沙織の言葉がありふれた少し偽善的なものにも感じられて、空はますます俯き、心を固くした。説教を、されるのだと思った。産んでくれたのだから、感謝して、愛すべきだ、と。しかし、沙織はふっと小さく笑うと、自分のことを語りだした。

「私さ、津軽から男おっかけて、東京出て来たんだよね」

「ん……」

「そん時、妊娠してでさ」

「えっ？」

空は思わずぱっと顔を上げ、沙織を見詰めた。

「耻ずがしいはんで津軽弁だ。わがるが」

沙織は照れ臭そうにつま先をくるりと丸めながら、言った。空は沙織のイントネーシヨンを真似て「わがる」と答える。

「だばって、男、親になる気も責任取る気もぜんぜんなぐでさ。ひとりでなんか、産めね。わの人生終わる、と思って、おろした」

「……サリー」

「そんなとき、漱石に拾ってもらった」

「漱石、それ知ってるの？」

「知ってるよ」

漱石は全部知った上で、沙織を受け入れたのだ。以前の漱石に対する沙織の異様な執着の理由が、またひとつうっすらとわかったような気がした。

「空ちゃん産んだ鈴さん、私、すごいと思う。勇気ある。愛がある。人間として正しい。そんなに愛されて産んでもらって、こんなに愛されて育ててもらってなにがご不満ですか」

沙織は少しふざけた調子で言うと、肩でぐいっと空を押した。沙織が自分のためにわざわざこの話を打ち明けてくれたのはよくわかった。沙織の人生からでた言葉だと思うと、もうその言葉に無駄に反発する気も起きない。空は自分の中の素直な気持ちを吐き出した。

「私は、私は……やっぱりかーちゃんが好きだから、今のかーちゃんが好きだから」

沙織は咄嗟に、空に分からないようにして、スマホを操作して、録音をはじめた。

「私は、私は、かーちゃんの娘がよかったーーー！」

鈴さんがいやなのではない。いやもなにも、正直知らない人だ。血液型があっていても、遺伝子的に関係があっても、やっぱり親とは思えない。空のかーちゃんは碧で、他の誰でもない。ずっとつかえていたものを、大声で吐き出して、空はふと沙織が何かこそこそとやっていることに気付く。

「ん？　なにやってんの？」

沙織はすちゃっとスマホをかざした。

「いただきました。今の一言。ここに証拠が。愛の告白」

「君さあ」

空は呆れたようにため息を吐く。沙織は得意げな顔で「うへへ」と笑った。


仕事場では碧がパソコンの前でぼうっとしていた。パソコンは起動してはいるものの、画面は変わらず真っ白のままだ。

企画を通してくれた漱石にも申し訳ないと、なんとか書き進めようとはするのだが、やはり書いては消し、書いては消しの繰り返しで、まったく進まなかった。

碧は立ち上がり、とぼとぼと「寝る部屋」に向かった。碧はバタンと倒れ込むように、ベッドに大の字になる。しばらく、顔をベッドに埋めてじっとしていると、LINEの着信を知らせる電子音が鳴った。

碧はおそるおそるスマホを手にして、LINEを確認する。

沙織からのメッセージだった。「空ちゃんの、雄叫びです♡」というメッセージに、ボイスメッセージが添えられている。

碧はボイスメッセージの再生ボタンをタップした。

「私は、私は、かーちゃんの娘がよかったーーー!」

「寝る部屋」に絶叫が響き渡った。聞き間違えようのない、ずっと聞いてきた空の声。

碧は少し驚き、ちょっと泣き笑いしながら、また再生ボタンをタップした。ぼろぼろと涙があふれてくる。

スマホの画面にぽたぽたと垂れる涙を拭いながら、碧は口元に微笑みを浮かべ、繰り返し空の声を聞いた。

真っ赤な目をした碧は「空ちゃんの、雄叫びです♡」というメッセージの、空の文字をなぞる。

散々に泣いた碧は空が生まれた日のことを思い出していた。

あの日、碧は鈴さんの出産に立ちあったのだった。華奢ではかな気な鈴さんが、全身でいきんでいる様子は、壮絶としか言いようがなかった。碧の手を掴む鈴さんの手の力はあざが残るほどに強かった。

そうして、空は生まれたのだった。真っ赤な顔で泣き叫ぶその顔はしわくちゃで、それでも天使のようだった。

「鈴さん。よくがんばったねえ。元気だよ、元気。女の子、かわいい」

碧はぎこちなく空を抱いて、指一本動かす気力のない鈴さんに見せた。鈴さんは息も絶え絶えになりながら、どこか誇らしげだった。

「ん……ありがと。名前、考えなきゃね」

「あ、名前かあ」

その時、碧はカーテンの隙間から光が差していることに気付いた。出産が始まったのが夜だった。夜通し鈴さんはいきみ続けたのだった。

「あ、もう、朝だ……カーテン開ける？」

「うん」

碧はそっとカーテンを開ける。目に飛び込んできたのは空だった。雲一つない綺麗な青い、青い空。

「空……」

同時に呟いて、碧と鈴さんは「えっ？」と顔を見合わせる。

「空、よくない？　名前」

鈴さんの一言に、碧は大きく頷いた。

「私も、そう思った」

そして、空は空と名付けられた。これが本当の由来だ。

碧はスマホに表示された、空という文字をじっと眺める。

青い空を見ながら、自分の名前とどこか繋がりが出来たようで、こっそりと嬉しかったことをふと鮮明に思い出した。

（そして、その空の青は続き、私は、生きている）

抜けるような青空が広がっていた。空は自転車を力強く漕ぎ進める。商店街を抜け、
川沿いを走り、大学構内に入ると、きびきびとした動作で自転車置き場に止めた。

（こんなことがあっても、毎日は24時間で金曜日の３限は、ケインズゼミで、日々はか
わりなく過ぎて行く。世界ってたくましい。私におかまいなし）

空は勢いよくケインズゼミの教室に飛び込むと、さっと視線をめぐらせた。

いない。そう思って、自分が無意識にその姿を探していたのだと気づく。

「誰探してた？」

振り返る前から、暴力的なほどの香水の匂いで愛梨だとわかった。愛梨はつかつかと
近づいてくると、挑戦的に尋ねた。

「今、こうして、誰か探したでしょ？」

愛梨は首をめぐらして、教室を見渡す。どうやら空のまねをしているようだ。

「カラス。教室にカラスでも飛んでないかな〜って」

初めて味わう空気に、空が思わずふざけると、愛梨はばんっと近くの机を叩いた。空は少しもひるむことなく、愛梨をキッと見る。陰キャでも、売られた喧嘩は買う時は買う。

「光でしょ？　あんたさあ、最近、光ひとりじめして、どういうつもり？」

「別にひとりじめしてない。奴はだれのものでもない、自由だ」

空が堂々と言い放った言葉に、愛梨はカチンと来たようだった。

「陰キャのオタクのくせに、なに生意気言ってんだ、こいつ」

つかみかかる愛梨の手を、空は顔をしかめ、「やめてよ。ウザ」と振り払う。愛梨はますます逆上した。

「ウザとは、なんだ？」

「くっさいんだよ、香水が！」

「なんだと〜」

愛梨は空の服をぐいっと引っ張り、空も思わず愛梨の服を摑む。二人は摑み合いになった。

愛梨とつるんでいる仲間の女の子たちやゼミの生徒たちがすぐに気づき、止めに入る。しかし、愛梨は空の服を摑んだまま放そうとしない。空も負けじと、愛梨の服を固く摑む。

「うわっ、ちょっ、何やってる⁉」

遅れて教室に入ってきた光が、慌てて割って入った。憑き物でも落ちたように、愛梨の手から力がふっと抜ける。空もしぶしぶと手を放す。愛梨はくっと唇を噛んで、悔しそうに空を睨んでいた。

（私は初めて、ウェイ系のパリピとケンカをする）

そのあとすぐに里中先生が入ってきて、授業が始まった。授業中、顎がじくじくと痛みだした。いつの間にか愛梨の爪が当たって、傷ができていたようだ。

自分でもしばらく気付かずにいた小さな傷に、光は気づいていた。授業を終えると、光は手当てをするといって空を引っ張って教室を出た。憎むような目で睨む愛梨から目を逸らし、空は光についていく。

光は途中、薬局によって消毒液を買うと、大学近くの公園に向かった。

公園の芝に並んで座り、光は空に上を見るようにと告げる。空は大人しく喉をそらして、上を見る。空には鳥たちが旋回していた。

光は消毒液を空の顎にぽんぽんとつけた。ひりひりと沁みて、空は「イテ、イテテテ」と声を上げる。

「お前さ、嫁入り前なんだから、顔はやめとけ」

「そういうこと言うの、今、コンプライアンス的に間違いだよ。前時代的だよ」

「俺は、思ったこと言うんだよ」

消毒液を片付けながら、光は偉そうに言う。空は視線を芝生に落とし、ぽつりと尋ねた。

「……愛梨の方行かなくてよかったの？」

「行かねーよ」

「なんだ、今の彼女は愛梨じゃないのか」

「もっとすげー、モデルみたいなのがいるんだよ。腰の位置とか高くてさ」

「ふうん。光はスタイル重視だよね。なんて名前、その彼女」

「ん？　心《こころ》ちゃんっていうんだ」

「へえ……いい名前」

名前までかわいいモデルのような女の子。空は思わず悲しい笑顔を浮かべる。光の視線を感じ、空は目を伏せると、顎の傷がヒリヒリと痛いふりをした。

碧がおだやをたずねると、すぐに気づいたゴンちゃんと俊一郎が気づかわし気な目を向けた。

しかし、すぐにゴンちゃんはいつものように雑な態度で碧を席に通す。ゴンちゃんは碧の近くの席に、どかっと腰を下ろした。

しばらくして、俊一郎が碧の前にことりとぜんざいを置いた。碧は珍しく、ぜんざいに目も向けない。

「この度は、お騒がせしまして……」

碧は殊勝《しゅしょう》な態度で、ゴンちゃんと俊一郎に頭を下げた。

「ね、碧ちゃん。今日ね、お汁粉じゃなくて、ぜんざい。好物だろ」

俊一郎は碧に気付いてもらおうと、いい豆が手に入ったのだと、一生懸命ぜんざいをアピールする。碧はようやく目の前に置かれたぜんざいに気付いた。

「あ……ごめんなさい。私ちょっと。お茶で」

あんこがつやつやとした美味しそうなぜんざいを見ても、碧は食べようとしない。俊一郎の顔が曇った。

「おや、碧ちゃんが食欲ないなんて。大丈夫かい？」

「ごめんなさい」

「鬼の霍乱《かくらん》」

そう言いながらも、ゴンちゃんも心配そうに眉を寄せていた。

「心配かい、空ちゃんが。どうなんだ？　様子は」

俊一郎が恐る恐る尋ねる。

「はい、まあ。なんとなく。それなりに」

碧は歯切れ悪く答えた。

実際、すべてを打ち明けてからの空との生活は、それなり、だった。もともとクールな空は、何事もなかったようにふるまっている。何事もなかったわけではないことはわかっている。だからこそ、碧も当たり前のように応じながら、常にどこか緊張感があった。

「そうかよ」

ゴンちゃんは腕組みして唸る。俊一郎はいつもの穏やかな声で「まあ、日にち薬だよ」と言った。

碧はお茶を両手で持って冷たい手を温めながら、「ん」と小さく頷く。日にち薬。いい言葉だと思った。


無人貸し出し自転車のカギはなかなか外れなかった。

案内板のとおりに操作して、お金も入れたのに外れない。光は必死の形相で試行錯誤していた。そんな光はゼミでは絶対見せないようなカッコ悪い顔をしている。

怪我の手当てを終えた後、光が突然、自転車を借りたいと言い出したのだ。空が光に合わせて自転車を押して歩いているのを見て、自分にも自転車があればと単純に思ったらしい。

光はすぐにスマホを操作して、近くの借りられる場所を調べた。

「こうしてこうだろ？」

「なんだ、借りたことないのか」

あまりにもたもたとしている光に、空が単純な感想を述べる。光はむっとした顔をした。

「わがまま言うなよ。いっしょに自転車乗ってやろうとしてんのに」

わがままとはなんだ。乗ってやるとは何様か。空はぶすっと黙り込む。光はすぐにはっとして、素直に謝った。

「今のは、言いすぎたな。わがまま言ったわけじゃないな。俺が勝手に自転車を……オッ、外れた」

ようやく鍵が外れた。

たちまち機嫌よさげな顔になった光は、長い脚で自転車にまたがると、勢いよく漕ぎはじめる。空も自転車に乗ると、慌ててその後を追った。

二人は公園の外周を自転車で走った。広々とした場所を、風を感じながら走るのは気持ちがいい。空の気持ちもふわっと浮上していく。

走りつかれると、二人は自転車を下りて、フリスビーをしたりもした。

インドア派の空はあっという間にくたくたになる。明日は筋肉痛だろう。でも、やめたいとは思わなかった。疲労が、心地よかった。

「身体動かしてるとさあ」

二人でまた自転車に乗り、風を切って走りながら、空は声を張った。

「少しずつ……重いの、飛んでくね……風で」

口から出る端から、どんどん声が風に飛ばされていく。

「少しずつ、景色が変わって行って、真実がゆっくり、落ちてくる。おなかん中に」

「焦んなくていいんじゃね？」

声が前を走る光から流れてきた。

「あんま、無理すんな」

「おおっ」

「でも、お前のかーちゃんはさ、1日1日ずつ、二十歳？　水無瀬、二十歳？　365かける20年？　ずっと、1日ずつ、そんな思いをさ、持ちながら、水無瀬、育てて来たんだよな。それ、血よりも濃くね？」

鮮烈な風と共に、光の声がざっと流れ込んでくる。光の背中を見つめながら、空はぐんぐんペダルを漕いだ。

(私は、入野と手を繋ぎたいな、手繋いで自転車漕いでみたいな、と思ったけど、言えなかった。だって彼女じゃない……言えない分、この思いは一生残るような気がした。でも、次吹いて来る風で、飛んじゃうかも……こんな気持ち)

「そいでさ」

「ん？」

「考えてみたら、お前のかーちゃん、お前育てようって思ったの、24だろ？　俺ら、今二十歳。あと、4年後じゃん。すぐじゃん？　そんな根性あるか？　フツー。すげーな」

光の言葉に、空は不意打ちを食らった。単純な引き算でわかるそのことに、空は気づいていなかった。今の自分は子供だ。デートにもまだ慣れないし、かーちゃんには甘えてばかりいる。そんな今の自分が4年後に母親になれるかといえば、なれるとはまったく思えなかった。碧だってそうだっただろう。経験もなく自信があったとは思えない。でも、なることを選んで、母親に、なったのだ。

空の目がたちまち潤み、視界が滲む。涙がぼろぼろとこぼれた。

「すげー、覚悟と決心……」

そう言って振り返った光は、空の状態に気づいた。空は涙を拭うこともせず、ただ泣いている。

「おっ、おい、おい。お前、前見えてねー」

光の注意は少し遅かった。空は縁石に自転車を乗り上げてしまう。その進路の先には、猫がいた。空は「猫！」と叫ぶと、慌ててハンドルを切り、派手に倒れる。

「何やってんだよ！」

光は自転車を乗り捨てて、空のもとへと駆け寄った。怪我をしていないか視線を走らせながら、助け起こす。

「大丈夫かよ？」

「猫……大丈夫？　猫」

空の言葉に、光は辺りを見回し、視界に入った白くふわっとしたものを摑んだ。

「コンビニの袋だよ」

空は思わずコンビニの袋を凝視する。これを猫と見間違えたのだ。

空は光を見て笑いだす。光も声を上げて笑った。


碧は椅子をゆらゆらさせていた。

締め切りも近く、仕事をしなければという意識はある。だからこそ、きちんと毎日仕事部屋に籠ってはみるのだが、一向に筆は進まない。何かが降りてきたように書きまくっていた頃が嘘のようだ。漱石は碧の事情を理解して、待ってくれてはいるが、1日でも早く、1枚でも多く、というのが本音だろう。

とはいえ、書けないものは書けないのだった。

碧は「寝よ」と呟いて、仕事部屋を出た。

「寝る部屋」に入り、ごろんと横になったけれど、時間はまだ早く、眠りは訪れそうにない。頭も体もほとんど使っていない。使っているのは神経ばかりだ。体は疲れていないはずなのに、疲労感があった。しかし、常にぴりぴりとして、眠れない。

碧はこうなったら体を動かそうと、ベッドの上で平泳ぎを始めた。そんな動きでも軽く息が切れ始めたところで、コンコンとノックの音がした。「はい」と応じると、「空」と声がした。

「おお。お帰り」

ドアが開いて、空が顔を出す。手にはアイスのパッケージがあった。

「ミルバ買ってきた。新作、すみれりんご」

「なぞ。時々、ミルバ、謎だよね。迷走を感じる。かーちゃん、歯磨いちゃった。冷凍庫入れといて。明日食う」

空は軽く頷くと、カエルのような格好でうつ伏せになっている碧を不思議そうに見る。

「何やってた?」

「運動不足なんで、平泳ぎ」

「……ホントに泳げや。プールで」

空はジトッとした目で言い捨て、ドアを閉めた。

碧はぐるんと寝返りを打って、天井を見上げる。

「プールは、溺れるもんなあ。溺れるものは、体育が2、なんつって」

碧は自分の言ったことに無理やりくすりと笑う。そして、空といつもの会話をしている間、知らず知らずに入っていた力を抜いた。

「寝る部屋」から廊下に出た空は、アイスを手にじっと考えていた。

アイスは口実だった。「寝る部屋」に入るための小道具だ。碧が歯を磨いてしまったからというだけで、新作アイスを食べようとしないなんて、考えられなかった。

いつも通りを気にし過ぎて、部屋を出てしまったけれど、空には「寝る部屋」を訪れた理由があったのだった。

空は小さく頷いて、自分に気合を入れると、くるりと振り返る。そして、また「寝る部屋」のドアをノックした。

「はい」

碧が答える。空は扉を開いて「かーちゃん」と呼びかけた。

「はい……」

碧は少し驚いたような、用心するような顔をしている。空は碧をまっすぐに見て、「ありがとう」と言った。

「えっ？」

「今までありがとう」

神妙な面持ちで空は頭を下げる。碧はばっと体を起こし、這うようにして、慌てて空に近づいてきた。

「えっ、あっ、ちょっと待って待って待って待って。誰？　彼氏？　光くん？　渉先生？　結婚？　早過ぎない？　大学卒業してからでよくない？　コスモス？的状況だよね？　今。山口百恵《やまぐちももえ》の淡紅《うすべに》のコスモス」

「何言ってる？」

山口百恵の『秋桜《コスモス》』の歌詞を知らない空は、怪訝な顔で碧を見る。碧は完全に混乱した顔で、空の両腕をぎゅっとつかんだ。

「えっ、あれ、まさか、お子？　お子が出来たとか？」

「かーちゃん、気を確かにしろ。オタクの娘が、同級生と自転車乗って帰って来ただけだ。先は長い。孫までの道は長い。てか、その道につながってる気がしない。そして、ここは都心の一等地、この家は捨てがたい。まだスネは齧る」

「そか。じゃ、なんのありがとう？」

空は碧の手を取り、一呼吸置くと、気持ちを込めて言った。

「今まで、育ててくれてありがとう。感謝します」

丁寧に頭を下げる。碧は少し泣きそうな顔になって、うろたえていた。

「え、うそ。これからも育てたい。や、もう育ったのか？　二十歳だから」

「いや、そういうことじゃなく。自分の娘でもないのに育ててくれた」

「……空」

やっと空の言葉が伝わった。碧はじんとした顔で、空を見る。赤ちゃんの空、歩けるようになったころの空、小学校に通い出した空、いろんな年齢の空の顔が一瞬のうちに思い浮かんだのだろう。碧は懐かしそうに、まぶしそうに空を見詰めた。

「やっと、自分の気持ちに整理がついた。無理やりつけたともいえるけど。御礼を言わねばと思った」

気づけば、しばらく二人の間にあった、妙な緊張は薄らいでいた。いつものように無駄に遠慮のないことを言わなければといったプレッシャーもない。空は自然にベッドの上にあがり、碧の横に寝そべった。

ベッドの横に置いた新作アイスはもう溶けだしてしまっただろう。でも、今は冷凍庫にしまいに行くよりも、こうして碧のそばにいることの方が大事だった。

沈黙がやわらかかった。ひどく安心する。

「空」

しばらくして、そっと碧が呼びかけた。少し意識がとろりとしていた空は、ゆっくりと碧を見る。碧は静かな目で言った。

「鈴さんの写真見たい？」

「え？」

少しだけ迷って、空は頷いた。

碧は大切に古い手帳に挟み込まれていた鈴さんの写真を取り出す。そして、空に手渡した。

「綺麗な人」

はにかむように笑う女性。少しやつれてはいたが、花のような笑顔がはっとするほど綺麗だった。横からのぞきこんだ碧は「似てる」と呟く。

「そかな」

「……鈴さんが亡くなって、かーちゃんは、あ」

碧は、かーちゃんと言ってはいけない気がして、咄嗟に言い直す。

「私は、おっぱい出ないから、哺乳瓶であげるしかなくて、でも、空は、ゴムの匂いが嫌いで、ミルク飲まなくて、この子は、このまま死んじゃうんじゃないかって」

話しながら、碧は声を詰まらせて泣いた。幼くうつるほどに無防備なその泣き顔に、空は24歳の時の碧のことを思う。どんなにか不安で、心細かったことだろう。

「この子、ちゃんと育つかなって、不安で不安で」

「泣くな、かーちゃん。空は育った。こんなに立派に」

空はティッシュを取って、碧に渡した。そして、ティッシュで目を押さえる碧の肩をそっと抱きしめる。

「空は生きてる」

空の言葉に、碧は泣きながら、ちょっと笑う。空も涙で目をキラキラと光らせながら、笑った。

「かーちゃん、私はかーちゃんにも御礼を言ったが、この鈴さんにも、御礼を言いたい。私を生んでくれた」

やっとそんな気持ちになれた。かーちゃんはかーちゃんだと、自分の中でしっかりと思えたら、やっと自然に感謝できるようになった。

「空」

碧がまた新しい涙をこぼしながら、空を呼ぶ。

「そして、私を見せたい」

空は一緒になって泣きながら、はっきりと告げた。

そして、空が青く晴れ渡った、次の日。

碧は鈴さんのお墓に空の顔を見せに行った。鈴さんのお墓は丘の上にあった。ひろびろとした空が見える場所を、碧が選んだ。

空は真剣な面持ちで手を合わせている。

「いつかここにあんた連れて来たかった」

ほっと重い荷物をひとつ下ろしたような気持ちで、碧は言った。重い荷物を抱えていなければ、空とは一緒にいられないと頑なに思い込んでいた。でも、荷物を下ろしても、空はまだ隣にいてくれる。側にいる。

「よかった」

「うん……。でも、鈴さん置き去りにして」

「うん？」

空の口調に何か不穏なものを感じ、碧は思わず、空の顔を注視する。そこには確かに怒りの色があった。

「かーちゃん捨てて」

「え？」

「姿をくらました一ノ瀬なにがしって、どんなやつなんだ？」

「空」

上に広がる空の様に晴れ渡っていた碧の心が、途端に暴風圏に入る。

「いったい、どんなやつなんだ……？　私は、鉄拳食らわしてやりたい！」

「えっ？」

何かめらめらとした決意を秘めた目で宙を睨む空に、碧はひやりとする。

「か〜ちゃん、一ノ瀬なにがしを捜そう。私がぶんなぐってやる」

空は戦う目をして、決然と言った。


小さな船がぐらりとゆれる。

一ノ瀬風雅はそんな中でも泰然と立っていた。

片手には途中で見つけた流木がしっかりと握られている。

さらに大きく船が揺れた。さすがに一瞬バランスを崩しそうになった風雅だが、「おっと」と軽く足を踏ん張り、すぐにもとの泰然とした姿勢に戻った。

船はしぶきを上げて、波を分けながら進んでいく。

風雅は空を見上げる。そして、手にしていた流木を置くと、荷物からカメラを取り出し、空に向けた。

雲一つない、みどりがかった深い青。その青を、風雅は写真に収める。

「今日も、いい空だ」

風に吹かれながら、風雅は満足げに呟いた。

12

一ノ瀬風雅を捜すと空が言い出してから、碧の心はまた千々に乱れていた。

一ノ瀬風雅を父親と認めて会いたいと言っているわけではない。それでも、空が彼と会うと考えただけで、とてつもない不安にかられた。

次の日に、碧はすぐさまおだやかに向かい、ゴンちゃんと俊一郎、そして、当然の様にその隣にいる沙織に向かって、不安を打ち明けた。

「空、そんなこと、言い出した？」

ゴンちゃんも複雑な顔をしている。碧は固い表情で頷いた。

「うん、一ノ瀬風雅に会いたいって。会って、鉄拳を食らわせる……」

ゴンちゃんと俊一郎は揃って「ほお」と声を上げた。いつの間にか、話の輪に加わっていたケンタも一緒になって「ほお」と言う。ゴンちゃんに「お前、余分だよ」と言われ、ケンタは渋々と仕事に戻っていった。

「でも、居場所わかんないしね！」

碧は気を取り直して言った。碧の前から姿を消した時は随分と恨んだし、鈴さんの出産のときにも必死になって行方を探したけれど、今となっては行方知れずなことが幸いにも思える。

「こんにちは～」

長身の男が少し身をかがめるようにして、店に入ってきた。その男が渉だと気づき、碧たちは口々に挨拶をする。渉は両手で大きな荷物を抱えていた。

「渉先生、それ、手に持ってるの何？」

俊一郎が尋ねると、渉は荷物をゴンちゃんに向かって差し出した。

「流木です。こちらに。伊豆大島のおみやげ」

ゴンちゃんは驚きながらも、礼を言って受け取った。包みを開くと、立派な流木が現れる。ゴンちゃんは、少し迷って流木を喫煙スペースに飾った。

ケンタに鯛焼きを持ち帰りで注文すると、渉は俊一郎たちに島で出会った不思議な男の話をした。

「何か、吸い込まれるように一本、というのでしょうか、買ってしまいました。なんとなく、和の雰囲気のおだやかに似合いそうで」

「へえ～。伊豆大島でこれをねえ。渉先生、スキューバやるんだもんね」

「はい、ちょっと、現世を忘れたくて」

渉が妙に遠い目をして言う。

「現世？」と沙織が尋ねると、渉はためらいながらも誰かに聞いてほしかったのか、ぼそぼそと話し出した。

「あ、いや。なんか、こんなことここで言うのも、なんですが、最近、空さんが、あんまり僕に興味ないみたいで」

涉の言葉に、大体の状況を察した碧たちは、相槌を打つこともできず、気まずそうに、涉から目を逸らす。

「あれ？ なんだろ。この空気」

「いや、あの子、ちょっといろいろあって」

戸惑う涉に、碧は空に代わって釈明しようとする。しかし、涉のきょとんとした顔から、ほとんど全てを察した恋愛上級者である沙織はずばりと切り込んだ。

「もしかして、涉先生、空ちゃんから何も聞かされてないんですか？」

「何も」

黙り込んだ皆の表情から、さすがに涉も何かを察したようだった。ずんと表情を暗くする。

「そうですか。僕には言いたくないんですかね」

「あ、いやいや。そういうことじゃなくて。まあ。あんまりね。うん。人に言うようなことでもないかもしれないし」

碧は慌てて言うが、涉はしょんぼりとうな垂れる。

「でも、寂しいですね。僕、これでも、一応、彼氏のつもりで」

大きな背中を丸める様子は何とも哀れだった。

涉は「あ、や」と苦笑いしながら、大きな手で頭をかいた。

「カッコワリイ。俺、カッコワリイ。男って、こうやって、どんどんカッコ悪く未練がましくなっちゃって嫌ですよね。や、男ってってわけじゃなくて、俺か。僕ですか」

「あの～、その～、どうした？　その、ウサギ小屋で約束した女の子は？」

唐突に俊一郎が尋ねた。全員が一斉に「えっ」と俊一郎を見る。

「え、おいら、空気読めてない？」

俊一郎はいかにも無邪気そうな、きょとんとした顔で皆を見る。きまずい沈黙が降りた。渉が立ち上がる。

「あ、鯛焼きも包んでもらったんで、僕、おいとまします。午後の、患者さんも待ってるし」

ゴンちゃんは「あ、あそう？」と努めて明るく応える。

「流木、ありがとね。立派な。高いんじゃないの？　これ」

「いえ、値段はあってないようなもんらしいです……ふっかけられましたが……じゃ、気に入ってもらえてよかった～」

渉はぺこりと頭を下げて、店を出て行った。渉の姿が見えなくなった瞬間、皆一斉に俊一郎を見る。

「俊一郎さん、なんであんなこと」

「いや、だって、空ちゃんは光くんだろ。誰の目にも明らかだろ」

ゴンちゃんに咎めるように言われても、俊一郎は堂々と主張する。どうやら俊一郎は渉のためにも、渉の目を違う相手に向けようとしたらしい。しかし、さすがにやっと思い出になりつつあった少女に触れるのはどうなのかと皆、思わなくもなかったが、「空ちゃんは光くん」という俊一郎の見解に異議を唱える者はいなかった。

「空ちゃんは、恋愛経験値が低いので、自分の相手は光くんってことに気がついてない可能性があります」

さすがに百戦錬磨の沙織の指摘は鋭かった。碧はそうかもしれないと考えこむ。

「足場の悪い暗闇で、誰の手をつかみたくなるか？　誰にすがりたくなるか、それが恋。とは思ってない可能性が高い。明るく晴れたハワイで誰と海に入りたいか？　を恋と思っている可能性は高いです」

「あの子が、ハワイの海で男の人となんてことが、あるんだろうか……」

ズレたポイントで思い悩む碧に、ゴンちゃんは「お前、何聞いてる？」と呆れる。しかし、いつものようにさらっと聞き流した碧は、もう興味を渉が持ってきた流木に移している。

「しかし、流木。そんなもの売って暮らしてる人、いるんだね～」

美しい流木だった。これなら確かに人はお金を出して買うだろうと碧は思う。

その滑らかな曲線や、水と歳月に削られ、磨かれたつるりとした肌には不思議な色気があった。

風雅はカメラのレンズを空に向ける。今日だけの空。その美しさに心が動いたその瞬間、風雅はシャッターを切った。

「また、空撮ってんの？　空なんか面白い？」

通りすがりのおじさんが話しかけてくる。いつの間にか顔見知りになったこの島の漁師だ。

質問というより、それは挨拶のようなものだったのだろう。風雅がカメラをおろした時には、もうおじさんは風雅に背を向け、歩き出していた。

風雅はふっと笑う。

さっと吹きわたった心地よい風に、彼は目を細めた。


約束の時間ぴったりに、待ち合わせたはなカフェに入ると、渉はもう席に座って、空を待っていた。

渉が気づくと、空は律儀にちゃんと笑顔を浮かべる。

短い時間であっても、それなりにデートはしているというのに、渉の顔を見るのが、ひどく久しぶりな気がした。

「なんか、あったの？」

席についてしばらくして、ふと会話が途切れたタイミングで、渉がたずねてきた。何かがあったことに渉は気づいている。そう空は直感した。それを渉に話せずにいたことも渉は気づいているのだろうと思った。

「あ、言いたくなければ、言わなくていい」

渉は慌てて言う。その表情に少し傷ついたような気配を感じ、空も口を開いた。

「あ……言うよ。だって、渉先生、私のボーイフレンド」

空は自分に確認するように口にする。渉は少し安心したような顔でほほ笑んだ。

「かーちゃんが、本当のかーちゃんじゃなくて、私には、遠く離れたところに、まだ見ぬとーちゃん……んー、とーちゃんとは言いたくないな。私の生みの母と育ての母を捨てた、事実上の父親がいる」

空は簡潔すぎるほど簡潔に、最近判明した事実を要約して告げる。想像を軽く超えていたのだろう、渉はしばらく黙って、「衝撃だ」と呟いた。

「そんなこんなで、心ン中、それでいっぱいになってて、私が渉先生に冷たかったらごめんなさい」

空は勢いよく頭を下げた。

「……いや、大丈夫だったの？　だれか、相談する人いた？」

「……うん、同級生の入野に」

空の答えに、渉は安心するどころか、たちまち顔を曇らせた。低い低い声で「そう」と呟く。

渉の反応に、空は初めて自分の行動のまずさに気付いた。光に話したのは、ただ光がその時近くにいたからだ。少なくとも、その時の気持ちはそうだ。多分。

渉はボーイフレンドなのに、申し訳ない、と空は素直に思った。

「それは、なんていうか、一緒に漫画描いてるし、たまたまっていうか」

少しでもわかってほしくて口にした言葉は、言い訳の様に響いた。渉は「たまたまじゃないと思うよ」と少し悲しそうに微笑んだ。

「僕は蚊帳の外で、淋しかったかもしれない」

はっきりと気持ちを告げられ、空はうなだれる。

「ごめん……なさい。でも、渉先生。私、入野とは、そういうんじゃないです。ただの、ともだち？　恋とか愛とかじゃないです」

「そう、なの？」

「はい。向こう、モデルみたいな彼女います。腰の位置が高い。確か、心ちゃんとかいう。自分より背高い女じゃないと燃えない、とか意味不明なこと言います」

「へえ」

なんだか急に関心を失ったように、渉は気の抜けた返事をした。気まずい空気に耐え兼ねて、空は「そんなことより」と無理やりに話題を変えた。

「私、父に会いたいと思ってるんです。なんとなく。私を産んだ母と育てた母を、捨てた父。極悪人じゃないですか？　鉄拳を食らわせたい。これが、若き日の父です」

空は碧から無理やりに借り受けた一ノ瀬風雅のブロマイドを取り出し、渉が見えるようにテーブルに置く。

まだどんよりとした表情でいた渉は、不意を突かれたように、ブロマイドに釘付けになった。

「えっ……？　ちょっといいですか？　えっ、え」

渉は写真を手に取って穴が開くほど見つめたかと思うと、突然、裏返したり、透かしたりしはじめる。

「いや、何も暗号は」

「いやいや」

渉は落ち着きなく髪の毛をもしゃもしゃとかき乱しながら、また写真の男をじっと見つめた。

漱石は碧に頼まれ、タブレットを操作していた。

「自分でググりたくないのよね。負けた気がする」

「何をおっしゃってるのか」

もうすっかり碧の独特な感性にも慣れた漱石はクールに言う。そして、一ノ瀬風雅と打ち込み、検索をかけた。

この日、漱石は『真夏の空は、夢』の打ち合わせで、水無瀬邸を訪れていた。しかし、明らかに碧は仕事どころではない様子で、空の話ばかりをする。このままでは、碧は仕事に集中できそうにない。漱石は相談に乗るしかない、と腹をくくった。そして、碧に言われるままに、彼女が雷に打たれたような恋をした相手の名前を検索しているのだった。

漱石はもうこの間のように拗ねて絡んだりはしない。プロの編集者として冷静に、作家がいい仕事をできるよう、ひたすらに心を砕いている。しかし、クールな表情の裏で、この人は3か月後に開けようと話した蓋のことなどもうすっかり忘れてしまっているのだろうな、などとそっと思ったりもした。

「あ、出ましたよ」

漱石はタブレットに表示された検索結果を、碧に見せる。俳優・一ノ瀬風雅の仕事を簡潔に紹介したそのホームページには、一ノ瀬風雅の写真が載っていた。30代の頃のその写真には、抜き身のような妙な迫力があった。

「『君といた永遠』……なんか聞いたことあるな」

「昔のヒットドラマ。一ノ瀬風雅がこれで、大ブレイクしたの」

「ああ、知ってます。母が見てました」

「なんで、そこで自分若いアピール。マウント取るの？」

碧は不機嫌そうに漱石を睨みつけるが、漱石は相手にせず、風雅のプロフィールに丁寧に目を通した。

「でも、これ以降、出てないですね」

「そう、なぜか、絶頂期に姿をくらましたのよね。引退?」

他のサイトを調べても、「君といた永遠」以降の一ノ瀬風雅の情報は、一切見つからなかった。

「今どうしてるか、なんてわかんないよね?」

「インスタとかフェイスブックやってれば、わかるんすけどね」

「やってなさそ」

碧の予想どおり、一ノ瀬風雅らしき人物のアカウントはどう調べてもやはり見つからなかった。

念のためもう一度まじまじと写真を見て、渉は「多分、きっと、そう」と空に告げた。

「この人。ずいぶん変わったけれど、伊豆大島で流木を拾ってた人」

「流木?」

空は目を丸くして、渉を見詰める。

そうして、インターネットという情報の洪水の中で、一欠片の情報も見つからなかった一ノ瀬風雅という男は、知り合いの目撃情報という、この上ないアナログな手段で、発見されたのだった。

「見つかった?」

部屋で空からの電話を受けた光は、驚きに思わず勢いよく立ち上がった。

「そう、伊豆大島で流木を拾ってるところを、渉先生に発見された」

「ちとごめん。よく意味わかんない……けど、とにかく一ノ瀬風雅見つかったと」

光は額に手を当てながら、ゆっくりと腰を下ろす。

「うん、それ芸名だったから、本名違ったけど」

「そうだろうな。会いにいくの？」

「見つかった以上は、行く。今も荷造りしながら、電話してた」

光は思わずまた立ち上がった。どうりで電話口でがさごそ音がしていると思った。空の突拍子もない行動力には驚くしかない。

「うわあ。雑。俺の扱い雑」

そう面倒そうに言いながら、出発前の慌ただしい中で自分に電話をくれたことが、たまらなくうれしかった。

　その頃、「寝る部屋」にいる碧もまた、大きな旅行鞄に荷物をぽいぽいと放り込みながら、ゴンちゃんに電話をしていた。

「えっ、この流木、渉先生に売りつけた人が、一ノ瀬風雅？」

ゴンちゃんはぽかんと口が開いているのが見えるような声で言う。碧は苦々しげに言った。

「そういう、インチキ臭いとこ、昔からあったのよ」

「なんていう」

「だから、会いに行くことにした」

「マジかよ」

「空が、聞かないんだもん」

碧はパンパンに膨らんだ大きな鞄のチャックを無理やりにしめると、やれやれとため息をついた。

慎重に必要なものを吟味しながら、空は小さなバッグに丁寧に荷物を詰めていく。

「なんかね、渉先生にヤキモチ？　妬《や》かれたみたい」

バッグのチャックを閉めながら、光に告げる、その口調は少し自慢げになった。

「は？」

「ほら、この一連のこと入野に話して、渉先生に話してなかったから」

「ほお」

光はポーカーフェイスで相槌を打った。たとえ電話でも、表情は声に出るから、油断できない。

「そういうのと違うのにね」

「そうだな」

「入野、腰の位置の高いモデルみたいな彼女いるし。心ちゃん」

光は心ちゃんって誰だっけと一瞬考えて、慌てて言った。

「おお、いるよ。今日も心ちゃんとラブラブよ。お前なんか、妹みたい、とも思えないよ。いいとこ、隣の家の朝早く鳴くニワトリくらいだよ」

「……どこの話よ？」

さすがにむっと不機嫌な声で空がたずねる。

「地元。熊本」

「さすが田舎」

「ほっとけ」

「でもさ、入野。あれだね、彼氏？　恋人？　ボーイフレンドがいるってことは、こうやってヤキモチ妬かれたり、するんだね」

初めての体験に空は声を弾ませる。

「そいで、私、冷たくしてごめん、なんて言ってもう、なんか、こう、いい女みたい」

「やめとけ、オタクがそういうこと言ってると痛いぞ」

「自分もオタクのくせに」

本気でむっとして、空は言い返す。しかし、光は空が望むように、渉との話を一緒に喜んでやることはどうしてもできなかった。

「あ、だからね、漫画の打ち合わせ、ちょっと間が空いてもいいかな？」

オタクという言葉から二人の漫画のことを連想したのだろう、一瞬で機嫌を直した空がたずねる。これには光もすぐに頷いた。

「ああ、それより一ノ瀬風雅だろ」

二人は空が出発するまで話し続けた。話題は途切れず、軽やかに続いた。

笑顔で話しながら、空の呼び方が、光から入野に戻ってしまったことに、光は少しだけ傷ついていた。そう、少しだけ。

即断即決の親子は、準備を終えると、チケットが取れる一番早い船に飛び乗り、伊豆大島を目指した。

島が見えて来ると、二人は舳先に立って、腕組みしながら、じっとその姿を見詰めた。

二人とも戦う顔をしている。

船は激しいしぶきを上げながら、思った以上のスピードで島へと近づいていく。

そして、あっという間に碧と空は一ノ瀬風雅がいるという島に降り立った。

空はあれよあれよという間に、存在さえしらなかった男の近くまでやってきたということにまだ現実感がわかない。

その日も空は晴れ渡っていた。

船を下りて、碧は思わず「気持ちいい」と大きく伸びをしながら声を漏らす。空も大きく息を吸い込んだ。

島ののんびりとした空気に戦う気をそがれながらも、空は渉が描いてくれた地図を取り出す。

「渉先生、住んでるとこ聞いといてくれてよかったね」

碧がメモを覗き込みながら言うと、空は首を振った。

「住んでるとこってわけでもないらしい」

「え、どゆこと?」

「住所不定。転々としながら、生きているらしい。とりあえず、この島の居住地域は聞いてきた」

「居住地域」

確かに渉のメモもこの辺りとざっくりと書かれていた。野生動物の出没マップのようだ。

とりあえず、二人は地図を頼りに歩き出した。

サンマ焼きを焼きながら、ゴンちゃんは俊一郎に一ノ瀬風雅が見つかったことを伝えた。今まさに、碧と空が会いに行っていることも。

ゴンちゃんはもう少し慎重に行動するように促してはみたのだが、いつものように聞き流された。

「空が、聞かないんだもん」と碧は言ったが、人の話を聞かないのは碧もそうだ。うっかり者としっかり者という一見真逆の二人だが、血のつながりがないなんて、嘘のように根っこのところで、この親子はよく似ている。

「会いに行ったかあ……」

ゴンちゃんの隣で型に種を流し込みながら、俊一郎がやけにしみじみと言った。

「ん……」

「昔の男に会いに行ったかあ……」

俊一郎はちらりとゴンちゃんを見ながら、妙に思わせぶりに、大仰に言う。

「なに？　その言い方」

思わずイラッとしてゴンちゃんが声を荒げると、俊一郎は訳知り顔でふっと笑った。

碧と空は掘っ立て小屋の前で立ち止まった。

「ここ？」

「うん」

渉の地図を見ながら、空は頷く。渉のメモによれば、この辺りが一ノ瀬風雅の居住地域で、この掘っ立て小屋が一番遭遇できる確率が高いポイントであるらしい。

確かによく見れば、小屋の周りには流木が何本も立てかけてあった。

碧は「チャイム」と小屋の入り口を探す。しかし、そんなものがある様子もない。

「ぼけてんの？」

空がクールに言うと、碧は肩をすくめた。そして、促すように碧は空を見る。空は「え、私？」と碧を見返した。

「えっ、君が会いたいって言ったんじゃん」

「ええ？」

空は戸惑いながらも、仕方なしにドアに近づき、ノックしようとする。

「あ、ちょっと待って」

鋭い声で、碧が尋ねた。

「かーちゃん、顔、大丈夫？」

空は思わず脱力しつつも、「化粧、はげてるよ」と教えてやった。

「直してくる」

碧は荷物の中からコンパクトを引っ摑むと、ばっと小屋の裏手に回り込む。

「ウチに、何か、ご用ですか？」

碧の様子を気にしながら、落ち着かない気分で待っていると、背後から突然声がかかった。空は飛び上がるようにして、振り返る。

そこに、一ノ瀬風雅が、立っていた。何も聞かなくても、一目見ただけで、彼なのだとすぐにわかった。

風雅は静かな目で空を見ている。

二人はじっと見つめあった。

用意していた怒りはいつの間にかどこかに行っていた。父親に会えたという感慨があるわけではない。目の前の人は、知らない人だ。でも、その姿を前にして、確かに、心が動いていた。そして、自分の姿もまた、風雅の心を動かしたことを、空は感じ取っていた。

まるで時がとまったように、二人は見つめあう。

二人の空気を一瞬で粉砕したのは、「一ノ瀬さん!」という情感たっぷりに発せられた碧の声だった。

「一ノ瀬さん!」

完璧な化粧で、碧は風雅に駆け寄る。娘としては呆気にとられるしかないほど、碧は完全に女になっていた。

「お久しぶりです。一ノ瀬さん。碧です」

語尾にハートを飛ばしながら、見上げる碧を、風雅は実に涼しい目で見下ろした。

「あ……、どちら様でしたっけ?」

「え……」

風雅にとぼけている様子もない。あまりのショックに、碧は固まった。風雅は「あれ」と首をひねっている。

「覚えてないの?」

悲鳴のような声で迫る碧に、風雅は唸りながら、宙を見る。しかし、やはりどんなに頭をひねっても、碧の存在は残っていなかったらしい。風雅は「あ、ちと失礼」と断ると、中断していた流木を運ぶ作業に戻った。

「かーちゃん、大丈夫か？」

空はショックにふらりとよろける碧の体を支える。

「かーちゃん……？　お二人は、親子で？」

流木を小屋の壁に立てかけ、戻ってきた風雅は探るように尋ねた。

「はい」

半ば魂を飛ばしている碧に代わって、空ははっきりと答える。

空はまた風雅をじっと見る。風雅もまたじっと空を見ていた。

さっき感じたことは気のせいでもなんでもなかった。やっぱり心が動く。風雅の心も動いている。

「あ、僕になにかご用があっていらっしゃった？　東京からですか？」

「はい」

「どうぞ、汚いところですが、中へ入ってください」

風雅に促され、空はまだ放心状態の碧を引きずるようにして、小屋の中に入った。

小屋の中は、今にも吹き飛びそうな外観からは想像もできないほど快適に整えられていた。

「あ、中は綺麗なんですね」

ようやく体に魂が戻ってきた碧が、まだ少し女をのぞかせながら、風雅に尋ねる。風雅はまるで動じることなく、頷いた。

「はい。借りてるんです。しばらく、ここに滞在しています」

水道も電気も通り、生活には不自由ないようだ。風雅はコーヒーを淹れて、二人に出してくれた。

「おいしい」

碧が思わずという風に言うと、風雅は嬉しそうに笑った。

気まずい沈黙が降りた。空はコーヒーに逃げることしかできず、あっという間にカップはからになった。

「あ、私」

沈黙に耐え兼ね、空はおもむろに立ち上がった。

「ちょっと、外、探索してくる」

風雅は本当にまったく碧を覚えていないようだが、碧にとっては一時期でも必死に探し求めた相手だ。積もる話もあるだろうと空は席を外す。

「ああ、気をつけて」

風雅が声をかける。その言葉は、社交辞令ではなく、本当に空という人間を案じているように響いた。

空が小屋を出た後、碧はコーヒーを一口飲んで心を落ち着かせ、ゆっくりと口を開いた。

「私、あなたに1週間恋をしていました。まだ、24歳の大人になりたての、頃です」

「……1週間」

「はい、あなたにとっては、忘れられてしまう1週間でも、私にとっては、今もまだ、記憶に残る、鮮明な1週間でした」

風雅は応えようもなく、黙って聞いていた。

「あなたは、1週間したら、神隠しにあうみたいにいなくなり……私は、あなたを探しました」

「……すみません」

「そして、鈴さんに出逢いました。私はあなたにとっては大勢の中のひとりで……でも、鈴さん。星野《ほしの》鈴さんは、覚えてらっしゃいますよね？」

「星野鈴？」

風雅はその名前を初めて舌に乗せたかのように、たどたどしく繰り返す。

「え？　そこも覚えてないの～⁉　マ⁉」

かつての男に少しでもいい女に見られたいという気持ちを思わずかなぐり捨てて、碧は叫んだ。

「マ？」

「マジですか？　てことです。娘がよく使って。つい私も。星野鈴さん。ホントに覚えてませんか？　あなたと同じ劇団の女優だった……」

「ああ、ああ、そんな人いたかな。なんせもう、20年以上前のことですよね？　劇団とか。芝居やってた頃のことは……」

風雅は思い出せないとゆるく首を振った。

「鈴さん、亡くなりました」

亡くなったという言葉の重さに、風雅はそっと目を伏せる。

「あの、あの子。鈴さんの、あなたの娘です」

「――え」

風雅はぱっと顔を上げて、碧を見る。泰然としていた風雅の顔に、ほんの一瞬、驚きと混乱と、そして、確かな切望が浮かんだ。

「鈴さん、あの子を産んですぐに、心臓の病気で亡くなりました。そのあと、私があの子を引き取って、育てました」

「あなたが……！」

風雅が打たれたように碧を見つめる。そのまっすぐな目に、たじたじとなりながら、碧は「は、はい」と頷く。風雅は碧に向かって深く頭を垂れた。

「でも、あの」

思わず碧は口走っていた。

「はい？」

「私のこと、ホントに覚えてない？」

未練がましく重ねて聞いた言葉に、風雅は「失礼でごめんなさい」と潔く頭を下げた。

「失礼だよ」

碧はもう猫をかぶる気もなくして、思い切りふくれた。

碧と風雅を二人にするために外に出た空だったが、すぐにその世界を探索することに夢中になった。

ずっと東京の狭いエリアで育った空には、見るものすべてが物珍しい。

浅瀬で小さな蟹を見つけた空は、しゃがみ込み、その姿を飽きずに見つめた。

「何か、面白いものでもいましたか？」

気づけば、風雅が後ろに立っていた。空は振り返って「小さな蟹が」と指でさす。

風雅は一緒になってしゃがみ込み、蟹の名前からその生態まであれこれを語ってくれた。思わず釣り込まれてしまうような、深く響く声だった。長々と蘊蓄を聞かされても嫌になるどころか、心地いい。

空は「へえ」と蟹を見詰めながらつぶやく。そして「こんなところでひとりで住んでて、淋しくないですか？」とぶっきらぼうに尋ねた。

「淋しいですよ」

そう言う風雅の目はしんと静かで、その本心は少しも読めない。

でも、もう憎いとは少しも思えなかった。この人は、憎めない。

とーちゃんとは呼べる気もしなかったし、呼ぶ気もなかったけれど、もう少しこの人を知りたいという気持ちがいつの間にか湧いていた。


「これを、売るんですか?」

風雅が小屋の壁に立てかけた大量の流木を、空は疑わし気に眺めた。腐りかけているように見える流木は、打ち寄せられたゴミのようにしか見えない。

「売るんです」

「海で拾ったんですよね。詐欺みたい。こんな汚いの」

空はがんばって意地悪を言った。怖いほどに風雅に引き付けられる自分の心に、少しでも抗いたかった。血のつながった父親だからこんな風に感じるのだろうか。引き付けられながらも、ひどく怖かった。

精一杯の意地悪にも風雅は眉一つ動かさず、面白そうに笑った。

「ちょっと、見ててください」

風雅は小屋の裏から高圧洗浄機を持ってくると、流木に向けて、勢いよく放水した。水が当たったところから、面白いように、表面を覆っていた茶色い皮が剝がれ、白い肌が見えてくる。白く、木目をさらしてうねる流木は、神秘的で、美しかった。

「やってみますか？」

風雅はじっと見ていた空に高圧洗浄機を手渡す。空は風雅を真似て、水を流木に当てた。ものすごい水の勢いに、体が反動でよろけそうになる。

「弱いところは朽ち果てているから、すぐにはがれます」

風雅の言うように、脆くなっている皮はみるみる剝がれ落ちていく。残った皮を綺麗にしていく作業は、妙な快感があった。

「硬い芯の部分が残ってる流木がいい流木なんです」

「それには、何年くらいかかるんですか？」

「どうでしょう。2〜3年、もっとかな？　自然の力によって、岩や木にぶつかったり、波にもまれたり砂浜に打ちつけられたりしながら、時が経つごとに流木は強くなっていきます。旅する中で強くなって行く」

「へえ……」

自分の手で姿を変えていく流木を見ながら、空は呟いた。横にいるこの人はどれだけの旅をしてきたのだろうとふと思った。

流木を綺麗にすることに夢中になっていると、背後からシャッター音がした。空はぱっと振り返る。風雅が写真を撮っていた。空の写真を。

「すいません」

風雅が謝る。思わずシャッターを切ってしまったという顔をしていた。空は何も言わず流木に水をかけ続ける。時折、水の音に交じって、密やかなシャッター音が聞こえた。

小屋の中ではノートパソコンを開きながら、碧が電話をしていた。電話の相手は漱石だ。締め切りはもうすぐだ。どうしても打ち合わせする必要があったのだが、碧が事情を話し、頼み込んで、電話での打ち合わせにしてもらったのだ。

「すみません。こんな時に」

碧の事情で振り回しているというのに、漱石はすまなそうにしている。

「いやいや、『真夏の空は、夢』連載始まるわけだし。ここは、がんばんないと。サンショウウオは悲しんだ、的な出だしにしたいんだよね」

「えっ、それは、どういう」

「井伏鱒二《いぶせますじ》よ、知らない？」

「もちろん知ってますが」

「パンチのある一文から出たい」

「ああ、なるほど。井伏鱒二も考えついた時、やった、と思った可能性ありますね」

「ありますとも。うーむ」

碧は考え込んだ。その一文さえ出てくれれば、あとはするりと書けそうな気がしてきた。

「……ところで、どうすか？　そちらは」

漱石が遠慮がちに尋ねる。碧はわざとさばさばと答えた。

「あ、いや、どーもこーも、私、忘れられてた。一ノ瀬風雅に」

「えっ、ウソ」

「ホント。私が運命の恋と思ってた1週間は、向こうにとっては、ただの何でもない月曜から日曜だったんだよ。7日間。1週間。きっと、女いっぱいいたんだよ。芸の肥やし、的な？」

「女がいっぱい」

「そう。だって、鈴さんのこともうろ覚えで」

「ホントかなあ……」

「え？」

漱石の一言に、碧は虚を衝かれる。本当は覚えていた？　だとしたら、どうして知らないふりを？

一度もわかった気がしたことがない男のことが、ますますわからなくなった。

空は靴と靴下を脱ぐと、小屋の近くに流れる川にそっと足を浸した。その切りつけるような水の冷たさに、思わず悲鳴を上げる。

悲鳴を上げながらもどこか楽しそうな空の様子を、風雅は少し離れた場所から眺めていた。空を見詰める目が、愛しそうに細められる。空がぱっと振り返って風雅を見ると、彼は隠すように目をそっと伏せた。

「かーちゃんに聞きました。なんで、売れて、ブレイクして絶頂期に、芸能界、やめたんですか？」

風雅のそばに座り、川の水で冷えた足をハンカチで丁寧に拭きながら、空は尋ねた。

「芸能界っていうか、役者ね。つまんなくなっちゃったんですよね。売れたら」

「え？」

「カーンっ終了、って音がして。売れてるとか売れてないとか数字に振り回されて。朝から晩までスケジュールが入る。マネージャーが、惑星を取り巻く衛星みたいに僕を取り囲む。大きな家を買う。そこから動けなくなる。……あげくに、台本に書いてあるセリフさえ、不自由に感じました。なぜ、俺は思ってないことを言わなければいけない？ロボットか？」

「そんなんで、よく役者になろうとしましたね」

空は思わず口にしていた。それはさすがに役者に向いている向いていない以前の問題だ。風雅は切れ長の目ですっと空を見た。空は「あ、ごめんなさい」と首をすくめる。

「や、その通りです。空さんは、大学生ですか？」

「はい、まだ」

「これからですね……」

風雅は柔らかくほほ笑んだ。

空は自分がジャンプの漫画家になった時のことを想像してみる。売れたら、今こんなに夢中になっているものが詰まらなくなってしまったりするのだろうか。それとも、漫画と役者ではまた全然違うのだろうか。

ぼんやりと考えていたら、ひょいと風雅に釣り竿を手渡された。

「夕御飯の、魚を釣りましょう。うまくすれば、大物も釣れます」

釣竿をぎゅっと握りながら、空はゆっくりと頷いた。


立青学院大学の校門を出たところで、光は「あ、あの」と呼び止められた。

光は立ち止まって、呼び止めた男を見る。一緒に歩いていた、ナオキも愛梨も立ち止まって、男をじろっと見た。

「あ……鼻毛」

男が渉だと気づき、光は思わず言う。渉は「いつの話ですか」と心底いやそうな顔をした。そこまで昔の話でもないと思うのだが、彼の中ではもう黒歴史化しているようだ。おだやで話がしたいと言われ、光は了承した。空についての話だということはなんとなく想像がつく。

愛梨とナオキは当然のようについてきた。

少し離れた席で、呑気に注文をしている愛梨たちを、渉は気にするようにちらりと見る。

「なんで、あの人たち、ついて来てるんですか?」

「この、鯛焼き食べたいって」

もちろん、野次馬根性も多分にあるのだろうが、渉にそう言う必要もない。渉はしばらく愛梨たちを気にする素振りをしていたが、意を決したように、「あの、知ってますか？」と切り出した。

「今、空さん、伊豆大島に行ってます。お父さんに会いに」

「あ、知ってますけど」

軽く光が答えると、渉は愕然とした顔をした。

「なんだ……知ってるのか」

どうやらマウントを取りたかったようだ。光は空から電話で聞いたことを思い出す。

一連のことを空から最後まで聞かされずにいたことが、相当にショックだったのだろう。

渉は沙織が注いだお冷《ひや》のグラスをぐっと摑み、一気にあおる。そして、光を睨みつけるようにして、宣言した。

「あの、俺、空さん、あきらめませんから」

「は？」

「は、ってことないでしょ」

渉は腹を立てている。光もむっとして渉を見た。こんな風に一方的に宣言されて、は？　という以外に何と言えばいいのか。

テーブルの不穏な空気を感じ取った沙織が、すかさず「ご注文は？」と二人に声をかける。

「サンマ焼き」

二人の声が綺麗にそろう。

「あ、はい。気が合いますね」

「合わないですけど」

二人の声はまた図ったようにぴたりと重なり、二人は思わず顔を見合わせる。

そして、また同時に、ぷいっと逸らした。

俊一郎にオーダーを伝え、沙織はそっと客席の様子をうかがう。

「あ、てか、俺、空とはなんでもないんで」

クールに言い放つ光に、渉が「今、でも、空って呼び捨て」とむっとした様子で食ってかかっている。

沙織はポケットからスマホを取り出し、こそこそとLINEを送った。

そのメッセージは一瞬にして遠く離れた空のスマホを鳴らす。

風雅と並んで、釣り糸をたらしていた空は、「あ、ちょっと」と風雅に断って、スマホを見た。

「あんた、もててる」

沙織からのメッセージに空は首を傾げる。「どゆこと?」と返信すると、スマホが鳴りだした。気にするようにちらりと見ると、風雅は「どうぞどうぞ」と笑顔で頷いた。

それでも、静かな釣りの時間を邪魔するのも申し訳なく、空は少し離れたところまで移動して電話に出る。

「空ちゃん、もてってる！」

沙織が興奮気味に発した第一声に、空は「は？」と間の抜けた声を返す。

「今ね、光くんと渉先生がおだや来て、空ちゃんの取り合いしてるよ」

「え、まさか。入野は腰の位置の高い彼女がいるんだよ！心ちゃんっていう」

空はまるでまともにとらずに否定したが、沙織は光と渉のやりとりを実況中継する。

沙織のフィルターはあるかもしれないが、確かに「取り合い」をしているようにも聞こえた。しかし、光にモデル体型の彼女がいると固く固く信じている空は、どこか呑気に、自分がいないところでそんな逆ハーなシチュが繰り広げられてるなんて、熱い、などと考えていた。

こんなに余裕がない人だったか。噛みついてくる渉にうんざりしながら、光は思う。

空から聞いていた渉のイメージはもっと大らかな大人の男性だった。

「あの、だいたい、俺に宣戦布告みたいなことって、意味不明だと思います」

光がクールに言い放つと、渉は「え？」と戸惑ったような、妙に幼い顔で、光を見た。

「恋愛って二人のことでしょ？　二人の密室の出来事ですよ。第三者はそこに入れない」

「……なんか、レベル違う……君」

　渉は腹を立てるのも、張り合うのも忘れ、素直に感心している。

「彼女が好きなら、彼女に言えばいいでしょう？」

「そうか」

　渉は打たれたように言った。

「そうだな。こんなことしても逆効果」

「いやあ、逆効果とかでも、ないけど。効果もないですよ」

「いやあ、恥ずかしながら、恋愛とか慣れてなくて。整体院でじーさんばーさん治してるうちに、この歳になってしまって」

　渉は大きな体を丸め、しゅんとして言う。この人も必死なのだと思った。恋に振り回され、不器用にあがいている。大人だからって関係ない。恋を前にして、余裕なんて、きっと誰にもない。

　光はため息をついた。自分だって余裕なんて少しもない。少しだけ人より、余裕なふりがうまいだけだ。

「あの、さっきから聞いてたんですけど」

　愛梨はつかつかと光たちのテーブルまで来ると、遠慮なく会話に割って入った。光が「聞くなよ」とぶすっと言うと、愛梨は「聞こえたのよ」と平然と返す。

「この人と、水無瀬空は何もないですから。手すらつないだことないですから」

愛梨は渉に向かって、まるで光に関する全権を任された代理人のように、自信満々に言った。

「あ、俺、手はつないだ」

渉はぼそっと呟くと、ぱあっと顔を輝かせる。

「あっ、勝ってます。圧勝。大丈夫」

愛梨はここぞとばかりに、渉を持ち上げる。光は何でもないような顔で、サンマ焼きを頭からむしゃむしゃと食べる。

こっちは一晩一緒に過ごしたこともあるんだぞと、心の中で言い返すが、空しいだけだった。

電話を切った空は、風雅の横に戻り、釣竿を握った。

「おともだちですか？」

風雅に尋ねられ、空は頷く。そして、少しいたずらっぽく笑った。

「なんか、私、もててるみたいです」

「空さん、かわいいので」

「え、私、オタクですよ」

自分から「もててる」などと言ったにもかかわらず、空は慌てた。まっすぐ褒められることに慣れていない。

「オタクだって、かわいいものはかわいいですよ」

風雅の言葉には妙な説得力がある。空は大いに照れながらも、なんとかその言葉を素直に受け取った。

「いないところで、逆ハー状態」

「ん？　逆？」

逆ハーレム状態というスラングを知らない風雅は、戸惑ったような顔をしている。空は「あ、いえ」と笑った。

「一ノ瀬さん、もてたんですよね？　血かな」

するり、と口にしていた。二人のつながりを認めるような空の言葉を、風雅もまたさらりと受け止める。

「いやいやいや。僕はもてませんよ」

「だって、私の、生みの母と育ての母、転がしてました」

「転がすって、あなた、言葉悪いな、おっ、おお、引いたかな」

気づけば空の竿がぴくぴくとしなっている。

「えっ、わわっ、ええっ」

「もしかして、釣り初めて？」

途端にパニックになった空の手に、風雅は手を重ね、一緒になってぐっと竿を握る。

「はい。生魚！　生魚来るんですよね！」

空は声を弾ませる。その様子に、風雅はふっと微笑んだ。

そんな二人の様子を、碧は遠くからじっと見ていた。

環境が変わったことがよかったのか妙に筆が乗り、碧は小屋でひとり夢中になって執筆をしていた。

なんとかこのペースなら、今夜中に連載第1回の原稿を編集部に送れそうだ。しかし、そこで、碧ははっとした。編集部に原稿を送るには、Ｗｉ－Ｆｉが必要になる。

この小屋は果たしてＷｉ－Ｆｉなど備えているのだろうか。それを風雅に尋ねるために小屋を出てきたのだ。

空といる風雅の空気はどことなく柔らかい。そして、いつの間にか、空もまた彼の前で寛いだ笑顔を見せていた。

二人があまりに楽しそうで、碧はしばらく声を掛けられずにいた。

釣りを終え、小屋の方へと戻る空と風雅に見つかり、碧はなりゆきで一緒にテントを張ることになった。

何のためのテントだろうと不思議に思いつつ、碧はテントを張るという作業すら楽しそうな空が気になって仕方がない。

風雅がほとんどの作業をこなし、あっという間にテントは完成した。

ふっと一息ついたところで、碧はようやく風雅にＷｉ－Ｆｉがないかと尋ねる。

「ワイファイ?」

風雅は明らかに片言のイントネーションで繰り返した。

「インターネットです。ネットつながないと仕事できないから」

「ネットって何?」

さすがに碧はあっけにとられる。空はぽんと碧の肩に手を置いた。

「かーちゃん、無理だ。この人、原始人みたいに暮らしてるから。海で魚釣って」

碧は心の中で「マ?」と叫ぶ。もうすぐ書きあがるというのに、締め切りまでに送ることはできないのか。がっくりとうなだれる碧に、風雅は不意ににこっと笑う。そして、

「冗談ですよ」と言った。

風雅はすぐに碧を連れて、小屋に入ると、部屋の隅にあったルーターを見せ、Wi－Fiのパスワードを教えてくれた。

完全に信じかけていた。碧はこの男が役者だったことを思いだす。

妙にもてあそばれた気分で、それでも礼を言いながら、碧はネットをつなぐ。ネットはあっさりとつながった。

「お仕事ですか?」

猛烈な勢いでキーを打つ碧に、風雅がたずねる。

「はい、私、一応作家なんで。シメキリが」

「僕たちは、夕御飯の準備に取りかかります」

その言葉が風雅と空を指すことに小さく動揺した碧は、遅れて「えっ、夕食?」と声を上げる。まさか、夕食まで食べていくとは思っていなかった。

「僕は、外で寝ましょう、お二人は、ここで」

船は何時まであるのだろうかと心配していたら、風雅は当たり前のように言った。

「えっ、泊まるの?」

風雅はかえって驚いたように碧を見る。どうやら、泊まることになりそうだった。

小屋の窓からは、空の姿が見える。

空は魚が入ったバケツをじっと見ていた。ふいに魚が跳ね、勢いよくバケツを飛び出したことに、空は慌てる。

「あっ! 魚、魚が!」

咄嗟に、空が風雅を頼るように見たことに、碧は激しい胸の痛みを感じた。

風雅は空のもとに駆け寄ると、「イキがいいですね」と言いながら、ひょいと魚をバケツに戻す。

鉄拳を食らわせると言っていたのに。碧はひどく裏切られた気持ちで風雅と笑いあう空を見た。

どうして、二人が打ち解け合っているのか、釈然としない。

風雅は空のもとを離れ、小屋の中に戻ってきた。風雅は手洗い場で、丁寧に手を洗う。

「釣り、初めてみたいで」

手を拭きながら、風雅に話しかけられ、碧は固い声で「都会の子なんで」と答えた。

「小さな世界ですね」

何のことを言われているのかよくわからなかった。

「10本の指がそこで動く。僕は世界中の流木を拾います」

どうやら風雅は碧のパソコンのことを言っているらしい。難癖をつけられたのか、と思った。しかし、風雅は静かに続けた。

「それぞれ、形が違う。それぞれの歴史が違う。流れてきた歴史」

気づけば、部屋にはたくさんの流木が存在していた。ただの飾りではなく、取っ手になり、棚になり、生活の一部になっていた。あまりに自然で気づかなかったのだ。きっと様々な場所から流れ着き、ここにたどり着いた木々なのだろう。流木のことを語る風雅は、役者だった頃よりも、どっしりと大きく見えた。

突然、空がぱっと小屋に飛び込んできた。

「それは、かーちゃんの仕事は、流木を拾うのとは随分違う」

空は風雅に向かって早口に言った。

「世界は、ない。小さい。この、小さいかーちゃんの頭の中だけだ。脳味噌だってそんなに入ってないかもしれない」

「おいっ」

碧はさすがに小さく抗議する。空は言葉を切って、「でも」と続けた。

「そこから、作られる世界はとてつもなく大きい。無限大だ。いろんな人を幸せにする……」

碧はその言葉をじん、とうれしく聞いた。

風雅もまた空の言葉をじっと聞いていた。最後まで聞いて、ゆっくり笑顔になると、風雅は大きな手を空に伸ばす。そして、ぐりぐりと頭を撫でた。よしよし、よしよし、というように優しく、何度も何度も。

「うわっ」

空は顔を真っ赤にして、その手を振り払おうとする。しかし、風雅はびくともしない。ニコニコしながら、撫で続ける。

そして、風雅は碧に向かって、にっこりと笑った。

「いい子に育ちましたね」

碧は思わず引きつった笑いを浮かべる。釈然としない気持ちは、強まるばかりだ。しかし、この底の知れない男を前に、碧はいまさら何を抗議すればいいかもわからない。

なんとはなしに、体育の組体操で、ひとりあぶれてしまった時の、あのもの悲しさを思い出していた。

締め切りまでに水無瀬碧の原稿は、漱石のもとに届いた。正直、今日の締め切りに間に合わないと思っていた漱石は、届いてすぐプリントアウトした原稿の束を手に、嬉しさを嚙み締めた。

13

なにせ、締め切り直前の打ち合わせで、書き出しの話をしていたぐらいだったのだ。構想はもうしっかりと彼女の中にあった。あとは何かきっかけがあれば、とは思っていたのだが、井伏鱒二の「山椒魚《さんしょううお》」のイメージが、そのきっかけになったのだろう。短時間で彼女は連載第1回分の原稿を、一気呵成《いっきかせい》に書き上げた。

その出来は、長年の愛読者である漱石も、さすが水無瀬碧と唸るようなもので、確かな手ごたえを感じつつ、漱石は編集長の小西に原稿を見せた。

小西は他の仕事を中断し、すぐに原稿を読み始めた。

自信はあったが、それでも緊張する。小西はあっという間に読み終えると、笑顔で、「おっ、いいんじゃない。出だしとか」と軽く言った。

「井伏鱒二の『山椒魚』を意識しているそうです」

「『ママが死んだ。二週間前……。私はまだ、泣けてない。』、これが？」

「わからないです。作家の頭は独特なので。独特のつながり方をしているのでは？」

小西は少し首をひねったが、すぐにニヤッと笑って、漱石の肩をばんっと叩いた。

「よしっ、これで、レモンページの巻頭連載な」

「はい、巻頭取れてよかったです」

「これで、水無瀬碧も復活かな」

「なんやかんやで、愛あるんですね、編集長。碧さんに」

「当たり前だろ。俺が見つけたんだ。俺が見つけて俺が世に出した。いいか、漱石」

「はい」

「作家を生かすも殺すも環境次第だ。俺が、なんで『アンビリカル』切ったかわかるか？」

「売れなかったから、ですよね」

「や、でも、水無瀬碧の名前なら続けることは出来た。でも、あれは、売れない」

「はい……」

売れないから単純に切ったのだと思っていた。でも、確かに水無瀬碧の名前があれば、そこそこの売上は期待できたはずだ。

「水無瀬自身が、売れないことに倦《う》んで行くと思った」

「……倦んで行く？」

「ああ、書く気をなくしていく。水無瀬碧という作家は、23歳で大ブレイクした。その年のベストセラーだ。１００万部を売った。そして、一発屋で終わらなかった。次の作品も、その次の作品も素晴らしかった。彼女はああ見えて天才だ」

「ああ見えて……」

「そして、あいつは、売れて、褒められて、チヤホヤされて、より伸びるタイプだ。あのキャラ見てて、わかるだろ」

「まあ」

「『アンビリカル』を、2年も3年も続けてみろ。売れないことに、やつは自信をなくして行く。萎縮してくと思ったんだ。早く違う方向に舵を切った方がいいと俺は睨んだ」

「なんか、かっこいいっす」

漱石は心から言った。正直、小西のことは編集者ではなく、商売人だと思っていた。もっと作家に寄り添うべきだと、苦しむ碧を見て思ったりもした。しかし、ただぴたりと寄り添うだけが編集者ではないのだと気づかされた気がした。小西は漱石が思うよりもずっと碧を理解し、碧のことを考えている。

「俺は、かっこいいんだよ。早く気づけよ」

小西は唇の端を歪めて笑うと、気取った仕草で、漱石の肩をとんっと突いた。

「すいません」

「世の中には、自分の好きなものを好きなように書けてればいい、という作家もいる。マイペースな作家。小さいパイでも満足だ。水無瀬は違う。ま、もっと歳とれば違う境地になるのかもしれないが、今はまだ、そうじゃない」

「はい」

「作家それぞれに違う。人がそれぞれに違うように。それを見極めるのが俺たちの仕事だ。そして、助ける」

「はい。心得ます」

漫画から小説の部署に移り、小西の下で、不安も不満もあった。けれど、この人についていて、頑張ってみよう。漱石は力強く頷く。

「よしっ。今日は、景気づけに、水無瀬碧次回作、ヒット祈願に飲みに行くか？」

「え……」

小西は漱石の肩に手を回す。漱石は思わず身を引こうとするが、小西はそれを許してくれない。

「たまには、お前、つきあえよ。行こうよ。漱石ちゃん。よく見るとかわいい顔してんじゃん。なんか、俺、漱石見てるとクラスで牛乳飲めなくて残されてた同級生思い出すんだよな～、似てるんだよ。元気かな。タケシ」

漱石はぞわっとした。そういう小西はいじめっ子の横でにやにやしていた同級生を思い出させる。

漱石はやんわりと小西の腕を外し、後ずさった。

「ごめんなさい。俺、ちょっと用事が」

小西はたちまち不機嫌になる。

「……用事ってお前。家帰ってネットフリックス見るとか、そんなだろ。おーい、田山！　今日、飲み行くぞ〜」

小西が声をかけると、田山は間髪いれず「は〜い。いいっすねえ〜」と答えた。相変わらず見事な腰ぎんちゃくっぷりだ。

「お前、出世できないぞ。俺がさせねえ」

小西はにやっと笑う。

このノリにはどうしても馴染めない。この人についていくのはやはり無理だ。そここの距離で付き合うのが一番。漱石は心の中で早速撤回した。

なんとか小西の誘いを振り切り、その後、一件打ち合わせを終えた漱石は、おだやに向かった。

もう閉店に近い時間だったが、「まだ、いいですか？」と尋ねると、ゴンちゃんは笑顔で応えてくれた。

珍しく少し飲みたい気分で、日本酒とおでんを注文する。

「あれ、碧んとこの帰り？」

もう客も仕事も少なく、手持ち無沙汰な様子のゴンちゃんが尋ねて来る。

「あ、いえ」

「あ、そうだ。あいつは、今伊豆大島だった」

「ちょっとこの辺来たんで」

ゴンちゃんは漱石の近くの椅子を引いて、どんと座った。

「どして、この辺、店いっぱいあるじゃない。ウチみたいなとこ来なくても」

「ご、迷惑、でしたか？」

恐る恐る尋ねると、ゴンちゃんは慌てて手を振った。

「いやいやいや。客商売だもん。ご迷惑なわけないよ。お客様、神様」

「はあ」

変な感じだった。お互い知らないわけでもなく、よく知っているわけでもなく。でも、悪くはなかった。相手が自分を知っているだけで、この場所に許されている気がする。

「あ、あれ？　前の彼女？　サリーちゃんの顔見に来た？　サリーちゃんね、今、俊一郎さん、いや、俺のオヤジだけども、それとすずらん温泉行った。隣の」

「はあ」

「そのあと、どっかで、メシ食って飲んでくんじゃないかなあ。ふふ、ラブラブ」

「はあ……」

思わず低い声が出た。自分に対する牽制かと思ったが、にこにこと笑う顔からすると、そういうわけでもないらしい。

ゴンちゃんは突然、はっと息を飲んだ。

「あっ、俺、塩塗った？　傷口に塩塗った？　ごめんね」

「や、もう、サリーのことはなんとも。幸せになってくれてればそれで」

それは半分強がりで、半分本心だった。

ゴンちゃんはがばっと頭を下げる。

「いや、すまん。俺、デリカシーのかけらもないっ。よく、碧が言うよ。デリカシー忘れて生まれて来たって。あ、こんなとこ座ってたら、食べづらいよね」

慌てて席を立ったゴンちゃんに、漱石は「あ、いえ。よろしかったら」と、徳利を掲げた。

「え、いいの？」

ゴンちゃんは嬉しそうな顔をして、浮かした腰を下ろす。

「僕も、なんでここ来たかって言ったら、知り合いいるとこ、来たかったのかもしれないです。行きつけとかないんで」

「あそう？」

ゴンちゃんはますます嬉しそうな顔で、漱石のお酌を受ける。

「ひとりがこたえますよね、冬って」

日本酒をちびりちびりと飲みながら、漱石はしみじみと言った。

マシュマロを焼いたと興奮気味に空が言うと、光は「マシュマロ？」と繰り返した。

テントの中に寝そべりながら、空は光に電話をかけていた。

「そそそ。よくさあ、キャンプの時にやるじゃない？　いや、テレビとかでしか見たことないけど」

枝に刺したマシュマロを、碧と一緒にたき火の火であぶったのだ。少し表面が焦げたマシュマロはトロリとして美味しかったし、何より楽しかった。風雅はそんな二人の様子をお酒を飲みながら、寛いだ表情で見ていた。そんな感じも嫌じゃなかった。キャンプでマシュマロを焼くなんて、陽キャ専用のイベントだと思っていたけれど、陰キャだってやれば楽しいものなのだと知った。

テントの中だって快適だった。

たき火も近くにあり、風が遮られているというだけで、十分にあたたかい。テントの中から、たき火を見ながら、そのぱちぱちと弾ける音を聞いていると、ストレスや悩みなど自分の中にあるものがゆるゆると溶けていく気がした。

今、テントから電話をしているのだと告げると、光は少し羨ましそうな声を出した。

「へーえ。テント張ったんだ」

「うん、ここで寝るのは一ノ瀬さんなんだけどね。釣ってきた魚焼いてね。あとは、あったまるからって、白菜と豚肉のミルフィーユ！　これは、材料買ってきた。一ノ瀬さんが。あとね、あとね蛤《はまぐり》も獲れて、醤油とバターで焼いて食べた」

「うまそ」

実際、うまかった。風雅につんとした態度をとっていた碧も、ついついお代わりするぐらい。

「星、きれー」

空はテントから顔を出して、星を見上げた。東京と同じ空だとは思えないぐらいに、たくさんの星がまたたいている。

「寒くないの？」

「たき火、してる。これから、食後のティータイム」

「一ノ瀬風雅は、どんな感じ？」

「……なんか、不思議な感じ？」

「鉄拳食らわせたの？」

「なんていうか……そういう次元にいない感じ。ジンベエザメみたい。水族館の」

「は？」

「どこまでも、勝手に泳いでいきそう」

「はあ……。てかさあ、お前なんで俺に電話してくんの？」

強い口調ではなかった。ぼやきのような、少し困った声。でも、思ってもみないことを言われて、空は「え」と戸惑った。

「だって、フツー、こういう時って彼氏に電話するんじゃね？」

「迷惑？」

「や、迷惑とかは、別に、暇だったから、別に……」

光はもごもごと言葉を濁す。

「内緒にしといてって言われたから言わないけど、今日、渉先生に会ったよ」

「言ってるじゃん」

「まあ、ちょっと、伏せてんだよ、これでも。偶然会ったんだよ、おだやで」

光は「偶然」を強調して言う。

「手つないだって渉先生、自慢してたぞ。手つないだら、それはもう、恋人だ」

「え……。なんか、光らしからぬ、ピュア？」

「実はな。ハートはスワロフスキーなみに、透明なんだ」

「マジですか」

「渉先生が好きなんだろ？　だったら、渉先生に電話しろ」

「は？」

「じゃな」

電話は切れていた。

「なんなの？」

空は切れた電話をむっと睨む。なんだか胸の奥がもやもやとした。

その頃、光の部屋では、光がベッドの上で自己嫌悪にのたうち回っていた。

「うわー、大人げねー、俺」

くったりとベッドに突っ伏し、力なく顔を窓に向ける。窓から見える空には、数えるほどの星だけが弱々しく光っていた。

「あの子、まだ子供なんです」

今言うしかないと、碧は意を決して、口を開いた。

碧は風雅と並んで、洗い物をしながら、飲み物の準備をしていた。空はテントを気に入って、その中でゴロゴロしている。

「あ、こちら、お湯出ますから」

風雅が洗い物の水を、お湯に変えてくれる。変わらず穏やかなトーンの風雅に飲まれそうになりながら、碧は固い声で続けた。

「たぶらかさないで欲しい」

「え？」

「あの子は、世間知らずだから、ちょっと普通でない面白いこととか言って、気を引いたりしないでほしい」

風雅はふっと笑った。

「ヤキモチですか？」

かっと頭に血が上った。碧はむきになって反論する。

「違います！　あの子の教育上……」

「僕に取られそうでこわいんだ」

「な、何言うんですか⁉　そんなわけないじゃないですか！」

「かわいいですね、碧さん」

切れ長の目がふっと細められる。そのぞくっとするほどの色気に、碧はそんな場合ではないというのに、思わず赤面する。

「一ノ瀬さん、たき火の火が消えそうです」

小屋に駆け込んできた空が言う。風雅は「あ、はいはい」と出て行った。

「なんなの？　いったい」

残された碧は思わず大きく息をする。もうあれから、20年も経って、すっかりいい大人のはずなのに、たやすく翻弄《ほんろう》される自分が嫌だった。

漱石以外の最後の客が帰り、のれんをおろした後も、漱石はゴンちゃんに引き留められ、おだやで飲み続けた。

漱石の頼んだ酒がなくなると、ゴンちゃんはすかさず秘蔵の酒を投入する。飲み進めるほどに、もともとあまりなかったゴンちゃんの遠慮はどんどんとなくなり、漱石もついつい盃《さかずき》を重ねた。

「ね、見て、あれ。あれ」

酔いにとろんとした目を、ゴンちゃんは流木に向ける。

「その、一ノ瀬風雅がね、拾ったっていう流木。やらしい。なんかやらしい」

「やらしい、ですか？」

「うさんくさい！　流木拾って売りつけるなんて」

「鯛焼き作って売る方が、誠実な気はしますよね」

漱石の相槌に、ゴンちゃんは気をよくして、にこっと子供の様に笑った。

「そうよ。小麦粉だもん。小麦粉とあんこだもん。素性が知れてんじゃん。あいつはさあ、お人好しすぎんだよ」

「碧さん……ですか？」

「うん。男に捨てられて、その女の子供、ま、空ちゃんだけど、育てて、そいで今度は、オヤジに会いたいって言われて、連れてって」

「……碧さんも、会いたかったんじゃないでしょうか？　一ノ瀬さんに」

「なんだと？」

ゴンちゃんはむっと口をへの字にする。

「だって、すごい恋したって言ってましたよね……忘れられてたらしいけど」

「はっ、忘れられてたの？」

「はい、電話でそう言ってました」

ゴンちゃんは声を上げて笑い出した。体を二つ折りにして、大笑いしている。漱石はその様子を少し引き気味に眺めながら、「うれしそうですね」とぼそりと呟いた。

ゴンちゃんは笑いすぎて流れた涙をぐっとぬぐう。そして、ゆっくりと黙って酒を飲み干すと、静かに言った。

「あいつはさ、アイドルと一緒なんだよ」

「え？」と漱石はゴンちゃんを見る。ゴンちゃんは真顔だった。

「二十歳過ぎでさ、ま、昔から頭は良かったよ。顔もかわいかったし。性格も良かったからな、いばったようなところなくて。で、いい高校行って、いい大学行って、小説なんての書いたら、いきなり、デビューよ。下積みもほとんどなくてよ。原宿で声かけられてデビューしたアイドルと一緒よ。わけもわかんないうちに、持ち上げられて持ち上げられて、梯子《はしご》外されて」

「や、外してないですよ？」

「でも、おりられなくなって。知らないうちに、トウシューズ履かされてさ、死ぬまで踊らなきゃいけないバレリーナよ」

ゴンちゃんは手酌で盃を満たすと、またぐいっと飲んだ。

「そんな大層なものにならなくて、俺と結婚して、おだや来て、鯛焼き焼いてたら良かったんだよ」

「……碧さんのことが、好きなんですか？　今でも」

ゴンちゃんは答えなかった。ただ、黙って3度ほど首を傾げる。ゆっくりと。

「好きなんですよね」

漱石がしつこく念を押しても、やはりゴンちゃんは答えなかった。

酒をぐっと飲みほしたその顔には、自分でも今はもうわからないという、切ない表情が浮かんでいた。

焼いたマシュマロを乗せたココアを一口飲んで、碧は思わず顔を緩ませそうになり、慌てて引き締めた。

風雅がそんな碧の慌てようを見て、全部わかっているかのように微笑んでいるのが憎らしい。すっかり風雅のペースでことが進んでいるのが、釈然としなかった。

あまりに自然で、時々無理に思い出さないと、空が風雅を殴りにきたというそもそもの話を忘れそうになる。

しかし、何度気を引き締めても、たき火の火は、ぽかぽかと内側から体を温め、そのゆらゆらとした火を眺めているだけで、心が緩んでいく。

「いつまでても、飽きないでしょ」

たき火に枝を足しながら、風雅が言った。空が素直に頷く。

「みんなの顔が、綺麗です」

確かに綺麗だった。たき火の火に照らされた空の笑顔は柔らかく光を放っている。綺麗な子だと思った。その横でくつろいだ表情で、コーヒーを飲む男も、悔しいけれどやはり綺麗だった。

「ホント……」

ぽつりと、その一瞬だけは素直な気持ちで碧は呟いた。

すずらん温泉を出た後、美味しいものをつまみながら少し飲んで、ほろ酔い気分の沙織がおだやかに戻ってきた時には、漱石は酔いつぶれていた。店で散々飲んだ後、居間に移動してさらに散々飲んだという。こたつに丸まって、漱石は猫の様にぐっすりと眠っていた。

「漱石、漱石。起きて」

沙織が揺さぶっても、漱石は起きる様子もない。

「いいよ、寝かせといてやって。明日の朝、帰りゃいい」

漱石以上に飲んだにもかかわらず、もうだいぶ酒が抜けた様子のゴンちゃんは鷹揚に言う。

「飲めないのに、飲むから」

沙織はため息交じりに言って、漱石の寝顔を見下ろす。無防備なその寝顔は、ひどく傷つきやすそうに見える。沙織は漱石の寝顔が好きだった。不安で不安で押しつぶされそうだった時期も漱石の寝顔を見ている時だけは安心できた。

沙織に遅れて、居間に入ってきた俊一郎が、沙織と漱石をちらりと見る。そして、何かを察したように、優しくほほ笑むと、小さな声で歌を口ずさみながら、2階へと上がっていった。

アグネス・チャンの『白いくつ下は似合わない』だ。まったく知らない曲だったけれど、時折、俊一郎が口ずさむので、調べて知った。荒井由実《あらいゆみ》が作詞作曲のこの歌は、別れの歌だ。でも、ただ悲しい歌じゃない。前を向く歌だ。どんなに気に入っていても、心地よくても、もう白い靴下には戻れない。新しい靴下を試して前に進むしかない。白い靴下はもう似合わないのだから、と。

沙織は俊一郎が去っていった方をちらりと見る。俊一郎は大人なのだなと改めて思った。俊一郎は沙織の心の揺れに気付いても、強引に引き寄せようとはしない。

その大らかさが好きだった。ずっとすっぽり包まれていたい。最初は避難場所のような気持ちも多分にあったけれど、その気持ちは確かに愛に変わりつつある。

しかし、今、漱石の寝顔を見下ろしながら、沙織は思わずにはいられなかった。本当にもう、白い靴下は似合わないのだろうか、と。

風雅は寝るまでテントを使っていいと言ってくれた。

すっかりテントを気に入った空はごろごろとしながら時折星空を眺める。誰かの声がききたくなって、スマホを手に取った。

光に言われたことを思い出し、渉の番号を表示してみる。

少し迷って電話をかけたのは、結局、沙織だった。

「空ちゃん、私は、空ちゃん間違えてると思ってた」

今日あったことを話そうと思ったら、沙織の方から唐突に言われた。恋というものを、空は間違えていると沙織はいう。恋に間違いなどないのではないかと思ったら、逆に恋を狭く考え過ぎて、見過ごしているものがあるという。

「想像して。暗闇で手を伸ばしてみて」

「えと、ちょっと待って。想像するけど、声くぐもってる。サリー、今どこ？」

「胸の中。男の胸の中」

沙織のくぐもった声にどきりとする。

「え、なんか、たてこんでる？」

「いやいや、漱石飲めないのに、飲んで眠ってるから」

「えっ、漱石！」

空は思わず声を上げた。

沙織はこたつで眠ってしまった漱石の腕の中にすっぽりと潜り込み、そこから空と話しているのだった。

「昔の男の懐かしい匂いがする」

「何やってんの？　サリー！」

「おだやの茶の間に、猫みたいに寝てたから」

「えっ、お、おだや！　俊一郎さんきたら、どうすんの？　心臓止まって死んじゃうよ。もう、後期じゃないけど、前期高齢者なんだから！」

「大丈夫。下りてこない。私、比べてるの」

動揺して声を上ずらせる空に対して、沙織の声は怖いぐらいに落ち着いている。

「な、な、何を」

「俊一郎さんの胸の中と、漱石の胸の中。どちらが、安心するか。どちらが、私のいる場所か」

そっと吐息の様に告げられた言葉に、空はぞわっとした。なんて残酷で、なんて切実な言葉。

「なんで、今、比べる？　もう、決めたんじゃないの？」

「恋に時なんかないから。戻る時は、戻るし。時、平気で飛び越えるから」

「よくわかんないけど。すごいな。プロは違うな。うらやまシーサー」

空はプロの恋愛に圧倒され過ぎて、思わずふざける。プロの恋愛についていける気がしない。一生アマチュアでもいいかなとさえ思えてくる。

「昔の男の胸の中は、恋とは違うから。古巣でちょっとね、鳥が羽休めるようなもんなのよ」

沙織の言葉に、ようやく空は少しほっと息をついた。

「もう、俊一郎さんなんだね」

「ちょっと、ドキドキした。だって、２階に俊一郎さん」

体を起こすような気配がした。静かに漱石から離れたのだろう、少し沙織の声がクリアになる。

「大人の遊びはほどほどに」

「暗闇で手を伸ばしてみて」

空は目をつむって、素直に手を伸ばす。

「君の手は誰かの肩に触れて、安心する。それが空にとって一番、必要な人だよ」

空はぱちっと目を開けた。

「……恋ってそういうもんなの？　それって、サリーがメンヘラだから、そう思うんじゃなくて？」

「あっ、それ一理あるかも」

沙織は気分を害した様子もなく言ったが、空は慌てて謝った。

「ごめん、ひどいこと言った？」

「いや、ホントのことだから。私たち何でも言い合える関係だね。うれしい」

「怒った？」

「や、怒ってない。ま、私の今の意見は、ひとつの考察として聞いといてくれ」

「ラジャ」

電話を切った後、空はまた目をつむる。そして、暗闇に向かってそっと手を伸ばした。

電話を切った沙織は、「サリー」というよく知る声に、ばっと振り返った。

漱石は目を閉じている。

そして、漱石は目をつむったまま、「しあわせになれよ」と囁くような声で言った。

漱石はごろんと寝返りを打って、沙織に背中を向ける。

沙織はその背中に向けて、「お前もな」と言った。愛しさや感謝や後悔や、いろんな感情が籠ったその言葉は、可愛らしく、悲しく響いた。

漱石はまたゆっくりと眠りに引きずり込まれていく。

いつの間にか漱石の頰には一筋の涙のあとがあった。

何度寝返りを打っても、眠くなる気配もなかった。隣では碧がぐっすりと眠っている。

空はこれ以上無駄な努力をするのを諦め、むっくりと起き上がった。

掘っ立て小屋から、空はそっと外をのぞく。

風雅の広い背中が見えた。

テントで寝ると言っていたが、まだ、火も消さず、その番をするように起きている。

空はその背中をじっと見た。

(あの人が、私のお父さん……。父親)

空は心の中で試しに思ってみる。まだよくわからない。空にとって父親はずっと象印だった。自分たちをひたすらに見守ってくれる存在。では、風雅はどんな存在なのだろうかと空は思う。そして……そもそも、自分にとって何かしらの存在になってほしいと、自分は望んでいるのだろうか、と。

「眠れませんか？」

視線を感じたのか、風雅がふっと振り返って尋ねた。

「あ、はい」

「一杯、やりますか？」

空は頷くと、火の近くに腰を下ろした。

風雅は自分が飲んでいるものと同じものを渡してくれた。琥珀《こはく》色の酒。自分には合わないだろうと思いつつも口にすると、思ったよりも飲みやすかった。

「おいしい」

風雅はにっこりと笑う。

「そうですか。それはよかった。空さんは、いつも何を飲むんですか？」

「あ、そんなには飲まないです。リモンチェッロを少し」

「なんですか？　それは」

「レモンのお酒です。おいしいです」

「へえ。僕はダメだろうな、甘いの苦手で」

「なぜ、甘いとわかります？」

「レモンチェッロなんて、いかにも甘そうだ」

「リ、です。リモンチェッロ」

空が訂正すると、風雅はリモンチェッロと練習するように呟いた。

二人はゆっくりとお酒を飲みながら、火を見詰める。

初めて会った人と、ずっとそうしていたように、自然に過ごせているのが不思議だった。これはたき火の効果だろうかと空は思う。

それとも……と風雅を見ると、彼は「あ、寒くないですか？」と空の肩に自分のダウンをかけてくれた。空はちょこんと頭を下げて、ありがたく大きなダウンにすっぽりとくるまる。

「外、気持ちいい」

冷たい空気がどっと肺を満たすのが心地よかった。風雅が枝を投げ入れ、ぱっと火の粉が散る。綺麗だった。

「あの、さっきの話の続き聞いていいですか？」

「ん？　何でしたっけ？」

「だから、その。人気絶頂で、俳優をやめて、そのあとは……？　流木ですか？」

「いえいえいえ。そうですね。僕は、売れていろんなものを得たので、今度は、いろんなものを捨ててみようと思いました。お金も、捨てました。寄付しました。家も捨てました。全てを捨てました」

全ての中には、碧のことも、鈴さんのことも、そして自分のことも入っているのだろうかと空はふと思う。

「でも、流木を拾う」

風雅はにっこりと笑った。すべてを捨てつつ、流木だけは拾う。その独特のユーモアに空が戸惑っていると、風雅はくすっと笑って、「ウソです」と言った。完全に翻弄されている。

「流木を拾い始めたのは、10年前くらい。そのあいだ、いろーんなことをしました」

「いろんなこと？」

「はい、南の島の民宿で働いてみたり、歌を歌ってみたり。路上で。ストリートミュージシャンみたいに。ありとあらゆる仕事をしました」

「そんなんで、暮らしていけるんですか？」

「空さん。お金がなくても生きていけます。人がいればいいんです」

「人？」

「はい。自分を助けてくれる人、自分が助けたいと思う人。もちつもたれつ。いろんなところを旅しながら、いろんな人と知り合って、なんとか、食べるに困らず、朝起きて働いて、夜が来たら、少し美味しいものを食べて寝て」

「何かを、何かを目指したりはしないんですか？　夢？　夢とか」

風雅の話は夢のように響く。風雅から感じる強烈な引力のようなものに、なんとか少しでもあらがいたくて、空は疑問を投げかける。

「……僕の夢は、役者になることでした。夢は、33歳の時に終わりました。叶ったので。

そして、窮屈になったので……僕は、家を捨てました。そして、いろんなところを転々としました。どこにだって住める。世界じゅうを自分の家にしたのです」

「世界じゅうを家？」

新鮮な空気が風になって、どっと心の中を抜けていったような感覚があった。

「はい」

「渡り鳥みたい。渡り鳥って、あの小さな体で、1年に地球を半周飛ぶんです。世界中が渡り鳥たちの家なんです」

興奮で早口になる空の話を、風雅は「あ、いいですね」と目を細めて聞いていた。

空と風雅の様子を、碧はドアの隙間からこっそりと眺めていた。

空と同じように碧もまた眠れずにいた。寝たふりをしていただけだ。

「なんなの？　血がつながってるから、気が合うの？」

涙で視界が滲んできた。

「あれ、あれえ」

涙がどんどんこぼれてくる。碧は無理やり布団に潜り込んだ。丸くなって、ウエッゥエッと嗚咽《おえつ》する。しばらく泣き続けていたら、胸元が涙で冷たくなっていた。

碧はふと冷静になって、「やば」と呟く。

「私、やばい？　このままじゃ、子離れできない？」

碧はぶるっと小さく身震いをする。

「寝よう」

碧はがばっと頭から布団をかぶった。


ベルベットのような滑らかな歌声が聞こえてきた。

近くの木にかけられたラジオから聞こえてくるようだ。

「この曲、知ってますか？」

「知らない」

「『ウィル・ユー・ダンス』といいます」

「……いい曲」

その柔らかい歌声は、夜の雰囲気によく似あった。

「踊りますか？」

「えっ」

「踊りましょう」

風雅は立ち上がって、空に手を差し伸べる。空は慌てて、「いやいやいやいやいや」

と手を振った。

「私、生まれてから一度も踊ったことないです」

「では、生まれて初めてのダンスを」

「いや無理……」

尻込みしていると、風雅はひとりで勝手に踊り始めた。誰かをエスコートしているような、優雅な踊り。格好良すぎて、かえって面白い。

空は思わず笑った。満開の薔薇のような笑顔だった。

風雅は踊りながら、おいでおいでと誘う。空は思わず立ち上がって、一緒になって踊り出した。碧のために喜びの舞いを披露するぐらいで、踊りなんて、本当にやったこともない。でも、魔法にかけられたみたいに、するすると体が動いた。

空は風雅と目を合わせ、音楽に体をゆだねる。

知らず知らずに息が合い始めていた。

空は楽しかった。風雅も楽しそうにしているのが、うれしかった。

この曲が長く続けばいい。

そんな風にさえ、思っていた。

『ウィル・ユー・ダンス』が流れた夜。

光は空が見ている星空に思いをはせながら、東京の寂し気に光る星を見上げていた。

沙織はおだやかからの帰り道、夜空を見上げ、寒そうに手をこすり合わせ、何かをふっきるように勢いよく歩き出していた。

俊一郎は自分の部屋で、ラジオから流れる、『ウィル・ユー・ダンス』に何かを思う様にじっと聞き惚れていた。

漱石はううんと唸りながら、猫のように丸まって、より深く眠っていた。

渉は太葉堂で残業しながら、鳴らないスマホを気にしていた。

そして、ゴンちゃんは、眠ってしまった漱石のこたつ布団をそっと直してやった後、ひとり薄暗い店にいた。いつもの陽気な表情の消えた、いつにない深く考えるような顔で、じっと頬杖をついていた。


そして、碧はといえば、泣きながらいつの間にか眠ってしまっていた。

碧は夢を見ていた。空の夢だ。空の成長を、碧はどこか高いところから振り返っている。

2歳の時の空。服を着るのを嫌がって、ふざけて走る空を、碧が追いかけ回している。うしろからつかまえて、ぎゅっと抱きしめ、二人で同時に笑う。

3歳の時の空。空はクレヨンで絵を描いている。お母さんを描いたのだと空が見せてくれた絵に、碧は涙ぐむ。

小学校1年生の時の空。ぴかぴかのランドセルを背負って公園を走る空を、碧は愛おしそうに見つめる。

高校生の時の空。あくびをしながら、碧がお弁当を作っていると、制服姿の空がひょいと作ったばかりの卵焼きをつまむ。碧はこらっと怒る。

そして、とうとう大学生になった空。入学式に気合を入れてブランドもののスーツで出席した碧は、桜吹雪の中、空と一緒に写真を撮ってもらう。

ほんの些細《ささい》な日常なのに、どの瞬間も大切に碧の中に残っていた。

夢は続く。空の初めての恋。一緒に悩んだデートの準備。やっと空が描き始めた漫画。明らかにされた秘密。

二人して新作のミルバを取り合ったことも、はじめて空の頬をこの手で打ったことも、全部が全部、大切だった。

碧はぐっすりと眠っている。その目尻からすっと静かに涙が滑り落ちた。


ううっと呻きながら碧は寝返りを打った。その眉はきつくひそめられている。

碧の脳が見せる夢はいつの間にか、優しい回想からがらりとその作風を変えていた。

舞台は平安時代と思しき、貴族のお屋敷だ。空は十二単のような着物を着ている。碧は乳母のような地味な着物でその後ろに控えていた。

空の前には若い男たちがずらりと並んでいる。皆、熱心に空に結婚を迫っている。

どうやら、空はかぐや姫ということらしい。

「わたくしは、空さん、欲しさに、宝の山を」

貴族の男が、宝石の山を空に献上する。碧は横からその宝石に手を伸ばした。

「ティファニー！　ハリー・ウィンストン！　ブルガリ!?」

思わぬブランド宝飾品の数々に、碧は思わず目の色を変えるが、空はあまり関心を示さない。

「私は、洋服やバッグ、靴！　まるでリカちゃん人形のように、いくらだって、自分に着せ替えができます」

別の貴族の男が服の山をずいっと差し出す。

「プラダ、グッチ？　マルジェラ？　サンローラン？　ステラ!?　セリーヌ？　ボッテガ？」

碧は夢中になって、服の山に手を伸ばす。

「プラダはフロア買いです。新宿伊勢丹の3階と4階もあなたのために買いました」

なんという贅沢。碧は夢中になるが、空は少し驚いたような顔をするだけだった。

また別の貴族が、空の前につと1枚の紙を置いた。

「私は、ここに登記書が。ハワイとニュージーランド、ゴールドコースト、スイスの別荘です。そして、ヨーロッパの古城もひとつプレゼントしましょう」

空はさすがに目を丸くする。すると、光によく似た貴族の男が強引に割って入ってきた。

「姫！　私は、『幸せカナコ』の著者サイン入り4巻セット！　そして、『呪術廻戦』円盤ボックス。初回限定クリアファイルつき。『チェンソーマン』の裏設定資料集！　コミケ即完売の、限定フィギュア、『ヒロアカ』のフルカラー塗装済みコレクションもつけましょう」

「あああっ」

さすがにツボを心得たプレゼントに、空の目が輝く。碧は慌てて、空の腕を揺さぶった。

「空、ダメ！　不動産不動産！　なんてったって、不動産よ。ヨーロッパの古城」

最後に残っていたのは、渉によく似た貴族だ。男は布をかぶせた籠を空の前に置く。そして、ぱっと布を取った。ふわっと冷気が立ち上る。籠に山のように盛られていたのは、ミルバだった。

「わたくしはミルバ、ミルク&バイオレット、全種類です。過去のものから、これから出るものまで。これは、セクシャルバイオレットといいます」

男は見たこともない色のミルバを空に手渡す。

「どんな味？」

思わず気になって、空の手元のミルバをじっと見る。空はミルバをそっと籠に戻すと、

「いえ、私は」と静かに言った。

「月に帰らねばならないので。どの殿方のプロポーズもお受けできません」

「えっ、月に帰るの？」

「そもそも、樹海で光る竹から、そなたに拾っていただいた身」

驚く碧に、空はしずしずと言う。

「え、拾ってない拾ってない。あれ、ウソじゃん」

「苦しゅうない。さがれ」

「近う寄れ、だよ、そこフツー」

碧は泣きたくなる。

するとそこに、するするとすべるように絨毯《じゅうたん》がやってきた。空飛ぶ絨毯だ。上には迎えの者たちが乗っている。

「じゃあね、かーちゃん」

空は急に軽い口調で言うと、絨毯に乗った。

「え？　かぐや姫って、牛車で帰るんじゃなかった？　なんでここだけ、アラビアンナイト？」

よく見れば、迎えの者たちもどことなくアラビア風だ。

「今までありがとう」

そう言って空は碧に手を振る。

スーッと絨毯が上昇していく。

「えっ、ちょ、ま」

空へとのぼっていく空に、碧は必死に手を伸ばした。

碧はぱっと目を開けて、勢いよく体を起こした。

「……夢か。ま、夢だろうな……」

ふと隣を見ると、空の姿がない。それどころか、布団が綺麗に畳まれていた。

「え」

布団の上には、置手紙があった。碧は恐る恐るそれを手にする。

「かーちゃん、空はしばらく旅に出ることにした。

フーガとな。

達者でな。

ＬＩＮＥするね」

読み終えた途端、碧はＫＯされた敗者のように、膝をつき、布団に突っ伏した。

「……取られた」

布団に顔を埋め、地を這うような声で碧は言う。

これも夢ならばどんなにいいかと頬をつねるが、頬はしっかりと痛かった。

14

空からの書き置きには「ＬＩＮＥするね」とあったが、空からの連絡は一向になかった。電話をしても出ず、ＬＩＮＥを送っても、既読にはなるものの、返信がない。

碧は島から戻ったその足で、おだやかに向かった。ゴンちゃんたちはさすがにあっけに取られた様子で、碧の話を聞いていた。

「取られた?」

呆然と呟くゴンちゃんに、碧は重々しく頷き返す。

「連れ去られた」

心配そうに眉を曇らせる俊一郎に、碧はまた大きく頷く。

「もう帰って来ない?」

いつの間にか話に加わっていたケンタに、碧は「はあ」と特大のため息をついた。

「誰もそんなこと言ってないでしょ?」

「すんません」

ケンタは首をすくめる。

「とにかく、この書き置きが」

碧が紙を広げると、三人は一斉にのぞきこんだ。

「かーちゃん、空はしばらく旅に出ることにした。フーガとな。達者でな。LINEするね」

ゴンちゃんが声に出して読み上げる。

「この、達者でなってのが、気になりますね」

ケンタは虫も殺さないような無邪気な顔で、不安を掻き立てるようなことを言う。碧はがくっとうなだれた。

「なんで君、そういうこと言うの？　私は、このまま、あの子が帰って来なかったら、どうしようって、あいつ、まやかしよ。あやかし？　一ノ瀬風雅。食えないっ」

「碧ちゃん、大丈夫だよ。きっと帰って来るよ」

「きっとって何？　絶対じゃなくて、きっと……。絶対って言って」

俊一郎の優しい慰めの言葉さえも、過敏になっている碧の心に擦り傷を作る。縋りつくように迫った瞬間、ガラガラガラと扉が開いた。続いて「こんにちは〜」とよく知る軽やかな声が届く。

碧たちは「えっ？」と声を上げながら、何事もなかったように入ってきた空の姿を凝視した。

「あっ、やっぱり母ここだったか？」

「あんた！」

碧は思わず立ち上がる。空は「これ、おみやげ。沖縄の」と俊一郎に大きな袋を渡している。

「沖縄⁉」

「空、沖縄行ってたのか？」

思わず大声を上げた碧とゴンちゃんに、空は屈託なく「うん」と頷いた。

「シーサーとサーターアンダギー。あっ、かーちゃんのおみやげは、家だから。今、飾り付け中」

「飾り付ける⁉　誰が？　何を？」

碧は思わず叫ぶ。与えられる情報が多すぎて、足りな過ぎて、パニック寸前だった。

おだやを出て、すずらん商店街を並んで歩く間も、碧は空を質問攻めにした。

「えっ、4日間、ずっと沖縄？」

「そう。気球に乗ったの。読谷村で乗れるって、一ノ瀬さんが言うから」

島でたき火を囲みながら、風雅が口にした「気球」というワードに、空は大いにそそられ、ふらっとついていってしまったのだった。

「気球？　あの、空に浮かぶ気球？」

あの時、そう聞き返した空に、風雅はゆったりとほほ笑みながらこう言った。

「はい。気持ちいいですよ。朝一番で飛びます」

「いいかも！」

そうして、空は書き置きを残して、風雅とともに沖縄へと飛び立ったのだった。

「あとは、ずっとソーキそばめぐりとか」

「なんで、連絡しなかったの？」

「帰って来いって言われるかなあ、って」

それは言うだろうと碧は思う。それぐらい言わせてほしい。

空は足を止める。碧も足を止めた。

「かーちゃんは、一ノ瀬さんのこと怒ってるかもしれない。自分が忘れられてて、鈴さんのことも忘れられてたから」

「そりゃ……そうだよ」

「でも、私。あの人、ちょっと面白いと思って。だって、持ってるもの全部捨てちゃったんだよ。売れてる時に。すごくない？　そんな人、まわりに誰もいない！」

碧は空の言葉を聞いて悔しくなった。そりゃ、自分はしがみつく人間だ。持っているものにも、売れていることにもしがみつく。でも、しがみついたから、あんたを育ててこれた。そう声を大にして言いたい。でも、言うに言えない。

「それに、気球も乗りたかったし」

空はにこっと笑うと、また歩き出す。碧はその軽やかな足取りの後を、とぼとぼとついていった。


水無瀬邸のリビングに入ると、風雅が当たり前のような顔でそこにいて、「お帰りなさーい」と碧と空を迎えた。

リビングには流木が飾り付けられている。誰が、何を、飾り付けているのか、ようやくわかった碧は、疑わし気な目で娘を連れ去った男と流木を見る。

流木はモダンな水無瀬邸のリビングに不思議としっくりと収まっていた。素朴なのに、不思議と生き生きとした華やぎのようなものも感じさせる。

「悪くない！」と目を輝かせる空に、風雅は「でしょ？」と得意げに笑む。

「ね」と、空に話を振られ、碧は曖昧に首を傾げた。

「どうなんだろ。ちょっと、よくわかんないけど……」

どうしても認めたくなくて、ふいっと顔を背けても、風雅は穏やかにほほ笑んでいた。

「だんだん、わかりますよ。流木の良さが。じゃ、僕はこれで失礼して。親子水入らずで」

碧は「帰るの？」と尋ねる。これから島に戻るのだろう。少しでも早く帰ってほしかった。この男が空の近くにいるだけで、不安になる。

しかし、風雅はにっこりと笑うと、「いい宿が見つかりました」と二人に告げた。

風雅が見つけた「いい宿」とはすずらん商店街にあるおもちゃ屋の2階だった。

鉛筆の下描きの上に、ペンを入れながら、空が話すと、光は少し驚いた顔をした。

二人は光の部屋で、漫画の仕上げの作業をしている。光は空の横で、トーンを貼ったり、ベタを塗ったりと、アシスタントのような作業をしていた。

「おもちゃ屋、あの、角っこのとこ？　蕎麦屋の向いの？」

「そう。ヨーヨーってわかる？」

「ん？　ヨーヨー。ああ、こういうやつ」

光はヨーヨーをつくジェスチャーをする。空はうなずいた。

昔、子供たちの間で爆発的な大ヒットとなったというヨーヨー。それを、「おもちゃのおばやし」の片隅で発見した風雅は、ものすごいテクニックを披露して、たちまち大林《おおばやし》のおばちゃんの心をつかんだのだった。

「それでおおばやしのおばちゃん、手なずけて」

あっという間に、風雅はおもちゃ屋の2階が遊んでいるという話を聞きだし、昔ながらの6畳間を「いいじゃないですか！　理想の部屋です」とにこにこと褒めちぎった。そして、「あら、そう？」と満更でもない様子の大林のおばちゃんから、貸してもいいという言質を取ったのだった。

「もともとは、渉先生のところ、太葉堂の内装頼まれてたみたいで。流木で、店をアジアンテイストにしてくれって」

一応、そのためにすずらん町に滞在することにしたらしいのだが、風雅は珍しく3人ほどの客が一度に訪れて、パニックになっている大林のおばちゃんをささっと手伝い、それからちょくちょくおもちゃ屋でも働くようになった。

「バイトまでゲットして。きっと家賃格安だよ」

「すげーな。生活力あるな。コミュ力？」

「そう、そいでね。更級豊田の隣の駐車場借りて、流木まで売り始めた……それがけっこう売れてる」

「流木が」

「そう。なんていうか、ああいう人、初めて見たよ。沖縄でも、どんどん、タダで人にものもらえるの」

「そこなの？」「そこだけじゃないけどさ。なんていうか、生きてく力、あるなあって。私とか、そういうの苦手」

「今の子、誰でも苦手でしょ」

「今の子が言うか？」と空は少し笑い、丁寧に線を引きながら、心の中の気持ちも少し丁寧に言葉にした。

「ちょっと、違う風を感じたっていうか。今までとは。この人、見といた方がいいんじゃないかっていう」

「ほおっ。父親であるとか、そこは置いておいて？」

「父親なのは、何かの縁だよね」

光は顔を上げてじっと空を見る。

「ん？」

「水無瀬碧の娘だなあ、と思って。あ、ま、血のつながりは置いといて」

「どゆこと？」

「独特の考え方するなあってこと」

血というものを、重く、息苦しいものとして捉えてきた光にとって、空が使った「縁」という言葉の軽やかさは新鮮だった。

「呆れてる？」

「褒めてる。どっちかって言うと褒めてる寄り。てか、これ、完成したら、ジャンプ持ってくからな」

完全に乾き、完成した原稿を揃えながら、光が言う。気合が入っていた。空も「お、おう」と応じながらも、「でも、タイトル」と表紙を見た。

「そうタイトル」

表紙にはまだタイトルが入っていない。打ち合わせの度にアイデアを出し合うのだが、まだ、二人はこれというタイトルを見つけられないでいた。

湯上りのまだ少し湿った髪を少し気にしながら、碧が会釈をすると、すずらん温泉の番台のおばちゃんは「あら、碧ちゃん、めずらしい」と顔をほころばせた。

「書けなくて」

「またそれ？　碧ちゃんの書けなくて。何度聞いたか」

「書けないと食べるか風呂入るか寝るか、なんすよ。私」

「がんばんな」

どんと背中を押すように言われ、碧は「ありがとさん」と応える。町中が親戚みたいだよなあと改めて思う。碧も、空も、この町に育てられた。

洗面器を手に、碧は商店街を歩いていく。

「碧さん、水無瀬碧さん」

おもちゃ屋の前に差し掛かったところで、やたらといい声が上から降ってきた。

2階の窓から風雅が顔を出して、碧を見ている。

「上がってきませんか？」

碧は無視をして、そのまま行きすぎようとする。

「ミナセアオイさーん！」

風雅は歌うように呼んだ。行きかう人たちが思わず立ち止まるほど大きな声で。

自分にも視線が向けられるのを感じながら、碧は仕方なく立ち止まり、2階の窓を仰ぎ見る。

「やめてください。みんな、見てるでしょ？」

小声で話しかけると、風雅は「なんだ？　聞こえない」とまた碧の名前を大声で呼ぼうとする。たまらず碧は「おもちゃのおおばやし」に飛び込んだ。

階段を駆け上り、少し息を切らせながら、睨みつけると、風雅は「おっ。来ましたね」とゆったりと笑った。

綺麗な琉球ガラスのグラスを手にしている。

「これ、沖縄の酒、飲みませんか？」

碧はそれには答えず、手にしていた洗面器を脇に置いて、すっと正座をした。まっすぐに風雅を見て、固い声で問いただす。

「なにが目的なんですか？」

風雅は碧のためにもう一つのグラスに氷を入れ、泡盛を注いでいる。

「こんなところまで追いかけて来て、あげくに居すわって、何が目的なんですか？」

「何だと思います？」

風雅は切れ長の目を碧に向けた。何を考えているのか、その表情からはまったく読み取れない。黙っているだけなのに、気圧されそうで、碧は必死に風雅を睨みつける。

そこにぎしぎしと階段をきしませながら、大林のおばちゃんが上がってきた。

「あのね、大根とイカの煮たの作ったの。食べない？」

おばちゃんは二人の前にお盆を置いた。お盆にのせた器には素朴で美味しそうな煮物がたっぷりと盛られている。

大根とイカの煮物の存在に、それまでの緊張感はたちまち消え失せ、ほんわかした雰囲気まで漂い出した。

「おおっ、うまそう」

風雅は目を輝かせる。おばちゃんに、「はい、碧ちゃんのお箸も」と手渡され、碧は「あ、私は」と断ろうとはしたものの、断り切れない。

おばちゃんは「知り合いなんだってね」と碧に言うと、風雅の方を向いて、嬉しそうに続けた。

「碧ちゃん、昔からのお客さんでね。そのあとは、空ちゃんがお客さんになってね。昔はお年玉握りしめてよく来たもんよ。最近でも、よく覗いてくれてね」

「え、そうなんですか？」

それは碧も知らなかった。

「そうよ、空ちゃん。『おばちゃん、元気ー』なんて。鯛焼き持ってきてくれたりするわ。おだやでアルバイトやってるんだってね」

「あ、おばちゃんも一緒に」

碧は半ばすがるような思いで声をかけるが、おばちゃんは「ううん」ときっぱり断った。

「私は、ひとりがいいの。ひとりが気楽。下でテレビみながらひとりで食べるの。でもね、碧ちゃん。この人、こうしていてくれるでしょ？　用心棒みたいで、安心よぉ」

「何からでもお守りします」

「悪い虫からもね」

「おばちゃん、美人だから」

風雅の言葉にくすぐられるように、おばちゃんは上機嫌に笑う。

「大根の煮つけくらいで、いい気分にさせてもらって～」

足取り軽く、階段を下りていくおばちゃんの背に、「ホントですよ～」と大声で言うと、風雅は「ねっ」と碧に同意を求めた。

「……大林のおばちゃんが美人なのは、このすずらん商店街では、昔から有名なのよ」

いつの間にか、するりするりと人の心に入り込んで、このすずらん商店街に、碧と空の街に居場所を作ったこの男が気に食わない。碧は商店街の付き合いは自分の方がずっと長く深いのだと挑むように言った。

「碧さんも美人です」

碧の挑発を受け流し、風雅は泡盛を飲みながらさらりと言う。

その屈託のなさに、碧はイラッとした。風雅が碧の前に置いた、泡盛のグラスを勢いよく摑んで、グイッと飲む。

「美味しい」

一口飲んで、思わず碧は呟いた。風雅は「でしょ」と顔をほころばせる。

「これ、幻の泡盛って呼ばれてて、手に入らないものを、わざわざ酒蔵の奥から出してくれたんです」

美味しい酒には美味しい肴が欲しくなる。碧は「せっかくだから、おばちゃんの大根」と言い訳するように呟きながら、小皿にとってパクパクと食べた。

風雅も煮物を食べて、泡盛をくいっと飲む。

「うまいです」

「すぐ帰りますから」

碧は小皿に煮物のお代わりを山盛りにしながらも、固い声で言った。簡単に酒と食べ物に釣られたのが悔しい。

煮物をつまみながら、二人は黙って泡盛を飲んだ。自分はなにをやってるんだろうと碧が思いはじめた頃、風雅が「あ」と声を上げて、傍らにあったジェンガの箱を取り上げた。

「これ、やりませんか？　ひとりでやっててもつまんなくて」

よく見れば、2階は倉庫でもあるのか、大量のおもちゃの箱が積み上げられている。どれも古いものばかりだ。気になるのがあれば好きにしていいと風雅は言われたらしい。

「やりません」

冷たく断ると、風雅はしょんぼりと肩を落とした。碧はふと思いついて、声を上げる。

「あ、もし、これやって私が勝ったら、とっとと伊豆大島に帰ってもらえますか？」

「ほお。いいですよ。よござんしょう」

風雅は少しも躊躇うことなく勝負を受ける。碧が「絶対ですよ」と念を押すと、風雅は「はい。勝負です」と涼しい顔で笑った。

ジェンガはなかなかに白熱した。お互いに、確実なブロックを引き抜き、タワーはかなり不安定になっている。

風雅はブロックを慎重に引き抜いた。そこがなくなったら、傾きそうに思えたのに、タワーはぐらりともしない。碧は少しふむと考えこむと、おもむろに手を伸ばし、真ん中のブロックを引き抜こうとする。

「ほら、またそうやって、真ん中辺から、危なそうなの抜こうとする」

碧の手が止まった。「また」とはどういうことだろう。碧は、これまで上の方のブロックしか引き抜いていない。

「昔もそうだったよ」

続く風雅の言葉に、動揺した碧は、思わずブロックを強く引く。たちまち音を立てて、ジェンガのタワーは崩れ落ちた。

「あ、僕の勝ちですね。では、ここにもう少し」

風雅は涼しい顔でそう言うと、ジェンガを片付け始めた。碧はその手をぐっと摑んで止める。

「どうして？」

感情に震える声で碧は問う。

「どうして、覚えてないなんて、嘘ついたの？」

風雅はゆっくりと碧を見た。涼しい表情は、剝げ落ちている。

「なんで、嘘ついたんですか？」

「ごめんなさい」

風雅は小さく咳払いし、かすれた声で謝った。碧は摑んだ手を放す。

「あの時」と風雅はバラバラになったジェンガを前に、ゆっくりと語りだした。

「空さんの瞳が……鈴に、そっくりで。鈴がそこにいるみたいで。あなたを覚えている、と抱き締めることは出来なかった」

「や、誰も抱き締めてくれ、なんて言ってないけど。え……ってことは、鈴さんも覚えてるのね」

「はい……」

素直に風雅は頷いた。

「そう……。そうだよね。私を忘れたって言って、鈴さんを覚えてる、とは言えないよね」

「……それに、僕は、急にあなた方が訪ねて来て、とまどいもありました。正直、面食らいました……。こんなことが、この世にあるのか」

そして、風雅は碧に向かって大きく頭を下げた。

「本当に、申し訳ない。鈴を支えてもらった。そして、ありがとう。まさか、鈴の子供をあなたが育てていたなんて」

「私たち、親友になったんです」

碧は少し笑った。

「鈴さんと、私。同じ傷を負った二人。あなたって、いう人を、忘れられない二人だったんです。あなた、すごく素敵で」

「今は、こんな、ただのオッサンです。あの頃だってひどいもんだ」

苦く笑う風雅に、碧はううんと首を振る。

「いえ、私たち、あなたに恋をしたことを、否定したくなかったんです。そりゃ、あなたはひどい男で、他にも女がいっぱいいて、人から見たら、クズでカスかもしれないけれど」

「はい……クズでカスです……」

風雅は大きな体を申し訳なさそうに小さくしている。悔しいけれど、そんな姿にも妙な可愛げがあった。

「でも、それに勝る魅力があって。恋ってもともと、そういうとこあるし。なんでこんな人好きになっちゃうんだろう、みたいな」

「すみません……」

「だから。その。あなたに、恋をしたことは、私も鈴さんも、否定したくはなかったんです。だから、鈴さんは空を産んだんだと思う。……私は、鈴さんには言わなかったけど、思ってました。なんで鈴さんには子供が出来て、私には、あなたの子が出来なかったんだろう、って悔しかったです」

風雅は思わずぱっと碧を見る。碧はほほ笑みながら静かに告げた。

「それくらい、あなたが好きでした……もちろん、もう昔の話だけど」

もう、気持ちは過去形だ。でも、意図せず、涙が一粒ぽろりとこぼれた。

「昔の話なのに、涙が出るって不思議ですね」

涙をグイッとぬぐって、碧は笑う。

「鈴さんを看てるうちに、彼女は私と出逢って、すぐ入院したんで、病院とか行ってるうちに、私、こう思うようになりました。センチメンタルな気持ちは捨てて、こう思うようになりました。子供は、たまたま鈴さんに出来たけど、私に出来る可能性だってあった。そしたら、私も多分、産んでました」

複雑そうな顔をしている風雅に、碧は少し顔をしかめた。

「あ、ここはあんまり自惚《うぬぼ》れないでください。私、鈴さんのお腹の中で動く子を感じたから。そう、こうして触らせてもらって感じたら、その子はこの世に生まれたがってるんだ、って思うから、思ってしまうから、その命を絶つことは出来ないと、思います」

「……はい」

「だから、私、鈴さんとは運命共同体だと思いました。あの人が、赤ちゃん産んで逝ってしまったら、私が必ず育てると約束をしました。そう言えば、安心して産めるでしょ？」

不意に鈴さんの姿が頭に浮かんだ。出産のとき、必死に碧の手を握った白く華奢な手のことも。

碧は風雅を睨みつけた。目から涙が溢れて来る。

「なんで、なんであなたがいなかったんですか？　なぜ、あなたが鈴さんのそばにいてあげなかったんですか⁉　女がひとりで子供を産むって、どんなに心細いことか、大変なことかあなたにわかりますか⁉　しかも、病気抱えて！　風雅さん」

碧は思わず風雅の胸倉をつかむ。

「殴っていいですか？」

風雅は碧の目をまっすぐに見たまま「はい」と答えた。碧は手を振り上げ、風雅の頰を思いっきり叩いた。風雅の頰が赤くなっている。打った方の碧の手もじんじんと熱くしびれていた。

「鈴さんのかわりです」

風雅は打たれた頰を押さえようともしなかった。ただ悲しそうに目を伏せ、ぽつりと言った。

「あの……お願いがあります」

2階の軒先に忘れられたままになっていた、季節外れの風鈴が、ちりんと小さく音を立てた。

家に帰ると、空はもう帰っていて、流木がしっくりと部屋になじみつつあるリビングでくつろいでいた。

手はまだじんじんと痛んでいる。碧は風雅が覚えていたことも、鈴さんの代わりに手を上げたことも、すっかり話した。

「えっ、殴った？」

空は目を丸くしている。そういえば、空も、風雅を殴ってやるとか言っていたのだった。本人はすっかり忘れているようだが。

「てか、ビンタ？　まだ、手痛い」

「大丈夫か？　一ノ瀬さん」

「え、そっち？」

風雅の方を心配する空に、碧は少なからずショックを受ける。

「や……。でもさ、一ノ瀬さん、鈴さんが、子供出来たことも産んだことも知らなかったんでしょ？　ま、子供って私だけど」

「知らない」

「じゃ、仕方なくね？」

空は思った以上にさばさばと受け止めている。なんだか悔しくなって、「仕方なくないっ」とかみついた。

「つきあった女をポイポイ捨てるから、いけないんだ！」

「でも、覚えてたんだよね。かーちゃんのことも、鈴さんのことも」

「覚えてた」

「よかった」

空は嬉しそうに笑った。

「二人のかーちゃんを覚えていてくれてよかった」

「あんたさ、一ノ瀬に対して、甘すぎない？　なんか洗脳されたか⁉」

空は碧の言葉をするっと受け流し、風雅の昔のブロマイド写真をじっと見つめる。

「まあ、このイケメン具合。『NARUTO』の、うちはイタチに似てる。みんなやられるかもね～。私、兄弟とかいっぱいいたりして」

その言葉に碧はギョッとして、「なくはないかも」と呟く。

「かーちゃん、私も、また行きたい」

空は碧をまっすぐに見て言った。

風雅が口にしたお願い。それは、鈴さんのお墓参りをさせてほしいということだった。彼女の前で手を合わせたい、と。

「かーちゃんと、一ノ瀬さんと、私と、三人で参ってあげたら、鈴ハハも、天国で、空の上で、一番ホッとすんじゃないかな」

碧は頷く。空が「かーちゃん」と最初に名前を挙げてくれたことが、じんわりとうれしかった。

三人はそろって鈴さんのお墓に参った。

その日もよく晴れていて、お墓のある丘の上には青い空が広がっていた。

三人は鈴さんが好きだったという花を生け、線香を手向け、手を合わせた。

ふと空が顔を上げて、風雅を見る。風雅はまだ目を閉じ、じっと手を合わせていた。その閉じた目から、涙が一筋すっとこぼれる。空は咄嗟に碧の様子を気にする。

碧はひさしぶりの風雅と鈴さんの二人の時間に遠慮するように、静かに視線を外していた。

　墓参りを終え、三人は並んで墓地を出た。

　こうして一緒に歩いていると、ひとつの家族に見えそうで、碧は落ち着かない。

「いい天気だ〜」

　気持ちよさそうに空を見上げる風雅は、もう飄々とした雰囲気を取り戻している。

　さっと吹いた冷たい風に、「さぶっ」と空が体を縮めると、風雅は「あったまりますか？」と声をかけた。

「温泉でも行きますか？」

「どこに？　箱根？」

「いや、すずらん温泉」

「いいね！」

　即座に決まってしまった次の予定に、碧は遅れて「えっ？」と驚く。そして、ぐっと空に腕を組まれた碧は、半ば無理やりに、すずらん温泉に連れ込まれたのだった。


「あ〜、極楽」

　まだ早い時間のすずらん温泉は、空いていた。空は湯船の中で手足を思いっきり伸ばしながら、顔をだらしなく緩ませる。

「極楽だって。おばーさんみたい」

湯船に浸かってもなお、この決定に納得がいっていない碧は、ぶすっといちゃもんを付ける。空はにやりと笑った。

「かーちゃんも、極楽〜って言いたいだろ？　言いな」

「ん？　んー、極楽〜」

渋々と口にした碧は、あれっと少し表情をほわっと和らげた。

「あ、言うとより気持ちいいな」

「そういうことってある」

空は訳知り顔で言うと、「でっかい風呂は絶対善だな」と呟いた。

「えっ、オタク用語？」

「や、大学の授業で出て来る」

「あ、君、勉強もしてるか」

空は聞こえなかったふりで、タオルを冷たい水に濡らして固く絞る。そして、それを頭に乗せ、ふうっと息をついた。

「これが気持ちいい」

すぐに碧も真似て、タオルを頭に乗せた状態で、二人並んで目を閉じた。

「かーちゃん、一仕事終えた気がする。大きな仕事がね、終わった気がする」

「えっ、なんか脱稿したか？」

「違う違う違う。あんたと、風雅さんをあのお墓に連れて行くことは、かーちゃんの大きな役目だったかもしれない」

「ああ、そういう」

「仕事といえば、人生においての大きな仕事」

「人生にも、仕事はあるんだね。やらなくてはいけないことが」

空のしみじみとした呟きは、人のほとんどいない銭湯に響く。

「おーい。そろそろ、出ませんか～!? 美女二人～」

突然、風雅の朗々とした声が、男湯から聞こえ、碧は「えっ」と思わず目を開ける。

「はーい、のぼせそうでーす」

空が男湯に向かって叫び返す。碧が「あんた」と咎めると、空は「一回、こういうのやってみたかった。女湯と男湯でしゃべるやつ」とにっと無邪気に笑った。

そして、湯上りの二人は、休憩室で風雅と、テーブルをはさんで向かい合った。

お湯の心地よさに心も表情も一度は緩んだ碧だったが、風雅を前にまた微妙な、固い表情をしている。風雅を前にしたら、そうなったというよりも、そうしなければいけない気がして、無理にその表情を作った。

注文したビールが運ばれてきた。3つのジョッキを一度に運んできたおばちゃんが、ドンとテーブルに置く。

不意におばちゃんの顔を見た空は「えっ、松山さん?」と声を上げた。驚いて碧も見る。確かに松山さんだった。

「転職しました。よろしく」

松山さんはそれだけ告げると、にっこり笑って立ち去ってしまった。

碧は松山さんの人生に何が、と驚きつつも、ふと、そろそろ『真夏の空は、夢』の掲載誌が届く頃だと思い出す。

そういえば、漱石からメールが入っていた気がするが、いろいろありすぎて返信していなかった。

「乾杯しましょ」

風雅に言われて、碧はぱっと気持ちを切り替える。今は仕事よりも、ビールだ。

そして、三人は「カンパーイ」とジョッキを合わせた。

散英社の編集部では、小西が椅子にふんぞり返りながら、出来上がったばかりのレモンページを満足そうにめくっていた。

「いいじゃない、水無瀬先生の新作、『真夏の空は、夢』装画もいいね。爽やかで一陣の風が吹くようだ」

「はい、私もうれしいです」

漱石も頷く。

「これで、水無瀬碧も一安心だな」

「プライベートはいろいろあるようですが、それもいい刺激になっているのかもしれません」

「お前は、刺激したのかよ？」

雑誌を置きながら、小西はにやっと笑う。漱石は首をひねって、自嘲気味に呟いた。

「力不足か……な」

「ま、いいよ。お前はよくやったよ。これで、ニューヨークに行けるな」

ぽんっと肩を叩かれ、漱石は「えっ？」と声を上げた。

「栄転だよ。転勤。ニューヨーク散英社に。漫画をな、ニューヨークでがんがん売ってくれ。海外版権ビジネスだ。あとな、由辺譲先生。今、ニューヨークにお住まいだ」

「あ、はい。知ってます」

「え、連絡あんの？」

「いえ、あれっきり」

かつて、漱石は由辺譲先生の盗作騒動の罪を自らかぶった。あの才能を潰したくなかった。あの騒動で、漫画から小説の編集部に異動になったことに何の後悔もない。運よく、一読者として、ずっと大切に読み続けてきた水無瀬碧の作品も担当できた。

ただ、自分のしたことは、由辺譲先生にずっと罪悪感を背負わせ続ける行為だったのかもしれないと思うことがある。

だから、自分から連絡しようと思ったこともないし、向こうからの連絡もなかった。

「由辺先生が、お前じゃなきゃ嫌だとよ。また、担当してほしいって」

「そんな」

漱石は不意に泣きそうになった。小西は立ち上がって、漱石の両肩をがっと摑む。

「いいか、由辺先生は、今の連載が大ヒット中だ。これで、ジャンプも抜けるんじゃないか、と我が社の少年アップ編集部は言っている。ま、抜けないと思うけどな、そこは」

「俺、また、漫画に戻るんですか？」

「いや、俺だって離したくないよ。離したくない。お前かわいいし」

「え、ちょっと気持ち悪い」

漱石は思わず小声で言うと、小西の手を外すように後ずさる。小西は宙に浮いた手を、少し迷って、すっとポケットに入れた。

「でもさ、冷静に考えてみろ。散英社も、今はもはや、漫画とアニメで持っている。そのウチの看板雑誌から、お前が欲しいって言われたら、俺だってさ」

そういう小西は珍しく真剣な顔をしていた。

「お前はエースだ。力発揮してくれよ、我が社のために」

そう言って、ポケットに手を入れたまま、格好つけて去っていく。残された漱石はすとんと自分の席に座り込む。

突然に与えられた、思いもよらぬ未来に、自分がどう感じているかもわからないほど、混乱していた。

すずらん温泉を出た碧は、また空と風雅と並んで歩いた。また、家族のような並びになるが、途中まで帰る方向が同じなのだから仕方がない。

碧と風雅に挟まれて跳ねるような足取りで歩く空は、ほろ酔いのせいか、少しはしゃいでいた。

「沖縄では、一ノ瀬さんに、かーちゃんの話をした」

「えっ、私の話？」

「そう、一ノ瀬さんが、かーちゃんはどんなかーちゃんだったか聞きたがるから」

「はい。愉快な話をたくさん聞きました。たとえば、空さんの中学校の卒業式、みんなが泣くのを我慢して、そろそろ誰かが泣きだすかな、と思うと、後ろの方から嗚咽が」

「そう、かーちゃんが一番最初に泣いた。みんなあれで、泣けなくなった」

くっくと笑う風雅を意識しながら、碧は「ああ、あれはすまなかった」と謝る。白けた目を向ける中学生たちの姿が今でも忘れられない。よりによってあんな話をしなくても、と碧は恨めしそうに空をじろりと見る。

「あと、こんなこともあった〜！」

「そーら。あんた、飲み過ぎだよ」

「いや、まだまだ飲める」

空は陽気に言い張る。すかさず風雅が、「よかったら、泡盛。飲みませんか？」と声をかけた。

「あっ、沖縄で買った、幻の泡盛。あれ、うまい！」

「おおばやしの2階、来ますか？　レアなおもちゃもありますよ」

「かーちゃん、行こう！」

「ええ〜」と渋る碧の腕をまた空がぐいぐいと引っ張る。

そして、空は強引に碧と腕を組むと、反対の腕で、風雅と腕を組む。

二人に挟まれて、空はご満悦だった。碧と風雅は思わず顔を見合わせる。

「あんた、ホント、酔っぱらい」

「私さ、小さい時やってみたいことあったんだ」

碧が「何？」と尋ねると、空は舌ったらずな口調で言った。

「こう、お父さん、右手で、お母さん左手で、手つないで。ブーンって」

「やってみますか？」

風雅がさらりと言った。「え、今？」と驚く碧と、「もう大きいよ」と恥ずかしそうにする空に、風雅は「チャレンジ」とほほ笑みかける。

風雅は空の右手を取った。それを見て、碧も空の左手を取る。そして二人息を合わせて、空を持ち上げた。空はブランコのようにぶらんぶらんと揺らそうとするが、さすがにそこまでは持ち上がらない。碧がバランスを崩し、空と一緒になって大きくよろける。二人は声を合わせて笑った。

一人バランスを崩すことなくどっしりと立っていた風雅も、それを見て笑っている。

三人は笑いながら、おもちゃ屋に入っていった。

そんな三人の様子を、ゴンちゃんは一歩も動けずじっと見つめていた。

通りの向こうを歩いていて、三人に気付いた途端、動けなくなった。

三人は楽しそうだった。ゴンちゃんが近くにいるというのに、三人は三人でいることに夢中で、気づかない。

「なんだよ……あれ」

ゴンちゃんは固い表情で、まるでずっと共に生きてきた親子のような三人の姿をじっと見送った。

15

サンマ焼きを焼きながら、ゴンちゃんはずっと険しい顔をしていた。

さっき見た光景の話をゴンちゃんは苛立ちも露わに、俊一郎にぶちまけた。俊一郎は穏やかな声で、「ほお、三人で」と相槌を打った。

「うん、まるで親子みたいに」

「まあ、親子だもんなあ」

ゴンちゃんはむっと、口を引き結ぶ。まるで敵のように風雅を警戒していた碧があんな風に笑っていたのが釈然としなかった。いつのまに取り込まれたのだろうと、少し前に碧が空に思っていたようなことを思うと、ゴンちゃんは少し乱暴に型をひっくり返す。俊一郎に咎めるような視線を送られ、ゴンちゃんはひょいと首をすくませる。

「……あれが、一ノ瀬風雅か……」

どっしりとした存在感のある男の姿を思い出し、はあっとため息をついた。


おもちゃのおおばやしの2階では、空が嬉々として、おもちゃの箱を漁っていた。

「おおっ、レアもんがあると思ったんだ、ここの2階には」

風雅は3つのグラスに泡盛を注いでいる。

積んであった箱の下の方に、気になるアイテムを見つけ、空は引きずり出そうとする。箱は、途端にジェンガのように崩れた。空は慌てて、箱をもとに戻す。と、落ちていたアルバムに気が付いた。積んであった箱の上に置いてあったもののようだ。

風雅のものだろうか。落ちた衝撃で開いたアルバムには、晴天や曇天、朝焼けや夕焼け、など様々な空をうつした写真が貼られていた。

「空の写真……？」

空がたずねると、風雅はぎこちなく「あ、はい」と答えた。

「えっ、空？　あんた？」

驚く碧に、空は首を振り、上を指でさす。

「ううん。空。見上げる空」

風雅はグラスを二人の前に置きながら、アルバムを気にして、そわそわとしている。

空は開いたアルバムをじっと見た。写真には日付が入っていて、毎日撮影されているのが分かった。

「毎日、空の写真を撮ってるんですか？」

「はい、まあ……」

「あ、見ていい？　もう見ちゃってるけど」

「どうぞ」

空はぱらぱらとアルバムをめくる。風雅がふらりと足を向けた先の、様々な場所の空の写真。晴れの日も、雨の日も、曇りの日も、毎日、空の写真が撮影されていた。

「あれ、先週で止まってる」

それ以降の写真はない。そして、その最後の写真は頭上に広がる空ではなく、空の、水無瀬空の写真だった。

「あ、これ、あの時、撮った私の写真。なぜ？　なぜ私を撮ったあと、空の写真止まっちゃったんですか？」

風雅は答えず、静かに泡盛を飲んでいる。アルバムを見ていた碧は不意にはっとして言った。

「もう、撮る必要がなくなったから？」

ぎゅっと唇を噛んだ風雅の表情に、碧は確信を深め、声を大きくする。

「本物の空に会ったから⁉　空がいることを知ってたの？　だから、空を撮ってたんですか？」

風雅は答えない。それが、答えだった。

「毎日、空を忘れないように？」

「忘れないように、というか、忘れられなかったです」

観念したように、風雅がゆっくりと口を開いた。

その途端、がたんっと大きな音を立てて、空が立ち上がった。

「……えっ、私のことか？　私が空だから、空を」

自分の肩を抱いて、空は大きく身震いする。

「うわっ、きもいっ。きっしょい。あっ、ごめん、とーちゃん」

風雅がかっと目を見開く。空は自分の口から飛び出した言葉に遅れて気づき、慌ててぶんぶんと手を振った。

「あ、今のナシ。ナシナシナシナシアシナシトカゲ。ウソウソウソウソコツメカワウソ。ナイナイイナイナイルワニ。ムリムリムリムリカタツムリ」

延々と続く動物ダジャレに、じんと静かな感動に浸っていた風雅も、あっけに取られた顔で空を見る。

「あ、ごめんなさい。空が壊れてます」

さすがに見かねて、碧が口をはさむと、動物のネタが尽きたのか、ようやく止まった空は風雅に向かって、勢いよく頭を下げた。

「私、ちょっと、もう酔ったし、退散します。お先に失礼します。あとは、お二人で。かーちゃん、先帰る」

空はものすごい勢いで階段を駆け下りていく。最後の2段というところで、盛大に足を滑らせ、尻を強打した。

ものすごい音に、2階から碧が「大丈夫、空」と尋ねる。

「大丈夫。大勢に影響はない」

痛みをこらえて、大声で答えると、空はおもちゃ屋を飛び出していった。

空は「イテテ」とお尻をさすりながら、急ぎ足で商店街を歩いていく。

(とーちゃんって、なんで。なんだ、とーちゃんって。びっくりしたー。なんで、とーちゃんなんて……)

壊れたレコードのようにただそれだけをぐるぐると考えながら、逃げるように歩いた。

タイマーをセットし、光はわくわくした顔で、カップ麵にお湯を注いだ。新発売の「地獄の激辛担々麵」を食べようと、ずっと一日楽しみにしていたのだ。

お湯を注ぎ終わったところで、スマホが鳴った。

「誰だよ」

光は思わずスマホを睨みつける。一分一秒が大事な時なのに。

しかし、表示された名前を見て、光は仕方なしに電話を取り、「もしもし」と呼びかける。

「私、私、とーちゃんって言っちゃったよ、とーちゃんのこと」

前置きなしに、空の声が飛び込んできた。興奮で早口になっている。

「……せめて、もしもし？　とか、言ってくれよ」

光はため息交じりに、力なく抗議するが、空は「えっ、着信に名前出るっしょ」と屈託ない。

「俺はお前のために生きてるわけじゃないからな。いつお前から電話かかってくるか、かかってくるかって、携帯持って待ってる乙女じゃないから」

そこまで言うともう逆にほとんど電話を待っていると言っているようなものだったが、空は「そんなことよりさ」と軽く流して、「私、とーちゃんって呼んじゃったのよ」と繰り返した。

「誰を？」

「一ノ瀬風雅を」

「なんで」

「あの人、空の写真をさ、あ、空と海の空ね、私に会えない間、ずっと撮ってたのよ」

「……ええ、話や」

光は本気で言う。しかし、空は「えっ」と嫌そうな声を出した。

「でも、ちょっと、なんかそれ、ストーカーっぽくて、私、思わず、きもいって、きっしょいって言っちゃった」

「ひでーやつだな」

言いながら、光はちらりとカップ麺を気にする。

「そしたら、続けて、ごめんとーちゃん、が出た。どうなってる? 私の頭の中」

「ああ、そういうことはありそうだな。心の底の底の底の方では、感動していて、とーちゃんと呼びたくなった。違うか?」

空は食い気味に、違う、と真剣に言った。

「違うんかいっ」

カップ麺を気にしながらも、一生懸命、考えて言ったのにと、光はがっくりする。しかし、空は自分の心のありようを正確に見極めようと、そのことだけでいっぱいいっぱいだった。

「おおまかなところでは合ってるのかもしれないけど、少しだけ違う気がする」

「おおまかなとこ合ってれば、許してくれよ。少しくらい違ってもいいだろっ。他人に求めすぎだ。あ、俺さ、今、地獄の激辛担々麺食べるとこ。あと、20秒で切って。カップ麺は2分47秒だ」

「そうだな。カップ麺の秒数は譲れない。食ってくれ。地獄の激辛担々麺」

碧の教えを受けてきた空は、カップ麺の秒数の重要性はよくわかっている。すぐさま切ろうとした空に、光は「おっ、あと、5秒あるぞ」と声をかける。

「箸でも水でも用意してくれ」

なおも電話を切ろうとした瞬間、「あれ」と光が声を上げた。

「ちょっと待て」

「何？」

「一ノ瀬さんってさ、水無瀬のこと、空のこと知らなかったんだよな？　その存在を」

空は小さく息をのんだ。

「あっ、そうだ。鈴さん、私の生みのかーちゃんだけど、鈴さんが妊娠してたことも、私を生んだことも、知らないはず」

「だったら、なんで空の写真撮ってんの？　あ、空と海の空ね？　この場合」

「わかるから」

「おかしくね？　それ、お前の存在知ってたってことじゃない？　名前も知ってたってことじゃん」

「……ジャンジャンジャンジャンジャンジャンガリアン」

空は弱々しく呟く。

そして、2分47秒が迫り、空は激辛ラーメンに挑む光にエールをおくって即座に電話を切った。

「どうゆうことだ……」

水無瀬邸では空がリビングの流木を見詰めながら、ゆっくりと首を傾げていた。

風雅は窓辺に座って、泡盛をちびりちびりと飲んでいる。

空が駆け出して行った後、風雅は心配そうにその姿を窓から目で追っていた。どれぐらい前から、この人は空の存在を知り、思って来たのか。

「鈴さんに子供がいることを知ってた……自分の子供がいることを知ってた……どうして？」

碧が断定しながら尋ねると、風雅は後ろを向いて、カバンから一通の古い手紙を取り出した。

「鈴さんから、手紙をもらいました。20年前。生前に……空さんを、産んだあとです」

「そんなこと私には、何も。手紙」

碧は弱々しく言った。鈴さんが自分に黙って、風雅と連絡を取っていたことにショックを受けていた。

「……正しくは、返事です。僕は、鈴に手紙を書きました。住んでいた住所に書いても戻って来てしまったので、実家に宛てました。きっと、家族の人が病院に持って行ってくれたんでしょうね。僕は、テレビで大きな仕事が決まって、これでやっていける、彼女とよりを戻したいと思いました。これで、責任を持って彼女を養っていけると」

いけたはずだ。

碧は混乱した。この話の通りであれば、二人は再び一緒になって、ともに空を育てていけたはずだ。


「あ、ごめんなさい」

風雅が謝る。碧も自分を好きだったのに、という意味だと気づいて、「いえいえ、そんな」とそっけなく言った。そんなことは今はどうでもいい。それよりも、鈴さんと、空のことだ。


「そんなことより。私は、あなたを探そうとしてたんですよ、鈴さんのために。空が生まれる前に。そんな手紙が来てたなら、なぜ、鈴さんあなたのもとに――」

「僕のことを信じてなかったんじゃないか、と思います」

泡盛のグラスを窓枠にことりと置いて、風雅はしんと静かに言った。

「もう、信じられなくなっていた。僕が手紙を書いて、しばらくしてから返事が来ました。これがその手紙です。読みますか？」

「いえ、私に来た手紙じゃないので」

迷わず碧が断ると、風雅は頷いた。

「この手紙には、こう書いてあります。私はあなたの子供を産んだ。元気な女の子だ。空という名前をつけた。しかし、あなたに会わせる気は一切ない。私は、新しい家庭を持った」

「え？　それ、ウソです」

わかっている、というように、風雅は頷いた。

「続けます。私の夫は、私の子供ごと私を引き受けてくれる、という。私が身体が悪くて入院している間も、ずっと、私の面倒を見てくれてた。私は、これからその人と生きていく。結婚する。ついては、あなたとは、一切縁を切る、と」

「……なぜ、そんな嘘を」

「僕を許せなかったからではないですか？」

「……あなたに大きな作品が決まったからですよ。だって、これから売り出そうとする人に、奥さんと子供がいたらどうですか? スキャンダルですよ。鈴さんは、あなたのために、あなたの未来のために、嘘を書いたんですね。身を引いた」

風雅はゆっくりと首を傾げた。

「……そうでしょうか？　もちろん、それもあるかもしれない。でも、この、子供ごと私を引き受けてくれる人を見つけた、というのは、本当ではないか、と思います」

そして、風雅はまっすぐに碧を見詰め、「あなたです」と言った。

「手紙では、夫と書いているが、それはあなただった。鈴は、あなたを信じた。あなたの覚悟と、タフさと、人間としての温かさを信じた。鈴は、あなたに縋ろうと思った。縋ろうと腹を括ったんだと思います。その方が、生まれて来る子供のためにも、いいだろう、と。僕とよりを戻すより」

「……私が、そんな大した人間でしょうか？」

「大した人間です。あなたは。相当な覚悟だったと思います。そして、現に、空さんを育てた。長い年月だったでしょう」

「……あっという間のような、長かったような」

ぼんやりと呟く碧に、風雅は丁寧に頭を下げる。

「頭が下がります」

「死んでしまった人のことは、わかりませんね。本当のところは。想像するしかない」

碧は泡盛を一口飲んだ。するりと冷たく喉を滑って、お腹の底でかっと熱くなる。

想像するしかないけれど、風雅が言ったことを、自分は信じたい。なんとなくそう思った。


家に帰り、「寝る部屋」に直行すると、空は待ちかねていたように入って来て、碧の隣に寝ころんだ。

並んで天井を見上げながら、碧は風雅から聞いた話をする。既に風雅が自分を知っていたことに気付いていた空は、碧の話を落ち着いて受け止めた。

「手紙……」

「あんたそれ、読みたい？」

「いや、私に来た手紙じゃないし」

碧は思わずちらりと空を見る。同じこと言うんだなと思った。なんだかくすぐったい。

「かーちゃんは、それ聞いて、どんなだった?」

「うん? どんなだった? というのは?」

「どう思った?」

「んーっ。私の知らない間に、二人の間で、手紙が一往復していたんだなあ、と思ったよ」

淡々とした口調で碧は言った。

「ちょっと、ショックだったかな。鈴さん、かーちゃんには言いたくなかったのかな」

「言ったら、かーちゃんがどっか行っちゃうと思ったんじゃないか?」

「え、どうして?」

「だってさ。かーちゃんには、手紙が来てなくて、鈴さんには来た。鈴さんの方が好きだったってことじゃん」

「うっ、痛いとこ突くね」

碧は大げさに胸をおさえてみせる。

「ごめん。で、それ言ったら、かーちゃんは、怒って? 嫉妬で? 気を悪くして、どっかに行っちゃうかもしれない。一ノ瀬さんとやっていけばいいじゃない、と言うかもしれない」

「うん、言ったと思う。嫉妬とか怒るとかは、置いておいて、だって、本当のお父さんとお母さんに育てられた方がいいと思ったと思う」

「でも、鈴さんは、そう思わなかったんだよ。雲隠れして女がいっぱいいるような一ノ瀬さんより、かーちゃんに私を託した方が、いいと思ったんだよ。もし自分が死んだら」

碧はそっと手を伸ばし、空の手をぎゅっと握る。

「そんな風に、信頼されたなら、かーちゃんは、嬉しいよ」

空は無言でぎゅっと手を握り返した。


次の日はおだやのバイトの日だった。

お昼の営業を終え、休憩に入ったところで、空はおやつのサンマ焼きを食べながら、ゴンちゃんと俊一郎に自分が生まれた頃の話を聞いた。

もう秘密は何もない。近くで碧を見守ってきた二人は空の知りたかったことを話してくれた。

「向こうんチはよ。鈴さんチは、なかなか複雑でな。金銭的にもあんまな。だから、とても空を引き取るって話になんなかったんだよ。で、碧が押しの一手よ」

腕組みしながらゴンちゃんが言うと、俊一郎はうんうんと頷いた。

「空ちゃん、天使みたいに可愛くてな。お人形さんだっこしてると、どっちが人形かわかんなかったな。ウチの菜子さんも、よく面倒みてた。そりゃあ、まあ、自分に孫がいなかったからな……」

ゴンちゃんは面目なさそうな顔になって、ンッと咳ばらいをした。

「碧ちゃんは、菜子さんからだ壊してから亡くなるまで、よーく面倒みてくれた。言ってたなあ。それは、菜子さんが、空ちゃん生まれた時に、世話してくれたからだって。ささやかなお返しよ、俊一郎さんって、ほんと、あの子はいい子だ」

俊一郎は少し涙ぐむ。その時、ゴンちゃんが日本にいなかったから手伝ったという話は聞いていた。それにお返しという意味もあったことを、空は初めて知った。

「だから、かーちゃんは、人が良すぎるから、いい人だから、私が心配なのは……」

空は俯いて言葉を切った。

「なんだ？」

覗き込むようにして、ゴンちゃんが優しく尋ねる。俊一郎も優しい目で空を見ていた。

「かーちゃんは、私のために結婚をあきらめたんじゃないか？　自分の子供を産むのをあきらめたんじゃないか？」

これがどうしても気になって、空は二人に小さい頃のことを聞いたのだった。碧に直接聞いても、きっと本当のことは話してもらえない。

ゴンちゃんは「空」と呆れたように名前を呼んだ。

「わかってねーな、あいつがそんなタマか？　や、あいつでもそんなこと思うのか？」

言いながら途中で考えこみだしたゴンちゃんに、俊一郎が「いやいやいや」と口をはさむ。

「ゴンは、空ちゃん生まれて次の年に、フランス行ったろ。ずっと碧ちゃんをここで見てきた、おいら。言わせてもらっていいか？　空ちゃん。そりゃ、杞憂《きゆう》ってもんだ。無駄な心配ってもんだ。碧ちゃんは、あの美貌だ。もててなあ。空ちゃんも可愛くって可愛くって。碧ちゃんにしてみたら、私と結婚したらこんな可愛いもんまでついて来るんだよ、ダイヤとエメラルドがいっぺんに手に入るみたいなもんだよね、こんなラッキーなことないよね？　って口癖のように言ってたな」

「えっ……マ？　かーちゃんすげーな」

ゴンちゃんは呆れたように言う。確かにと空も思う。碧のことだ、周りを心配させないための冗談でもなんでもなくて、多分、本気で言っている。

「空ちゃん年中さんになるとな、まー、空ちゃん可愛いからみんなにチヤホヤされて……そしたら碧ちゃん、空、このままだとひとりっこでワガママになっちゃうから、弟か妹いた方がいいかもって、誰かと結婚しようかな、なんて言ってたな」

「どんだけ天狗だ。あいつには謙遜ってもんがないな」

「ない。一切ないっ。潔いくらいにないっ。あの頃、碧ちゃんは、そりゃすごかった。売れだして脚光浴びると、綺麗になるんだな〜、自信ってやつかな。浮いた話がもう、あっちこっち。ふわふわ〜ふわふわ〜、より取りみどりの風船みたいに」

ゴンちゃんはもうツッコむ気力もなくし、不機嫌そうにイライラと机を叩いている。

「官僚とか医者とか映画スターとか。それで、空ちゃん込みで結婚しよう、って言われるだろ。でも……そのうち、嫌になっちゃうんだよ、これが」

心配はいつの間にか興味に変わっている。空は思わずつりこまれて、「なんで」と促していた。

「なんだろうなあ。一度は、あれだな。あの頃、流行ったんだけども、碧ちゃんって呼んで、振り向いたら、冷たい缶ジュース頬にピタッと当てられてたな」

「あああ、あったあった」

不思議そうな顔をする空に、俊一郎とゴンちゃんは実演までしてくれた。振り返った顔に冷たいものを当てたり、人差し指を当てたりするいたずらが流行っていたという。

「それが嫌で別れたって言ってたなあ」

「えっ、そんなことで？」

「物書きだからなあ、センスに厳しいところあってなあ。飲み物は、あらかじめ、何を飲みたいか聞いてほしいとも、言ってたなあ。バラの花束、バスタブいっぱいもらって、うわあ、こういうベタなの嫌い。だっさ、って言って別れてたこともあったなあ」

想像以上に全盛期の碧の話はすさまじい。この時期があったからこそ、碧は男を落とすリストを自信満々で作成したのだろう。初めて知る話ばかりだったのか、ゴンちゃんもげんなりした表情で聞いている。

「まーあ、気難しい。あとは、外科医？　天才外科医の時は、その人が、小説読んでは、これは誰のことだ？　いつの男の話だ？　って聞かれるのが耐えられない。仕事の邪魔だって別れてたなあ」

「オヤジ、詳しいな」

「あの頃、碧ちゃん、菜子さんとこに、恋愛相談ばっかしに来てたよ。隣にいるから聞こえちゃうもん。ま、俺もたまにはな、相談乗ってたが。とにかく、まあ、よくもてた。あれは、凄かった」

「……なんか、イライラすんだよな。碧のもてた話」

「ゴンちゃん、今、そういう話か？　私の話じゃないか？」

空がじっと見ると、ゴンちゃんは無理に笑顔になって、「すまんすまん」と謝った。

「だから、空ちゃんが心配するようなことは、何もないぞ。碧ちゃんは、空ちゃんとふたりでいるのが、居心地よかったんだ。だから、結婚しなかった。そいだけ」

「……じゃ、俊一郎さん、も一ついいか？」

「え、俺にも聞いてくれよお」

拗ねるゴンちゃんを無視して、空は俊一郎に尋ねる。

「一つ、疑問が残る。なぜ、死んじゃった鈴ハハは、鈴さんは、私がいることを一ノ瀬風雅に手紙で知らせた？　これからデビューして行く人の邪魔になりたくないんだったら、私のことは伏せればいいんじゃないか？」

「それは、お前。大人の話だ。女の意地ってもんじゃないか？」

ゴンちゃんが横から答えたが、空はじっと俊一郎を見る。

「え、なんで？　俺の意見は聞かないの？」

ゴンちゃんはますます拗ねるが、「あくまで、おいらの考察だが」と俊一郎が口を開くと、「聞きたい、俊一郎さんの考察」と身を乗り出した。

「鈴さんは、碧ちゃんに何かあった時、空の頼る先をもうひとつ、残して死んだんじゃないかな」

「え……」

「何かなくてもだ。親は一人より、二人いた方が、子供は生きていきやすいだろ。守るものは多い方がいい。だから、一ノ瀬風雅に、娘がいることを知らせておいたんじゃないのか、と思う。この先、何かの時に力になってくれるかもしれない」

「……それ、かーちゃんに言わないでやってくれ」

「空ちゃん。碧ちゃんは、気づいてるよ」

俊一郎に優しく告げられ、空は不意に涙ぐんだ。

「お前のかーちゃんは、ほんと、すげーな」

「日本一のかーちゃんだぞ」

ゴンちゃんと俊一郎の心からの言葉に、空は大輪の花のような笑顔で頷いた。

「『真夏の空は、夢』とても評判いいです。読者アンケートの結果も」

夕方の編集部は人が出払って少し閑散としている。漱石は碧に電話をしていた。

「そう、よかった」

碧の声は明るかった。プライベートのごたごたは落ち着いたのだろうか。もうしばらく会っていない。声を聞くのも随分久しぶりな気がした。

「碧さん、筆が乗ってますよね」

「うん。おかげさまで、なんか、風向き変わって来た。いろんなところから、いろんな依頼が」

「え……どうか、うちを優先」

「わかってるよ」

碧はあくまで明るく告げる。いったん筆が乗ると、碧の仕事は早い。もう『真夏の空は、夢』も何話かストックをもらっていた。

「あ、『私を忘れないでくれ』も映画の効果もあって、また重版です。それにともなって、過去作品、動いてます。映画化の話も、二、三来てます」

「そう？」

碧はクールに言った。

「あれ、嬉しくないんですか？」

「嬉しいけど。私、この仕事、もう20年じゃない？　漱石は、何年？」

「僕は、もともとは証券会社にいて、そこからの転職組なので、10年です」

「20年やってるとね。浮き沈みがあるの。いい時もあるし、悪い時もある。書ける時もあるし、書けないなー、と思いながら書いてる時もある。暗闇でもがく、みたいな時も、背中に羽根が生えちゃった、どこまでも飛べそうって思える時もある。要は、胆力」

「胆力」

「うん。いつも平常心」

「平常心、碧さんからは、一番遠い言葉のような」

思わず漱石が言うと、碧は「そう。私もそう思う」と真剣に言った。

「それでも。どんな時でも、同じように、一日、6時間はパソコンの前に座って、書く。それだけは、自分に課してる。悪い時は逃げない。いい時は溺れない。次のチャンスは必ずめぐる。背中に羽根は、必ず生える」

碧の言葉は決して説教のようではなかった。ただ長年自然と格闘しながら農作物を作ってきた農家の言葉のような、いろんなものを受け入れた上での、静かな説得力があった。だからこそ、人生の岐路に立つ漱石にその言葉は深く染みた。

「碧さん、僕、実は。そんな碧さんとずっと、仕事をやっていきた……」

「あっ、ごめん、漱石。3時5分前！」

ニューヨーク行きを告げようとした漱石の言葉を、碧が鋭く遮った。

「えっ？」

「すずらん商店街にね、ル・プルーストミウラのパン屋さん出来たの。そこの、生搾りクリームパンが3時に焼き上がる！」

「あ、はい」

漱石はもう何も言えなかった。碧は慌ただしく電話を切る。

漱石はゆっくりと受話器を戻すと、頭を抱えた。

「ル・プルーストミウラやらの、生搾りクリームパンに負けてしまった……。弱い」

何度もキスを交わしそうになって、確かにお互いの間に特別な何かを感じたことがあった気がするのに、今や生搾りクリームパンに負ける自分の弱さに、漱石は深々とため息をつく。

卓上のカレンダーに目をやる。ニューヨーク行きの日はもう遠くなかった。


渉から連絡をもらい、空ははなカフェで彼と向かい合っていた。

デートをするのも久しぶりだ。

以前にあれやこれやを相談しなかったことに、渉がショックを受けていたことを思い出し、空は風雅に会ってからのことを話した。

「そう、一ノ瀬さんとおかーさんと、三人で」

「うん。すずらん温泉。ま、ちょっと、変な感じだけどね」

そう言いつつ、満更でもなさそうに空は笑う。

「僕、太葉堂の内装、一ノ瀬さんに頼んだの、わざとなんだ」

「え？」

空は驚いて渉を見る。渉は微笑んだ。

「一ノ瀬さんが、すずらん町に滞在できるよう」

「どうして？」

「空さんと、時間を過ごせばいいと思った。僕は、幼い時に両親を亡くして、それが心残りで、もっと話したかったと思うから、空さんも、もし一ノ瀬さんがいなくなったら、そう思うんじゃないかって、せっかくチャンスだから、いっしょにいられる時間があると、いいんじゃないかって」

いい人だ、と思った。自分のために、出来ることを探して、風雅との時間を作ろうとしてくれた。悩みも真っ先に相談できずにいる、自分なんかのために。

「死んじゃったら、終わりだからさ」

「渉先生……」

空はカフェラテのカップの中に目を落とす。

どうしていいか、わからずにいた。

沙織に言われて、暗闇に向かって伸ばした手。誰の肩に触れたら安心するかなんてよくわからなかった。たとえば、触れたくても触れられない人はどう考えればいいのか。伸ばした手は迷うばかりだ。でも、確かに一つだけわかったのだった。それが渉の肩ではない、と。

おもちゃのおおばやしの前に、三人の小さな女の子がいた。

二人の女の子は、マナちゃんというもう一人の子を一緒になって責めているようだ。

マナちゃんは黙って俯いている。女の子たちは彼女を残して、立ち去ってしまった。小さないじめ、だ。

唇をきゅっと噛んだマナちゃんの前に、大きなシャボン玉がふわりと飛んできた。

マナちゃんはふと流れてきた方を見る。

おもちゃ屋の店頭では、風雅が大きなシャボン玉を作っていた。石鹸水を張った洗面器に、大きなわっかを浸け、ぶんと振る。大きなシャボン玉がまた一つふわりと飛んだ。

8の字を描いたり、ハートの形のシャボン玉を飛ばしたり、まるで魔法のような光景に、マナちゃんは見入っている。

そんな女の子の姿に気付くと、風雅はにっこりと笑って、手招きした。

女の子はおずおずと近づく。風雅は女の子にも、シャボン玉のわっかを渡した。

女の子はシャボン玉を飛ばし始める。風雅が何か誉めたのだろう、少女は少し頰を染めて恥ずかしそうにしている。

そして、二人はどんどんシャボン玉を飛ばした。暗い顔で俯いていた少女は、いつの間にか笑っている。風雅も子供のような顔で笑っていた。

その光景を碧は遠くにたたずみ、じっと見ていた。手にはパン屋の袋がある。生搾りクリームパンを争奪戦の末、無事に手に入れた帰りだった。

さっさと通り過ぎればいいのに、二人の笑顔に足が動かなくなった。

「あのエクボ、変わんないなあ……」

碧はぽつりとつぶやく。

不意に風雅が碧に気付いた。風雅が作ったシャボン玉が碧の方に飛んでくる。

シャボン玉はふわふわと碧に近づき、肩にあたってパチンとはぜた。

碧は何とも言えない顔を風雅に向ける。笑顔になりかけの中途半端な顔。

それを見た風雅はエクボを浮かべて、笑っていた。


漫画を編集部に持ち込もうと決めた日も近づき、光の家には連日、漫画の仕上げをするため、空が訪れていた。水無瀬邸の方が広く作業には向いているのだが、まだ碧に本気で漫画を描いていると知られたくないらしい。

なんのためらいもなく、ひとり暮らしの部屋に上がり込む空の姿に、光は毎回なんとも複雑なものを覚える。

しかし、作業が始まるとそんなことも考えていられなくなった。

漫画のことになるとさらに容赦のない空は、合作者としては頼もしいが、アシスタント的な立場としては恐ろしい。

何度も何度もダメ出しを受けながら、空から回ってきたページを仕上げていると、空が唐突に手を止めて、「右から四番目の世界」と言った。

何かと思えば、タイトル案だった。

「私の生きている世界は、たくさんある世界のひとつで、っていうような意味」

光は「んーっ」と首をひねる。悪くはないけれど、取っつきにくい気がする。空にもわかっているようで、すぐに「だよね」とため息をついた。

「わかった。もう一回、考える」

「俺も考える。『何もない世界』？」

「え、悪くないけど」

「希望、感じられなくない？」

「まーそーかー」

「タイトルは命だからさ」

考え込む光に空は「んーー。追い追い」と軽く告げた。確かに今考えたところで、閃きそうもない。

「でさ、ここのコマ割りなんだけど」

光が描いたラフを手に、空はぐっと身を寄せる。至近距離にある空の大きな目に、光は思わず息をつめた。

「絵が下手すぎてわかんないんだよ」

空は二人の距離などまるで意識する様子もなく、屈託なく笑う。光は目を逸らし、

「あっ、ああ」と短く返すことしかできなかった。

「えっ、そこ言い返してよ。言い返さないと、私がホントにひどいこと言ったみたいになっちゃうじゃん」

「ああ、そだな。ん」

光はさりげなく体を離そうとする。最近、空の前で動揺が隠せなくなっている。オタクを隠すために、自然にかぶっていた仮面ももううまくかぶれない。

空は光を不思議そうに見て、首を傾げる。そして、「今日は、切りのいいとこまで行こう」と気合を込めていった。

「お、おおう」

ペン入れを再開させた空は、あっという間に音も聞こえないほどに集中してしまった。描いている人物の表情とそっくりな表情を浮かべながら、ペンを動かす空は楽しそうだ。楽しそうで、綺麗で。光はこっそり見惚れた。

おもちゃ屋の店先で、碧は風雅と一緒になって、シャボン玉を飛ばしている。少女は遅くなるからともう家に帰ってしまった。最初は渋々始めたシャボン玉だったが、段々と上達し、大きなシャボン玉を通りの向こうまで飛ばせるようになるころには夢中になっていた。

「一ノ瀬さん、タイマー鳴ったわよ」

店から出てきた大林のおばちゃんが、風雅に言う。風雅は「あっ、はいはい」といそいそと立ち上がった。

「ラフテー作ってたんです。泡盛入れてね」

「今日は、一ノ瀬さんが沖縄料理作ってくれてるの。碧ちゃんもどう?」

「え、でも、私これ」

碧はパンの袋を掲げる。

「あ、それ、人気のパン屋さんでしょ。喫茶ともしびの隣に出来た」

「そうです」

「じゃ、それは、明日の朝御飯にして、碧さんも僕の料理食べてきなよ」

碧は迷った。泡盛で作ったラフテーを想像し、思わずごくりと喉が鳴る。

「それ、もらってあげてもいいわよ。美味しいんでしょ?」

大林のおばちゃんに可愛くほほ笑まれ、碧は心を決めた。

「じゃ、おすそわけするか?」

おもちゃ屋の2階で、碧はラフテーをご馳走になった。当然のように、二人は泡盛を飲んでいる。

「美味しい」

一口食べて碧は思わずふっと笑った。肉はほろりと舌の上で崩れ、脂の甘みがじわっと広がる。

「泡盛利いてるから」

風雅はふふと笑った。

「おばちゃんも一緒に食べればいいのに」

「下で一人で見たいテレビ見てるんじゃないかな？　と言いつつ、気を利かせてたりして」

切れ長の目がそっと向けられ、碧は一瞬どきっとする。しかし、すぐに風雅は「なんて、ウソです」といたずらっぽく笑った。

「どれも美味しい」

ラフテーの他にもゴーヤチャンプルーやにんじんしりしりなど、沖縄料理が何品か並んでいる。

「よかった」

「昔から、料理の腕はよかったもんね」

「碧さんは、お湯しか沸かさなかったけどね」

碧はふっと笑った。それは今でも変わらない。

「よくそんな女とつきあったね。忘れられてたか、と思ったけど」

「いえ。碧さんはひまわりみたいな人だった」

碧は思わずくっと泡盛を飲んだ。風雅は思い出を語っているだけなのに、つい、今、口説かれているみたいに錯覚しそうになる。

「夏のひまわり。僕は、そもそも、重たい人間で。ま、下北でアングラやるような」

碧はほとんど客のいない劇場を思い出した。自分が舞台の風雅に向かって声をかけたことも。

「分厚い活版の売れない文芸誌だとしたら、あなたといた一週間だけが、僕の人生のカラーページです」

「カラーグラビアページ？」

碧は思わず笑う。風雅は「はい」と頷いた。

「え、だって、そのあと、わあーっと売れたじゃないですか？　日本中に」

「人生バラ色になったと思いますか？　そのバラ色は、いつだって灰色にひっくり返る」

風雅は舞台に立っているかのように、少し芝居がかった調子で言った。

「僕は、それは求めてなかった。いや……それに翻弄されるのがこわかったのかもしれない。……あの頃、あなたは小説に全精力注いでいて、そして、屈託のない野心と」

何のことかと首を傾げる碧に、風雅は印象的だったという出来事を教えてくれた。

すずらん商店街を一緒に歩いていた時、碧は建設中のタワーマンションを指差して、言ったのだという。「私、あれ買うの！　あれ！　もっと売れたらね、あれ買う」と。

思い出すなら、もっと違うところを思い出してほしかった。

「バカみたいじゃないですか？　私」

がっくりとうな垂れる碧に、風雅は「いえいえ」と首を振った。

「そういう、現実的にタフなところが、僕はいいな、と思ってました。僕といても、僕が眠ると書いてました。あの集中力。尊敬していました」

気づいていたのかと思った。まあ、気づかないはずもない。あの頃、住んでいたのはワンルームのマンションで、パソコンのキーを叩く音で、何度か起こしてしまったこともあった。

「……いると。風雅さんといると、いろいろ浮かんだんです！」

「こんなこともありました。大きなオーディション控えて、自信がないなんて言ってると、あなた、二人で歩いてたら、どんどん傍らの神社の方に入っていって。こうやって、お参りして。これで、大丈夫。受かりますって」

「ええ、そんなことあったかなあ。私、そんなことしました？」

碧はしきりに首をひねる。まったく一欠片も記憶にない。

「はい。おかげで、通りました」

「……ジェンガやりますか？」

唐突に碧が言うと、風雅は驚くこともなく、「いいですね」と答えた。

「何賭けますか？」

「さあて。なにかな」

二人はせっせとブロックを積み上げ、タワーを組んでいった。

突然、ぴたっと手を止め、お腹が空いたと空が言った。

エネルギーが突然切れたらしい。光の部屋には備蓄がない。かといって漫画の仕上げを考えれば、外に食べに行く時間もない。二人はそろってコンビニに夕食の買い出しにでかけた。

「肉まんかな、あんまんかな」

会計を待ちながら、空はレジ横の中華まんをじっと見ている。

「えっ、これだけ買っといて？」

光は手にした籠をちらりと見た。籠の中には十分な量のカップ麺やお惣菜が入っている。

「デザートじゃん」

「デザートなら、あんまんだろ」

「そか。あ、半分こしない？」

「えー」

光はわざと嫌がってみせる。

その時、近くにいた男子のグループの中の二人が、空と光を見て、嫌な感じに笑った。

「半分こしない？」

「いいよ〜」

男子たちは空と光のやり取りを真似て、笑っている。高校生ぐらいに見えるが、どうやら酔っぱらっているようだ。

光はキッと睨みつけた。

男子たちはますます調子に乗ってゲラゲラと笑う。「ねえねえ、これ、買っといた方がよくない？」と空のまねのつもりか裏声で言うと、棚にあったスキンの箱に手を伸ばした。そしてまた二人で大笑いしている。

思わず、イラッとして、足を踏み出した光の袖を、空が引いた。

「ほっとこう」

光は足を止めた。光は感じの悪い二人をもう一度だけ睨みつけると、後は、どんなに彼らが大騒ぎをしても、一切視線も向けなかった。


「空の匂いをかぐ」

そう言いながら、風雅はジェンガのブロックを抜いた。

碧は「え？」と戸惑うが、風雅は涼しい顔をしている。碧は気を取り直して、慎重にブロックを引き抜いた。

風雅の番だ。風雅は引き抜きながら、今度は「明日、君に会える」と口にする。

碧は「何？」と思わずちょっと笑いながら、引き抜く。

「片手間のさよなら」

そう言いながら、風雅が抜いた時には、碧の顔から笑いは消えていた。

「泣き虫な夕方」

風雅が抜いた。碧の番だ。しかし、碧はじっと問う様に風雅を見た。

「あなたの作品、みんな読んでました。どれも、素敵でした」

風雅はほほ笑んだ。

「……私、あれからいろいろ恋をしました。あなたと、別れてから」

碧はおもむろにジェンガに手を伸ばした。これと思うブロックを慎重に引っ張る。しかし、ジェンガはぐらぐらと不安定に揺れた。

「でも、誰のことも本当には、好きになれなかった。あなたを、忘れられなかったんだと、思います」

ぐらりと揺れるジェンガのタワー越しに、碧は風雅とじっと見つめあった。

コンビニを出たところで、空はあんまんを2つに割った。あんまんは均等に割れず大きな半分と小さな半分ができる。

空は少し迷って、「ん」と大きい方の半分を光に渡そうとする。

「いいよ、ちっちゃい方で」

空は「ホント?」と嬉しそうに顔を輝かせた。光は小さい方をとって、食べ始める。その隣で、空も食べ始めた。

歩き出した二人の背後から、ヒューヒューと下手くそな口笛が聞こえてきた。

光はちらりと視線をやる。さっきの感じの悪い男子たちだった。

「いいね〜、今日とか、やっちゃうんでしょ、これから」

ろれつが回らない様子の男子たちは、下卑た笑い声を上げながら、しつこく空と光を揶揄おうとする。グループの他の男子は素面のようで、困った顔で、「やめておけよ」と止めようとしているのだが、酔っぱらいたちは聞く耳を持たない。

空の顔がさっとこわばった。こういうことが苦手なのだとすぐにわかった。光は空をかばうようにして、「あっちへいけよ」と低い声で男子たちに告げる。

「あ、よく見るとかわいくね。おにーさんにも、触らせて」

男子の一人がふらふらと空に向かって手を伸ばした。

「触んじゃねーよっ」

光はその男の肩をどんと突き飛ばす。男は軽く尻餅をついた。

空は光の後ろで顔を真っ白にして、かたまっている。

「何してくれてんだよ」

男子たちが光に殴りかかっていく。光はぐっと睨みつけると、応戦の構えを取る。空は「やめて！」と叫びながら、思わず、割って入った。

しかし、光に向かって突進する男子に突き飛ばされ、あっけなく転んでしまう。

「何やってんだ、お前ら。警察呼んだぞ」

コンビニの制服を着た男性が、男子たちを怒鳴りつけた。どうやら、ここの店長のようだ。

光は空を助け起こした。男子たちは弾かれたように、逃げ出していく。

「大丈夫？　いっつも来るんだよ。この辺の悪ガキ」

店長が申し訳なさそうに声をかける。空に怪我がないことをざっと確認し、光は「あ、大丈夫です」と答える。店長は「ほんと？」とほっとしたような顔をすると、店の中に戻っていった。

「この辺、治安悪くて。水無瀬が住んでるようなとことは違う」

空を危険にさらしたのは自分のせいだと、光が落ち込んでいると、空は唐突に、「眼鏡」と悲鳴のような声で言った。

「眼鏡が……」

空は必死になって眼鏡を探している。気付けば、その顔にいつもかかっている眼鏡がなかった。

「あ……」

光は少し離れた路上に、その眼鏡を見つけた。無惨にも割れてしまっている。

「私、近視強くて、ないと見えない……」

しょんぼりと空は言う。光はその眼鏡をはずした素顔に、思わず見とれていた。眼鏡キャラが眼鏡をはずしたら実は美人なんて、絶対フィクションにしかないと思っていた。そんな場合ではないというのに、光はその顔から目が離せない。

「スペアは？」

光は割れた眼鏡をとりあえず、コンビニの袋をひとつ空にして、その中に入れた。

「家帰ったらある。今日は、もう、家に帰る」

「おお。送る」

光は手を差し出した。

「危ないから」

「うん」

空は素直にその手を取った。

二人は手をつなぎながら、ゆっくりと夜の道を歩いていく。

人気のない交差点に差し掛かった。

信号は直前に赤になる。

「赤」

忠実な盲導犬のようにぴたっと立ち止まり、光が告げると、空は「見える」と笑った。

「にじむけど」

「コンタクト、しないの？」

「目になんか入れるのこわい」

「ふうん」

その時、ふわりと頬に何かが触れた。光は空を見上げる。

雪が、静かに降り出していた。

「雪だ」

窓の外を見ていた碧はいち早く、雪が降りだしたことに気が付いた。

「……綺麗だ」

ゆっくりと泡盛を飲みながら、風雅は呟く。

その言葉は、雪に向けられた言葉なのか、碧に向けられた言葉なのか。

よくわからないままに、しかし、その言葉は、淡い雪のように碧の心にそっと触れる。

「碧さん、たとえば、やり直しませんか？」

窓の外をじっと見たまま、風雅は確かにそう言った。

「え……」

碧は息のような声で問い返す。

雪は、その勢いを静かに増していった。


信号はまだ赤のままだ。

空は少し上を向いて、匂いをかぐ素振りをする。

「何？」

光に尋ねられ、空は少し笑って言う。

「雪の匂いをかぐ」

「あー。かーちゃんの小説だ。『空の匂いをかぐ』」

空は横を向いて、光の袖に鼻をむぎゅっと押し付けた。

「何？」

光は笑う。でも、逃げはしなかった。逃げずに、空に匂いをかがせている。

「光の匂いをかぐ」

そう言って顔を上げた空は、茶目っ気たっぷりに笑う。

「え、くさくね？　俺」

「草の匂い。懐かしい匂い」

「ロマンチックかよっ」

「眼鏡を外してる間は、水無瀬空じゃないってことで一つ」

「じゃ、誰だよ。妖精？」

「えっ、フェアリー？　フェアリーテイル。おとぎ話だ。今は、私たちのおとぎ話の中。現実の世界とは違うの。私、ほら、世界ぼやけてるし」

空は視界がぼやけた目で、光の顔をまっすぐに見て、にっこりと笑う。腹が立つほどかわいかった。光は大きくゆっくりため息をつく。

気づけば信号は赤から青に変わっていた。でも、二人して動けないでいる。降りしきる雪が、辺りから音を奪っている。しんと静まり返った夜の交差点は、本当に現実の世界ではないようだった。

空は「ん？」という顔で光を見上げる。

光はそっと顔を寄せる。空はその気配に思わずドキッとする。しかし、体は自然に光の方へ吸い寄せられるように近づいていた。

横断歩道の向こう側では、青いランプが急かすように点滅している。

そして信号がまた赤に変わった瞬間、二人は目を閉じ、そっとキスをした。

16

眼鏡のないぼんやりとした視界に映る信号はぼうっと赤く光っていた。

赤は、止まれ。

でも止まれないものは止まらないのだなと空は思う。

体は勝手に動いた。キスのことだって、どこかではちゃんとわかっていた。でも、止まらなかった。そして、キスをした後で、気がついた。心はとっくに動いていたことに。

空は自分の身体に、自分の心を教えられた。

そして、身体と心が、どうしようもなく動いた後で、空は遅れて、腰の位置の高いモデルのような彼女の存在を思い出し、さらに遅れて、渉の存在を思い出したのだった。

「これは、雪が上がったら、忘れてほしい」

光の腕の中で空は言った。

「私には渉先生がいるし、光には、心ちゃんがいる」

視界がぼんやりしていてよかったと思った。光の顔がはっきりと見えて、後悔に歪んでいたらと考えるだけで、怖くなる。光はぎゅっと空を抱き寄せた。空は光の胸に顔を埋める。視界は光でいっぱいになる。頭の上から、光の静かな優しい声が降ってきた。

「大丈夫。空。これは、俺の見た夢だ。俺が目が醒めたらみんな終わる」

「夢か。これ、光の夢の中か。じゃ、もう少しだけ」

空は光の言葉に乗っかってみた。

そうか夢の中だけのことなんだ。

空は光の胸にそっと頰を寄せる。光ごしに見えるぼんやりとした信号の光は、赤から青に、変わろうとしていた。


碧が目を覚ますと、もう日は高く昇っていた。遅くまで執筆していたこともあって、完全に寝過ごしてしまった。

パジャマから、毛玉の出来そうなスウェットに一応着替え、碧は昨日食べ損ねた生搾りクリームパンをむしゃむしゃと食べ始める。すぐに売り切れてしまう人気のパンは一晩経っても確かに美味しかった。さっぱりとした甘さが後を引く。もう一つ食べるか迷っていたら、インターフォンが鳴った。

慌てて立ち上がり、モニターを確認する。映っていたのは漱石だった。

碧は漱石との打ち合わせの約束を思い出す。生搾りクリームパンの焼きあがりの時間だからと強引に電話を打ち切ってしまったが、その後、大事な話があると、メールをもらい、了承していたことを、きれいさっぱり忘れていた。

碧は姿を見せずに漱石をリビングに通した上で、慌てて着替え、簡単な化粧をする。最低限、作家・水無瀬碧の体裁を整えた上で、碧はリビングに戻った。

ひとりリビングで待つ漱石は、ひどく固い顔をしていた。

碧が淹れてやったコーヒーを口にしても、まだどこか少し緊張している。どうしたのかと尋ねても、漱石は曖昧に笑って誤魔化す。

打ち合わせが始まると、次第にそんな様子もなくなり、いつものぴしっとクールな漱石に戻った。

その日の打ち合わせは主に『真夏の空は、夢』の単行本についてだった。連載の反応もよく、連載が終わったらすぐ単行本化して、店頭に並べたいと言う。

平常心を心掛けるようにはしているが、素直にうれしかった。一時はもう本が出せないんじゃないかとまで思い詰めたのだ。

装丁のイメージなどをあれこれアイデアを出しながら、詰めていくのは楽しい作業だった。

子供の名前を考えたり、洋服を揃えたり、生まれる子供のために準備する時間の喜びと、それはどこかよく似ている。

碧も漱石も熱心にアイデアを出し、意見を出し、1時間も経つと、出したい本の形が見えてきた。水無瀬碧の新たな代表作になるかもしれない。そんな予感さえしてきた。

打ち合わせを終え、碧はまた新たにコーヒーを淹れる。コーヒーメーカーをセットしながら、風雅に誘われたことを話した。

「向こうでしばらく働くことになった。そこに一緒に来ないかって」

風雅は沖縄のホテルから、内装を頼まれていた。その仕事をする間は沖縄に滞在することになるというのだ。比較的、長期の仕事だとはいえ、仕事が終われば、風雅はそこを立ち去り、また世界のどこかに行くのだろう。先の見えない、何の確かな約束もない、誘い。でも、だからこそ、碧は少し心がぐらりとした。今一緒に行きたいかどうかだけを、純粋に問われている気がした。

「ヨリをもどすってことですか？」

漱石は弾かれたように顔を上げ、まっすぐに碧を見て言った。

「そうかなあ」

尋ねられて碧は首を傾げる。沖縄に行くということは、そういうことになるのだろう。でも、ヨリを戻すという言葉がしっくりとこない。大体、前だって1週間一緒にいたきりなのだ。

「僕は、ニューヨークに行くことになりました。ニューヨーク散英社です」

突然、挑むように言われ、「えっ？」と碧は目を丸くした。今日の打ち合わせの本題は、これを告げることだったらしい。

碧はがくっとうなだれる。

「あ、私の相手が嫌で希望出してたんだ！」

「どうしたら、そういう後ろ向きな発想になるんですか？　普段は自由奔放なくせに。ときどき、碧さん、小さな女の子になりますよね」

漱石の言うとおりだった。確かに碧の中には小さな女の子がいる。不安で、いつもいじけている小さな小さな女の子。

「私は、理科室に移動する時、新学期が始まった時、お弁当食べる時、ひとりになるのが怖かったです。だから、明るくふるまいました。そして、今に至る」

「なんか、わかります」

漱石はふっと笑って、ゆっくりとコーヒーを飲んだ。思っていた以上に漱石が自分をわかってくれていたことに、碧はどきっとした。思えば、会った時から、漱石は碧の心の揺れに誰よりも早く気づき、繊細にフォローしてくれた。

自分が書く小説はフィクションだが、どれも自分自身だ。ずっと水無瀬碧の読者だったという漱石は、小説を通して、碧を深く知ってくれていたのだろうか。

「あれから、３か月たちました。蓋を開けてみると、僕の気持ちは、変わってません」

静かに告げられ、碧はまた首を傾げた。

「えっ、なんだっけ？　３か月？」

「マジですか？」

漱石のコーヒーカップがソーサーに当たって、ガチャンと大きな音を立てた。漱石は愕然とした顔で碧を見る。碧は慌てて手をぶんぶんと振った。

「あ、ウソウソウソウソコツメカワウソ。覚えてます覚えてます」

漱石のまっすぐさに、ちょっと逃げ場が欲しくなっただけだ。しかし、漱石はさらにぐいぐいとまっすぐに告げる。

「ニューヨークは、いつ来てもらってもいいです。部屋はあります。この暮らしを捨てて、ついて来てくれ、とはいえません。でも、碧さんとの関係は絶ちたくない、と思っています。担当編集と作家以上に。友達以上に」

ニューヨークか、と碧は思う。

「私がついていく、といえば、つれていってくれるの？」

漱石は完全にネイティブの発音で、綺麗に言った。

「オフコース」

バイトを終えて帰宅した空は、そわそわと待ち構えていた碧にすぐさまつかまった。

空がドアを開けた瞬間から話し始めた碧は、空がお土産のサンマ焼きを温め直し、日本茶をいれる間もしゃべりつづけた。

風雅からの沖縄の誘いのことも、漱石からのニューヨークの誘いのことも、全部をつぶさに話して聞かせる碧に、空は少し罪悪感のようなものを覚える。

空は光とのキスのことも、その時に気付いた自分の気持ちのことも碧に話していなかった。これまで自分のことは、体験したことも、感じたことも全部まるごと碧に話してきた。今の碧のように、小学校から帰って、ランドセルを肩から下ろすのも待ちきれず、碧に夢中になって話した。

今も変わらず、空は碧に聞いてもらうのが好きだ。でも、光のことだけは、話せなかった。

そんな空の気持ちも知らず、碧は連敗続きだったことが嘘のように、突如訪れたモテ期について自慢げに話している。

「かーちゃん、モテ期。分散したかった。分散したかった。モテ期、分散したい！　え、てか、ろくなのにモテない？　近場のみ？」

碧はサンマ焼きをぱくりと頭から食べながら、嘆いた。仕事相手と元カレ。確かに近場だ。

「かーちゃん、口を慎め。モテるだけ、有り難い」

碧の自虐風自慢に対して、空がぴしゃりと言うが、碧はいつものようにすっと聞き流す。そして、ニューヨークの大学と沖縄の大学、それぞれのホームページをプリントアウトした紙を突き付けて、「あんたどっち行く？」と当然のように尋ねた。漱石が帰ってからずっと、空が留学したり編入したりできそうな大学をネットで熱心に調べていたらしい。

「え、私、行かないよ、かーちゃん」

「えっ？」

碧の動きが止まる。

「大学あるよ。かーちゃん」

「そうか。そだな。……光くんいるから？」

「はあ？　なんでそうなる」

まだ、かさぶたも出来ていない傷に突然触れられたように、空は声を上げた。碧は慌てて手をぶんぶん振る。

「今のなし。毒親発言だ。子供はいつか親から離れていくものだ」

碧はしゅんと背を丸めると、残りのサンマ焼きをもそもそと食べた。空はふうっとため息をついて、碧の隣に座る。

「そして、また戻る」

肩を軽くぶつけながら言う。

「ん？」

「いや、介護とか戻ってる人、多くね？」

かーちゃんが自分の面倒を見てくれたように、かーちゃんの面倒は自分が見る。そう思って言ったのに、碧はばっさり、さっぱりと告げた。

「かーちゃんは、あんたに面倒はかけん。そのためにこの家を自分のものにして、そのお金で高級老人ホームに入る」

「えっ、私に残してくれないの？」

「自分の食いぶちは、自分で稼ぐんだ」

「ええええっ、こいだけ贅沢させといていきなりその仕打ち」

空はバタンとソファに突っ伏す。しかし、すぐに起き上がって、サンマ焼きを手に取った。まだ食べ足りなそうな碧に半分尻尾の方を割って手渡す。碧は嬉しそうに食べ始めた。

「沖縄もニューヨークも、かーちゃんひとりで行くのか」

碧がため息をつきながら言う。

「どっちも楽しそうじゃん」

「英語しゃべれないしな。沖縄じゃ、サンローラン着ても、浮くしな」

「いや、すずらん商店街でもわりと浮いてるよ」

空が淡々とした口調で言うと、碧は「そうなの？」と目を丸くする。

「気づかなかったな」

浮いていても気づかないし、気にしない、このメンタルがあれば、碧はニューヨークでも沖縄でもやっていけるのだろう。

碧がどんな選択をするのかはわからない。何せ、碧の心は、山の天気のように変わりやすい。

それでも、碧と離れて暮らすと想像しただけで、しんと空の心が冷たく震えた。

ケインズゼミの授業が終わり、光は急いで席を立ち、空のもとへと向かった。空は光の姿を認めると、「おう」と言った。光も「おう」と答える。一瞬、沈黙が降りる。光は慌てて、試験の話題を出した。空も少し慌てたようにその話題に乗る。

あの時から、光も空もどこかぎこちない。空は「雪が上がったら、忘れてほしい」と言った。でも、忘れられなかった。忘れられるはずもない。でも、それが空の望んだことだから、光は何もなかったふりをする。

あれからも連絡は取り合い、漫画も描き続けている。ジャンプ編集部に持ち込むという話もしている。

でも、どこかお互い、変わらない関係を演じようとしている感じがあった。

「そうだ、ノート貸してよ」

光に言われ、空が頷いてノートを差し出す。その時、突然横から愛梨が割って入り、ノートなら自分が貸すと言い出した。空がノートを引っ込めようとすると、愛梨は慌てた様子のナオキに強引に連れ去られていった。

光は何事もなかったように、空に向かって手を出している。空はしぶしぶとノートをその手に置いた。

「コピーしたら、すぐ返してね」

光が頷く。二人はなんとなく並んで教室を出た。

「かーちゃんが、モテてさ」

空が少し笑いながら言う。漱石と一緒にニューヨークに行くかもしれないし、風雅と一緒に沖縄に行くかもしれない。すごくモテているのだと自慢するように言った。

「それはすごいな」

んっと空は頷く。そして、不意に笑顔を消して、「私、ひとりになるかもしれない」とポツリと言った。すぐに、空は「マンション独り占めだ」とにっこりと笑ったけれど、光は空の一瞬の淋しそうな顔を見逃さなかった。


ガラガラと入り口が開き、漱石が入ってきた。

テーブルを片付けていたゴンちゃんは、すぐに気づいて、笑顔を向ける。

「もうすぐ、ニューヨークに行くんで。ここのおでんでも、食べようかって」

「おお、そう。てっきり常連さんになってくれるかと思ってたよ」

「残念です」

最後になるかもしれないから、と漱石は一人では食べきれない量を頼んだ。そのことを指摘すると、後で時間ができたら、一緒にどうですかと漱石は言う。

ゴンちゃんは笑顔で頷いて、厨房に戻った。

俊一郎に替わって、サンマ焼きを焼き上げる。

額に滲んだ汗をぐいっと拭ったところで、入店してきた客に気付いた。風雅だった。たちまち、機嫌よく働いていたゴンちゃんの顔から笑顔が消える。

険しい顔でにらみつけるゴンちゃんに替わって、俊一郎が席に案内する。

風雅は日本酒とおでんとサンマ焼きという少し変わった注文をした。

風雅は日本酒をちびちびと飲みながら、サンマ焼きのお腹の部分をまるで本当のサンマのように、箸でほぐしながら食べる。そんな様子を、ゴンちゃんは厨房に立ちながら、じっと睨みつけていた。

「ああ、僕の流木を飾ってくれているんですね」

店に飾られた流木に気付き、風雅は俊一郎に話しかける。俊一郎は彼がブロマイドで見た一ノ瀬風雅だとようやく気づき、「ああ、一ノ瀬風雅」と声を上げた。風雅と聞いて、隣のテーブルの漱石がぱっと視線を向ける。

風雅は日本酒をくはっと勢い良く飲むと、屈託なく高らかに言った。

「碧も、よくここ来るんですって?」

「はあ?」

「碧」という気安い呼び方に、ゴンちゃんは思わず声を上げた。

「空もバイトしてるとか、なんとか」

甘いサンマ焼きとおでんをかわるがわるつつきながら、風雅は言う。

「なんで、あなた、碧とか空とか呼び捨てにしてるんですか?」

ゴンちゃんは、風雅に食ってかかった。

「いや、その。昔、ちょっとあったもんでね。今もね、まあ、まんざらじゃない。やけぼっくいに火がつくとかつかないとか？　碧さん、歳のわりに捨てたもんじゃない。あれで、けっこういい女だ〜」

お酒についロが緩んだふりをして、風雅は少し下卑た笑いさえ浮かべて見せる。

「お前、何を言ってんだ！」

いきなり厨房から飛びだしたゴンちゃんは風雅をものすごい勢いで殴りつけた。

「あんたのせいで、あんたの勝手のせいで、あいつがどれだけ苦労したか！」

ゴンちゃんは今の一撃で、椅子から転げ落ちた風雅の襟元を摑み、さらに容赦ない一撃を加える。

「女手ひとつで、仕事しながら子供育てることがどれだけ大変だったか！」

ゴンちゃんの言葉に籠った痛みに、風雅はゴンちゃんが全てを碧から聞いていることを知った。そして、ゴンちゃんの拳に籠った怒りに、ゴンちゃんがいかに碧と近い存在であるかを知った。ゴンちゃんにとって、碧の痛みや怒りは、自分にとっての痛みや怒りなのだ。そして、きっと碧にとってもそれは同じなのだろう。深い確信を得た風雅は一つの決断をする。

しかし、そんな風雅の胸のうちなど、ゴンちゃんはもちろん知る由もない。ゴンちゃんの怒りは加速するばかりだった。

「スイス行った、碧のとーちゃんかーちゃんも、もちろん反対だよ。それを、何度も何度も説得してよ。うちの菜子さん、何度も何度もそのたびに、仲裁に入って。人の子供引き取って育てるってのが、どんだけ大変なことか、あんたわかってんのか？　それもこれも、全部、あんたのせいだろが！」

慌てて俊一郎が割って入った。ゴンちゃんは荒い息を吐きながら、まだ風雅を睨みつけている。

風雅はぐしゃぐしゃになった襟元を少し整えると、優雅に埃を払って、席に着いた。

「ええ、全部自分のせいです」

風雅は静かに言った。

「だからね、僕は償いたいと思っているんですよ。碧とヨリを戻して、空の父親として一緒に居る。それを受け入れるかどうかは碧の問題です。空の問題です。あなたには関係ない」

ゴンちゃんはぎらぎらと光る目で風雅を睨みつけた。

風雅は何事もなかったようにゆっくりと酒を飲む。そして、すっと手をあげて、俊一郎を呼んだ。

「ああ、コレ下げていただけますか」

風雅がコレと指したのはテーブルの上のサンマ焼きだった。腹の部分だけを食べ散らかしたサンマ焼きを、風雅はぐいっと押しやる。俊一郎は持ち帰りますかと穏やかに尋ねたが、風雅は首を振った。

「気分が変わった。もういらないんで。下げてください」

風雅がさらにぐっと押しやると、サンマ焼きははずみでテーブルから転がり落ち、床に落ちた。

床に転がったサンマ焼きのどこか憐れな姿に、何を見たのか。ゴンちゃんは「こんな風にまた捨てるのか」と押し殺した低い声で呟いた。

「このサンマ焼きはな、毎日毎日、熱い鉄板の前に立って、焼き続けてきたものなんだよ。碧も同じだ。毎日毎日、休むこともなく、かーちゃんして。……こんな風にな、簡単に放り出していいもんじゃねえんだよ」

ゴンちゃんは風雅の襟元を摑み、席から引きずり出すと、思い切り殴りつけた。

「空だって、大変だったんだよ。碧が本当の母親じゃないって、知って。みんなあんたのせいだよ。のうのうと、よく来るな。この街に！　出てってくれ。この街から出てってくれ！　捨てた女んとこ、来んじゃねーよ。いいか、渡せねえ。碧も空も渡せねえ。一度捨てたやつは、二度と信用できねえっ」

ゴンちゃんは風雅を殴り続けた。風雅は抵抗する様子もなく、ただゴンちゃんの拳を受けている。

俊一郎と漱石が、ゴンちゃんの腕を摑んで止めても、ゴンちゃんは二人を振り払い、顔を真っ赤にして、風雅に打ちかかった。

「俺の目の黒いうちは、いや、俺が死んでもここに来るな！」

ゴンちゃんに殴られ、風雅がどうっと床に倒れ込む。

ずっとそこで見ていたのか、バイトの配達を終え、戻っていた空が風雅に駆け寄った。

「やめて、死んじゃう死んじゃう」

空は半泣きで、ゴンちゃんを止める。しかし、ゴンちゃんは手を止めない。風雅はただ殴られている。

漱石がゴンちゃんを羽交い締めにした。風雅を睨みながら激しくもがくゴンちゃんに、漱石は言った。

「この人、かえって、ホッとしてますよ。やめましょうよ、ゴンさん」

その言葉に、すっとゴンちゃんの力が抜けた。

風雅の赤くはれた顔を睨みつけながら、ゴンちゃんは肩で息をする。

（いいか、渡せねえ。碧も空も渡せねえ）

不意にゴンちゃんの脳裏にさきほど自分の口から飛び出した言葉が蘇ってきた。こんな言葉が自分の中にあったのか。少し冷えた頭で、ゴンちゃんは思う。

じんじんと殴った拳が痛み出す。風雅はもっと痛いだろう、などと間抜けなことをふと思った。

空はバイトを早く上がらせてもらって、風雅をおもちゃ屋まで送っていった。

空は自転車を押しながら、横を歩く風雅の顔を見上げる。頰は腫れ、唇の端は切れている。時間が経ち、これがあざになれば、ひどい有様だろう。しかし、風雅は拳が足りなかったというような顔をしている。

「罪が流れて行くような気がした」

風雅がぽつりと言った。

「拳で罪は流れない。ゴンちゃんの手が痛くなるだけだ」

空はきっぱりと言った。そして、カバンのポケットを探り、絆創膏を取り出すと、風雅に向かって差し出した。

風雅は戸惑ったように、その絆創膏を見詰める。

「かーちゃんの悲しみは、私にとってはもっと悲しい。とーちゃんは、かーちゃんを傷つけた。そして、ゴンちゃんの本物の怒りは、大事にしたい。たとえ前時代的であっても。だから、絆創膏一枚、しか渡せない。これが、私の心の分量だ」

「ありがとう」

そう言って、風雅は微笑むと、恭しく絆創膏を受け取った。

風雅が沖縄に立つ日も、漱石がニューヨークに向かう日もそう遠くない。どちらにせよ、一緒にすぐ行く必要もないのだが、碧はそれまでに答えを出さなければいけないような気がして、焦っていた。

リビングのソファにだらしなく座りながら、沖縄、ニューヨーク、沖縄、ニューヨークとぐるぐる考える。そして、不意にはっとした。いつの間にか場所のことばかり考えて、風雅と漱石のことがどっかに行ってしまっていた。

碧は、はあっとため息をつく。

その時、チャイムが鳴った。モニターに映っているのは光だ。空と漫画を描く約束でもしているのかと、部屋に上がるように言うと、光は「いえここで」と玄関で固辞した。

「空、もう少しで帰って来るけど」

「ノートを返しに来ただけなので」

光はきっぱりと言って、碧にノートを手渡した。久しぶりに見る光は、碧の目に少し違ったように見えた。若さゆえの屈託のなさを漂わせていた青年は、いつの間にかどこか物憂げな落ち着きを備えはじめている。

「おかーさん、どっか行くんですか?」

光に尋ねられ、碧は彼が空から事情を聞いていることを知る。「いやまだちょっと」と曖昧に言葉を濁すと、光はぐっと前に一歩踏み込むように告げた。

「空、淋しがってましたよ?」

「えっ、ホント?」

碧の声が思わず弾む。本当は心配したり、反省したりといった反応をまずとるべきなのかもしれないが、心は素直に喜んでしまった。そして、碧は光に向かって微笑んだ。

「君の前では、そういうとこ見せているのね」

「いや……たまたま、というか。ちゃんと見せてもらったとかではないんですけど」

律儀に訂正するあたり、根が真面目なのだろう。碧はくすっと笑うと、ふっと目を伏せた。

「私の前では、言わないから。クールだから。あの子は、淋しいって言えない子になった。私が先に淋しいって言うから」

「それ……おかーさんが先に淋しいって言うからじゃないと思います。淋しくないから。おかーさんがいたら淋しくないから、言わなくてよかったんだって。……そんな、気するだけですけど」

光は言葉を一生懸命たどたどしく紡ぐと、碧をまっすぐに見て告げた。

「でも、もし、おかーさんいなくなったら、俺、いますから。って、何言ってんだろ。……失礼します」

光は体を折り畳むようにしてお辞儀をすると、ものすごい勢いで玄関を出て行った。

残された碧は思わず、手渡されたノートに視線を落とす。

ノートを返しに来たというのも嘘ではないのだろう。しかし空が淋しがっていたとわざわざ伝えにきてくれたのだと、碧は直感していた。

空が淋しがっていたと聞いた瞬間、碧の心は強い喜びに染まった。ときめきのようなものさえ感じた。

明らかに、沖縄に誘われた時よりも、ニューヨークに誘われた時よりも、心がぐわっと揺り動かされたのだ。

碧はキッチンの窓から、象印を眺める。

ここにいたい、と強く思った。空と、ここにいたい。

空が大学を卒業するまであと2年。社会人になったら、空はこの家を出て行く選択をするかもしれない。それを止める気もなければ、止める権利もない。

あと2年の猶予。そう考えたら、余計に空といたい。その貴重な時間を男に恋に費やしている場合じゃない。そう思った。

子供を束縛する毒親かもしれない。子離れできていないと批判されるかもしれない。でも、それがかーちゃんの選択だ。

そう腹が決まったら、気持ちがやけにすっきりとした。

急にお腹がすいてくる。おだやにでも行くかと、碧はサイフだけ持って、外に出る。

おだやに風雅が突然現れて、ゴンちゃんが殴ったという話は空から聞いた。風雅がひどくゴンちゃんを挑発するような言動をとったことも。その話に碧は少し違和感を覚えていた。なんとなく風雅らしくない気がする。

強い風が吹いた。碧はぎゅっと身を縮める。そして、おだやの居間のこたつを思い描きながら、足を速めた。

約束の15分前についたというのに、待ち合わせ場所のはなカフェにもう渉の姿があった。

今日だけは先についておきたかったのに。

空は急ぎ足で近づき、向かいの席に座る。

時間を作ってほしいと、空の方から連絡をした。自分から連絡するのは久しぶりだった。渉からのLINEに返信はしていたけれど、いつしか、それもしばらく時間をおいてから返すようになっていた。

LINEを見返すと変化は明らかだった。始めは空の方から連絡をして、その熱心さに押されるように渉が連絡を返していたのが、段々と逆転していく。今では返信する文字数もぐっと減った。

好きという気持ちは、自分自身に対しては、残酷なほど嘘が吐けないものなのだ。そういうことを空は初めて知った。

「ごめんなさい。ときめく気持ちが終わってしまった」

空は嘘のない気持ちを、渉に告げた。過去の思い出と生きてきた渉にとって、空と付き合うことは、ものすごい決断だったに違いない。そんな人に嘘は吐きたくなかった。

なんとなく、空の気持ちは察していたのだろう。渉の表情は悲し気だが、穏やかだった。

「光くん、とつきあうの？」

空は首を小さく振った。

「いや、彼には、腰の位置の高い心ちゃんがいるから。つきあわない」

「そう……。でも、空ちゃん。好きだったら頑張ったらいい」

「そういうんじゃないから。そういうんじゃないの」

空は静かに否定する。渉は「そう」と何もかも知っているような目で笑った。

空と渉は最後に握手をして別れた。お互いの人生の健闘を祈りながら。

渉に手を振って、空は歩き出す。

途中、渉と出会った場所にさしかかり、空は思わず立ち止まる。あの頃、自分には恋なんてできないと思っていた。恋は準備ができていない人間にも、容赦なく訪れるということをまだなにも知らなかった。

空は再び歩き出し、赤信号で立ち止まる。

(心の中に秘密を持つ、ということは、大人になる、ということかもしれない)

空は雪の日にみた「夢」を思い出す。空は誰にも話していなかった。光もきっとそうだろう。世界で二人しか知らない「夢」。

光には忘れてほしいといったけれど、こうして時々そっと大切に思い出すことをどうか許してほしい。空はポケットの中のビー玉をぎゅっと握り締める。

(私は、何処にも辿り着かないエピソードを持つ)

信号が青に変わる。空は勢いよく歩き始めた。

ニューヨーク散英社への異動の辞令が正式に出て、漱石は水無瀬邸を訪れた。最初にこの部屋にやってきたときと同じように小西も一緒だ。その手にたつやの羊羹がないことだけが違った。

担当編集として最後の挨拶に来た漱石に、小西がついてきたのは、当面、小西が直接碧を担当することになったからだ。漱石の異動が急だったため、後任がすぐには準備できなかったのだ。また、小西と仕事をするのかと思うとうんざりする気持ちもあるが、作品を読む力は信用している。また一から関係を作り上げるよりも、少しは気楽かと思って、碧はこの人事を受け入れる。

しかし、小西は引継ぎもそこそこに、雑誌に執筆することになった芸能人と飲みに行くのだと、うきうきしながら、さっさと帰ってしまった。

先が思いやられると深々とため息をついた碧に、漱石が頭を下げる。

「漱石のせいじゃないから」

「でも、すいません」

深く頭を下げる漱石は、少し本気で小西に腹を立てている。いつでも、作家のこと、作品のことを一番に考えてくれる人。碧はもう少しこの人と一緒に仕事をしたかったなとしみじみと思う。

「ごめん、やっぱり漱石にはついていけない」

碧はがばっと頭を下げる。漱石はぎゅっと唇を噛んだ。

「はい……。風雅さんと沖縄に？」

「いえ、私は、空といます。ここに。ここを愛してる。苦しいことも、悲しいこともあったけど、楽しいこともあったここを愛してる。離れられないここで、書き続ける。君と出逢った頃、私は、もうダメかと思ってた。オワコンだと思ってた。終わったコンテンツ。でも、私はコンテンツじゃない。人間だ。心を持つ。心は動く。そして、言葉が出てくる。その言葉は、物語は、また誰かの心を打つかもしれない。私は人間だから書き続ける。漱石が、私と仕事するために、この業界に入った、と言ってくれた。そして、あの時泣いてくれた。あの涙だけで、私はこれからも、書き続けられる」

漱石は真っ赤になった目で、まっすぐに碧を見詰めた。

「……離れても応援してます。ずっと、味方です」

「私を忘れないでくれ」

碧も涙が今にもこぼれそうな目で、まっすぐに漱石を見返した。

漱石は碧を抱きしめる。碧は思い切りぎゅーっと抱き着いた。碧はぽろぽろと泣き始める。

時折しゃくりあげるほど泣き続ける碧の背中を、漱石があやす様にぽん、ぽんと優しく叩く。

「そんなこともありましたね。僕を忘れないでくれ、になりそうになった」

漱石はくすりと笑う。碧は泣きながら駄々っ子のように「漱石、私を忘れないでくれ」と繰り返した。

ひどいことを言っている自覚はある。振っておいて、忘れるなというのは、あまりにも勝手なお願いだ。でも、漱石には忘れてほしくなかった。漱石はくくっと低く笑った。

「いや、なかなか、忘れがたい強烈なキャラクターだと思うので、碧さん。碧さんを、忘れられる人、いませんよ。忘れませんよ」

そうして、一つの約束だけを残し、漱石はニューヨークへと飛び立ってしまった。


「寝る部屋」のベッドに、碧と空は並んで大の字になる。

それだけで満たされるものがあって、碧は自分の決断が正しかったと再確認する。

ニューヨーク行きを断ったことを告げると、空は「かーちゃんは、凄いよな」と唸った。

「甘えながら、人を切る。私を忘れないでくれ、と泣きながら、ニューヨークにはついていかない。さすがだ。女のプロだ」

「ちょ待てよ。君でしょ？　君を取ったんだよ。私は」

碧の必死な恩着せがましい言葉を、空ははいはいと聞き流す。そして、「一ノ瀬さんはどうするの？」と尋ねた。

「君を取ったんだから、それは断るよ」

碧は迷いなく言う。

「それにサンマ焼きを粗末にするような奴はダメだ」

空は碧の言葉に少し考える顔をした。そして、「かーちゃん」と静かに呼びかけた。

「一ノ瀬さん、わざとだったかもしれない。私、沖縄で、一ノ瀬さんにゴンちゃんの話した」

「え？」

碧は思わず空の顔を見る。

空は天井をじっと見つめながら、沖縄で風雅と話したことについて語りだした。

それは空が風雅と気球に乗った時のことだった。

「かーちゃんには、男の人はいるのですか？」

どこまでも続く青空とどこまでも続く大地にうっとりと見惚れていた空に、風雅は尋ねたのだった。空は首を横に振って、答えた。

「いない。私はゴンちゃんとくっつくのが一番いいと思ってる。近所の鯛焼き屋のゴンちゃんは、かーちゃんと幼なじみで、とても優しい。かーちゃんは、ゴンちゃんがずっと自分の側にいると思っている。ゴンちゃんはカッコいいから、若い美人が好きだから、どっか行っちゃうんじゃないか、と私は心配なんだ。かーちゃんには、おだやの鯛焼きとゴンちゃんが必要なんだ」

「かーちゃんは、ゴンちゃん好きですか？」

風雅の質問に、空は少しだけ考えて、きっぱりと答えた。

「好きだと思う。恋とか越えちゃってるかもしれないけど、一番は、ゴンちゃんだ」

「そうですか」

あの時、風雅は考えるような顔をして、はるかかなたの地平線を見詰めていた。

「一ノ瀬さんは、本気でかーちゃんに幸せになってほしいんだと思う。そのためにはゴンちゃんが必要だ。だから、多分、一計を案じた」

「一計って？　いや、その前に、なんで勝手に、一番が、あの猿とか……」

「だって、一番でしょ」

空が重ねて言うと、碧はぐっと黙った。

「一ノ瀬さんはかーちゃんとゴンちゃんには何かしらのきっかけが必要だと考えた。だから、それを作った。自分の本心を見極めるための選択肢。それから、こいつには任せられないと思うようなライバル」

「じゃあ、わざとサンマ焼きも落としたってこと？」

「そう」

「じゃあ……やり直しませんかって言ったのも嘘？」

「そう……かな」

碧はがばっと布団をかぶった。

「かーちゃん、どうした」

　空は碧を布団から引っ張り出そうとする。しかし、碧はいやいやと首を振った。

「……モテてたわけじゃなかった」

「いや、ちょっとは本気だったかもしれないしさ。漱石さんの方は少なくともほんとだし……で、どうなの？　沖縄行くかニューヨーク行くか迷う中で、自分の気持ち見つめ直せた？」

「いや」

　顔だけ布団から出した碧は首を振った。空はふうっとためいきをつくと、「じゃあ、目をつむって」と言った。碧は大人しく目をつむり、空に背を向けた。

「かーちゃんは、３つの女の子です」

　空の声に、碧は素直に3歳の頃の自分を思い描く。自信がなくて、いつも虚勢を張っている女の子。空は柔らかい声で続けた。

「いばらの道を歩きます。後ろを振り返ります。いつも、ついてきてくれて、にっこり笑ってくれるのは、誰？」

　それは沙織が空に教えた、自分の気持ちに気付くための方法を少しアレンジした質問だった。

　碧は想像する。３歳の自分の後ろを振り返る。後ろにいるのは少しヤンチャで、でも皆に好かれている男の子だ。顎に硯でできた傷のある、男の子。

　しかし、碧は想像の中で振り返るのをやめてまっすぐに前を見た。女の子の姿が見えた。いばらの道を碧の先に立って、果敢に、どんどん歩いていく3歳の女の子。

碧は目をつむったまま、口を開いた。

「かーちゃんの前には、3つの女の子がいます。前を歩いて行きます。いくつになってもまだ、かーちゃんは、彼女の、足元が心配です。いばらの道なら、人生がいばらの道ならなおさら。かーちゃんは、まだ、その子を見守っていたいです。もう少しの間、見守っていたいです」

思わず涙で声がかすれて、碧は言葉を切る。そして、振り絞るように言った。

「ずっと、見守っていたいです」

背後で空がばっと布団をかぶった。碧はちらりと振り返る。布団が震えている。中では空が声を殺して泣いていた。

碧は布団ごとその背中に抱き着く。そして、ぎゅっと抱きしめながら、二人一緒になって泣き続けた。


風雅が沖縄に発つ日がやってきた。

すずらん町に滞在していたのはそう長い期間ではないというのに、あちこちに知り合いを作った風雅のもとには多くの人が別れを惜しむためにやってきた。

おもちゃのおおばやしのおばちゃんは、淋しくなると泣いている。

ひとりひとりと丁寧に挨拶をかわし、風雅は最後に碧と空のもとへやってきた。

これから旅立つというのに、風雅は怖いぐらいに身軽だった。荷物はと言えば、アルバムが入っている小さなバッグとカメラだけだ。

「空に言われてわざとだったの？　風雅さん、単純にゴンちゃんをたきつけるために、わざとだったの？」

おもちゃ屋を出て、商店街を歩きながら、碧は風雅に尋ねる。ゴンちゃんに殴られたあとは、まだ痛々しい。風雅は「半分は、そうです」と答えた。

「でも、半分は本心です。そんな風に自分に理由をつけて、碧さんともう一度、よりを戻せたら、空さんとも、頻繁に会えたらいいな、なんて、都合のいいこと考えたんですよ。僕は。卑しい人間だ」

碧は首を振った。

「ごめんなさい、やり直せなくて」

碧が頭を下げる。空も碧の横で「ごめんな、とーちゃん」と謝った。

空に「とーちゃん」と呼ばれ、風雅は思わず口元をほころばせる。

「いえ、僕は、この数日間があるから、この先も、ずっとハッピーですよ。活版の分厚い文芸誌に、カラーグラビアページが増えました」

碧が笑った。空も笑う。風雅も遅れて笑った。

「最後に、空さんの写真撮っていいですか？」

風雅が、碧に許可を求める。碧は「もちろん」と頷いた。

風雅は空の写真を撮る。そして目にも焼き付けるようにその姿をじっと見た。

「あ、せっかくだから、三人の写真」

碧が提案する。そこはちょうどすずらん温泉の前だった。鈴さんのお墓参りの帰りに行った場所。つい最近のことなのに、もう思い出になっている。

三人はすずらん温泉の前に立ち、通りかかった人に頼んで、三人の写真を撮ってもらった。

そうして、風雅はまた明日とでもいうように、軽く手を上げて、去っていった。

「なんか、もう、会えない気がしない？」

空の言葉に、碧は「する」と頷く。

「風雅さん、もう、行方くらます気がする」

「ん……。かーちゃんも、そう思う」

二人は小さくなっていく風雅の後姿を、いつまでも見送った。風雅は振り返らないだろうと知りつつ、碧はその背中に向かって手を振る。空も手を振った。風雅のその背中は本当に一度も振り返らないまま、とうとう見えなくなった。


もう夜も遅い。太葉堂に残っているのは渉ひとりだった。渉は太葉堂の宣伝のため、フェイスブックを更新している。

しかし、なかなかはかどらなかった。渉は何度もぼんやりと手を止めては、長々とため息を吐く。

空に振られた傷はまだまだ癒えてはいなかった。

渉はふと友達申請が来ていることに気付いた。

渉は無感動な顔のまま、友達申請した人物のフェイスブックを開く。しかし、表示されたページに渉は思わず、息を止めた。

ウサギを抱いた、若い女性のアイコン。

「くるみちゃんだ」

成長して、姿は変わっていたけれど、一目見て渉は、彼女がくるみちゃんだと気づいた。

9歳の時に、一緒にウサギを看取った少女。会えなくなってからも、ずっと家族として自分の支えになってくれた存在。

渉は震える手で、マウスをクリックし、友達申請を受け入れる。

時計の針は、12時を回ろうとしている。渉にも、新しい明日がはじまろうとしていた。

とっくに店じまいしたおだやの店の片隅では俊一郎と沙織が結婚情報誌を見ながら、楽し気に盛り上がっている。

碧はおでんをつまみにゴンちゃんと飲んでいた。ゴンちゃんは俊一郎と沙織の様子をしきりに気にしている。

「なあ、アレ、ほんとに結婚しちまうんじゃないか」

「何か問題でも？　サリーが悪い子じゃないってさすがにもうわかるでしょ」

碧はぐいっと酒をあおる。

「いやでもな。俊一郎さん、人が良すぎるぐらい人が良いし……」

「いい加減、親離れしなって」

碧は乱暴にゴンちゃんのグラスに酒を注ぐ。

「私も子離れしないとね。空もいつかいなくなる」

「空いなくなっても、俺はいなくなんねーぞ。ほっとくと、まだ虫が寄って来るからよ。お前も早く、ばーさんになれよ。そしたら、安心だ」

風雅に焚きつけられてから、何か思うところがあったのか、ゴンちゃんはまるで口説いているような言葉を口にするようになった。しかし、碧はふいっと顔を背ける。

「よく言うよ。エトワールおっかけてパリ行ったくせに」

「違う、パリで出逢った。戻って来たろ？　お前のために」

「調子いい〜」

碧は手酌で酒を注ぐ。

「マグロ焼き、食べたいな。すごいでっかいマグロ焼き」

唐突に碧が言う。ゴンちゃんは「アホか」と一蹴した。

「そんなもんつくれっかよ。……や、ありかな。結婚式とかな。ケーキのかわりに」

ゴンちゃんは明後日の方を見ながら、照れたように言った。

「まだ気づかない恋の初めと、永遠の愛は、似ている」

漫画原稿から顔を上げて、突然、空は言った。

「©空」

「え、どゆ意味？」

細かい作業が続いて、目をしょぼしょぼさせた、光がたずねる。

「かーちゃんとゴンちゃん。あの二人のこと考えてたらなんとなく、浮かんだ」

「あー、わかる気する。似て非なるけど、似てる」

二人は精力的に漫画の持ち込みをしながら、漫画を描き続けていた。

原稿を見てくれた編集者の中には、空の名前から、碧の娘だと気付いた人もいた。散英社で碧のコネでも使ったら、とあからさまに言う人もいた。

しかし、そんな人に、空はまっすぐに答えたのだった。「自分は漫画家になってみたいのではなく、面白い漫画を描きたいんです」と。

まだ、デビューには遠い。しかし、二人は持ち込みに行った先の編集者たちの反応で、確実に手ごたえを感じはじめていた。

「かーちゃんよりも早くデビューできるといいのだが」

「何、水無瀬碧、改めてなんかデビューすんの？」

「かーちゃんのデビューは、女としてのデビューだ。かーちゃんのデビューは、46だ。私が大学卒業してからだ。かーちゃんは、それまで私を放す気がない」

空は嬉しそうにくふふと笑う。

「毒親だ」

「お前のデビューはいつなんだよ？」

空は途端に黙り込んで、漫画原稿に逃げようとする。光はそんな空の顔を覗き込んで、もったいぶった口調で言った。

「お前にとっておきの秘密を教えてやる。……俺にカノジョはいない」

「えっ」

空は勢いよく顔を上げた。

「前に言ってた腰の位置の高いカノジョは？　心ちゃんは？」

「えっ、あれ、『ランウェイで笑って』の、長谷川心だよ」

光は笑ってあっさりネタばらしをする。光の恋人は漫画の中の人物だったと知らされ、空は大声を上げた。

「あーーー！　妄想か？　君、大丈夫か？」

どうやら、彼女を欲するあまり、漫画のキャラを彼女にしたと思われたようだ。さすがに、分かれよ、と光はがっくりするが、急ぐ気はない。空の髪をくしゃっと撫でると、

「いいから」と笑った。

「ジャンプのてっぺんだよ、とにかくは」

二人は再び漫画に没頭し始める。

漫画のタイトルはまだ決まっていない。焦って無理やりつけようとしたこともあったけれど、これというタイトルが思いつくまで待とうと意見が一致した。

ゆっくりと二人は、二人の漫画にふさわしいタイトルを見つけようとしている。


空がリビングに入ると、碧がソファの下に長くなって呻いていた。

「書けない……書けない……」

また始まった。空は呆れたように目をくるりと回す。

「かーちゃん、ミルバ買ってきたけど食べるか」

「食べる！」

碧はすぐさまむくっと起き上がり、空に向かって手を伸ばす。

「ひとつは抹茶。んで、もう一つが新製品のセクシャルバイオレット」

「セクシャルバイオレット？」

はて、どこかで聞いたような。碧は首をひねる。

「官能的なほどの舌触りだって」

二人はぱっと視線を合わせて、ジャンケンを始める。白熱したジャンケンの後、新製品は空のものになった。

「んー、普通かなあ」

一口食べて呟いた空は、碧が自分も一口とスプーンを伸ばすと、ひょいとカップを遠ざけた。

「そうだ、かーちゃん、モラトリアムってさ、もともと金融関係の法律用語だったって知ってた？」

「知らない」

「今日ゼミで、言ってた。『しばらくの間やめること』って意味で、災害とか戦争とかそういう時に、支払いを一定期間猶予することを言うんだって」

「へえ」

「『しばらくの間やめること』ってなんかいいよな。何にもしない、人生のお休みみたいで。かーちゃんもさ、今これじゃない。2年間の恋愛モラトリアム」

「そうか、モテないって思われたらこれから言うことにしよう、今モラトリアム期間なのでって」

そう言って、碧は隙を見て、空のカップにスプーンを突っ込もうとする。カップを手に逃げ出す空と、追いかける碧の追いかけっこが始まった。

恋に臆病な空と、恋に疲れた碧が、女二人で暮らしたモラトリアムな時間。

それを二人は二人の意思で延長した。

2年後どうなるかは、わからない。それはこの猶予期間の中でゆっくり考えていけばいいことだ。

二人が生まれ育った大好きなこの町で、いつもの日常が続いていく。

その賑やかな光景を、空が生まれた頃と変わらず、水色の象が微笑みながら見守っていた。

本書は文春文庫オリジナルです。
なお、一部、物語の展開や登場人物のセリフに、
ドラマと異なる箇所があります。

文春文庫

ウチの娘《むすめ》は、彼氏《かれし》が出来《でき》ない!!

定価はカバーに
表示してあります

2021年3月10日　第1刷

著　者　北川《きたがわ》悦《え》吏《り》子《こ》
発行者　花田朋子
発行所　株式会社　文藝春秋

東京都千代田区紀尾井町 3-23　〒102-8008
TEL　03・3265・1211(代)
文藝春秋ホームページ　http://www.bunshun.co.jp

落丁、乱丁本は、お手数ですが小社製作部宛お送り下さい。送料小社負担でお取替致します。

印刷製本・大日本印刷

Printed in Japan
ISBN978-4-16-791656-5

（　）内は解説者。品切の節はご容赦下さい。

北川悦吏子
半分、青い。
高度成長期の終わり、同日同病院で生まれた幼なじみの鈴愛と律。夢を抱きバブル真っただ中の東京に出た二人を待ち受けるのは……。心は、空を飛ぶ。時間も距離も越えた真実の物語。
き-42-2

車谷長吉
赤目四十八瀧心中未遂　（上下）
「私」はアパートの一室でモツを串に刺し続けた。女の背中一面には迦陵頻伽の刺青があった。ある日、女は私の部屋の戸を開けた——。情念を描き切る話題の直木賞受賞作。（川本三郎）
く-19-1

車谷長吉
妖談
作家になることは、人の顰蹙を買うことだった……。〈私小説作家〉と称される著者が、自尊心・虚栄心・劣等感に憑かれた人々を執拗に描き出す、異色の掌編小説集。（三浦雅士）
く-19-9

熊谷達也
調律師
事故で妻を亡くし自身も大けがを負ったのをきっかけに、音を聴くと香りを感じるという共感覚「嗅聴」を獲得した調律師・鳴瀬の、喪失と魂の再生を描く感動の物語。（土方正志）
く-29-5

窪　美澄
さよなら、ニルヴァーナ
少年犯罪の加害者、被害者の母、加害者を崇拝する少女、その運命の環の外に立つ女性作家……各々の人生が交錯した時、何を思い、何を見つけたのか。著者渾身の長編小説！（佐藤　優）
く-39-1

玄侑宗久
中陰の花
自ら最期の日を予言した「おがみや」ウメさんの死をきっかけに、僧侶・則道は〝この世とあの世の中間〟の世界を受け入れていく。芥川賞受賞の表題作に「朝顔の音」併録。（河合隼雄）
け-4-1

小池真理子
沈黙のひと
生き別れだった父が亡くなった。遺された日記には、父の心の叫び——娘への愛、後妻家族との相克、そして秘めたる恋が綴られていた。吉川英治文学賞受賞の傑作長編。（持田叙子）
こ-29-8

佐木隆三
復讐するは我にあり 改訂新版
列島を縦断しながら殺人や詐欺を重ね、高度成長に沸く日本を震撼させた稀代の知能犯・榎津巌。その逃避行と死刑執行までを描いた直木賞受賞作の、三十数年ぶりの改訂新版。（秋山　駿）
さ-4-17

佐藤愛子
晩鐘（上下）
老作家のもとに、かつての夫の訃報が届く。共に文学を志した青春の日々、莫大な借金を抱えた歳月の悲喜劇。彼は結局、何者だったのか？　九十歳を迎えた佐藤愛子、畢生の傑作長篇。
さ-18-27

佐藤愛子
血脈（全三冊）
物語は大正四年、人気作家・佐藤紅緑が、新進女優を狂おしく愛したことに始まった。大正から昭和へ、ハチロー、愛子へと続く佐藤家の凄絶な生の姿。圧倒的迫力と感動の大河長篇。
さ-18-29

桜木紫乃
風葬
釧路で書道教室を開く夏紀。認知症の母が言った謎の地名に導かれ、自らの出生の秘密を探る。しかしその先には、封印された過去が。桜木ノワールの原点ともいうべき作品ついに文庫化。
さ-56-2

佐藤多佳子
聖夜
『第二音楽室』に続く学校×音楽シリーズふたつめの舞台はオルガン部。少年期の終わりに、メシアンの闇と光が入り混じるような音の中で18歳の一哉がみた世界のかがやき。（上橋菜穂子）
さ-58-2

最果タヒ
十代に共感する奴はみんな嘘つき
いじめや自殺が日常にありふれている世界で生きるカズハ。女子高生の恋愛・友情・家族の問題が濃密につまった二日間の出来事。カリスマ詩人が、新しい文体で瑞々しく描く傑作小説。
さ-72-1

城山三郎
鼠 鈴木商店焼打ち事件
大正年間、三井・三菱と並び称される栄華を誇った鈴木商店は、米騒動でなぜ焼打ちされたか？　流星のように現れ、昭和の恐慌に消えていった商社の盛衰と人々の運命。（澤地久枝）
し-2-32